山栀子

SHAN ZHIZI

著

奉烛

中信出版集团｜北京

目录

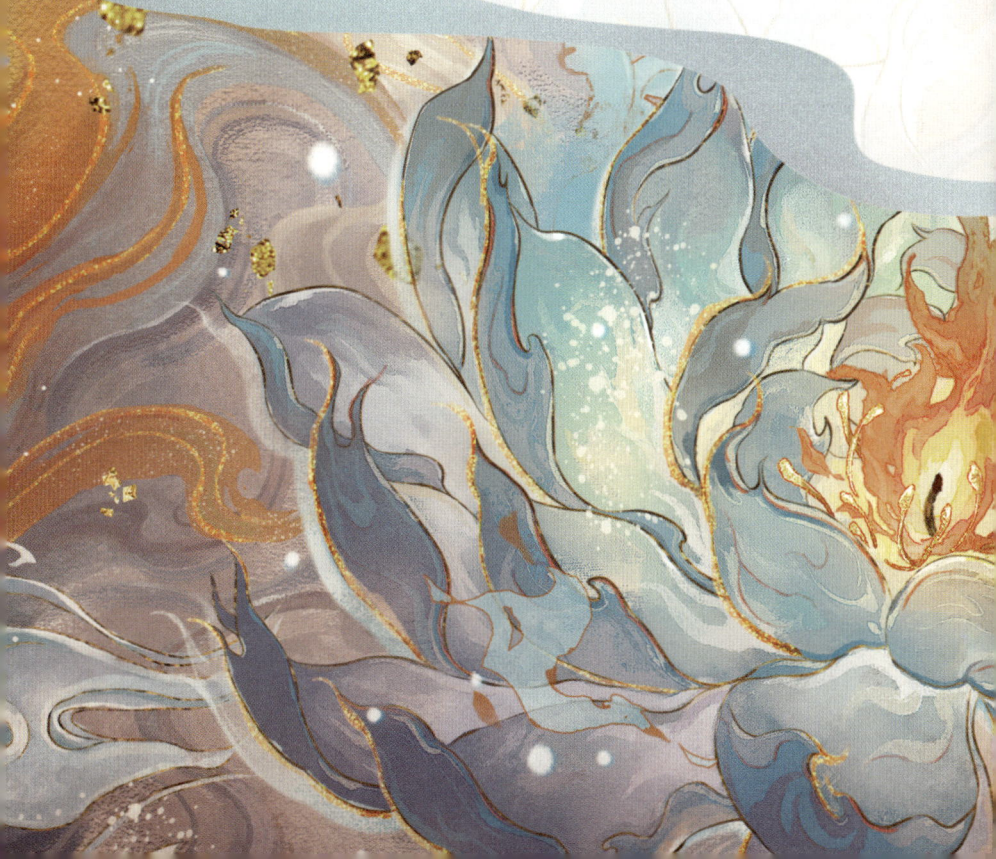

第壹章 雨霖铃 001

第贰章 临江仙 035

第叁章 菩萨蛮 063

第肆章 满庭霜 097

第伍章 鹧鸪天 131

第陆章 乌夜啼 169

第柒章 定风波 207

第捌章 采桑子 245

特约番外 藩女怨 281

这世上,有人善于加罪于人,有人则善于心中罪己,徐子凌,你的罪,是你自己定的吗?

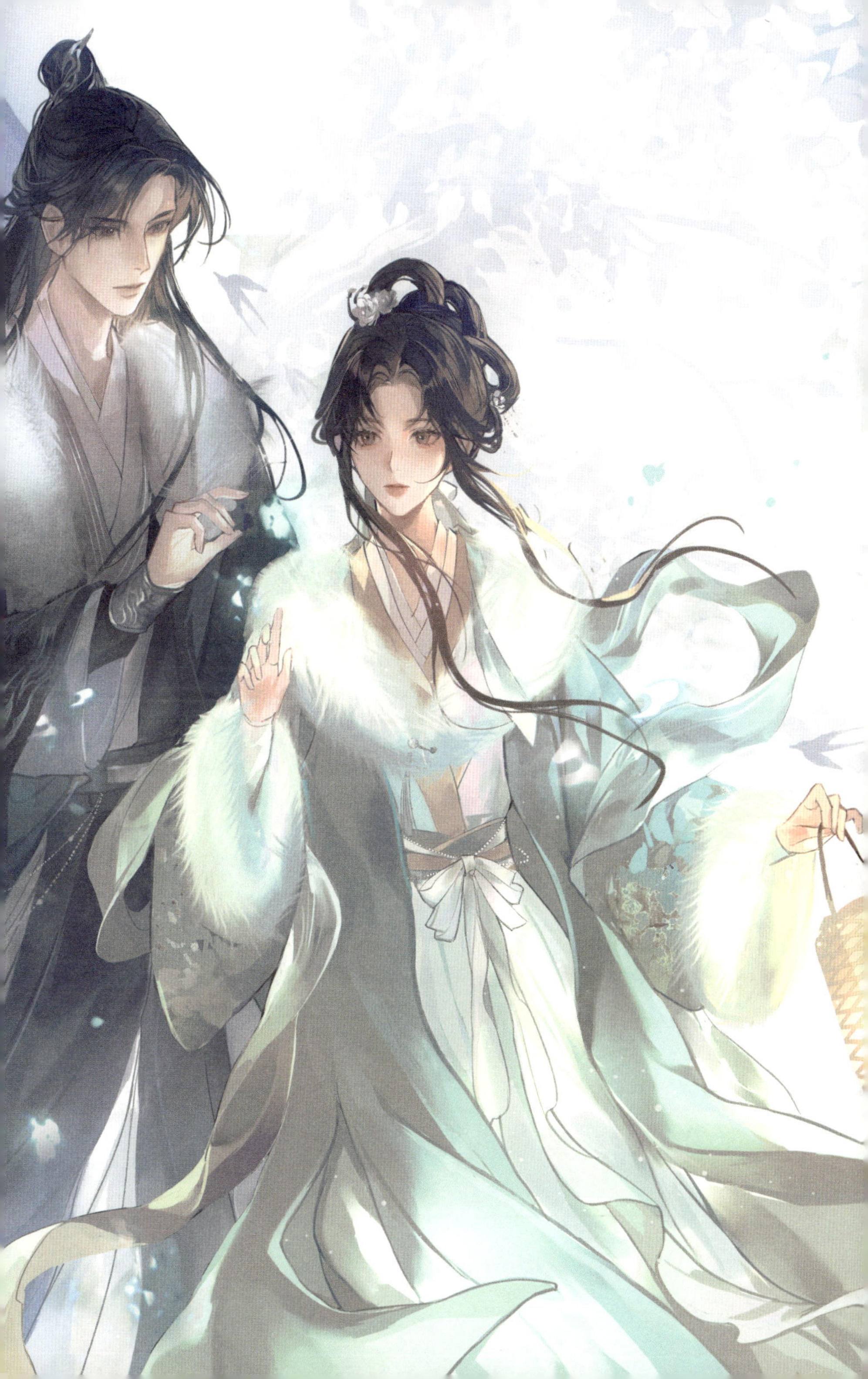

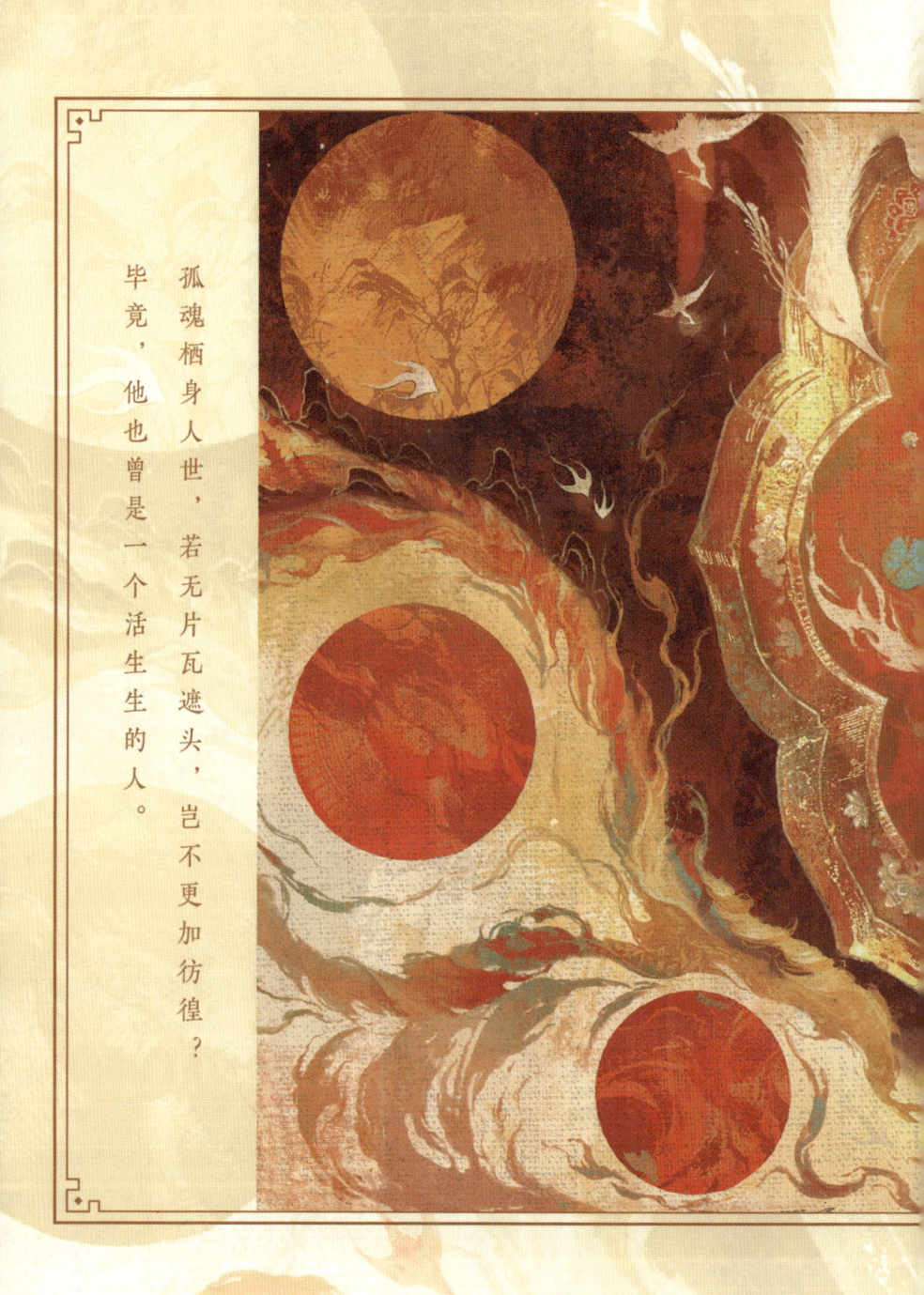

孤魂栖身人世,若无片瓦遮头,岂不更加彷徨?毕竟,他也曾是一个活生生的人。

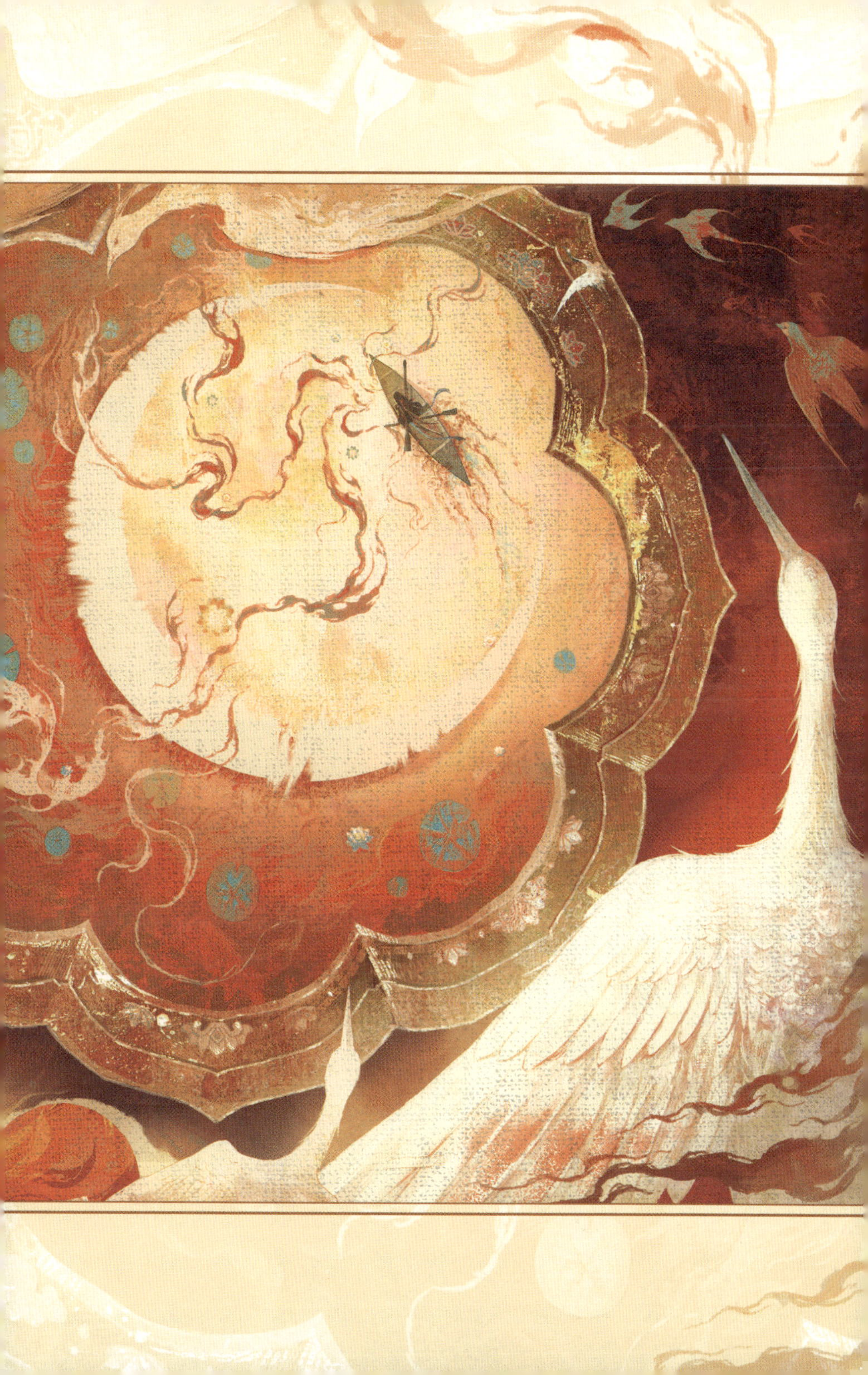

你做来了之事，为什么？

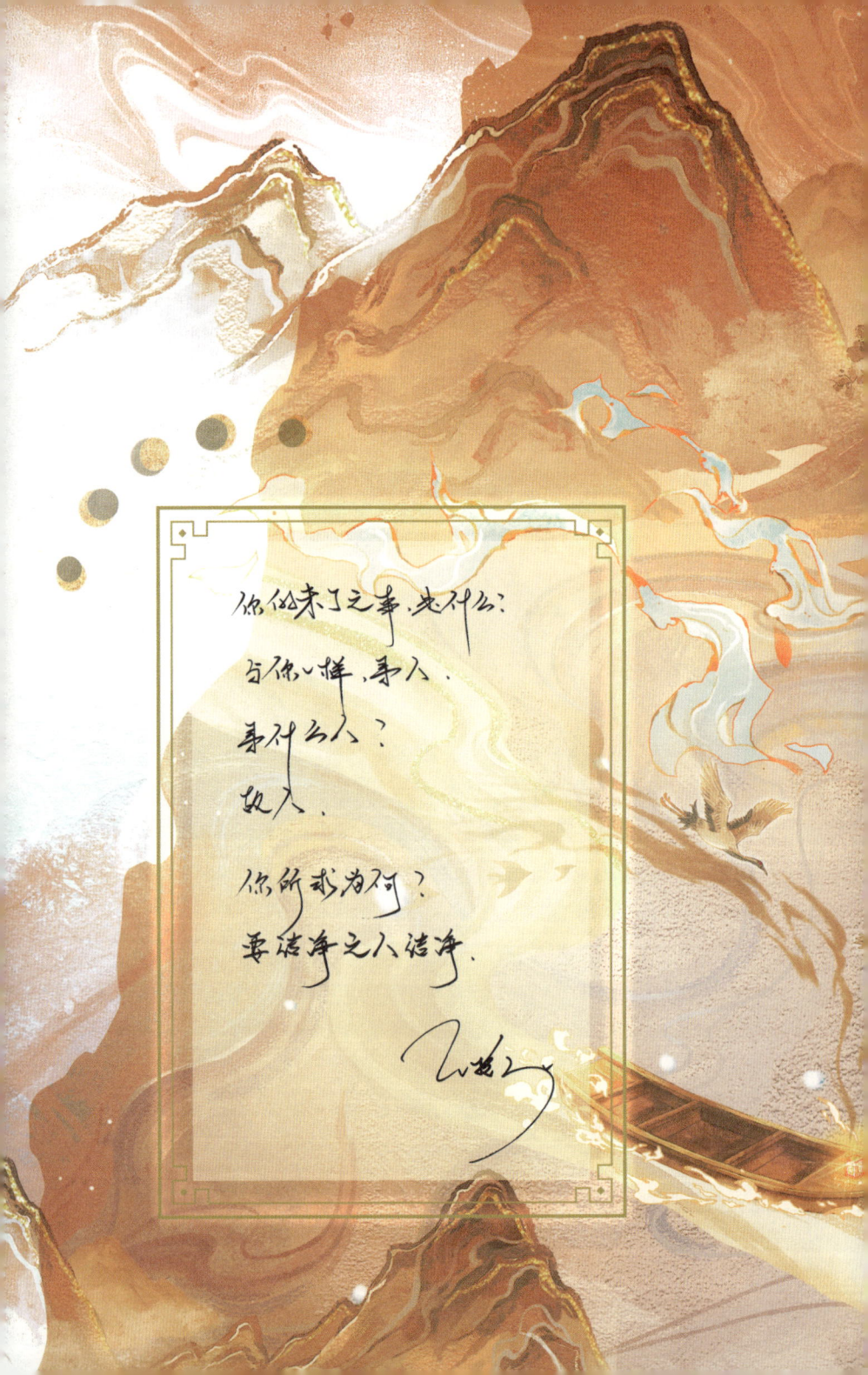

与你一样，寻人。

寻什么人？

故人。

你所求为何？

要渡弈之人渡弈。

第壹章 雨霖铃

阿喜，此道至艰，你怕不怕孤身一人？

风雨晦暝，雾湿灯笼。

少年垂裳而跪，伴随门槛外的雨珠噼啪，一记长鞭重重抽打在他的后背上，衣料被一道血痕洇湿，他颈侧青筋微鼓，却仍一言不发地忍耐。

"我如何养得你这个不孝子！倪青岚，你说，祖宗家法你全都忘了吗？"又一记鞭子抽来。

"忘了，也没全忘。"少年这句回答与他板正严肃的声音格格不入。

处在暴怒之中的倪准听见这话，脸色更为铁青："你说什么？你可知外头如何说你？说你与那贺刘氏不清不楚，私相授受！我倪家的脸都被你丢尽了！"

"贺刘氏三十余岁，我们岚儿才十六，难道主君您也相信外头那些流言蜚语？贺刘氏生产后身上便不好，屡出恶露，她婆家又不肯为她求医用药，也是没有办法才……"

岑氏扶门而入，话还没说罢，倪准便转过脸来瞪她："你教出来的好儿子！他堂堂一个男儿郎却偷偷钻研妇科，如今竟还敢趁我不在，私自为贺刘氏诊病，男女大防他是全然不顾！如今贺家正要状告他，说他与贺刘氏私通！"

倪准暴怒的吼声几乎要盖过天边的惊雷。

岑氏轻薄的杏黄裙袂微扬，语气平静："您不是已经在县太爷那处打点过了吗？"

"子淑!"倪准忍无可忍,难以面对这对母子如出一辙的态度,"你到底知不知道,他替贺刘氏看了病,名声就坏了?"

倪准话音才落,却听身后少年道:"难道见死不救,才是医者本分?"

倪准提鞭回头狠抽他数下。鞭声冲击着门外女童的耳膜,她却没听见倪青岚发出一点声音。

岑氏发现了她,瞥了一眼门口的婢女,女婢立即走出房门,将女童抱起,还没撑起伞走入庭中,便听踩踏雨水的急促步履声越来越近。女婢抬头,发现是老内知[1],他一手遮头,匆匆赶来,还没上阶便喊:"主君!出事了!"

倪准正在气头上,回头便骂:"这家里真是一点规矩也没有了!"

"主君……"老内知抖了一下,收回手,雨珠大颗大颗地打在他的面门上,"去外头跑腿买香烛的小厮说,那贺刘氏不堪夫家折辱,投河自尽了!"

倪准手一颤,鞭子坠地。

夜雨更紧,几只不堪雨露的蝉落在树荫底下,发不出声音。

女童看着祠堂里满身血痕的少年回过头来,鬓边与鼻梁上的汗珠细密,灯烛映出他愕然的神情。

漫长的寂静后,倪准满面的怒色已失,取而代之的,是一种无可奈何的嘲讽。他再度看向跪在地上的倪青岚:"小子,好好瞧瞧,你冒医者之大不韪,到底是在救她,还是在害她?"

倪准没有力气再打他了。

倪青岚在祠堂跪了半夜,双膝麻木,不剩多少知觉,忽听"吱呀"一声响。向来不苟言笑的少年回过神,转头瞥了一眼,禁不住微扯了一下唇角。

那个小女孩儿没有彻底推开沉重木门的力气,只能从那道不甚宽敞的缝隙里侧身挤进来。

她半夜来此,身上的外衣系带都绑错了,倪青岚朝她抬了抬手:"阿

---

[1] 管家。

喜,来。"

倪素立即乖乖地跑到他面前,很小声地唤:"兄长。"

倪青岚心不在焉地"嗯"了一声,一边替她重新系衣带,一边道:"好好的不睡觉,来这儿做什么?你不是说祠堂有好多鬼,你害怕吗?"

"所以我来陪兄长。"

倪素扯来一只蒲团,挤到他身边坐着,一点也不敢看供桌后那一排又一排黑漆漆的牌位。

"兄长,你疼不疼?"她看着倪青岚满后背的血痕。

"不疼的是鬼。"倪青岚从衣袖里摸出一块油纸包的麻糖递给她,"拿了这个就回去吧。"

倪素接过麻糖,却一分为二,塞了半块到他嘴边,又将自己带来的小枕头往他膝下垫。

"你素日讨厌过硬的枕头,只这么一个合意的,怎舍得拿来给我?"倪青岚心中熨帖,伸手摸了摸她的脑袋。

"兄长有难,我自然舍得的。"倪素仰头望他,"钱妈妈说,兄长认错就不会挨打了。"

钱妈妈是倪素身边的仆妇。

"阿喜也觉得我那日救人是错?"倪青岚吃掉那半块麻糖,好几个时辰没进水的嗓子沙沙的。

倪青岚那日出城为附近村落中的百姓义诊,贺刘氏步履蹒跚地在山径上拦下了他的马车,那妇人哭得厉害,也疼得厉害,直喊"先生救我"。她行来的路上每一步都带血,倪素在车中看到她身后蜿蜒的血迹,吓得连喂到嘴边的糕饼也吃不下。

"她很疼,可是兄长看过她,给她苦苦的药汁喝,她就不疼了。"

倪素记得,那妇人手捧那么苦的药汁,却满脸欢喜,像喝蜜糖水一般。

"可是阿喜,"雨滴拍窗,倪青岚的声音更迷茫,"你今日听见了吗?她投河自尽了。"

倪青岚到底只是个十六岁的少年,面对这样的事情,并不能寻得一个坦然的解法。

"她不疼了，为什么要死？"

倪素不过八九岁，尚不能明白"死"这个字真正的含义。可是她知道，人死了，就会变成祠堂供桌后那些漆黑单薄的牌位，只有名字，无有音容。

"因为我以男子之身，为贺刘氏诊女子隐秘之症。"

"可是为什么男子不能给女子诊病？"倪素用手捧住脸，懵懂地问。

不是不能诊病，是不能诊隐秘之病。但倪青岚无心对小妹说这些话，他垂下眼帘，庭内婆娑的树影透过窗纱落在他面前的地砖上："谁知道为什么。"

雨势不减，淋漓不断。倪素看着兄长的侧脸，唰的一下站起来。

倪青岚抬眼，对上小妹一双清澄天真的眼睛，她那么小，灯影落在她的肩上。她脆声道："兄长，我是女孩子，若我像你一样，学我们家的本事，是不是就能让她们不疼，也不会死？"

倪青岚一怔。

雨夜祠堂，少年审视小妹稚嫩又纯真的面庞，微扬唇角，揉了揉她的脑袋："阿喜若有此志，她们一定不疼，也不会死。"

雨声渐退，拍窗一声响，倪素满鬓汗湿，睁眼醒来。

"姑娘，可是吵醒您了？"刚合上朱窗的女婢星珠回身，柔声道，"外头落了雪，奴婢怕朔气进了屋子，您若伤寒可不好了。"

年关才过，虽是早春，天却还不见转暖。见倪素窝在被中不答，星珠走到床边关切道："姑娘怎么了？"

"梦见兄长了。"倪素好似才清醒，揉了揉眼睛，坐起身。

星珠忙从木榹[1]上取了衣裳来侍候倪素："冬试已经过了两月，依着咱们郎君的能耐，此番一定能得中，说不定消息很快就送来了！"

云京到雀县，足有两个多月的脚程，消息往来并不快，倪青岚离开

---

[1] 衣架。

雀县已有小半年，送回的家书也不过寥寥两封。

穿戴整齐，洗漱完毕，倪素才出房门。

老内知佝偻着身子从缠着绿枝的月洞门那处来了，也顾不得擦汗："姑娘，二爷他们来了，夫人让您在房里待着。"说罢，他挥手让底下的小厮将食盒塞到星珠手中，又道，"夫人也不与您一道用早膳了。"

"二爷这时候来做什么？"星珠皱了一下眉，嘟囔道。

老内知只听岑氏的话，倪素见他不答言，便知二叔此番来者不善，否则母亲也不会要她待在房里不出去。

院墙旁绿竹孤清，春雪如细尘般穿堂而来，岑氏端坐在厅中，身旁的仆妇钱妈妈适时奉上一碗茶，她接过却没饮，只用碗壁暖着掌心。她的声音清寒平淡："大清早的，天又寒，二弟带着一大家子人到我这寡妇院里，可是怜我这里冷清，要给我添些热闹？"

那倪家二爷倪宗眼珠一转，没说话。坐在他身边捧着茶碗的柳氏一贯是个笑脸，不忍屋里就这么冷下去，忙和和气气地开了口："大嫂，年关时事多，咱们一家人也没聚上，今日就来一块儿补个年过，你看如何？"说完这番话，柳氏一转脸，正见倪宗狠瞪了她一眼。柳氏一滞，垂首不言。

岑氏冷眼瞧着，缓慢开口："我这儿一向吃得清淡，也没备着什么好东西，不知弟妹你们吃不吃得惯。"

柳氏瞧着倪宗，正斟酌自己该不该接话，却见倪宗站起身来，将茶碗一搁："大嫂，怎么不见我那小侄女儿？"

"姑娘天不亮时发热症，吃了药，如今还睡着。"钱妈妈说道。

"发热症？"倪宗捋着胡须，"倒是巧了，咱们一来，她就病了。"

"二爷这是什么话？"钱妈妈将岑氏那碗半温不热的茶收了，"姑娘若非病着，定是要出来见客的。"

"见客"二字，意在提醒倪宗，他们二房与大房早已分家。

倪宗冷哼一声，睨她一眼，却对岑氏道："大嫂，要我说，你是太仁慈宽和了，不但身边的老奴没规矩，就连我那侄女儿也是越发不像话了。你可知倪素在外头做了什么？"倪宗来回踱步，"她与那些下九流的坐婆来往！咱们是什么人家？她是什么身份？如此不知自珍，大嫂你说，若传扬出去，外头人要如何看咱们倪家？"

"二爷说话可要讲凭证，不好这么平白污蔑咱们家的姑娘。"岑氏不说话，立在她身边的钱妈妈只好又开口道。

"谁平白污蔑她？大嫂大可让她出来，问问她昨日是否去过枣花村，又是否在一农户家中与那坐婆一块儿帮农妇生产。"倪宗不理那老奴，盯住岑氏，"大嫂，要我说，这么一个妾生的女儿，哪里值得你护着她？她娘死了，你才认她到自己膝下，难道还真将她当自己的亲骨肉养？"

"怎么我家的事，二叔知道得这样清楚？"

细雪在檐外纷扬，一道女声响起，带些气弱无力，一时堂内之人无不侧目去瞧庭内越来越近的一行人。

被女婢扶着的那少女身着淡青衫子、霜白罗裙，梳三鬟髻，戴帷帽，面容不清，步子迈得慢些，似在病中。

"倪素，你这是认了？"倪宗抬着下颔，摆足了为人长辈的威风。

"认什么？"倪素上阶，咳嗽了几声。寡言的岑氏瞥了一眼跟在倪素后头的老内知，他在门槛外不敢进来，佝偻着身子擦汗。他哪里拦得住姑娘？

"请二叔见谅，我病着不好见人，可又怕失了礼数，便只好如此来了。"岑氏身边的钱妈妈扶着倪素坐下，又叫一名女婢递了碗热茶来给她暖手。

"你昨日戴的也是这帷帽！"

倪宗的女儿倪觅枝见父亲的眼风扫来，便起身道："我从我家的庄子上回来，路过枣花村就瞧见你了，莫以为你戴着帷帽我便不认得你，你的车夫和女婢星珠我可都认得！"

倪宗看向岑氏，见岑氏跟个闷葫芦似的不搭腔，他脸色更不好，正欲再说话，却听那戴着帷帽的少女道："是吗？可有人证？总不能只因你一面之词，便定我的罪过。那农妇和坐婆可有证实？你从你家的庄子回来要路过枣花村，我从我家的庄子回来也要路过那儿，我自然不能说没去过，可后头的事，我不认。"

"这……"

倪觅枝抿唇:"谁会与你一般不自重,与那些腌臜下九流来往?"

她不是没想过要将人找来做证,可那农妇才生产完,不便下床,也咬死了说倪素只是路过借了碗水喝。那个坐婆也与农妇一般,并不承认倪素与自己一齐给人接生。

"你说的腌臜下九流,是那农妇,还是那坐婆?"岑氏盯住倪觅枝,冷不丁地开口,"我不知咱们是什么样的人家,可以造如此口业,轻贱旁人。觅枝,你母亲生你时,难道家中不曾请过坐婆?她进你们家的门,你也觉得是脏的?"

一时,堂内之人不由都想起倪宗的大哥倪准。

五年前,倪准为附近村民义诊,归程时遭遇泥石流,被埋而死,县衙请了块"悬壶济世,德正清芳"的匾,送来给倪准的遗孀岑氏。

倪准尚不曾轻视穷苦农户,岑氏自然也听不惯倪觅枝这番话。

倪宗看倪觅枝那副不敢言语的模样,便挥手让她坐下,自己则软了些声音:"大嫂,大哥他一向心慈,可心慈有时候也是祸呀。行医的,没有要女子承这份家业的道理,大哥在时,也是不许倪素学医的,可她不但偷学,还走了霁明的老路……盼大嫂明白我这份苦心,大哥用他的性命才使得咱家的名声好些,可莫要再让她糊里糊涂地败了!"

霁明是倪青岚的字。十六岁那年,他不忍贺刘氏被疼痛折磨而为她诊隐秘之症。贺刘氏不堪流言、投河自尽后,倪家的医馆生意便一落千丈。直至倪准死后,官府的牌匾送到倪家,生意才又好了许多。

"杏林之家,再不许学,也难免耳濡目染,二弟何必如此斤斤计较,且拿我岚儿说事?岚儿如今已弃医从文,是正经的举子。再者,觅枝的一面之词也无实证,你要我如何信你?"岑氏手中捻着佛珠,"你们家也知道,我并不是什么慈母,管束阿喜比你家管束觅枝还要严苛。阿喜有没有到外头去卖弄她那半吊子的医术,有没有破了咱家的规矩,我再清楚不过。"

这一番话,岑氏说得不疾不徐,也听不出什么尖锐之处,但倪宗的脸色却难看了许多。他如何听不出,这般看似平静的话,意在指责他家中对女儿教养不足。她又在提醒他，她的儿子如今是县内看重的举子，此番入云京冬试，说不定要封什么官回来。可惜的是，他撬不开那农妇与坐婆的嘴，使银子也说不动她们，也不知倪素给那二人灌了什么迷魂汤。

"二弟一家子来一趟也不易，若不嫌弃我这处的粗茶淡饭，便与我一道用些。"岑氏淡声说道。

倪宗气势汹汹地来，却憋得满肚子火气，哪里吃得下，只甩出一句"家中有事"便拂袖而去了。倪觅枝心中也不痛快，瞪了戴帷帽的倪素一眼，赶紧跟着去了，只有倪宗的儿子倪青文慢悠悠地站起来，咬了口糕饼，那视线时不时黏在倪素身边的星珠脸上，直到一旁的柳氏推他一下，他才哼着小曲儿大摇大摆地走出去。

"嫂子……"柳氏不敢多耽搁，唤一声岑氏，欲言又止。

"回吧。"岑氏清寒的眉眼间添了一丝温和，朝她颔首。

柳氏只得行了揖礼，匆匆出去。

春雪融化在门槛上，留下了水渍，堂内冷清许多。

岑氏不说话，倪素便掀了帷帽起身，上前几步，在岑氏面前跪下。

岑氏垂眼瞧她："昨日真去了？"

"去了。"

倪素低头，咬字清晰，再无方才那般病弱气虚之态。

岑氏清癯的面容上倦意深重，她起身也有些难，却不要倪素相扶，钱妈妈忙将她搀扶起来。岑氏也没多看倪素，只平淡地道："那便去祠堂跪着吧。"

自倪青岚被倪准逼着走仕途后，跪祠堂的人便从他变成了倪素，有时是因倪准发现她偷看自己的手记，有时是因她偷跑出去跟着药农在山中辨识百草。

后来她年岁渐长，比以往会藏事，倪准不知道，她跪祠堂的时候便少了些。倪准去世后，这是倪素第二次跪祠堂。

祠堂里多了倪准的牌位，供桌上香烛常燃，烟熏火燎。

"幸好姑娘昨儿也瞧见了觅枝姑娘的马车，事先与那农妇和坐婆通了口气。"星珠蹲在倪素身侧,"真是好险,若是二爷使了银子,她二人改了口就不好了。"

"二叔平日里是吝啬些,但这件事他未必不肯使银子,只是那二人不肯要他这份银子罢了。"倪素跪了有一会儿了,腿有些麻,便伸手按了按,星珠见状,也忙伸手替她按。

"为什么不要?"星珠想不明白。

昨日倪素在那房中与坐婆一块儿帮难产的农妇生产,星珠不敢进门,便在外头待着。她瞧那院子与茅舍,怎么看都是极清苦的人家,如何能不缺银子?

"我与那坐婆也算颇有交情,与那农妇虽不相熟,可人心是血肉长成,你若看得到她们的难处,她们自然也看得到你的难处。"

星珠似懂非懂,撇嘴道:"可我看那位觅枝姑娘的心便不是肉长的。她在家中受罚落下头疼的毛病,来咱们家的小私塾念书时晕了过去,您好心替她施针,她却转过脸便回家去告状,说您偷学医术。那回夫人也罚您跪了祠堂。"

自那以后,倪宗便时时注意倪素是否有什么逾矩的举止。

"这回夫人问您,"星珠的声音小下去许多,凑在倪素耳朵边儿,"您怎么就说了实话呢?您若搪塞过去,也不必来祠堂罚跪。"

"我从不骗母亲。"倪素摇头,"以往是她不问,她若问我,我必是要实话实说的。"

在祠堂跪了大半日,直至星幕低垂,倪素已是双膝红肿,麻木疼痛到难以行走。老内知叫了几个女婢来,与星珠一道将倪素送回房去。

岑氏不闻不问,也没让钱妈妈送药过来,星珠只得叫小厮去寻倪家雇用的坐堂大夫,拿了些药油回来给倪素擦。

"姑娘,夜里凉,早些睡吧。"星珠替倪素擦完药油,出去净了趟手回来,见倪素披衣在案前坐着,手中笔不停,便上前轻声劝。

"兄长快回来了,我要将我这小半年的心得都整理好给他看。"两盏灯烛映照着倪素白皙秀净的侧脸,沾了墨的笔尖在纸上摩擦,"比起他走时,我如今更有所得。妇人正产胞衣不下该如何用药,我已有更好的办法了。"

她只顾落笔,根本忘了时辰。星珠进来剪了几次灯芯,困得在软榻旁趴着睡着了。倪素起身喝了口冷茶,在木榻上拿了件衣裳,披在星珠身上。

后半夜倪素在书案前睡着,几盏灯烛燃到东方既白,才融成一团残蜡,灭了。

"姑娘,云京来信了!"门外忽然传来一名女婢清亮的声音。

倪素猛地惊醒,直起身,身上披着的衣裳落了地。蜷缩着睡了一夜的星珠也醒了,忙起来伺候倪素更衣洗漱:"姑娘,郎君定是中了!"

若不是中了,此时也不会只来了信,而不见人了。

倪素昨日才跪过祠堂,今日走得慢,好不容易到了岑氏的院子里,却发现奴仆们都立在庭内。老内知脸色煞白,在石阶上不安地走来走去,小厮领着好几个倪家的坐堂大夫从倪素身边匆匆跑过,进了岑氏的屋子。倪素被星珠扶着快步上前:"母亲怎么了?"

"夫人她晕过去了!"

老内知胡须颤颤,眼眶发红地望着倪素,道:"姑娘,咱们郎君失踪了!"

倪素脑中轰鸣。

倪青岚是在冬试后失踪的。

信是一位与倪青岚交好的衍州举子寄给倪青岚的。他在信中透露,倪青岚在冬试后的当夜从客栈离开,那友人以为他冬试发挥不利,心中郁郁,故而依照倪青岚往日与他提及的家乡住址写了信来悉心安抚,约定来年相聚云京。

依照这衍州举子的说法来看,倪青岚冬试的确未中,可友人书信已至,为何他却并未归家?

一开始岑氏尚能安慰自己,也许儿子是在路上耽搁了,说不定过几日便回来了。可眼看一两个月过去,倪青岚不但未归,也没有只言片语寄回家中。

岑氏的身子本就不好,近来更是缠绵病榻,吃得少,睡得更少,人又比以往清减了许多。她不许倪素诊她的脉,也不许倪素过问她的病情,平日里总来看诊的老大夫口风也严,倪素只好偷偷带着星珠去翻药渣,这一翻,便被人给瞧见了。

"你起来,我不罚你。"岑氏倚靠在软枕上,审视跪在她榻前的少女,"但你也别觉得你没做错什么。只是你近来帮我挡着倪宗他们那一大家子人,不让他们进来污我耳目,也算抵了你的罚。"

"母亲……"倪素抬头,发现岑氏瘦得连眼窝都深陷了。她看着岑氏,心中越发不是滋味。

"我请大钟寺的高僧给平安符开光,近来病得忘了,你替我去取回来。"岑氏虚弱无力的嗓音透着几分不容拒绝的威严。

这当口,倪素哪里愿去什么大钟寺,可岑氏开了口,她没有拒绝的余地,只得出了屋子,叫来老内知交代好家中事,尤其要防着倪宗再带人过来闹。

大钟寺算是前朝名寺,在一座清幽的山上,静拥山花草色不知年。寺中铜铸的一口大钟上镌刻着不少前朝名士的诗文,也因此,大钟寺常有文人雅士造访,留下不少绝佳名篇,使山寺香火鼎盛绵延。

倪素近来心神不宁,一路坐在车中,也满脑子都是兄长失踪、母亲生病之事。马车倏尔剧晃,外头马儿嘶鸣一声,星珠唤声"姑娘",下意识将倪素护在怀中。

只听得"咚"的一声,倪素抬眼,见星珠的额头磕在车壁上,瘀红的印子很快便肿胀起来。

"星珠,没事吧?"马车不走了,倪素扶住星珠的双肩。星珠又疼又晕,一摇头就更为目眩:"没事,姑娘……"

粗粝的手掀开帘子,一道阳光随之落在倪素的侧脸上,老车夫身上都是泥,朝她道:"姑娘,咱们的车辕辘坏了,昨儿又下了雨,这会儿陷在湿泥里,怕是不能往前了。但姑娘放心,只需个把时辰,小老儿便能将它弄好。"

"好。"倪素点头,她并不是第一回来大钟寺,见前面就是石阶山道,便回头对星珠道,"你这会儿晕着不好受,我自己上去,你在车中歇息片刻。"

"奴婢陪姑娘去。"星珠抬手碰到额头红肿的包,忍不住"咝"了一声。

"等回了府,我拿药给你涂。"

倪素轻拍她的肩,一手提裙,踩着老车夫放好的马凳下去。好在湿泥只在马车右辖辘陷入的水洼里,山道已被日头晒得足够干,没有太泥泞。

大钟寺在半山腰,倪素顺着石阶上去,后背已出了层薄汗。叩开寺门,倪素与小沙弥交谈两句,便被邀入寺中取平安符。

在大殿拜过菩萨,又饮了一碗清茶,寺里钟声响起,旷远绵长,原是到了僧人们做功课的时辰,他们忙碌起来,倪素也就不再久留。

出了寺门,百步石阶底下是一片柏子林,十分茂密,枝浓叶厚,遮蔽天光,其中一簇火光惹眼。她记得自己来时,林中的那座金漆莲花塔是没有点油灯的,而此时,高墙内,僧人诵经声长,柏子林里,焰光灼人。

倪素远远瞧见那莲花塔后走出来一个老和尚,抱着个漆黑的大木匣子,踉跄几步,在湿泥里滑了一跤。他摔得狠,一时起不来,倪素提裙匆忙过去扶他:"法师?"

竟是方才在寺中取平安符给倪素的老和尚,胡须雪白,也不知为何都打着卷儿,看起来颇有些滑稽。他龇牙咧嘴的,也没什么老法师仪态,见这少女梅子青的罗裙都拂在污泥里,"哎呀"了一声:"女施主,怎好脏了你的衣裳?"

"不碍事。"倪素摇头,扶他起身,见他方才抱在怀中的匣子因他这一跤被摔开了匣扣,缝隙里钻出来些兽毛,迎风而动。

老和尚注意到她的视线,一边揉着屁股一边道:"哦,前些日子雨下个不停,冲垮了莲花塔后面那块儿,我正思忖该如何修缮它,哪知在泥里翻出这匣子来,也不知是哪位香客预备烧给逝者的寒衣。"

大钟寺的这片柏子林,本就是给百姓们年节时给逝者烧寒衣与冥钱

的地方。

倪素还不曾接话，老和尚听见上头山寺里隐约传出的诵经声，面露难色："寺中已开始做功课了。"他回过头来，朝倪素双手合十，"女施主，老衲瞧匣中的表文，那已故的生魂是个英年早逝的可怜人，这冬衣迟了十五年，老衲本想代烧，但今日寺中的功课只怕要做到黄昏以后，不知女施主可愿代老衲烧之？"

老和尚言辞恳切。

"我……"

倪素才开口，老和尚已将手中的一样东西塞入她手中："女施主，老衲赶着去做寺中的功课，此事便交托与你了！"他说完，便捂着屁股，一瘸一拐地往林子外的石阶上去了。

他与倪素以往见过的僧人太不一样，虽有白须，显出老态，但不稳重、不沧桑，更不肃穆。

倪素垂眼看着手中狰狞而纤毫毕现的兽首木雕珠，看不出这是什么凶兽，心中无端觉得怪异。

"老衲的兽珠可比女施主身上的那两道平安符管用多了。"老和尚的声音从远处传来，倪素抬首回望，柏子林里光线青灰而暗淡，枝叶颤颤，不见他的背影。

诚如老和尚所言，那木匣中有一件带兽毛领子的氅衣，还有一封被水汽濡湿的表文。表文的墨洇了大半，她只能依稀辨出其上所书的年月的确是十五年前。

收了老和尚的兽珠，倪素便只好帮忙。她借了莲花塔中油灯的火，在一旁搁置的铜盆中点燃那件厚实的玄黑氅衣。火舌寸寸吞噬着氅衣上银线绣成的仙鹤纹样，焰光底下，倪素辨认出袖口的两道字痕："子，凌……"

几乎在她落声的刹那，那莲花塔后两棵柏子间用彩绳绑着来警示他人不可靠近垮塌之处的铜铃一动，发出轻响。

人间五月，这一阵迎面的风却像是从某个严冬里刮来的，刺得倪素脸颊生疼。盆中扬尘，她伸手去挡。

金漆莲花塔内的长明灯灭了个干净，铜铃一声又一声。

风声呼号，越发凛冽，倪素起身，险些站不稳，双眼更难视物。林中寒雾忽起，风势减弱了些，天色更加暗青，她耳边传来细微的声音。

点滴冰凉落入她单薄的夏衫里，倪素双眼发涩，后知后觉地放下挡在面前的手臂，抬眼望去。

仲夏五月，山寺午后，天如墨，雪如缕。

若不是亲眼所见，谁会相信？

雪粒落在倪素乌黑的鬓发上，她的脸被冻得发白，鼻尖有些微红，不敢置信地愣在眼前这场雪里。

骨头缝里的寒意顺着脊骨往上爬，倪素本能地想要赶紧离开这里，但四周雾浓，裹住了青黑的柏子林，她竟连山寺里的诵经声也听不见了。

天色转瞬暗透了，倪素惊惶之下撞到一棵柏子，鼻尖添了一道擦伤。没有光亮令她寸步难行。她大声唤山寺的僧人，也久久听不到人应答。

不安充斥心头，她勉强摸索着往前，山风、冷雪、浓雾交织而来。脚踩细草的沙沙声逐渐逼近，身后有一道暖黄的焰光铺至她的裙边，倪素垂眸。

雪势更大，如鹅毛纷扬。倪素盯住地面不动的火光，转过身去。

雾气淡去许多，雪花点染柏枝。铺散而来的暖光收束于不远处的一盏孤灯，一道颀长的身影立在那片枝影底下，在倪素转过身来的这一刹，他又动了。

她眼睁睁地看着他走近，这片天地之间，他手中握着唯一的光源，那暖光照着他身上那件玄黑的氅衣。漆黑的兽毛领子，衣袂上的绣纹泛着凛冽银光。

他有一张苍白而清瘦的面庞，发乌黑而润泽，睫浓密而纤长，赤足而来，风不动衣，雪不落肩。

他近了，带着冷沁的雪意。在灯笼的焰光之下，他站定，认真地审视倪素被冻得泛白的脸庞。

倪素瞳孔微缩，雪粒打在她的面颊上，寒风促使强烈的耳鸣袭来，

她隐约听见他清冽、平静的声音：

"你是谁？"

灯笼的焰光刺得人眼睛发涩，耳鸣引发的眩晕令倪素脚步踉跄，她双膝一软，却被人攥住手腕。

极致的冷意从他的指腹贴裹她的腕骨，那是比冰雪更凛冽的阴寒，倪素不禁浑身一颤。她勉强稳住身形，抬头道："多谢……"

她冻得嗓子发紧，目光扫过他的脸，那双眼睛剔透如露，点染春晖，只是与他方才收回的手指一般散发着冷意。

正如仲夏落雪，有一种诡秘的凋敝之美。

灯笼照得那座金漆莲花塔微光闪烁，他的视线随灯光转去。山风卷着铜铃乱响，他看着那座莲花塔，像是回想起什么久远的记忆，清冷的眼里依旧没有分毫明亮的神光，只是侧过脸来问她："此处，可是大钟寺？"

倪素觉得怪异极了，正欲启唇，却蓦地瞳孔一缩。

如星如萤的微光飘浮在他身后，一颗接一颗地凝聚在一起，逐渐幻化出一道朦胧的影子。

"兄长！"倪素失声。

微光照着男人苍白无瑕的侧脸，他默然一瞥身后，幻影转瞬破碎，晶莹的光芒也散入风雪。

大片的鹅毛雪轻飘飘地飞来，却在将要落在男子身上氅衣上的一刻，被山风吹开，他始终片雪不沾。

倪素的视线也顺着雪花下落，灯火颤颤，她发觉他身上氅衣的银线绣纹仿佛缥缈乘云，振翅欲飞。袖口的字痕隐约闪烁：

子凌。

"你……"天寒雪重，倪素不知道她方才用的铜盆哪里去了，可她仍能嗅到山风中残留的灰烬与扬尘，嵌在骨头缝里的阴寒更重，她怕自己看错，不由得伸手去触碰他的衣袖。

这一触，却没有任何实感。寒风穿过倪素的指缝，她看见面前这个始终平静凝视她的年轻公子的身形一刹化成冷淡的山雾，消失了。

倪素的手僵在半空，冻得麻木，雪还在下，但浓如墨色的天幕却有转明之象。

山寺里的诵经声停了有一会儿了，老方丈与僧人们聚在大殿外，连连称奇。

"怎么无端下起雪来？"一名小沙弥仰头。

"这可不是什么好征兆。"有人说。

老方丈摇头，念了一声"阿弥陀佛"，按下他们的议论声：

"不得胡言。"

今日值守寺门的小沙弥厌烦极了这怪天气，他身上僧衣单薄，哪里防得住这严冬似的冷意，正琢磨要不要回禅房去翻找一件冬衣来穿，却听到急促又惊慌的敲门声。小沙弥吓了一跳，忙打开寺门探出头去。外头的女施主他见过，是今日才来寺中取平安符的那位，只是她此时鬓发汗湿，衣裙沾污，脸色也煞白。

"女施主，你这是怎么了？"小沙弥愕然。

"小师父，我要找那位给我取平安符的老法师。"倪素冷极了，说话时声音也细微地抖。

小沙弥虽不明缘由，但还是邀她入寺。

"寺中的功课停了？"倪素入寺后没听到诵经声。

"原本还要一盏茶的工夫，只是忽然遇上这遮天蔽日的下雪奇观，才结束得早些。"小沙弥一边领着倪素往前，一边答道。

倪素挪不动步子了。她分明记得在柏子林中，那老法师对她说，今日寺中的功课要到黄昏才毕。

"慧觉师叔，这位女施主来寻您。"

小沙弥的声音响起，倪素下意识地抬头。那慧觉身形臃肿，目慈而胡须青黑，笑眯眯地走过来，念了声"阿弥陀佛"，道："女施主去而复返，可是平安符有误？"

"您是慧觉法师？"倪素难以置信。

慧觉不明所以，与小沙弥相视一眼，双手合十，和气地道："贫僧慧觉。"

"女施主，你不是才见过慧觉师叔吗？怎么就不认得了？"小沙弥有些疑惑。

倪素本能地后退一步，脸色更为苍白。

此时天色恢复澄明，这山寺古朴而巍峨，日光落檐如漆金。

不对，全不对。在寺中递给她平安符的，是那个胡须雪白打卷儿的老和尚，无论是面容、身形，还是声音，都与眼前这个慧觉，没有分毫相似之处。

满殿神佛，此时却给不了倪素任何心安。这雪，这寺，这人，扭曲成荒诞奇诡的绳索，狠狠地扼住她的咽喉。

慧觉见她魂不守舍，声带关切："今日遇着怪雪，冷得竟像是寒冬腊月似的。"

他转头对那小沙弥道："快去给女施主寻一件披风来。"

小沙弥才要点头，却见这女施主忽然转身跑了，他在后头连唤了几声，却催得她步履越发快了。

"今日不但雪怪，人也怪……"小沙弥摸着光头，低声嘟囔着。

大雪整整下了一日，整个雀县城中都落了一层白，茶楼酒肆，街巷之间，多的是人议论这场怪雪。

倪素自大钟寺回到家中便病了一场。她高热不退，钱妈妈每日要在岑氏那儿伺候，又要来她院中时时探看，倪家医馆的几位坐堂大夫都来替倪素诊过病，开的汤药大同小异。

岑氏拖着病体来看过倪素一回，听几个大夫说了会儿退热的法子，她病得蜡黄清癯的脸上也看不出什么表情。

夜里听见钱妈妈说倪素的高热退了，岑氏一言不发，却极轻地松了一口气，这才张嘴喝下钱妈妈舀来的一勺药汁。

第三日倪素才算清醒。星珠喜极而泣，一边用绣帕小心擦拭倪素额上的汗珠，一边问道："姑娘，您渴吗？饿不饿？"

倪素反应迟钝，好一会儿才摇头。"母亲呢？"她的嗓音嘶哑极了。

"姑娘您别担心,夫人好些了。"星珠端了一碗热茶来喂她。

其实星珠并不能去岑氏院中,她只听老内知说岑氏今日已能下地,便以为岑氏的病好些了。

哪知倪素才将养了一两日,岑氏便开始呕血。若非倪宗闻风而来,岑氏昏睡着起不了身,钱妈妈没有法子才到倪素院中来,倪素只怕还被蒙在鼓里。

"你的风寒之症尚未好全,这几日既要应付你二叔,又要在我跟前伺候,苦了你了。"岑氏看着钱妈妈将被血染红的一盆水端出去,视线落回到面前这个女儿身上。

岑氏才呕过血,嗓子都是哑的。

"女儿不苦。"倪素握住岑氏的手,"母亲才苦。"

岑氏扯了扯唇,那并不能算是一个笑,她向来是不爱笑的:"这些天,你趁我睡着,应该偷偷替我诊过脉了吧?"

倪素沉默着,才要起身,却被岑氏握紧了手。

"你不必跪我。"岑氏的眼窝深陷,尽显疲态,"我如今并不避着你用药看病,你又诊过我的脉,我这副身子还能撑几天,你已心知肚明。"

倪素迎向她的视线:"母亲……"

"在咱们家,女子是不能有这种志向的。"岑氏靠着软枕,说话间胸口急剧起伏,"你父亲打过你,罚过你,但你这性子倔,挨了疼、受了苦也不肯服软。我知道,都是岚儿教的。"提及倪青岚,岑氏泛白的唇才有了些柔软的弧度。

"您知道?"倪素愕然,喃喃地道。

"你父亲当初防你如防贼,若不是岚儿倾尽所学地教你,单靠你在医馆偷师又能偷得多少?"岑氏病得气力全无,提及这些事,却有了些许精神,"他十六岁替贺刘氏诊病,贺刘氏投河死后,你父亲逼着他读书,他便把你带在身边,偷偷地教你。有一回他教你背《汤头歌诀》[1],我就在书房门外。"

---

[1] 医方著作。

倪素原以为她与兄长瞒得很好,家中人只知她偷学医术不成,常挨父亲的罚,却不知兄长一直在教她。她没料想到一向反对她学医的岑氏,竟然早就发现她与兄长的秘密,却并没有在父亲面前戳穿他们。

她不是岑氏的亲生骨肉,岑氏却从不曾苛待她半分,将她认到膝下,认真当作亲生女儿来教养。可岑氏向来是一副冷脸,话也少,天生有一种疏离感,故而倪素虽自小敬爱她,但两人相处时却不能如倪觅枝与柳氏那对母女一般自在。

其实岑氏并不是只对她这样,而是性子使然,令人难以接近,即便和亲生儿子倪青岚相处也很是平淡。

"你兄长可有告诉过你,他一个儿郎,当初为何要钻研妇科?"

"没有。"倪素恍惚地摇头,却不受控制地想起大钟寺的柏子林里,那名身着玄黑氅衣、身骨单薄的年轻男子。她在他身后那片诡异的光里,短暂看见过倪青岚的影子。

岑氏徐徐叹了一口气:"他呀,是个孝顺孩子,我生了他以后,身上便有些隐病。原本也没什么大不了的,哪知年深日久,病就越发重了。你也知道,这世上的大夫大都不通妇科,也不屑于研究妇科,你父亲也是如此,我身上的事,也不愿对他说。"

"我对着自己的儿子也是难以启齿,可这病实在越发不好忍,有一回我着实难受,被岚儿瞧见了。他那时还是个孩子,可性子倔,我不肯说,他便要去找他父亲来给我诊病。我没法子,才告诉他,我这病他父亲不愿治,也治不了。可他上了心,竟一个人去外头找了个药婆,偷偷带回来给我瞧病。"

当下世道,三姑六婆是不折不扣的"下九流",药婆便是六婆之一,多在乡下给身上有隐症的女人卖药,没正当名声,为人所不齿。

"你小娘是个苦命的女人,她生了你,却没能将你养大。"岑氏提起那个温柔恭顺的女子,神情平和,"她生你时难产,坐婆没法子,你父亲其实也不忍你小娘和你就这么没了,可他不通妇科,抛却那些礼法进了房里去,也没能留住你小娘的性命。

"那时你虽不通人事,仍哭得很惨,怎样也哄不住。"岑氏端详着倪素,道,"阿喜,你兄长甘冒医者之大不韪,一是为我,二是为你。他见不得我受隐症之苦,也见不得你受丧母之痛,他因你我而对女子有这份世上难得的怜悯之心,自然也见不得其他女子受隐症折磨。"

可惜,倪青岚第一回真正给女子诊病,便成了最后一回。

"他立志于此,却不为人所容。阿喜,其实我应当谢你,他少年时便被流言蜚语所裹挟,受你父亲所迫,不得不弃医从文,你敢延他之志,大约是他这些年来,心中唯一的慰藉。"

听着岑氏的话语,倪素想起昔年雨夜,她与兄长在祠堂中说过的那些话。

"母亲,等你好了,我去云京找兄长。"倪素轻声道。

"何必再等?咱们遣去云京的人到如今也没个信儿,你倒不如现在就去。"

"母亲?"倪素惊愕抬眸,随即摇头,"让我这时候抛下您进京,您要我如何安心?"

"你兄长生死不知,我就能安心了吗?"岑氏说着咳嗽起来,缓了好一阵才挣脱倪素轻抚她后背的手,唤钱妈妈进来。

"阿喜,我让你跪祠堂,是因为你父亲从没有什么对不住你的地方,你在他心里与岚儿一样重要。只是他有他的道理,你违逆了他,违逆了他倪家的规矩,是该跪他和他家的祖宗。"岑氏摸了摸她的脸,"你别怪我。"

倪素眼眶发热,对着岑氏跪下去:"母亲,我从来没有怪过您,我知道您待我好。"

"好孩子。"到了这时候,岑氏也难掩泪意,"你也知道我就这几日好活了,守着我倒不如替我去找你兄长。你父亲死前搏了个好名声,县衙送的这块匾在咱们家里,你二叔这几年碍于我这个节妇[1],也不敢不要脸面地明抢咱们大房的家产。可如今你兄长下落不明,我身子不好的事他们也知道了,一旦我过了身,你一个孤苦的女儿家又如何能防得住你

---

[1] 夫死守贞不再嫁的妇女。

二叔那般狼子野心？没有男丁在，外头那些人也不会在意这些事，因为你是女儿，他们倪家没有让你得了家业的道理，便是找县太爷说理，他也有恃无恐，大可以胡乱将你嫁了。"

岑氏看了一眼钱妈妈，钱妈妈当即会意，从柜子里捧出一个小匣子，在倪素面前打开。匣子虽小，里面却是满满当当的交子。

"你去大钟寺取平安符那日，我就让钱妈妈将咱们家的庄子和田地都卖了，我的嫁妆首饰也都当了，换成这些钱给你上京傍身用。"岑氏憔悴的面容上浮出一丝冷笑，"咱们也不能事事都由着倪宗欺负，倪家的医馆生意，他要接手便由他，但这些田宅家产，他做梦也别想拿到。"

"母亲……"

"你听我的话。"倪素才开口，便被岑氏强硬打断，"你若真为我好，便趁早走，别让你二叔算计你。你去找你兄长，带他回来，到时再名正言顺地拿回咱们家的医馆。倪宗他就是再不情愿，也得风风光光地办我的身后事。至于家中的这些奴仆，等我一过身，钱妈妈自会替我遣散。"

钱妈妈不说话，却忍不住用袖子边儿擦泪。

交代完这些话，岑氏仿佛已花完所有的气力，她也不容倪素再说一句话，闭起眼，平静地道："去吧，我累了。"

倪素捧着匣子，强忍着鼻尖的酸涩，站起身，被星珠扶着走到门口，那片仲夏的日光明亮而炽热，铺在门槛上。

"阿喜。"

忽地，倪素又听见岑氏的声音从身后传来。她回头，站在门槛处已不能看清岑氏隔着床幔的面容。只听岑氏道："此道至艰，天底下多的是小心眼的男人，你怕不怕孤身一人？"

钻研妇科的女子，多与下九流的"六婆"无异。

倪素忍了好久的眼泪簌簌跌出，她站在日光里，望着淡青床幔里的人，清晰地答道：

"母亲，我不怕。"

夜雨声声，碾花入泥。

倪觅枝携女婢穿过廊庑[1]，逐渐走近书房，她回头接过女婢手中的热羹，上前几步，停在门前。

"咱们大齐律法准许女子改嫁，偏她岑子淑贪恋我倪家的家业，不惜为此做了多年的节妇，连县太爷都嘉奖她，还给她弄了一个贞节牌坊！她住的那可是咱倪家的祖宅，可我如今想踏进那门槛都难！"

房内又是摔盏声又是怒吼声，倪觅枝双肩一颤，抿起唇，有些不敢敲门。

"主君何必动怒，这几日，小的看医馆里的坐堂大夫去她那儿去得很勤，她以往就算再不客气，也是会请您进门用茶的，如今几次三番闭门不见，只怕是病得起不来了。"内知一面躬身拾掇碎瓷片，一面抬起头谄媚道，"她病得起不来，那青岚郎君又活不见人死不见尸的，不正是您光明正大收回家业的机会吗？"

倪家的家业原也丰厚，当年在泽州也算风光一时，只是在倪准、倪宗这对兄弟十几岁时，他们的父亲倪治光经营不善，加之北边打仗，将家底赔了大半。医馆是倪家祖上的立身之本，若非倪治光贪心插手旁的生意，原本也不可能赔得太狠。倪治光痛定思痛，带着一家子人从泽州回到雀县老宅，用仅剩的家财重开几间医馆，又添置了布庄生意。

倪宗虽是庶子，但倪治光也准许他与倪准一起学医，只是倪宗学得不好，常有错处，倪治光深以为这条路他走不通，故而在去世前让他们兄弟二人分了家，倪家的祖宅与医馆都归嫡子倪准，而布庄生意则归倪宗。

可布庄生意哪里比得上老字号的倪家医馆？这些年来，倪宗一直对此心存不满。尤其倪准死后，倪家的医馆生意握在一个寡妇手里，每回他上门，他那孀居的嫂嫂还总摆出一副高高在上的模样，让他心中大为光火。

"倪素那个油盐不进的小庶女，也是个棘手的祸患。"倪宗坐回折背椅上，撇过脸，迎向案上那一盏灯烛的暗光，"她岑子淑难道真敢将咱们

---

[1] 指堂下四周的廊屋，有壁，可住人。

倪家的医馆交到那样一个女儿家手上……"

"主君，哪能呢？就没这样的理儿。"内知殷勤地奉上一盏茶，"再者说，女子终归是要嫁人的，她嫁了人，可就算是外人了。"

倪宗接过茶碗，热雾熏染他脸上的皱痕，他一顿，抬起头来，微眯着眼睛："这倒是了，叫她倪素平日里学她母亲那清高的做派，不早早地挑个郎婿。"他蓦地冷笑一声，"如今，她是想挑也挑不成了。"

夏夜的雨并不冷，但倪觅枝隔着单薄的门窗，却从父亲的话中隐约感受到一股令人心惊的寒意。她险些捧不稳瓷碗，回过神，才发觉碗壁已经没那么热了。她拉住女婢的一只手，一股脑儿地往回走。

挑不成，是何意？倪觅枝在回房的路上想了又想，蓦地停步，跟在后头的女婢险些撞上她的后背，懵懂地唤她："姑娘？"

闪电的冷光闪烁入廊，雨雾交织。

倪觅枝挣扎了一会儿，还是转过身，对女婢道："你悄悄去大伯母家找倪素，就说，就说……"她抿了一下唇，"让她近日不要出门，恐有强人污她清白。"

"是。"女婢揖礼，找来一柄纸伞，匆匆奔入雨幕。

倪家祖宅。

钱妈妈早张罗着让人将行装收拾到马车上，如今正下着雨，又是夜里，倪宗遣来盯梢的家仆都在食摊的油布棚底下躲雨，没人注意倪家祖宅后门的巷子。这正是倪素离开的好时候。

"您别看那姓张的车夫老了，他年轻时走过镖，学过拳脚功夫，所以夫人才放心让他送您上京去。"

钱妈妈给面前的少女撑着伞，替她拂去披风上沾着的水珠，眼有些酸："姑娘，一个人上京，要好好的呀。"

倪素儿时多由钱妈妈照看，她握住钱妈妈的手："我哪里是一个人？张伯与星珠都陪着我，钱妈妈您放心，请您……"倪素忍着酸楚，喉咙更干涩，"请您照顾好我母亲，也照顾好您自己。"

"放心吧姑娘，夫人跟前有我。"钱妈妈拍了拍她的手背，随即扶着她要往车上去，但倪素踩上马凳，回头望向半开的门内。

一庭烟雨，灯影融融。她忽然松开钱妈妈的手，从伞下走出，上前几步跪在阶下。裙袂湿透，雨声噼啪打在眼睫上，她俯身，重重磕头。

钱妈妈捂着嘴，侧过脸默默垂泪。

"这个星珠，怎么还不回来？"老车夫将马车套好，往巷子口张望了一番。

倪素被钱妈妈扶上马车，星珠迟迟不归，她心里也颇不安宁，便对车夫道："我们去书斋找她。"

以往倪青岚在家中教倪素医术多有不便，便用攒下的银子在城东买了一间极小的院子做书斋用。

今夜，岑氏见了雨便临时起意，让倪素趁夜便走。匆忙之下，倪素放在书斋的一副金针，还有几本医书并未来得及去取，家里的行装也要收拾，星珠便自告奋勇，去书斋帮她取来。

星珠自小跟着倪素，也知道她将东西收在何处，倪素便叫上一两个小厮，陪着她一块儿去了。

夜雨渐浓，滴答打在车盖上，老车夫驾车，轱辘匆匆碾过泥水，朝城东方向去。

雨浇熄了不少灯笼，街上昏暗，进了巷子就更暗，老车夫凭着车盖底下摇晃的灯笼，看见书斋的院门外，有几个披着蓑衣的小厮挤在墙根底下，相互调笑。见着有马车驶来，他们立即收敛了笑容，脸色紧绷起来，互相推搡着。

"哎呀，那是不是大房的马车……"有人眯起眼睛看马车上带"倪"字的灯笼。

暗处被捆成粽子的两个小厮听见这句话，立即挣扎着滚到了灯影底下，被塞了麻布的嘴不断发出"呜呜"的声音。

老车夫认出被捆的两人，又辨认出那几名小厮其中一个是常跟在倪宗的庶子倪青文身边的，回头对倪素道："姑娘，是青文郎君的人！"

倪素掀帘，那小厮目光与她一触，胆战心惊，转身便要跑进院门里去通风报信，哪知老车夫动作利落地下了车，挡住他的去路。

"张伯,给我打!"

雨势更大,淹没诸多声音。倪素心中更加不安,顾不上撑伞,来不及放马凳,她提裙跳下车去,崴了一下脚踝。

跟着倪青文的这几人都跟瘦鸡崽子似的,张伯将他们按在水里痛打,倪素则忍着疼,快步进院。

"救命,救命啊……"

紧闭的门窗内哭腔凄厉。细眉细眼的年轻男人按着地上女子的肩,笑道:"好星珠,你识相些,与其做她倪素的女婢,还不如跟着我。她没了兄长,大伯母也要病得不成了,倪家的家业,迟早都是我的!"

星珠满眼是泪,尖叫着想要躲开他的手,却迫于男女气力的悬殊而挣扎不开。男人扯开她的衣衫领子,衣裤半褪,狞笑着,正待俯身。

"砰"的一声,房门被人大力踹开,门外电闪雷鸣。倪青文吓了一跳,不耐地转头:"谁他妈……"

冷光交织,迎面一棍子打来,倪青文鼻骨痛得剧烈,温热的血液流淌出来,他痛叫着,看清了那张沾着雨水的脸。

"倪素!"

倪青文认出她,当即铁青着脸朝她扑来,想夺她手中的木棍,倪素及时躲开他,正逢张伯跑进来,拦下倪青文,与他撕打起来。

星珠躺在地上动也不动,直到一个浑身湿透的人将她扶起来,抱进怀里,她眼眶里积蓄的泪才跌出,不由得大哭起来:"姑娘,姑娘……"

为防星珠逃跑,倪青文竟还唆使小厮将她的右腿打断了。

倪青文一个不学无术的败家子,力气还不如张伯一个五旬老汉,被打得连声惨叫。

倪素充耳不闻,帮星珠整理好衣裳,又摸着她的关节,温声道:"星珠,你忍着点。"话音才落,不等星珠反应,手上忽然用力,只听得一声响,星珠痛得喊了一声,眼圈儿红透。

星珠浑身都在发颤,那种被人触摸的耻辱感令她难以扼制心头的恶心,倪素轻声哄她。

倪青文鼻青脸肿的,被张伯按在地上,大声喊道:"倪素,你有什么好得意的？你娘就要死了，祖宅、医馆迟早都是我们家的！你算什么东西？不在我面前摇尾乞怜，竟还敢打我！"

倪素松开星珠，起身走到倪青文面前，居高临下地盯着他。水珠顺着她乌髻一侧的珠花往下滑，在她的耳垂边又凝聚为晶莹的一滴。

她俯下身，重重地给了倪青文一巴掌。

"如今就算我肯向堂兄你摇尾乞怜，只怕你也不愿大度地放过我。"

倪青文被这一巴掌打蒙了，听见她的声音，迟缓地抬眼。面前的这个少女一身衫裙湿透，湿润的碎发贴在耳侧，一双眼清亮而柔和，白皙的面颊沾着雨水。

倪青文眼看她又站起身，从张伯的手中接过棍子，瞪大了双眼："倪素你……"

一棍子打在他的后脑处，话音戛然而止。

倪素丢了棍子，去外面的药篓里翻找了一阵，用绣帕裹着一团花状的嫩绿茎叶走进来。

张伯看着她的动作，唤了声："姑娘，您要做什么？"

"张伯，星珠遭逢此事，腿又伤着，只怕不便与我上京，更不便留在雀县。"倪素将帕子连带着包裹其中的草叶都扔到倪青文的右手里，"故而，我有一事相求。"

张伯看她抬脚，绣鞋踩上倪青文的手，重重一碾，根茎里白色的汁液流出，淌了倪青文满手。

"星珠的家乡栾镇很多年前遭逢水患，星珠幼年与母亲逃难至此，母亲病逝后，她没了倚靠，才来我家做我的女婢。听说她在栾镇还有个亲戚在，我给您与她留一些钱，请您送她回栾镇，您最好也在栾镇待着，先不要回来，避一避风头。"

倪青文有个极跋扈的妻子，他家里的生意又是仰仗他妻子娘家的照顾才好了许多，他今夜即便在这里吃了哑巴亏也不敢声张。而倪宗新娶进门的妾又有了身孕，倪青文正怕那妾的肚子里是个小子。倪宗碍于儿媳妇娘家的面子，不许倪青文纳妾，又讨厌他不学无术、只知玩乐的做派，在这个节骨眼上，倪青文不敢找倪宗告状，却一定会私下里报复。

呆滞的星珠听见倪素的这番话，动了动，视线挪来，却先看见从绣帕里落出来的茎叶。

五凤灵枝，药称泽漆，能清热解毒、镇咳祛痰，对付癣疮颇有效果，但它根茎的新鲜汁液却有毒，皮肤沾之便会溃烂。

星珠跟着倪素，这么多年耳濡目染，如何会认不得这东西。更何况外头药篓里那些还没来得及晾晒的草药，也都是星珠去找药农收来的。

"姑娘……"星珠喃喃地唤了一声。

她是奴婢，且不提倪青文还未得逞，即便他得逞，大齐的律法里也没有一条可以为她讨回公道。

雨雾茫茫，在门外的灯下忽浓忽淡。有风鼓动倪素的衣袖，她回过头来，对上星珠红肿的双眼："星珠，你不要怕，他哪只手碰的你，我就让他哪只手烂掉。"

庭内的槐树被雨水冲刷得枝叶如新，浓浓的一片阴影里，有一名年轻的男人。他靠坐在树上，拥有一张苍白的脸，身上穿着一件与仲夏不符的狐狸毛领子玄黑氅衣，里面雪白的衣袂垂落。他的影子落在浅薄暗淡的灯影底下，却是一团无人发现的荧光。

他在枝叶缝隙间默然望向那道门，清冷的眉眼之间尽是严冬的雪意。

雨下了整夜，东方既白时才将将收势。

倪家祖宅里的消息一送来，倪宗便匆匆披衣起身，带着妻子柳氏、女儿倪觅枝与儿媳田氏前往祖宅。

"大嫂何时去的？"倪宗面露悲色，立在门外问那老内知。

"夫人是卯时去的。"老内知一面用袖子揩眼泪，一面哽咽着答道。

倪宗抬头，看见门内柳氏坐在床沿呜呜咽咽地哭，目光再一扫，只瞧见一旁站着钱妈妈。他皱起眉头，这才想起自己进院以来，除了这位老内知与那钱妈妈以外，竟没再见着一个奴仆，就连他那个侄女儿倪素竟也没露面。

"府里的奴仆呢？还有我侄女儿倪素呢？"倪宗觉得很不对劲儿。

"夫人临终前将府里的奴仆都遣散了。"钱妈妈闻声从房中出来,朝倪宗揖礼,又接着道,"至于姑娘,夫人不忍她在跟前看着自己走,昨日就将她支去了大钟寺,姑娘如今正在寺中为夫人祈福,咱们这儿的消息才送去,只怕要晚些时候姑娘才能回来。"

倪宗不知这对假母女哪里来的这些情分,但眼下这当口,他也不好说什么,只得点了点头,又招手叫来自己府里的内知,让他带着自己府中的奴仆们过来张罗丧事。

倪宗心中有气,气岑子淑死前还给他添堵,明知她自个儿的身后事少不得人张罗,竟还先遣散了奴仆。不过转念一想,岑子淑定是知道自己走后,一直紧紧攥在手里的家业便要名正言顺地落到他倪宗的手里,咽不下这口气,才存心如此。

倪宗有些得意,面上却仍带悲色,见着一个小厮躬身从旁路过,踢了那小厮一脚。

"青文呢?这节骨眼儿上,他跑哪儿去了?快带人去给我找!"

"是!"小厮后腰挨了一脚,摔倒在地,又忙不迭地起身跑走。

倪宗在祖宅里忙活了半日,也没等着倪素回来,却听内知回禀说,倪青文正在倪家医馆。他赶到医馆,儿媳田氏正在哭天抢地:"哪个天杀的?竟对官人下如此狠手!"

倪宗走进堂内,穿窗而入的阳光照亮倪青文那只皮肉溃烂的手,他只观一眼,瞳孔微缩,沉声问:"这是怎么回事?"

坐堂大夫是个有眼色的,倪家大房的主母过了身,他对这位二爷的态度便更恭敬:"二爷,青文郎君这是沾了猫儿眼睛草的汁液。"

猫儿眼睛草是当地药农对五凤灵枝的俗称。

"我吃醉了酒,不知摔在哪处,就这么沾上了。"倪青文痛得脸色煞白,说话声音都在抖。凶悍的妻子在旁,倪青文一点也不敢透露实情。

"老子怎么养了你这么个……"倪宗怒从心头起,指着倪青文,见他那只手血淋淋的,头一偏,把没骂完的话咽了下去,又催促大夫,"你快给他上药!"

大夫连声称是,替倪青文清理完创口,便唤药童取来伤药。

"老爷！"倪宗府里的内知满头大汗地跑进门，也不顾上歇口气，便禀报道，"小的依您的吩咐去大房的庄子上查账收田，哪晓得大房的田地和庄子全被转卖了！"

什么？倪宗只觉眼前一黑，内知忙上前扶住他。

"都卖了？"倪宗不敢置信地喃喃。

"是，都叫李员外收去了，走的是正经的路子，小的还差人去李府问了，说是前些天岑氏身边的钱妈妈亲自料理的这些事。"内知气喘吁吁。

"岑子淑！"倪宗回过神，怒火烧得他面色铁青，他拂开内知的手，在堂内来回踱步，又朝内知吼道，"倪素呢？倪素在哪儿？岑子淑换了那些钱，除了留给她还能给谁？"

"老爷，咱们遣去大钟寺的人也回来了，祖宅那儿根本没人去大钟寺传话。最要紧的，是那素娘根本没去大钟寺！"内知擦着额上的汗，愤愤道。

"没去？"倪宗胸腔内的心突突直跳，他心中不好的感觉越发强烈。

"她去什么大钟寺？我昨儿可在外头见过她！"倪青文瞧着父亲那越发阴沉的脸色，剧痛之余，不忘颤着声音添一把火，"她和倪青岚兄妹两个在外头有一个书斋，她昨儿就去了那儿！我还瞧她收拾了几样东西，若她昨夜没回府，只怕是带着那些钱跑了！"

"你既瞧见了，为何不回来告诉我？你在外头喝什么花酒？要不是看你手伤着，老子非打断你的腿！"倪宗气得一脚将坐在椅子上的倪青文踹到地上。

倪青文昨夜在书斋挨了打，这下正被倪宗踹中衣裳底下的伤处，但他不敢声张。见妻子田氏俯身，他便要伸手借她的力起来，哪知她径自拽住他的衣襟，狠狠瞪他："倪青文，你去喝花酒了？"

"没有，没有……"

事实上，倪青文在去书斋前是喝了的，但他哪敢跟田氏说实话。田氏仗着娘家对他家的接济，在倪青文这儿是跋扈惯了的，哪肯跟他罢休？医馆里一时闹腾极了，倪宗也懒得管，快步走出门去，靠在门框上，俨然气得话也说不出了。

"老爷，按照郎君的说法，素娘是昨儿夜里才走的。可那会儿雨势不小，她怕是走不远，如今才过午时，叫人去追也来得及。"内知跟出来，低声说道。

"叫人？"倪宗停下揉眼皮的动作，"你的意思，是叫什么人？"

内知神秘一笑："听闻城外金鹊山上有强人出没，他们都是些拿钱办事的主儿。若老爷肯花些钱，让他们去，指定能将人带回来。"

倪宗沉思片刻，他纵然平日里百般吝啬，但这会儿只要想起大房那些变卖的庄子和田地加在一起值多少钱，便蜷紧了手："此事你赶紧去办，但不能与那些人说她身上有什么，只说她是逃婚的，务必让他们把人给我带回来。"

"是。"内知应了一声，瞧着倪宗的脸色，又小心翼翼地问，"可眼下，岑氏的丧事，咱们还办吗？"

倪宗闻言，脸色更加不好。谁让他兄长倪准当年治好了县太爷身上的顽疾呢？县太爷对他们倪家大房一向多有照拂，岑氏这一过身，只怕县太爷也要来吊丧，倪宗要想将倪家的医馆名正言顺地握进手里，便不能撒手不管。

他脸颊上的肌肉抽动，咬牙道："办，还得风风光光地给她大办。"

倪素昨夜送走张伯与星珠后，并没立即离开，而是让两个小厮回去找了马车来，先去枣花村寻一个药婆，那药婆手中有她半生所见女子隐疾的详细记载，也有她年轻时从旁的药婆那儿学来的土方子。

倪素一个月前便付了银钱给她，让她请一个识字的人，她来口述，由对方记下她半生的所见所闻。药婆活了半辈子，还没见过这样年纪轻轻、还没成亲便敢与她们这些人来往的姑娘，加之又有相熟的坐婆引见，便满口应下了。

从药婆那儿拿到东西后，倪素立即乘车离开，但夜里的雨到底下得不小，马车在泥泞的山道上陷了两次，耽误了不少时间。

天近黄昏，两个小厮将马车停在溪水畔，解开马来，让其在溪边食

草饮水。

倪素吃了几口小厮拿来的干粮,望着斜映在水面的夕阳发呆。

此处距离最近的桥镇还有些路程,可天已经要黑了,两个小厮不敢耽搁,喂饱了马便又上路。

路行夜半,眼看就要到桥镇了,赶车的小厮强打起精神,推醒身边人,正欲说话,却听一阵又一阵的马蹄声疾驰临近。

另一个小厮惊醒后回头张望,月色之下,一片浸在光里的黑影伴随马的嘶鸣声更近,小厮心头一紧,忙唤道:"姑娘,后头来了好些人!"

倪素闻声掀帘,探出窗外,果然见那片黑影临近。她心中也觉不好,却来不及说些什么,那些人轻装策马,比晃晃悠悠的马车快多了,很快将马车团团围住,细看竟有十数人。

倪宗这回是真舍得了。

"姑娘……"两个小厮哪见过这阵仗,一见那些人手中的刀,吓得连忙往马车里缩。

紧接着,为首的大胡子在外头一刀割下帘子,用刀尖挑下挂在车盖底下的灯笼,往车内一凑,旁边另一个身形高瘦的骑马男人将画像展开来,眯起眼睛一瞧:"得了,大哥,就是她。"

大胡子盯着倪素的脸,有点移不开眼:"都说这灯下看美人,是越看越漂亮,这话果然不错。姑娘到底是家底殷实的闺秀,没出过雀县,也不知道这一路可有比官道更近的山路,我们哥儿几个紧赶慢赶,可算是将你给逮住了。"

"倪宗给你们多少钱?"倪素靠在最里侧,盯着那挂了一盏灯笼的利刃,强迫自己镇定。

"怎么?姑娘也有银子给?"那大胡子吊儿郎当的,在马背上用一双凶悍的眼睛审视她,"咱们可不是仨瓜俩枣就能打发得了的。"

"倪宗给得起,我也给得起。"倪素手心里满是汗,"只要诸位不再为难于我。"

"大哥,她一个逃婚的姑娘能有几个钱?"那瘦子瞧着倪素一身素气衣裙,还沾着泥点子,发髻唯有一枚珠花做衬,可视线再挪到她那张脸上，又"嘿嘿"笑起来，"要我说，她这般姿色的小娘子我还没见过，若是卖了，只怕价钱比那财主开得还高呢！"

"你们敢！"大胡子本被瘦子说得有点动摇，却听车内那女声传来，他一抬眼，见那小娘子手中已多了一柄匕首，正抵在她自己颈间。

"有话好好说嘛……"瘦子傻眼了，他还没见过这样的女子，遇到他们这群人，她一个柔弱女子竟还拿得稳匕首。

"我知道你们所求的不过就是钱，我给得起比倪宗更高的价钱，愿意花这个钱来保我的平安，可若你们敢动别的心思，我便让你们人财两空。"倪素一边说话，一边观察那大胡子的神色，见他果然为难，她便知自己猜对了，倪宗要的是活口。

她立即道："我死了，你们也不知道我的钱藏在哪儿，倪宗那儿的钱，你们更得不到。"

"大哥……好像还真是。"瘦子挠了挠头，再看倪素颈间已添一道血痕，他有点恼怒，"我说你这小娘子，还真有烈性！"

大胡子锐利的目光在倪素脸上扫视，他似乎仍在忖度，而这一刻的寂静于倪素而言无疑十分煎熬，她沉默地与他相视对峙，不敢放松半分，后背却已被冷汗湿透。

两个小厮抱着脑袋更是瑟瑟发抖，动也不敢动。

"你说的是。"大胡子冷笑一声，"可老子最烦女人的威胁，既杀不了你，那就先杀你一个小厮洗洗刀！"

若不见血，只怕还真不能叫这小女子知道什么是害怕，只要她吓破了胆，就不会有那么多的条件了。

"你住手！"

倪素眼见那大胡子刀锋一转，灯笼滚落在车中，刃光凛冽，直直迎向其中一个小厮的后颈。

灯笼的光灭了。这一刹吹来的夜风竟凛冽非常，骑在马背上的瘦子被扬尘迷了眼，揉了一下眼睛，不知为何，感觉后背阴寒入骨。他一转头，只见一片朗朗月华之下，自己人的包围之中不知何时多出了一道身影。

"大哥！"瘦子吓得不轻，才喊了一声，寒风就灌入口鼻，堵了他的话音。那人手中一柄剑刺出，从瘦子颊边掠过，刺穿大胡子的腰腹。

　　大胡子完全没有防备，他的刀锋离小厮的后颈还差半寸，却忽然停滞。那小厮抬头，正看见刺穿大胡子腹部的剑锋，吓得惊叫起来。

　　倪素浑身僵冷，看着那个身形魁梧的大胡子瞪着双目从马背上摔下去，发出沉重的闷响。

　　玄黑的氅衣随着那人的步履而动，露出底下雪白的衣袂。他银冠束发，侧脸苍白而无瑕，浓睫半垂，俯身在尸体身上抽回那柄剑。

　　瘦子看见他的剑锋上有血珠滴答而下。

　　他太诡异了，悄无声息地出现，但这杀人的手段却又不像是鬼魅。瘦子心中越发害怕，但周围其他人已经一拥而上，他也只好冲上去。

　　马蹄声乱，惨叫更甚。两个小厮哆哆嗦嗦的，根本不敢探头去看，而倪素趴在马车的帘子边，只见贼寇接二连三地从马背上跌落。

　　天地间忽然安静下来，凛冽的风也退去，随后蝉鸣如沸。

　　倪素见那些受惊的马匹逃窜跑开，有一个人立在那些躺在地上动也不动的贼寇之间。

　　她大着胆子从车上跳下去，双膝一软，勉强扶住马车缓了一下，挪动步子朝前走去。

　　月华银白，而他身上的氅衣玄黑，绣线飘逸。

　　倪素蓦地停住，大钟寺柏子林的种种盘旋于脑海。她不自禁后退两步，却见他稍稍侧过脸来，眼睫眨动一下。

　　他手中所持的剑仍在滴血，半垂的眸子空洞而无丝毫神采。

第贰章 临江仙

你的未了之事,是什么?

他周身自有一种严冬般凛冽的气质，倪素看见伏在他脚边的尸体鲜血汩汩流淌，竟在月辉之下弥漫着微白的热雾。

山野空旷，唯蝉鸣不止。

"死……都死了？"倪素听到身后传来一名小厮惊恐的叫喊，她回过头，见那两人趴在车门处，抖如筛糠。

倪素再转身，山道上死尸横陈，而方才立于不远处的那道身影却已消失不见。她浑身冰凉，深吸一口气，逼着自己镇定地回到马车上，从包袱中取出一些交子，分给两个小厮。

"姑、姑娘，是谁救了咱们？"手里捏着交子，其中一个小厮才后知后觉，抖着声音问。

"不知道。"倪素抿唇，片刻又道，"你们是跟着我出来的，若再回倪家去，二叔也不会放过你们，不如就拿了这些钱走吧。"

"可姑娘您……"那瘦小些的小厮有些犹豫，却被身边人拽了一下衣角，止住话音，想起那柄差点砍了他脖子的刀，心里仍后怕不止。

"多谢姑娘！多谢姑娘！"皮肤黝黑的小厮按着另一个小厮的后脑勺，两人一齐磕头，连连称谢。

这一遭已让他们两个吓破了胆，而云京路遥，谁知道一路上还会不会再遇上这样的事？倪素知道这两个人留不住，看着他们忙不迭地下了车，顺着山道往漆黑的旷野里跑，很快没了影子。而她坐在车中，时不时仍能嗅到外头的血腥气。

马车的门帘早被那贼寇一刀割了,倪素盯着铺陈在自己脚边的月光,忽然试探着出声问道:"你还在这里吗?"

她的声音很轻,如自言自语。

炎炎夏夜,忽然一阵拂面轻风,吹动倪素耳畔的碎发。她眼睫微颤,视线挪向那道被竹帘遮蔽的窗。

胸腔里的那颗心跳得很快,她几乎屏住呼吸,大着胆子掀开竹帘。

极淡的月光照在她的脸上,倪素看见他站在窗畔,整个人的身形有些淡,趋于透明。好像只要她一碰,他就会像那日在大钟寺的柏子林中一样,顷刻化成雾。

倪素倏尔放下帘子,坐在车中,双手紧紧地揪住裙袂。漫长的寂静过后,她才又找回自己的声音:"你……一直跟着我?"

微风轻拂,像是某种沉默的回答。

倪素侧过脸,看向那道竹帘:"你为什么跟着我?"

"非有所召,逝者无入尘寰。"帘外,那道凛冽的声音毫无起伏。

倪素立即想起那件被她亲手烧掉的寒衣,唇颤了颤:"我之所以烧那件寒衣给你,是因为一位老法师请我帮他的忙。"

倪素如梦初醒,从袖中找出那颗兽珠。

"你手里是什么?"外面的人似乎有所感知。

倪素抿唇,犹豫片刻,还是将手探出窗外。

竹帘碰撞着窗,发出轻微的响动,那年轻的男人循声偏了偏头,眉眼清寒而洁净。他试探一般,抬手往前摸索。

冰凉的指骨倏然碰到她的手,倪素浑身一颤,像是被冰雪裹住,短暂一瞬,她双指间的兽珠落入他掌中。

他的眸子无神,手指轻轻摩挲兽珠的纹路,眼睑微动:"是他。"

"谁?"

倪素敏锐地听见他笃定的话语。

"幽都土伯。"

幽都土伯?倪素不是没听过"幽都"其名,这只是如今最普遍的说法,应该是指黄泉。可土伯又是谁?他又为何要设计这一局,引她招来

这道生魂？

"你此时不走，或将见官。"兽珠被从外面丢了进来，滚落在她的脚边，倪素被他这句话唤回神，心知他是在提醒自己，将有人来。

倪素只好拾起兽珠，生疏地拽住缰绳。马车在山道上走得歪七扭八，倪素始终不得要领，却不敢耽搁，驾着马车朝一个方向往前奔去。

倪素走了好久也没看见桥镇的城郭，才发现自己似乎走错了方向，所幸她找到一处破旧的山神庙暂时栖身。

庙中燃起一盏灯烛，倪素抱着双膝坐在干草堆中，恍惚一阵，泪湿满脸。她知道，倪宗如此舍得下本钱抓她回去，定然是已经发觉岑氏卖了田地和庄子，也知道那笔钱在她手中。

这无不说明一件事：母亲，去了。

倪素眼眶红透，咬紧牙关，将脸埋进臂弯，忽觉后背有清风拂过，她双肩一颤，本能地坐直身体，没有看向身后那道庙门，良久才出声："你为什么帮我？"声音里有一分压不住的哽咽。

庙内的焰光虽昏暗，但照在徐鹤雪的脸上，竟为那双空洞的眸子添了几分神光。他挪动视线，看清了庙门内背对着他，蜷缩在干草堆中的那个姑娘。

"如今是哪一年？"

倪素等了许久才听见他冷不丁的一问，她没有回头，只如实答："正元十九年。"

徐鹤雪一怔。

人间一月，即幽都半载。他在幽都度过近百岁月，而人间才不过十五春秋。

倪素再没听见他说话，可她看着地面上自己的影子，却想起之前看到的幻影。她不由追问："为什么那日大钟寺外柏子林中，我会在你身后看到我兄长的影子？"

"也许我沾到了他的魂火。"徐鹤雪立在檐下，声音冷淡。

"什么意思？"倪素这么多天都不敢想这件事，闻言猛地回过头，烛光照见她泛红的眼眶，"你是说我兄长他……"

烛焰闪烁，门外那道原本比月光还要淡的身影竟不知何时添了几分真实。

"幽都与人间相隔恨水，恨水之畔的荻花丛中常有新魂出没，其中也不乏离魂者的魂火。患离魂之症的人，才会有零星如萤的魂火落在恨水之畔，唯有其血亲方能得见魂火所化之幻影。"

"我兄长怎么会患离魂之症？"倪素心中乱极，想起母亲的嘱咐，眼眶又是一热。也不知母亲如今是否已在恨水之畔，荻花丛中？

倪素压抑满腔的悲伤，抬起眼，见那个人身长玉立，背对着她抬着头，也不知在看长夜里的哪一处。

这样看来，他似乎又与常人无异。

他好似忽有所感，蓦地转过脸来，那双剔透而冷极的眸子迎向她的视线，淡色的唇轻启："倪素。"

他不止一次听人这么唤过她，也知道她要去云京。

倪素怔怔望他。

"我受你所召，在人间不能离你半步，但我亦有未了之事。"徐鹤雪盯着她，"既然如此，不如你我做个约定，此去云京，我助你寻得兄长，你助我达成所愿。"

山间破庙，夏夜无边。

倪素隔了好一会儿才出声："你的未了之事，是什么？"

"与你一样，寻人。"

"寻什么人？"

徐鹤雪闻声垂眸，而倪素也随着他低下头去，视线落在他衣袖边缘那一道银线字痕上。

"故人。"简短两字。

倪素想起那日老和尚说过的话，也许他是去寻那位明明预备了这件冬衣，也写了表文，却整整十五年都没有烧给他的友人。

倪素不说话，徐鹤雪立在门外也并不出声，而她发现他落在地上的影子，是一团浮动的、莹白的、毛茸茸的光。

倪素本该没有与鬼魅同路的胆子。

"好。"倪素喉咙发紧,却仍抬头迎上他的目光,"只要不伤无辜性命,不惹无端之祸,我可以答应你。"

说罢,她在干草堆上躺下来,背对着他,闭上眼睛。

可是她一点也睡不着。门外有一个摆脱不掉的鬼魅,更何况,她闭起眼便能看到母亲和兄长的脸。倪素眼角湿润,又坐起身,从包袱中找出一块干粮,一口一口地吃下去。

回头时,她又看到了他毛茸茸的影子,似乎还有一条尾巴,像不知名的生灵,生动又可爱。

倪素抬头,不期与他视线相触。她不知道自己眼角还挂着泪,只见他盯着自己,便垂眼看向手中的干粮,掰下一块,朝他递去。

可他没动,神情寡淡。倪素收回那半块饼,盯着烛焰片刻,又从包袱中翻出一支蜡烛,递给他:"你……要吗?"

倪素从没像如今这样狼狈过,栖身破庙,蜷缩在干草堆中,枕着枯草安静地熬过长夜。

地上那支白烛孤零零的,倪素盯着它看,不由回想起以往看过的志怪书,鬼魅几乎没有不食香烛、不取精气的,但他却并非如此。

倪素一翻身,身下的干草又窸窣地响,她看见门外那个人不知何时已坐在了阶上,背影孤清如竹,时浓时淡,好似随时都要融入山雾里。

不知不觉间,倪素好似浅眠了一阵,又好像只是迷迷糊糊地闭了一会儿眼睛。天才泛鱼肚白,晨光铺陈在眼皮上,她就警惕地睁开眼。

清晨薄雾微笼,有种湿润气,倪素踏出庙门四下一望,却没有看见昨夜孤坐阶上的男人。时有清风拂过她面颊,倪素听见马儿吐息的声音,立即下去将马匹卸下。

马车中有钱妈妈为倪素收拾的行装,其中有她的首饰、衣裳,还有她常看的书和常用的墨,但眼下这些东西都不方便带了。倪宗不可能轻易放过她,倪素也不打算再找车夫,倒不如轻装简行,暂时将旁的东西都藏起来,只带了要紧的医书与岑氏交给她的交子,以及一副金针。

雀县也有跑马的去处,倪素曾跟着倪青岚去过,只是那时她只在一旁看倪青岚与他那些一起读书的朋友骑马,自己并没有真正骑过。她记得兄长脚踩马镫,翻身上马,一气呵成,但眼下自己有样学样,马儿却并不配合,尾巴晃来晃去,马蹄也焦躁地踩来踩去。

倪素踩着马镫上下不得,折腾得鬓边冒汗。林叶簌簌,她只觉忽有清风相托,轻而易举地便到了马背上。

朝阳的金光散漫,年轻而苍白的男人立在一旁。察觉她的视线,他轻抬起那双比昨夜要清亮许多的眸子,修长的指骨挽住缰绳,手轻抚马儿的鬃毛:"马是有灵性的动物,你要驾驭它,就要亲近它。"

倪素不言,只见他轻轻抚摸过马,牵扯缰绳往前,这匹马竟真的好像少了几分焦躁,乖乖地跟着他往前走。不知为何,倪素看他抚摸马鬃,便觉察出一丝他的不同——这仿佛是他曾无数次重复过的动作。

他将马牵到草叶丰茂之处,倪素见马儿迫不及待地低头啃食野草,便恍然大悟——昨夜到今晨,她没有喂过它。

倪素握住他递来的缰绳:"多谢。"

零星有附近村庄中的农户在清晨上山砍柴,倪素慢吞吞地骑着马走在山道上,遇见一名老翁,简单问了几句,便知自己果然走错了路。

往桥镇去的一路上,倪素渐得骑马要领,虽不敢跑太快,但也不至于太慢。她并没有在桥镇多做停留,只买了一些干粮,便继续赶路。母亲新丧的悲痛压在倪素心头,兄长可能罹患离魂之症的消息又使她几乎喘息不得,倪素恨不能日夜不休,快些赶去云京。

可夜里终归是不好赶路的,倪素坐在溪边吃又干又硬的饼时,被从山上打柴回来的农妇捡回了家中。

"小娘子赶上好时候了,咱们对门儿的儿媳妇正生产呢,说不得晚上就要摆席。"农妇家里是没有什么茶叶的,用葫芦瓢舀了一碗水给她。

倪素道了谢,将自己身上的麻糖都给了农妇家的小女孩,那小女孩在换牙期,收到麻糖,便朝倪素灿烂一笑,露出缺了两颗门牙的牙床。

"长生?长生啊……"门里出来一个颤颤巍巍的老妪,浑浊的眼不知在看着哪处,一遍遍地喊一个名字。

农妇赶紧放下手里的活计,一边轻哄着那老妪,一边将她送回房中。过了好一会儿,那农妇才又出来。

"我那郎君去年修河堤时被水冲走了,婆婆受了刺激,常常不记得儿子已经去了的事。"农妇笑了笑,主动提及家中的事。

见倪素一副不知该说些什么的模样,农妇一边做着绣活,一边继续道:"好在去年孟相公还在咱们这儿做官,朝廷发的抚恤金才没被那些天杀的私吞了去,我也就不用改嫁换聘礼钱给婆婆过活了。"

倪素听过那位孟相公的事迹。孟云献行伍出身,后来却做了文官,在文士治国的大齐占得一席之地,早年官至副相,主理新政,但十四年前新政被废,孟云献也被罢相,贬官到了小小文县。

"蒋姐姐,孟相公今年便不在文县了吗?"倪素捧着碗问道。

"他前几月刚走,听说官家改了主意,将他召回云京,这回好像是要正式拜相了。"蒋娘子有时也会去文县的酒楼茶肆里找些洗碗的活计,这些事,她也是从那些人多口杂的地方听来的。

烈日炎炎,一片碧绿浓荫之下却清风徐徐,穿梭于枝叶缝隙的细碎日光落在徐鹤雪的肩上。

"孟相公"三字落到耳中,他睁开眼。

蝉声聒噪不停。

"张敬,今日你就是让他跪死在这里,只怕也难改其志!雏鸟生翼,欲逆洪流,纵为师长,焉能阻之?"

夏日黄昏,云京永安湖上,谢春亭中,十四岁的少年跪在阶下,闻声抬首。涛声起伏,二人怒目争执,背影耐人寻味。

树下的杂声唤回徐鹤雪的神思,他轻抬眼帘,看见方才还坐在桌旁的年轻姑娘匆匆搁下碗,跟着那蒋娘子跑去了对面那户人家。

原来是倪素听见聚在门口的村邻议论对门人家的儿媳难产了,便跟着蒋娘子一块儿过去了。

听见房中的坐婆惊道"不好!",产妇的丈夫即刻慌了神,忙要去请大夫,却被自己的母亲拦住:"儿啊,哪能让那些个大夫进去瞧你媳妇儿啊?"

"可月娘……"男人被老母亲拦着,急得满头大汗,"可月娘她咋办?我儿子咋办?"

"我去看看。"倪素不打算再看他们这一家子的纠结戏码,挽起衣袖净手,进入房中。

大家面面相觑,怎么也想不起这个姑娘是谁家的。

"蒋娘子,那小娘子是谁?"有人瞧见她是跟蒋娘子一块儿来的,便凑到蒋娘子跟前问。

"这……"蒋娘子用手背蹭了一下鬓角,路边才捡来的姑娘,哪里来得及问她家中的事,"她姓倪,是从咱这儿过路的。"

有个跟进去的妇人跑出来:"她好像是个药婆!"

众人又你看我、我看你,蒋娘子也面露惊诧,道:"药婆哪有这样年轻的?她瞧着也不过是个十五六岁的小娘子。"那举止看着也不像寻常农户家的孩子,倒像是个落魄了的闺秀,可哪家的闺秀会做这药婆的勾当?

天渐黑,外头的人等了许久,方听得一声婴儿的啼哭,那产妇的丈夫脑中紧绷的弦一松,回头紧盯着那道门。坐婆推门出来,臂弯里小心护着一个婴儿,她先瞧了那老妪一眼,笑着走到男人的面前:"孙家大郎,是个女儿。"

此话一出,男人倒还好,小心地接过坐婆手中的婴孩来瞧,那老妪却沉下脸,拐杖重重一杵,瞥着那道门:"生个女儿,顶什么事?"

村邻们不好说话,在旁装没听到。老妪声音不小,里头才从鬼门关挺过来的年轻媳妇儿听见了,眼角沁出泪来,泛白的唇轻颤:"多谢小娘子救命之恩。"

"你好好休息。"

屋中没了干净的水,倪素满手是血,衣裳也沾了不少血迹,她看了榻上的妇人一眼,走出门去,听见那老妪仍在嘟囔着嫌弃儿子怀里的女婴,便道:"夫人不也是女子吗?"

老妪眼一横,视线落到她身上,被她满手的血吓了一跳,随即又审视起她来。眉眼生得倒是齐整,那身衣裳瞧着也是好料子,绾着三鬟髻,虽无饰物相衬,却越发显出这女子的干净出尘。

"哎呀倪小娘子,快回我家洗一洗吧!"蒋娘子怎会不知这家的老

妪是什么脾性,见她脸色越发不对,忙扶着倪素穿过人堆。

"年纪轻轻做什么药婆……"那老妪在后头冷哼着,盯着倪素的背影,小声嘟囔。

"母亲,人家好歹救了月娘和你孙女儿的命,快别说了!"那男人抱着自己的女儿,无奈地叹气。

"姑娘快去净手,再换身衣裳,他家的饭不吃也罢,我给你做好饭吃!"蒋娘子将倪素带回院中,又将她推进偏房里。

倪素不止一次帮农妇生产过,当然知道有个不成文的规矩——即便家中媳妇生产,也不留"六婆"之流宴饮用饭。倪素不在乎,在房中洗净双手,才要解开衣带,却骤然停住,随即四下一望,试探般低声问道:"你……在吧?"

蒋娘子的女儿正在院中玩石子,忽听一阵风动,她抬起脑袋,看见自家院中的那棵大树枝叶摇晃,树荫底下如缕轻烟飘出,落入灯笼所照的光里,消失不见。

房中的倪素没听见什么响动,稍稍放下心,解开衣带,却听"哐当"一声,木凳倒地。

她吓了一跳,隔着简陋的屏风,隐约看见一道影子立在桌旁,他的举止有些怪,那双眼睛似乎也有些不对劲。

倪素重新系好衣带,扶灯走近,果然见他双目空洞,神采尽失,她伸手在他眼前晃了晃,影子随之摇曳,但他眼睫未动,毫无反应。

"你的眼睛……"倪素愕然——明明白日里他尚能视物,但思及遇到贼寇那夜,他在车外似乎也是如此,倪素恍然道:"难道,是雀盲[1]?"

可鬼魅也会患雀盲之症吗?

徐鹤雪不答,抬手之间有风拂来,倪素手中的灯烛熄灭,房中昏暗许多,只有檐外灯笼的光顺着窗棂铺陈而来。

徐鹤雪隐在浓深的阴影里岿然不动,嗅到烛芯熄灭的烟味,便道:"点燃它。"

---

[1] 夜盲症,又称"雀蒙眼"。

倪素不明所以，却还是从自己的包袱中摸出火折子，重新将灯烛点燃，放到桌上。她一抬头，正对上他的双眼。春晖粼波，剔透而清冷。

"你……"倪素惊诧地望着他片刻，随即又去看那盏灯烛，再看向自己的双手。

她终于明白，原来只有她亲手点灯，才能令他在夜里视物。

"你们鬼魅，都是如此吗？"倪素只觉得怪诞。

"我生前这双眼受过伤，除非回到幽都，否则非你点灯便夜不能视物。"徐鹤雪平淡地道。

倪素一怔，隔了好一会儿，忽然吹熄了灯烛。毫无预兆地，徐鹤雪眼前又归于一片漆黑。

"我等一下再给你点灯。"倪素说着，走回屏风后面。

徐鹤雪听见衣料的摩擦声，大约也反应过来她在做什么，纤长的眼睫垂下去，背过身。

"你本可以不必遭受那些非议。"倪素才脱了沾血的衣裳，忽听屏风外传来他的声音。意识到他说的是什么事，倪素回头，透过缝隙，看见他立在那片阴影里，好像携霜沾雪的松枝。

"这些话我不是第一次听到，但我救过的女子从不曾轻贱于我，她们将我当救命稻草，我也乐于做她们的救命稻草。至于旁人怎么说，我管不住他们的嘴，只求我行止光正，无愧于心。"

房中灯烛再燃时，倪素已换了一身衣裳，她在桌前磨墨，影子映于窗纱上。蒋娘子的小女儿在院子里洗菜，她的麻糖吃完了，有点期望那个姐姐能再给她一块，可她并不好意思要，只能这样时不时地回头往偏房望上一望。

这一望，竟看见窗纱上那个姐姐的影子旁边，有一团毛茸茸的荧光浮动。她"咦"了一声，也不洗菜了，跑到偏房的门窗前，好奇地朝那团荧光伸出手。

"吱呀"一声，房门忽然开了。小女孩仰头，看见她心心念念的"麻糖"姐姐。

"阿芸，帮我将这个药方送去给对面那个孙叔，好吗？"倪素蹲下

身,月白的罗裙堆叠在地面上,她摸了摸女孩儿的脑袋,递给她一张药方。阿芸点点头,小手捏着那张单薄的纸,转头就往院子外跑。

倪素舒了口气,抬头看见窗纱上的荧光,回过头来:"我本以为鬼魅是不会有影子的。"

而且他的影子很奇怪。

"除你之外,只有八岁以下的孩童能看见。"

稚儿的双目尚与成年之人的双目不同,能洞见常人所不能见之物。

"那怎么办?一会儿她回来,我将灯熄了?"倪素站起来,合上门走向他。

徐鹤雪没抬眼,轻轻颔首便算作应答。他仍穿着那件与夏日不符的带兽毛领子的氅衣,苍白瘦削,目清而睫浓,浅浅的阴影铺在眼睑底下,弥漫着沉静而死寂的凋敝之感。

"倪小娘子,出来用饭吧!"蒋娘子的声音从门外传来。

倪素应了一声,随即吹灭烛火。她借着从檐外照进来的昏暗光线辨清他的身影,道:"徐子凌,我会很快吃完的。"

大钟寺那一纸表文虽泅湿模糊,却也依稀能看清他的姓氏应该是一个"徐"字。

阴影里,徐鹤雪没动,也没有出声。

倪素推门出去,蒋娘子已将饭菜摆上桌,正逢女儿阿芸从对面回来。见她手里捧着一碗酱菜,蒋娘子便问:"你这是做什么去了?怎么还端了一碗酱菜回来?"

"我让阿芸帮我送一张药方给他们,孩子好不容易生下来,那位月娘姐姐也需要用药调理。"倪素走过去说道。

"好歹是让送了碗酱菜过来,那孙家大郎不像他娘,还有些良心。"蒋娘子从阿芸手中接来酱菜,她做的是鲜菇素面,正好添一些酱菜到里头。

蒋娘子邀请倪素坐下吃面,她先回房中去服侍婆婆吃了小半碗,这才又出来与阿芸、倪素两个一块儿吃。

"倪小娘子莫嫌弃,咱们这儿也就时令菜拿得出手。"蒋娘子朝她笑笑。

"蒋姐姐手艺很好。"倪素一边吃,一边赞道。

两人又闲聊了几句。蒋娘子犹豫了会儿,还是忍不住问:"依我说,小娘子看着便不像是寻常人家出身,年纪又这样轻,怎么就……"她后半句话斟酌了一下,还没出口,见倪素抬头来看她,便换了话头,"小娘子莫怪,只是你做这些事,实在是吃力不讨好。"

若不是日子难过,逼得人没法,也没几个女人家敢去做药婆的勾当,名不正言不顺的,白白让人唾弃。蒋娘子不是没见过药婆,那都是些年纪大的老妪,半截身子入了土。

倪素笑了笑:"好在蒋姐姐你不但不赶我走,还以好饭招待。"

"你救的是月娘和她女儿的命,我哪能轻看了你去?"蒋娘子叹了口气,"我生阿芸的时候,我公公还在,他也跟月娘那婆婆似的,指桑骂槐地说我不争气。但好在我婆婆不那样,人家的媳妇儿前一天生了孩子,第二天就得下地,我婆婆愣是将我照顾了个把月。后来她跟我说,她生我郎君长生的时候差点没命,只有女人才知道女人的苦。可我看,女人也未必知道女人的苦。"蒋娘子吃了一口酱菜,用筷子指了指对面,"你看那孙家大郎的娘,这世上,还是她那样的人多呀。倪小娘子你做这些事,只怕不好嫁人。"

这话并非冒犯,而是很早就摆在倪素眼前的一个事实:行医的男子是大夫,为人所敬;行医的女子则因多数来路不正,医术参差不齐,为人所恶。这世间之人多如孙老妪,少如蒋娘子。

"我儿时立志,岂因嫁娶而易?"倪素将碗搁到桌上,对上蒋娘子复杂的目光,神情坦然而轻松,"我不信救人是错的,若我未来郎君觉得这是错的,那么错的也不是我,而是他。"

蒋娘子哪里见过倪素这样奇怪的小娘子,嫁娶是女子一生中最重要的大事,但却不是她眼前这个素衣乌发的小娘子心中最重要的大事。

在农户家没有每日沐浴的条件,出门在外,倪素不得不放弃在家中的那些习惯,这夜和衣而睡,总有光影透过屏风铺在她的眼皮上。

倪素睡了一觉醒来,天还没亮,她起身绕过屏风,只见桌上一灯如

豆,那人却并不在。

外头的灯笼已经灭了,倪素扶灯而出,夏夜无风,但院中槐树却簌簌轻响。她一手护着烛焰,走到树荫底下,仰看向浓荫里垂落的衣衫一角。他轻靠在树干上,大约是察觉到了光亮,睁开眼睛,眼底少有地流露出一丝茫然。

"你怎么在树上待着?"倪素仰望着他。

她手中捧灯,灯影落在她的脸上。

徐鹤雪垂眼看她,并不说话。只在这一刻,倪素忽然觉得他好像亲切了那么一点,也许是因为他手中抓了一只蝉在玩儿。

倪素忽然就想与他说话:"你知不知道,这只蝉的外壳也能入药?"

"不知。"徐鹤雪用手指按住蝉发不出一点声音。

"药称蝉蜕,可疏散风热,宣肺利咽,止定惊痉。"倪素随口说道,烛焰的影子在她侧脸轻晃,"我去年七八月中,还去山中跟药农们一起捡过蝉蜕,才蜕下来的蝉蜕在阳光底下晶莹剔透,像琥珀一样,好看极了。"

树上的徐鹤雪看着她片刻,却道:"你母亲生前无恶,如今魂归幽都,也定会有个好去处。"

他轻易看穿了她夜半惊醒是因为什么,心中又在难过什么,为什么会立在这片树荫底下与他没话找话说。倪素沉默了片刻,垂下眼睛,问他:"人死之后不会立即入轮回吗?"

"幽都有浓雾终年不散,可濯魂火,可易容颜,但这些都需要时间。"

幽都半载,人间一月。时间一直是遗忘的利器,幽都的浓雾可以濯洗生魂的记忆,也会慢慢改变魂魄的形容,一旦期满,再入轮回,那就彻彻底底是另外一个人了。倪素从小到大听过很多鬼神传闻,也看过不少志怪书,但那些都远不如今夜,这个来自幽都的生魂亲口与她所说的一切来得直观而真实。

倪素又在看地上那团浮动闪烁的荧光:"可你好像没有忘。"

不然,他也不会与她约定去云京找什么旧友。

"我虽身在幽都,但并不属于幽都。"徐鹤雪简短作答所以幽都的浓雾灌洗不了他的记忆，也未能改换他的形容。

倪素听不太明白，但也知分寸，不再追问。

她心中装着母亲的临终嘱托，想梦见她，又怕梦见她，后半夜再也不能安睡，索性收拾了自己的行囊，留了字条与一些钱压在烛台下，提着一盏灯笼，牵起马，悄无声息地离开了蒋娘子的家。

夜路并不好走，倪素骑马慢行，有个生魂默默在侧，在浅淡吹拂的夜风里伴她一道前行。

倪素在马背上晃晃悠悠地坐着，早前丢失的睡意不知为何又无声袭来，压得她眼皮有些沉。她强打起精神，晃了晃脑袋，又禁不住侧眼，偷偷打量他。

他看起来年轻极了，走路的姿仪也很好看。

"那时，你几岁？"

徐鹤雪半垂的眼睫因她忽然出声而微抬。领会了她所说的"那时"是什么含义，他手提孤灯，启唇道："十九。"

倪素吃了一惊："十九你就……"她的后半截话淹没于喉中，沉默片刻，又道，"是因为什么？"倪素想象不到任何原因。十九岁本该是最好的年纪，他却因何而英年早逝，游荡于幽都？

徐鹤雪想了片刻，但最终摇头答道："不知。"

"你不知道自己是怎么死的？"

灯影轻摇，铺陈于徐鹤雪的衣袂与鞋履上，他径自盯着看。一侧江河涛声翻涌，他抬首看去，山如墨，水粼粼。

他不说话，倪素想了想，问道："人生之半数都还不到，你一定有很多遗憾吧？"

"时间太久，忘了很多。"徐鹤雪栖身于雾中，更显得面颊苍白，"如今我只记得一件事。"

"与你在云京的那位旧友有关？"倪素看着他身上的氅衣。

徐鹤雪闻言，侧过脸来对上她的视线，却不回答。

"就像我们说好的那样，你替我寻兄长，"倪素握着缰绳，听见马儿吐息的声音便摸了摸马鬃，又对他说，"我也会帮你找到你的旧友，尽力

一圆你的憾事。"

远山尽处隐泛鱼肚白，徐鹤雪静默地审视马背上的少女，片刻后移开眼，淡声道："你不必帮我什么，只要肯为我点灯就好。"

灯笼里的烛焰熄灭了，天色愈见青灰，路侧绿树掩映之间，河段平缓许多，有一座石桥横跨两岸，牵牛的老翁慢慢悠悠地从另一头走来。他把斗笠往上一推，眯起眼睛，瞧见那山道上有人骑马走近。

马蹄轻踏，马背上那名年轻女子的脑袋一点一点，身体时而偏左时而偏右。老翁正瞧着，那马儿屁股一转，冲向草木丰茂的沟渠，而马背上打瞌睡的女子没有防备，身子一歪，眼看就要摔下来。

老翁张嘴还没喊出声，却见她歪下来的身体好像被什么一托。老翁疑心自己错了眼，揉了揉眼皮，见那女子在马背上坐直身体，茫然地睁开眼。

"怪了……"老翁嘟囔着下了桥，去河岸的小路上放牛。

倪素才觉手中空空，垂眼看见握着缰绳的那只手，苍白单薄的肌肤之下，每一寸筋骨都漂亮而流畅。

她身后有个人，可她察觉不到他的鼻息。他的怀抱很冷，冷得像雪，好像要将她的瞌睡虫都一股脑儿地冻死。

他忽有所觉，与她稍稍拉开些距离，道："若是困，就睡吧。"

倪素没有回头，看着原本该在她身上，此时却挂在马脖子上的包袱，轻应了一声。还没被冻死的瞌睡虫压着她的眼皮，在这晃晃悠悠的一段路中，她打起瞌睡竟也算安心。

眼下正是炎热夏季，即便日头不再，天已见黑，青州城内也还是热得很。松缘客栈的掌柜在柜台后头拨弄着算盘，时不时地用帕子擦拭额头的细汗。

几个跑堂的忙活着在堂内点灯笼，掌柜的瞧见柜台上映出来一道影子，一抬头，看见个风尘仆仆的姑娘。

"小娘子可是要住店？"掌柜脸上挂笑。

"两间房。"倪素将钱往柜台上一搁。

两间？掌柜伸长了脖子往她身后左右张望，也没见有第二个人。他疑惑道："瞧着您是一个人哪。"

　　倪素一怔，险些忘了旁人并不知徐子凌的存在，"啊"了一声，也没改口："我等一个朋友，他晚些时候过来。"

　　掌柜点了点头："您放心，咱们客栈夜里也是有人在堂内守着的，您的朋友若来敲门，店小二定能迎他进来。"

　　"多谢。"倪素简短地应了一声，随即便提裙跟着店小二上楼。

　　简单向店小二要了饭菜，倪素将包袱放到床上，回身便灭了房中灯烛，又亲手点燃。

　　她一连点了五盏灯烛，果然见那道身影在灯下越发真切。

　　"是不是我多点一些灯烛，你在旁人眼前显出身形的时间就越长？"倪素在桌前坐下，倒了一碗茶喝。

　　徐鹤雪扫了一眼桌上的灯烛，轻轻颔首，道："这些足以支撑一段时间了。"

　　他并非不能显身，招魂者为他点的香烛越多，他的身形就会越发真实，以至于与常人一般无二。

　　"那等你去见那位旧友时，我给你点一屋子的灯。"倪素撑着下巴，对他道。

　　徐鹤雪抬眸，片刻却道："其实你不用再要一间房。"

　　"我不再要一间房，那你今夜在哪里栖身？又在外面找一棵树吗？"见他不说话，倪素放下茶碗，"我岂能因你是鬼而不以礼相待？与我兄长有关的线索如今全在于你，请你不要推拒。"

　　她这样说，不过是为了让徐鹤雪接受她的好意。他这样知礼守节，生前一定不是寻常人，而孤魂栖身人世，若无片瓦遮头，岂不更加彷徨？

　　"多谢。"半晌，徐鹤雪垂下眼帘。

　　赶了整日的路，倪素疲乏不堪，所幸客栈有人打水，她终于沐浴洗漱了一番，换了一身干净的衣裳，沾枕即眠。

　　夜间万籁俱寂，店小二强撑着睡意在堂内守夜，有一瞬，他觉得楼上有孤光一晃，压下去的眼皮立刻挑起来，往上一瞧，那间还没人住进

去的房内烛火明亮，楼上静悄悄的，并无人声。

　　店小二百无聊赖，想起那间房中燃的数盏灯烛还是他去替那位姑娘找来的，明明她那位朋友还没来，也不知为何要在那空房中点那么多烛火。店小二总觉得心里有种说不上来的怪异，懒懒地打了个哈欠，期盼着快点熬过这夜，他好回去睡上一觉。

　　楼上灯笼遇风摇晃，一抹极淡的雾气顺着半开的门缝潜入房中，在灯烛明亮的焰光里，化为一个年轻男子的身形。

　　徐鹤雪静默着打量房中简洁的陈设，半晌，他在榻旁坐下，就那么安静地坐了一会儿，忽轻皱起眉。

　　他挽起左袖来，暖黄的灯火照见他肌肤惨白的手臂，完好的皮肉在他的注视下寸寸皲裂，形成血线般凌乱的刀伤剑痕。殷红的血液顺着他的手腕流淌滴落，触及地面却转瞬化为细碎的荧尘，四下散开。

　　徐鹤雪放下衣袖，触摸绵软的床被，试探般舒展身体，就像好多年前，他还曾作为一个人时那样躺下去。房中荧尘乱飞，又转瞬即散。他闭上眼，听见右侧窗外松风正响，雀鸟夜啼，还有……轻轻的敲门声。

　　徐鹤雪一瞬睁眼，起身下榻，走过去打开房门，便见外面立着一个睡眼惺忪的姑娘，她乌黑的长发披散着，几缕发丝贴在颊边，听见开门声就睁大眼睛望向他。

　　"怎么了？"徐鹤雪出声。

　　"忘了问，你要不要沐浴？"倪素忍着没打哈欠，眼睛却憋出了一圈水雾。他看起来就干干净净的，一定也很爱干净，这一段路却风尘仆仆。

　　徐鹤雪一怔，没料到她睡到一半起来，竟是为了问他这个。

　　"我……"他斟酌用词，道，"不用水。"

　　"不用水？那用什么？"听见他的回答，倪素的睡意少了一些，毫不掩饰自己的好奇。

　　底下的大堂内，店小二已趴在桌上睡熟了，鼾声如雷。倪素轻手轻脚地下了楼，掀帘走到客栈的后院里。

　　浑圆的月被檐角遮挡了大半，但银白的月辉铺陈在院中，倪素看见徐鹤雪站在那儿，身上没穿那件氅衣，一身衣袍洁净如雪。

被少女注视着，徐鹤雪清寒的眸子里流露出几分不自然。他双指稍稍一动，倪素只觉这院中的月华更如梦似幻。

月光洒在他的身上，点滴荧光从他的衣袂下不断飞浮出来，很浅很淡，比他在地上的影子还淡。

倪素实在难以形容自己此刻看到的一幕，几乎以为自己身在梦中。

站在月下……就可以吗？倪素满目愕然，几乎是呆呆地望着立在庭中的年轻男人。不，他还尚是个少年，神清骨秀，此时身在一片光怪陆离的荧尘里，既带疏离，又具神性。

"你一点也不像鬼魅。"倪素走到他身边，伸手触碰点滴荧尘，只顾仰头，却不知她的手指与一粒荧尘相触时，他的眼睫细微地颤动了一下，地上那团毛茸茸的荧光也晃动了一下尾巴。

"我觉得……"倪素仰望着飞檐之上的那片夜幕，"你像星星一样。"

云京，集天下繁华于一城，帝居壮丽，芳树祥烟。

这一日天阴，瓦子里乐声隐约，云乡河上虹桥宽阔，两旁的摊贩们顾不上吆喝，一个个地都在朝不远处的御街上张望。河上行船，船工们也心不在焉，都抢着往那处看。

"那穿紫袍的，便是孟相公吧？"有人伸长了脖子，看见那堆青绿朱红的颜色里，那道极显眼的紫色。

"不是孟相公还能是谁？"光着膀子的大汉擦了擦额上的汗水，"孟相公从文县回来便正式拜了相，如今又受官家器重，却还不忘亲自来迎旧友回京。"

"哪里还算得上是旧友哟。"一个儒生打扮的白胡子老头在桥上言之凿凿，"当初两人一个贬官，一个流放，就在那城门口割袍，不少人都看得真真儿的。再说，如今孟相公拜同平章事，是正经的宰执，而那位张相公呢？这一流放就是十四年，听说他儿子死在了流放路上，前两年，他的妻子也因病去了。如今他孤身一人回来，却屈居于他恩断义绝的故交之下，拜参知政事，是为副相。这两人如今在一块儿，只怕是不好相

与的。"

说话间，众人只见干净整洁的御街尽处，有一驾马车驶来，那马车破旧而窄小，沾满泥泞。老车夫驱赶着马车近了，风拂起破了洞的帘子，隐约显露端坐其间的一道人影。

"张相公来了。"一名绿服官员露出笑脸。

立在所有官员之前的紫袍相公年约五十，鬓边有斑白之色，玉簪束髻，神清目明。他默然看着那驾马车停稳，车夫扶着车中那白发苍苍的老者出来，他脸上才不由露出些诧色。

奉旨前来迎副相张敬回京的一众官员中，也有几个张敬早年收的学生，十四年后再见老师，几人皆是一怔，随即红了眼眶。张敬比他们印象中的模样老得多，后背稍显佝偻，头发全白了，面容清癯又松弛，走到他们面前的这几步路上还要拄一根拐。其实他也只比孟相公孟云献年长五岁，但如今却是伤病加身，不良于行了。

紫袍相公一见他走近，心中滋味百转，才要张口，却听张敬道："有劳孟相公与诸位前来相迎，张敬谢过。"随后他错开眼，稍微一领首，极尽疏离的态度令场面一度有些冷却。

张敬不作停留，步履蹒跚地往前，聚在一处的官员们立即退到两旁，他的几位学生带着哭腔，哽咽地连声唤"老师"，张敬也不理。

"张相公。"才行过礼却生生被忽视的一名绯服官员重新站直身体。

张敬停步回头，仔细端详了那名官员的容貌，视线定在他长在鬓边的一颗黑痣上："是你。"

"下官蒋先明，不想张相公还记得，实乃荣幸。"蒋先明已至中年，蓄着青黑的胡须，端的一副好仪态。

"如何不记得？我离开云京时正是你蒋大人春风得意之际，十四年过去，听说你如今已是御史中丞了？"张敬双手撑在拐杖上。

蒋先明迎着那位老相公的目光："张相公这话，可是还气我当初在雍州……"

"你确定要在此提些与我不相干的往事？"话没说罢，张敬神色一沉，打断了他。这一霎，场面更添剑拔弩张之意。御街上无有百姓，翰林院的一名学士贺童不由愤声道："蒋大人，今日我老师回京，你为何要提及那逆臣？官家已许老师再入两府，你当街如此，意欲何为？"

"贺学士这是何必？我只是好奇，你们这几位学生在旁，张相公为何理也不理。"蒋先明上前两步，声音却压低了些，"还是说，在张相公眼中，原有比你们几位更重要的学生？"

"蒋大人这话是怎么说的？"孟云献倏尔出声，见蒋先明垂首，又笑道，"张相公最讨厌人哭哭啼啼的，七尺男儿当街无状，他不理，又有什么奇怪的？"

蒋先明闻声，再看向被几个学生护在中间的张敬，纵然华发衰朽，依旧气清骨傲。片刻，蒋先明郑重再行一礼，这一番态度忽然又缓和许多，带些尊敬道："恳请张相公勿怪，只因先明多年未忘您当初离开云京时在城门处那一番痛骂，先明今日诚心来迎相公，并非有意为难。十五年了，先明承认，当初任雍州知州时对逆臣徐鹤雪所行凌迟之刑罚，实为泄民愤，也为泄吾愤，确由私心所致。大齐律法无凌迟先例，我先行刑而后奏君，的确有罪。"

"官家不是已免了蒋大人的罪责吗？"有名官员小心搭腔，"您当日所为即是民心所向，不必为此耿耿于怀。那逆臣叛国，若非凌迟，也该枭首。"

"可我想问张相公，"蒋先明仍躬身，"您心中，如今是怎么想的？"

孟云献眼底的笑意淡去许多，但没说话。张敬的几个学生正要帮老师说话，却见老师抬起手来，便一霎噤声。

天阴而青灰，云乡河畔柳树成碧，瓦子里的乐声传至御街更为隐约，张敬双手拄拐，阔别已久的云京清风吹动他的衣袖。

"那逆臣十四岁时，便已不再是我的学生了。"

以贺童为首的几名曾师从张敬的官员无不松了一口气。要说朝中官员最怕的，还得是这位以刚直严正著称的御史中丞蒋大人，他手握弹劾之权，官家许其以风闻奏事，不必有足够证据，哪怕只是只言片语也能成为弹劾之凭据，上奏至官家案头。再者，谁又能保证他今日这番诘问，不是官家授意的？

"下官蒋先明,敬迎张相公回京。"话至此处,蒋先明的神情更为恭谨,朝这位老相公再度俯身。

御街上的官员来了又走,簇拥着当今大齐的两府相公往禁宫的方向走去,守在道旁的官兵也分为几队,陆陆续续地离开。

"徐子凌?"倪素在桥上看够了热闹才转过脸,却见身边的孤魂身形好似更加单薄了。天色阴沉,日光浅薄,而他发呆般盯着一处。

"你看见谁了?"倪素又回头,御街上已经没有什么人影了。

清风拂烟柳,满河波光动,这是徐鹤雪离开了好多年,也忘记了好多年的地方,可是他此刻再站在这里,过往种种,又明晰如昨。

"我的老师。"他说。

那是他年少时,在永安湖谢春亭中,对他说"你若敢去,此生便不要再来见我"的老师。

"你想见他吗?"倪素问他。

徐鹤雪不答,只是将目光挪回她脸上,半晌却道:"我这里仍有你兄长的魂火,只要我将它放出去,便知你兄长的行踪。"

这一路魂火毫无异样,正说明倪青岚并没有离开云京。他轻抬起手,比火星子还要散碎细小的光痕从他袖中飞出,倪素顺着它们飘浮的方向转过身,看见它们飞跃至云京城的上空,掠入重楼瓦舍之后。

"要多久?"倪素望着那片瓦檐。

细如银丝的流光在徐鹤雪指尖消失,他的脸色更苍白了些,衣袖遮掩之下的无数伤痕寸寸皲裂,殷红的血液顺着手腕淌进指缝,滴在桥上又化为荧尘。他强忍痛楚,声音冷静:"魂火微弱,也许要些时辰。"

倪素回头之际,他收拢袖袍,玄黑的氅衣也看不出血迹。

"与我兄长交好的那位衍州举子,在信中提过他与我兄长之前在云京住过的那间客栈,我们不如先去那里?"

"好。"徐鹤雪颔首。

倪素一到庆福客栈便照例要了两间房,才在房中放好包袱,又下楼与掌柜交谈。

"小娘子,先前的冬试是官家临时御批的一场会试,以往可没这先例,也是因着官家想迎孟、张二位相公回京再推新政,为新政选拔新人才。那些天不光咱们这儿住满了举子,其他客栈也是,那么多人,我哪记得住您问的那么一个人哪……"掌柜被问得头疼,连连摆手,"您要问我殿试的三甲,我还能跟您说出名姓来,只不过住在我这儿的举子没一个中的。"

倪素没问出一点消息来,更不知她兄长之前住在这客栈的哪一间房。天色渐暗,云京的夜市显露出有别于白日的另一番热闹,瓦子里的丝竹之声不绝于耳,倪素却无心欣赏云京这番与众不同的风情,只吃了几口饭菜,便搁下碗筷跑到隔壁房门前,敲了敲。

榻上的徐鹤雪睁开眼,艰难起身,哑声道:"你进来。"

倪素听见他的声音,推门而入,桌上燃的数盏灯烛皆是她先前为他点的,见她走近,徐鹤雪坐在榻上,披起氅衣。

"你脸色不好。"倪素看着他说。

"没事。"徐鹤雪抚平衣袖,遮住手腕。

倪素在他对面的折背椅中坐下,灯烛在侧,她顺手再点了一盏:"我来是想问你,你的旧友叫什么名字?如今芳龄几何?"

听见"芳龄"二字,徐鹤雪倏尔抬眸:"倪素,我从没说过故交是位女子。"

"不是女子?"倪素望向他,明亮的烛光里,依稀还能看见他衣袖边缘的绣字,"对不住,我见你衣袖上的字迹娟秀,所以……"

她理所应当地以为那位给他预备寒衣的旧友是一名女子,毕竟一般没有男子会在寒衣上绣名字。

"他有一位青梅,这绣字应当是出自她之手。"徐鹤雪说道。

"是我会错意了。"倪素赧然,看着端坐在榻上的年轻男人。他脸色苍白,连唇也淡得没什么颜色,但衣襟严整,风姿斐然。

徐鹤雪正欲说些什么,却见她身后那扇窗外丝缕银光缠裹而来,其中却并无他白日放出去的点滴魂火。

他神色微变,本能地站起身,却不防一阵强烈的眩晕袭来。倪素只见他一个踉跄,便立即上前扶他,这一相触,倪素握着他的手腕,只觉

自己握住了一捧雪，冷得打了一个寒战。但她没松手，将他扶到榻上："你怎么……"

手指触摸到一片冰冷湿润之处，她的话音倏尔止住，垂眼看去，才发觉他藏在氅衣之下的雪白衣袖染了殷红的血迹，血珠顺着他的手臂蜿蜒而下，弄脏了他瘦削苍白的手。修长的指节蜷缩起来，单薄的手背肌肤下青筋微鼓，无声昭示他此时正承受着什么。

倪素松手，看着自己掌中沾染的属于他的血液一点点化为飘浮的细碎荧尘，在烛火之间转瞬即逝。倪素意识到了什么，猛地抬眼：

"你帮我找兄长，会让你自己受伤？"

"我的伤多是生前所受，你不必多想。"衣袍之下肌肤缓慢皲裂，满身刀伤剑痕处的鲜血洇湿他的衣衫。

他没有血肉之躯，却像一个活生生的人一样满身伤口，淌出殷红血液，其实是魂体受损的表现，那流出的血液就是他减损的魂火。只要他在阳世动用术法，那么不论他生前还是死后所受之伤，都将成为严惩他的刑罚。

"可是你帮我，的确会让自己很痛苦。"纵然他常是一副病弱之态，倪素也能分得清他此时比之以往更加虚弱。难怪从虹桥之上到此间客栈，他行走有些缓慢。

"我虽通医术，却于你无用。"倪素蹲下去，望着他，"你告诉我，我要怎么做才能帮你？"

徐鹤雪垂着眼帘，看倪素趴在他的床沿，她身后数盏灯烛同燃，明亮暖融的光线为她的发髻镶上一层浅金的茸边。

"劳烦再点一盏灯。"他说。

"好。"倪素闻声立即起身，回到桌前再添一盏灯烛，她放稳烛台，回过头，见徐鹤雪缓缓坐起身。

他又在看窗外。倪素顺着他的视线转身，窗畔，丝线般的银光缠绕着一粒魂火。

"倪素。"身后传来他虚弱的声音，"找到了。"

云京夜落小雨，不减夜市风光。毡棚底下多的是消夜闲谈之人，临河的瓦子里灯火通明，层层灯影摇落云乡河上，挂灯的夜船慢慢悠悠地从桥洞底下穿过。

街市上人太多，何况天子脚下，本不许骑马夜驰，倪素在人群里疾奔，绵软如丝的小雨轻拂她的面颊，多少双陌生的眼睛在她身上短暂停留，她却浑然不觉，只知道跟着那一粒旁人看不见的魂火跑。

云京城门犹如伏在晦暗光线里的山峦，倪素眼睁睁看着那粒魂火掠过城墙。她倏尔停步，看向那道紧闭的城门前，身姿笔挺、盔甲冷硬的守城军。

一阵清风吹斜了雨丝，天边闷雷涌动，倪素只觉被一只手揽住腰身，她抬头望见一个人的侧脸。又浓又长的睫毛在他的眼睑底下留了片漂亮的影子，倪素手中提灯，顷刻乘风而起，随着他悄无声息地掠至城墙之上。

灯影在头顶轻轻一晃，城门处与城楼上的守城军几乎同时抬头，却只见夜幕之间，雨雾愈浓。

风雨迎面，倪素看见其中夹杂荧尘，立即去拉他的衣袖："我们快下去。"哪知话音才落，徐鹤雪便像脱了力似的，与她一齐坠向林梢之下。

雨声滴答，预想的疼痛没有袭来，倪素睁眼，最先看见的是带着银鹤纹的玄黑衣袂。她躺在一个人怀里，那是比打在她脸颊上的雨要冷百倍的怀抱。

"徐子凌，你怎么样？"倪素立即起身。

徐鹤雪摇头，骨节修长的手指一抬，倪素顺着他所指的方向，发现了那团跃动的魂火。

"我兄长怎么会在云京城外？"倪素心中越发不安，也更觉怪异。

"跟着它就知道了。"徐鹤雪扶着树干起身，松枝上的雨水滴下来，淌过他的指节。

灯笼里最后一点焰光被雨水浇熄，倪素本能地抬头去看他的眼睛，果然，漆黑又空洞。

倪素伸手，却又忽然停住："我牵着你吧？"

徐鹤雪循着她声音所在的方向侧过脸，就好像在看着她一样。雨丝

拂来,他伸出手:"多谢。"

倪素看着他伸来的手,毫不犹豫地握住。雨水顺着两人的指缝滴落,倪素牵着他,跟着那团魂火往前,虽无灯笼照明,但徐鹤雪身上浮出的荧尘却如淡月轻笼,令她能勉强视物。

山间雨势更盛,闷雷轰然炸响。残破的佛庙里,靠着墙根安睡的小乞丐猛地惊醒。眼下虽是孟秋,天气仍热,但乞丐在睡梦里被雨淋湿了破旧的衣裳,此刻醒来,不免打一个寒战。

庙里也不知谁点了小半截蜡烛,小乞丐仰头,雨水顺着破碎的瓦缝滴到他的脸上。窸窣的响动传来,小乞丐闻声望去,看见他的爷爷正举着半截残蜡在佛像那儿细细地看。

"爷爷,您在看什么?"小乞丐抹了一把脸上的雨水。

头发花白的老乞丐探头,朝他招手,道:"小子,你来看这菩萨的后背。"

小乞丐不明所以,从草堆里爬起来,雨水顺着破瓦缝四处乱灌,弄得地上又湿又滑。他脚上没鞋穿,小心翼翼地踩水过去,嘟嘟囔囔地道:"山里的菩萨,都是咱们这样穷狠了的人用泥塑的,有什么好看的……"

话还没说罢,小乞丐听到一阵越来越近的脚步声,爷孙两个一下回头,只见雨雾茫茫的山庙门外闪电劈下,照亮一名女子的形容。

她梅子青的罗裙沾了泥水,雨珠顺着鬓边的几缕发丝滴下。她的视线最先落在庙中那对乞丐爷孙身上,但又很快挪开,提裙进门,四下张望。

爷孙两个的视线也不由追随着她。老乞丐不防被蜡油烫了手,"哒"了一声,见那女子又朝他看来,更觉摸不着头脑,问:"小娘子,你这是做什么呢?"

山野佛庙,夜雨声声,冷不丁出现个年轻女子,老乞丐心中甚怪。

"您何时在此的?可有遇见一个年轻男子?"倪素鞋履湿透,踩水声重。

"这又不是什么好地方,除了我们爷孙,谁会到这雨也避不了的地方来？"小乞丐先开了口。

这的确是个雨也避不了的地方，四面漏风，潮湿积水。可是倪素是追着那团魂火而来的，若她的兄长倪青岚不在这里，那魂火又为何会游离至此？

电闪雷鸣，短暂照彻破檐之下，闪电冷光与老乞丐小心相护的烛焰暖光相撞，倪素又看见了那一团魂火。她的视线追随着它，快步走到那一尊泥塑菩萨身后。

魂火消失了。雨水击打残瓦，淅淅沥沥。倪素匆忙张望，可这座佛庙就这么大，除了残垣就是破窗，冷光斜斜一道，落在她的脸上，她浑身僵冷，猛地回头。

光影如刀，割在菩萨彩绘斑驳的肩颈处，而它宽阔脊背上的泥色与其他地方的泥色并不相同，像是水分未干的新泥。

乞丐爷孙面面相觑，正在茫然之际，却见那姑娘忽然搬起地上的砖石，用力地朝菩萨的后背砸去。

"你这是做什么？可不敢对菩萨不敬啊！"老乞丐吓得丢了残蜡。

倪素充耳不闻，只顾奋力地砸。烟尘呛得她忍不住咳嗽，砖石砸破菩萨的整片脊背，一块块泥皮掉落下来，那老乞丐忽然失声："菩萨里头居然是空……"

这一刹那，里头不知是什么被黑布缠得严严实实，重重地砸在地面上，也砸没了老乞丐的后半句话。

潮湿的雨水里，腐臭的味道越发明显。闪电频来，小乞丐定睛一看，黑布底下露出来半腐不腐的一只手，他吓得瞪大双眼，惊声大叫。老乞丐忙捂住孙儿的眼睛，却见那个脸色煞白的姑娘竟朝前两步，俯身伸出手。

她的手止不住地发颤，停在半空片刻，倏尔手指蜷紧，用力将那黑布彻底掀开。

雷声滚滚，大雨如瀑。

老乞丐只一瞧便即刻转身，几欲干呕。地上的尸骸面目全非，但倪素认得他发髻间的银簪，认得他身上的衣裳是母亲在他临行前亲手缝制

的。倪素大脑轰鸣，嘴唇微张，颤抖得厉害，根本发不出一点声音。

乞丐爷孙吓得不轻，眼下也顾不得什么雨不雨的，一前一后匆忙跑出庙门。

夜雨声重，四下淋漓。倪素双膝一软，跪倒在地。

"兄长……"眼泪簌簌跌出，倪素双手撑在泥水里，"兄长……"

扶着门框的徐鹤雪身影很淡，淡到方才从他身边跑过的那对乞丐爷孙根本没有发觉他的存在。

"倪素？"他轻声唤。

庙中尚有一支残烛在燃，可那光亮不属于他，他的眼前漆黑一片，听不到倪素回应，却听她呜咽声重，模模糊糊地唤着"兄长"两字。

夜雨交织她无助的哭喊，徐鹤雪循声摸索往前，一点一点地挪动到她身边。他试探着伸手，逐渐往下，耐心地摸索，直至触碰到她的肩背，沾了满手雨露。

她浑身都湿透了。徐鹤雪解下自己身上的玄黑氅衣，沉默俯身，将氅衣轻轻披在她身上。

第叁章 菩萨蛮

我要带着兄长与我自己处世的心愿,堂堂正正地活着。

"那清源山上的泥菩萨庙已经荒废十几年了,谁晓得那菩萨里头怎么封着一具尸体……"

光宁府衙议事厅内,杨府判身着绯服而坐,肩头还残留着雨水的深痕。他用帕子擦拭着桃子的茸毛,想起自己天不亮在停尸房中见过的那具尸体,一霎又没了胃口,将桃子搁下,转而端起茶碗:"听说砸开菩萨后背发现那举子尸体的,正是该举子的亲妹。"

"亲妹?"靠在折背椅上的陶府判正有一搭没一搭地捶打官袍底下的风湿腿,听见这话不由得坐正了些,"荒郊野庙,她一个弱女子如何知道自家哥哥被封在那尊泥菩萨像中?"

连在庙中栖身的那对乞丐爷孙都不知道,何以她能找到那儿去,又知道尸体就在里头?

"听她说,是由于兄长托梦。"一名推官恭敬添言。

"托梦?"陶府判吃了一惊,将手中的茶碗也搁到一旁,"这算什么说辞?不可理喻!"

"现如今,那女子人在何处?"杨府判被帕子上的桃子毛刺了手,有些不大舒服地皱起眉。

"正在司录司狱中,早前那乞丐爷孙两个跑来报官,便惊动了尹正大人,尹正大人的意思是,她所言实在不足以解释她为何会出现在那泥菩萨庙中,故而让田启忠先将她带进司录司审问一番。"推官继续说道。

"如此,岂不是要先来一番杀威棒?"陶府判一听,与那杨府判对视一眼，捋了捋白须，"这案子甚怪……"

议事厅这厢说起的田启忠，正是光宁府中的另一名推官，此刻阴雨绵绵，他正在司录司狱中审案。

"倪小娘子，你如今还坚持你那番托梦的说辞吗？"田启忠面无表情地端坐书案后，审视着伏趴在春凳上的那名年轻女子。

她的衣裙被鲜血濡湿，满鬓冷汗，几绺发丝贴在颊边，一张脸惨白如纸，浑身都在不自觉地颤抖。

"是。"倪素一手撑在春凳上，声音低弱。

"子不语怪力乱神。"田启忠紧皱眉头，厉声呵斥，"你这小女子，还不快快招实？"

他一个眼色示意，一旁的皂隶便举起水火棍重打下去，倪素惨叫出声，浑身颤抖得更厉害。暗黄灯影里，她半张脸抵在凳面上，汗湿的乱发底下，一截白皙的后颈纤细而脆弱。

刑杖之痛，绝不会使人麻木，只会觉得一杖比一杖更痛。

"大人不信鬼神，身上又为何带一辟邪黄符？"她努力喊出声。

田启忠神情一滞，不由触摸自己的腰侧。他这件绿官服下的确绑着一道折角的黄符，那是家中老母亲特地求来给他随身带的，纵然他不信这些，也不好辜负母亲的心意。可黄符藏在官服底下，这女子又是如何知道的？

"我说过，我在梦中梦到那间泥菩萨庙，也梦到自己砸开菩萨的后背。"倪素呼吸艰难，一字一句地道，"我甚至梦到了大人您。雨天路滑，您的黄符掉在了山径上，是您身边的皂隶帮您捡起……"

她越说，田启忠的脸色就越发不对。

"哎呀，田大人，她怎么会知道……"站在田启忠旁边的一名皂隶惊愕捂嘴。

今晨西城门才开，那对乞丐爷孙便跑到光宁府报官，田启忠即刻带着人往清源山上的那间泥菩萨庙里去。

庙中有一具腐尸，再就是跪坐在尸体旁的这名年轻女子。田启忠先令人将她押解，自己则与几名皂隶跟在后头慢行，他分明记得自己身上

这道黄符掉落时，这女子已被押着去了山径底下，不可能看见他身上掉了什么东西。

可如此一来，此事就更加诡异了。难道……还真有托梦一事？田启忠摸着衣袍底下黄符的棱角，惊疑不定。

"大人，她晕过去了。"立在春凳旁的皂隶忽然出声，打断了田启忠的沉思。

田启忠抬眼一看，倪素果然已经不省人事。她以荒诞言论应对光宁府审问，按照章程，无论如何也该先给一顿杀威棒，才好教她不敢藐视光宁府。可她一个弱女子，不但生生挨过了这顿杀威棒，且仍不改其说辞。

"找个医工来，"田启忠话说一半，又顾及她是个女子，便指着近旁的皂隶道，"再让你媳妇儿来帮个忙，给她上药。"

"是。"那皂隶忙点头。

倪素昏昏沉沉，偶尔听到一些刻意压低的人声，又感觉到有人解开她的衣裙，一点一点地揭下与皮肉粘连的衣料。她痛得想叫喊，却又头脑昏沉，掀不开眼皮。药香是最能令她心安的味道，她下意识地辨别其中有哪几味药，思绪又逐渐混沌起来。

也不知过了多久，她勉强半睁开眼。晦暗牢狱里，没有半点人声，但是有一个人干干净净地立在那儿。牢狱遮蔽了天光，而狱中的灯于他无用，他那双眼睛是暗淡的、没有神采的。

也许是听见她不同于昏睡时的吸气声，徐鹤雪敏锐地朝她这处望过来。他看不见她，却听见她在轻微地啜泣。他摸索着，慢慢地走到她的床前，蹲下去。

"徐子凌？"

"嗯。"

倪素眼眶湿润，想说些什么，才出声，却禁不住咳嗽起来。

徐鹤雪沉默片刻，道："我本可以……"

"我们说好的，"倪素打断他，半睁的眼睛并不能将他的面容看得清楚，"你已经帮我找到了兄长，可我还没来得及帮你。"

"即便没有那对乞丐爷孙，我也是要报官的。可如此一来，我要如何解释自己知道兄长在泥菩萨庙？他们都查得出我是昨日才到的云京，我有什么手段、什么人脉可以助我查清一个失踪几个月的人被藏在清源山上那座无人问津的破庙里？"她慢慢摇头，"既都说不通，那就说不通吧，但若你再用术法帮我逃脱这顿打，那到时候，不是你被发现，就是我被当作妖怪处置了。反正他们既知我是昨日才来云京，那么害死我兄长的凶手，就绝不可能是我。我一个雀县来的孤女，无权无势，且无时间与动机谋害我的兄长，他们无论如何，也不能以我结案。"

在泥菩萨庙里，在兄长腐化的尸体旁，倪素已经想清楚了这些事。看见黄符的不是她，而是徐鹤雪，她提及田启忠的黄符，也不过是为了印证自己这番"冤者托梦"的言辞。

倪素疼得神思模糊，更看不清面前的年轻男人，泪珠压着眼睫，她很快又昏睡过去。

牢内静悄悄的，徐鹤雪再没听见她的声音。

光宁府司录司正门之外对着长巷，穿过巷子门，便是一条热闹街市。细雨如丝，留着八字胡的穷秀才在墙根儿底下支了个摊，这一上午也没等来一个代写文书的活计。

他百无聊赖，正叹了口气，却觉一阵清风拂面，他微抬眼皮，只见摊子前不知何时多了一个人。此人以帷帽遮面，身上还穿了一件兽毛领子的冬衣，老秀才只觉怪得很，却听帷帽之下，传来一道凛冽平静的声音："请代我写一封手书。"

"啊？"老秀才瞧见那人苍白的手指将一枚碎银放在他的摊上，反应过来，忙道，"好好好，公子想写什么，只管说来就是。"

老秀才匆忙磨墨，匆忙落笔，可是他越写就越是心惊，忍不住道："公子，您这手书是要送去哪儿的？"

年轻公子不答，他也不敢再问，吹干了墨就递上去。

人已走出老远，老秀才还禁不住张望，瞧见那年轻公子在路旁蹲下去，似乎与一孩童说了几句话，那孩童便接了他手中的书信蹦蹦跳跳地

跑了。

光宁府司录司几道街巷之外左边的地乾门内,便是夤夜司所在。

夤夜司使尊韩清正在听底下亲从官奏报。

"昨日官家将张相公原来的府邸归还于他,张相公回府以后,亲自收拾了家中的杂物,在院子里烧了。"

"杂物?"韩清是个宦官,年约三十岁,眉目肃正,声音清润,不似一般宦官那样尖厉。

"回使尊,二十年前逆臣徐鹤雪进士及第之时,曾赠张相公一幅亲手所画的《江雪独钓图》。其时,张相公赞不绝口,并在画上题诗,其诗也曾流传一时。"那亲从官恭谨答道。

"你是说,张相公将那幅图烧了?"韩清端着茶碗,将饮不饮。

"是,亲手烧的。"亲从官说罢,见使尊迟迟不语,也不知在想些什么,便又小心翼翼地道,"使尊,如此您也好就此事向官家回话了。"

檐外雨露滴答,韩清手中的茶碗久久没放下。

"使尊。"一名亲从官匆匆进来,行礼道,"咱们正门外来了个孩童,说有人让他将这封手书交给您。"

韩清瞥了一眼,令身旁之人取来。他放下茶碗,展开信笺一瞧,眉头轻皱起来,视线来回在纸上流连,随即抬首。

"那孩童在何处?"

亲从官立即出去将那小孩儿带来,韩清身边的人连着上去问了几番,也只从那小孩儿口中得知,是一个年轻男人让他送的信。

"光宁府那边,今日是否有人报官?死的可是雀县来的举子?尸体是在西城门外的清源山上被发现的?"韩清又问几名亲从官。

"好像是有这么一回事。"有个才上值的亲从官家住得离光宁府那边近些,来前听家里人说了几嘴,便道,"听说那举子的尸体被封在一尊泥菩萨里。"

死了个举子,还是来云京参加冬试的举子。韩清垂眼,写此封手书之人笃定他一定会管与冬试有关的这桩事,可此人究竟是谁?

韩清的视线停在纸上"倪素"两字之上:"死者的妹妹倪素,如今可在光宁府司录司？"

"听闻那女子满口荒诞之言，如今应该在司录司中受杀威棒。"那亲从官答道。

韩清揉了手书，正色道："你们几个带着我的印信，快去司录司将人提到我贪夜司来。"

数名亲从官鱼贯而出，冒着绵绵细雨疾奔出去，没一个人看见立在檐下的一道颀长身影。

离开倪素身边越远，徐鹤雪便要承受更重的痛楚，倪素昨日为他点的灯盏，这一路来消耗得差不多了。他的魂体越发淡，点滴荧尘淹没在雨雾之中，他一手扶柱，满身的伤口又在撕裂。他疼得恍惚，往前两步，却又倏尔停驻，回过头，看向在厅中出神的宦官。

他并不记得这个人的样子——当初他离开云京时，此人不过十一二岁。

徐鹤雪转身，清癯的身形融入雨雾，可脑海里却总有些人声在盘旋——

"张相公亲自收拾了家中的杂物，在院子里烧了……亲手烧的。"

徐鹤雪不禁抬首，青灰朦胧的天色里，屋脊上鸱吻栩栩如生，恰似当年他春风得意马蹄疾，在老师府中敬听教诲时那般。

"子凌，盼尔高飞，不堕其志。"

老师满含期许之言，犹在耳侧。

司录司外烟雨正浓，狱中返潮更甚，倪素瑟缩在简陋的木床上，锁链冷不丁碰撞一响，惊得她眼皮微动。

坑坑洼洼的墙壁上映出一道影子，轻微的步履声临近，墙上黑影更成了张牙舞爪的一团，很快笼罩过来。一只手猛地扣住倪素的后颈，倪素一刹惊醒，却被身后之人紧捂住了嘴。她的嗓子本是哑的，身上也没力气，奋力挣扎也无济于事，那人在她身后腾出一只手来，将绳子一下子绕到她的颈间。

顷刻，绳索收紧，倪素瞪大双眼，几近窒息，原本煞白的脸色涨红了。她仰着头，看见一双凶悍阴沉的眼。

男人作狱卒打扮，仗着她受了刑杖只能伏趴在床上，便一膝抵住她的后背，一手捂着她的嘴，另一只手用力拉扯绳索。倪素的脸色越发涨红，像是有一块大石不断挤压着她的心肺，男人见她越发挣扎不得，眼底正有几分阴狠的自得，手上正欲更用力，却猛地吃痛，喊了一声。

倪素咬着他的手指，她此时已不知自己究竟用了多大的力道，唇齿都是麻的，只顾收紧齿关。

十指连心，男人痛得厉害也不敢高呼，胡子拉碴的脸上更添戾色，更用力地拉拽绳索，迫使伏趴的倪素不得已后仰。纤细的脖颈像是顷刻要被折断，胸腔里窒息的痛楚更加强烈，倪素再咬不住男人的手。

男人正欲用双手将其脖颈勒得更紧，却觉身后有一阵凛风忽来，吹得狱中灯火乱晃。可这幽深牢狱里，窗都没有，又怎会有这般寒风？男人后脊骨发凉，才要回头，却不知被什么击中了后颈，颈骨发出脆响。他来不及呼痛，便重重倒下去。

颈间绳索骤然松懈，倪素禁不住大口大口地喘息，又一阵猛咳，眼皮再抬不起来，她只感觉有一只冰凉的手轻抚了一下她的后背，又唤了一声"倪素"。

木床上的姑娘连咳也不咳了，徐鹤雪摸索着去探她的鼻息，温热的气息拂过他没有温度的指节，竟有轻微痒意。

"她是受了杀威棒，但田大人也找了医工，还叫了人给她上药……"值房内的狱卒领着黉夜司的几位亲从官过来，正说着话，不经意抬头一瞧，却傻眼了，"这、这怎么回事？"

本该绑在牢门上的铁链铜锁竟都在地上。黉夜司的亲从官们个个色变，比狱卒反应更快，快步过去，踢开牢门，牢头和几个狱卒也忙跟着进去。

他们并不能看见徐鹤雪的身影。

一名亲从官试探了床上那女子的鼻息，见他们进来，便回过头来，指着地上昏迷的男人："认识他吗？"

"认、认识，钱三儿嘛……"一名狱卒结结巴巴地答。

那亲从官面无表情，与其他几人道："咱们快将此女带回黉夜司。"

随即,他又对那牢头与几名狱卒说,"此狱卒有害人之嫌,我等一并带回夤夜司,之后自有文书送到光宁府尹正大人手中。"

牢头吓得不轻,哪敢说个不字,只管点头。

倪素在睡梦中只觉自己喉咙好似火烧,又干又痛。她神思混沌,梦里全是清源山上的那座泥菩萨庙。她梦见那尊泥菩萨后背残破,露出来空空的内里,犹如萤虫般的魂火密密麻麻地附着其中,慢慢地在她眼前拼凑成兄长的模样。

倪素猛地睁眼,剧烈喘息。此时她方才发现自己好像又到了一个全然陌生的地方,零星几盏灯嵌在平整的砖墙之上,精铁所制的牢门之外便是一个四方的水池,其中支着木架与铁索,池壁上有不少陈旧斑驳的红痕,空气中似乎还弥漫着血腥味。

一碗水忽然递到她面前,倪素本能地瑟缩了一下,抬头却对上一双空洞无神的眼。徐鹤雪察觉她醒了,便开口道:"喝一些,会好受许多。"

在她昏迷的这几个时辰,他就捧着这一碗水一直坐着。

倪素口中还有铁锈似的血味,是她咬住那个男人的手指时沾的,她不说话,顺从地抵着碗沿喝了一口,又吐掉。血味被冲淡许多,她才又抿了几口水,这已然很费力气,待徐鹤雪将碗挪开,她又将脸颊抵在床上,哑着声音问:"这是哪儿?"

"夤夜司。"徐鹤雪摸索着将碗搁到一旁,"比起光宁府的司录司,夤夜司于你要安全许多。"

夤夜司受命于天子,掌宫城管钥、木契,督察百官,刺探情报,不受其他管束。

"你做了什么?"倪素干裂的嘴唇翕动,声音低弱。

"我请人代写了一封手书,将你的事告知夤夜司的使尊韩清。官家再推新政,冬试便是他的第一道诏令,你兄长是参与冬试的举子,夤夜司闻风便动,绝不会轻放此事。"

其中还有些隐情,譬如夤夜司使尊韩清旧时曾受当朝宰执孟云献恩惠,此人应是心向于孟,而孟云献这番拜相,第一把火还不曾烧。既还不曾烧,那么不如便从冬试开始。

"只是不料这么快便有人对你下手。"徐鹤雪冒险送手书给夤夜司,便是担心藏尸之人一旦得知事情败露,会对倪素痛下杀手,以绝后患。比起光宁府司录司,夤夜司才是铁桶一般,外面人的手轻易伸不进来。

"能这样快收到消息的,一定不是普通人。"

光宁府推官田启忠带人将兄长的尸体与她带回城内时天色尚早,也只有靠近光宁府的少数人家看见。能在官府里听到消息并且知道她在司录司中,又如此迅速地买通狱卒来杀她,怎么看,也不是普通人能够有的手段。她沙哑的嗓音透露出几分颓丧与哀恸:"若按他们所说的时间推算,我兄长被害时,我与你正在半途。"

徐鹤雪静默半晌,才道:"一旦夤夜司插手此事,自会有人让其水落石出。"

"是吗?"倪素恍惚。

"那你可要放弃?"徐鹤雪什么也看不见,只能循声音朝着她的方向,"若真要放弃,在光宁府司录司狱中,你就不会花钱请狱卒去太尉府送信了。"

倪素没说话。她让狱卒送去太尉府的那封信是岑氏亲手所写的,当年南边流寇作乱,倪素的祖父救过泽州知州的命,那位知州姓蔡,他的孙女蔡氏如今正是太尉府二公子的正妻。岑氏写这封信提及这段旧事,也不过是想让倪素在云京有个投奔之处。

"你怎么有钱请人代写手书?"倪素忽然出声。

"用了你的。等你从夤夜司出去,我再还给你。"

"你离世十几年,在云京还有可用的银钱吗?"倪素咳嗽了几声,嗓子像被刀子割过似的。

"我也有位兄长,他年长我许多,在家中受嫂嫂管束,常有身上不得银钱用的时候。"徐鹤雪主动提及自己的生前事,本是为安抚她此时的难受,但好些记忆盘旋而来,他清冷的面容上也难掩一丝感怀,"我那时年幼,生怕将来与兄长一般娶一个泼辣夫人,不许我买糖糕吃,我便藏了一些钱,埋在一棵歪脖子树下。"

倪素身上疼得厉害,神思有些迟缓,却也能察觉得到这道孤魂正在安抚她的不堪。她眼眶里还有些因疼痛而生的泪,扯了扯唇:"你喜欢糖糕?"

徐鹤雪想了想,说:"我已经不记得它的滋味了。"

倪素"嗯"了一声,在狱中暗淡的灯烛下望着他:"你是为我去请人写手书的,我怎么可能让你还钱。等我出去了,请你吃糖糕。"

"诸位辛苦,加禄这一项还需再议,加多少,如何加,咱们这里明日就得拿出个章程,后日奏对,也好教官家知道。"政事堂内,眉浓目清的紫袍相公在上首端坐,"今日便到这儿吧。"

堂候官赶紧收拣案上的策论,到一旁去整理摆放。

天不亮赶着早朝进宫,又在政事堂里议事到天黑,听见孟相公这一声,数名官员如释重负,起身作揖。坐在孟云献身边的张敬很沉默,一手撑着拐,将余下的一篇财策看完。抬起头见堂内的官员走得差不多了,他也不说话,拄拐起身。

孟云献与身边人说了两句话,回头见翰林学士贺童要扶着他老师出去,便笑着走过去,道:"到我家去,今天晚上我夫人要弄饭,咱们一块儿吃。"

"我吃惯了粗茶淡饭,就不麻烦你孟大人了。"张敬随口扔下一句便要走。岂料孟云献也几步跟到了门口,丝毫不管自己是不是热脸贴冷屁股:"那我到你家吃去?粗茶淡饭我也惯。"

张敬一顿,转头对上孟云献那张笑脸,片刻,才冷声道:"你孟相公当初不是最喜欢整顿吏治吗?怎么这回反倒开始梳理财政了?"说罢,便由学生扶着,目不斜视地走了出去。

檐外烟雨朦胧,孟云献站在门槛处,看着贺童给张敬撑开伞,又扶着步履蹒跚的他朝阶下去。

"您这是何必?"中书舍人裴知远走到孟云献身旁,双手交握,"张相公如今哪还肯给您好脸色,您怎么还喜笑颜开的?"

"当初我三顾茅庐,日日去他家里头吃饭,才说服他与我共推新政。与他分别这十四年,我还想他心中是否万分后悔当初与我一道做事。可你方才也看见了，他是嫌我这趟回来，弄得不痛不痒，没从前痛快，觉得我折了骨头，开始讨好逢迎。"孟云献仰望雨雾。

"您没有吗？"裴知远拂去衣袖上沾惹的雨珠。

孟云献闻声，转头对上裴知远的目光，随即与其相视一笑。他伸手示意不远处的宦官拿伞来，慢悠悠地道："当然有。"

时隔十四年再回云京，无数双眼睛都紧盯着孟云献，跟乌眼鸡似的，警惕极了，生怕此人再像十四年前那般锋芒太露，一朝拜相便急不可待地触碰他们的利益。可谁也没料到，他这一回来，最先提的新策竟是"厚禄养廉"。这哪里是整顿，分明是迎合。

"那当初反对您反对得最厉害的谏官李大人，近来对您也彬彬有礼的。"裴知远这个碎嘴不着四六，就差手里握把瓜子了。

"多好，显得咱们朝中同僚亲近，官家也能少听些他们骂我的话。"

孟云献取来宦官手中的伞，自个儿撑了，往雨幕里去。

回到家中，孟云献接过女婢递的茶，见夫人姜氏还在朝庭外张望，便笑着摇头："夫人，张敬不肯来，只能咱们自个儿吃了。"

姜氏细眉微蹙，回过头来用帕子擦了擦他身上的雨水，道："你也是活该。当初在那谢春亭中你就说了他不爱听的话，生生地让他放跑了自个儿的好学生。好好一个少年英才，非要跑到边关沙场里头去做武夫……"

"夫人忘了，我也出身行伍。"

姜氏轻哼一声，睇他一眼："是了，你也原是个武夫，可咱大齐的武夫要是得用，你怎么一门心思扎到文官海里了？"

孟云献正欲说些什么，却听老内知来报："老爷，有客来了。"

老内知不提名姓，但孟云献却已知来人是谁，他脱了官服交给姜氏，披上一件外衫，问道："在书房？"

"是。"老内知垂首。

孟云献才到书房，便见一身常服打扮的韩清捧着茶碗，坐在折背椅上正出神。

"你怎么得空来我这儿？"

"孟相公。"韩清立即搁下茶碗起身相迎,"相公回京不久,韩清本不该在此时来,但咱家私以为,孟相公等的机会到了。"

"哦?"孟云献坐到韩清旁边,示意他也坐下,"说来听听。"

韩清依言坐下,随即将怀中的那封手书取出,递给他,道:"相公请看。"

孟云献伸手接来,靠近烛火逐字逐句地瞧:"这倪素既是死者的亲妹,怎会被关去光宁府司录司中?"

"她的说辞是冤者托梦,所以才找到清源山上去,光宁府的尹正大人以为此女言行荒诞,故押解至司录司,受杀威棒。"韩清如实说道。

"冤者托梦?"孟云献不由失笑,"此女如今可在你詹夜司?"

"是。"韩清点头。

孟云献沉吟片刻,将那封手书收起,神清气爽:"你所言不错,这冬试举子倪青岚正是我等的机会。"

在詹夜司中听不见外头的淫雨霏霏,夜里上值的亲从官在刑池对面的值房里用饭说笑,也有人给昏睡的倪素送了饭来,放在桌上。可她起不来,也没有应。

"那小娘子起不了身,只怕也不好用饭哪……"送饭的亲从官回到值房内,与同僚说话。

"怎么?你小子想去喂给她吃?"有人打趣,"或是给她请个仆妇、女婢什么的?"

"咱们使尊可还没审过她,我这不是怕她死了吗?"那亲从官捧起花生壳,朝贫嘴的同僚打去。

"等使尊过来,咱们再请示一下,给她找个医工瞧瞧。"

值房里毫不收敛的说话声隐约传来,倪素迟缓地睁开眼,看见阴暗牢狱内,那个年轻男人正在桌边耐心摸索。他双手触碰到放在桌上的瓷碗,顿了一下,又摸到碗上的汤匙,随即慢吞吞地,一步步凭着感觉往她这边走过来。

"倪素。"徐鹤雪不知道她已经醒了,在床沿坐下,唤她。

"嗯。"倪素应了一声。

"你这一日都没用过饭。"他捏着汤匙,舀了一勺粥,慢慢往前送。

"左一点。"倪素看着他偏离方向的手,嗓音虚弱又沙哑。

徐鹤雪依言往左了一些。

"再往前一点。"

徐鹤雪又试探着往前了些。倪素的唇碰到汤匙里的热粥,堪堪张嘴吃下去,可是看着徐鹤雪,她总觉得他的身形淡了许多,周身有细微的荧尘浮动。

她没有多少力气的手勉强拉拽他的衣袖。徐鹤雪看不见,不防她忽然的举动,衣袖被拽得后褪了些。她看到他手臂上有湿润的血迹,狰狞皲裂的伤口纵横交错。此时此刻,倪素方才想起,他如果擅自离开她身边,应该也是会受苦的。即便如此,他也还是去请人写了手书。

倪素望了一眼灯火明亮的值房门口,忍着剧痛直起身。她乌黑的鬓发早已被冷汗湿透,脸色惨白,一手抵在铁栏杆上,重重地敲击牢门的铜锁:"来人,快来人!"她高声呼喊,更扯得嗓子刀割似的疼。

徐鹤雪不知她为何如此,却听值房那边有了动静,便将碗放下,没有出声。

"姑娘,你这是做什么?"一名亲从官走近。

"请给我几支蜡烛,一个火折子。"倪素轻轻喘息,艰难地说道。

徐鹤雪听见"蜡烛"两字,没有神采的眸子迎向她声音所在。

几名亲从官不知她要蜡烛做什么,面面相觑,最终还是从值房里拿来几支没点的蜡烛。基于贪夜司的办事规矩,他们给了火折子也没走,监视着那年轻女子从榻上起来,强撑着身体,颤着双手,将蜡烛一一点燃。

亲从官们只当她是怕黑,却还是收走了火折子,又担心她此举万一存了不好的心思,便将她点燃的蜡烛放到深嵌在墙壁里的高高的烛台上,确保她一个身受重伤的女子碰不到,这才放心地回了值房。

静谧的牢狱内灯影摇晃,那是倪素给徐鹤雪的光明。

到此时,徐鹤雪方才看见受刑后的倪素是怎样一番形容。她浑身都是血，无力地趴在榻上，自嘲道："我这样，其实挺狼狈的。"

徐鹤雪捏住汤匙，并不出声。倪素正欲再说些什么，却不料他先一步动作，一勺粥凑到她唇边。她愣住，片刻后，泛白的唇一张。

这一口温热的粥咽下去，心头十分熨帖。

倪素吃了小半碗粥，又睡过去。只是身上疼得厉害，她睡得也并不安稳，听见值房那边铁栅栏开合的声音，她立即睁开眼睛。

"周挺，将人提出来。"

倪素只听见这样一道声音，随即一阵脚步声匆匆而来，几名亲从官出现在牢门处，正要解开铜锁。

灯烛烧了半夜，徐鹤雪已然好受许多，魂体也不像之前那样淡。看着那几名亲从官开锁进来扶起倪素，他并没有现身。迎上倪素看过来的目光，他神情冷淡，只略微摇头。

他不现身，就只有倪素能看见那道残魂，那几名亲从官半点也察觉不到。他们将倪素带出牢门，蹚着刑池里的水，将她绑到了刑架上。

冰冷的铁链缠住她的双手与腰身，她无法动弹，只能望着那位坐在刑池对面，作宦官打扮的大人。

"倪小娘子初来云京，究竟是如何发现你兄长的尸体在清源山的？"韩清接来身边人递的茶碗，审视她。

"兄长托梦，引我去的。"倪素气音低弱。

韩清饮茶的动作一顿，眼皮一挑："倪小娘子不会以为，咱家的黉夜司比光宁府衙还要好糊弄吧？"

立在刑架后的亲从官一手收紧锁链，迫使倪素后背紧贴刑架，挤压着她受过杖刑的伤处。

"我不信您没问过光宁府的田大人。"倪素痛得浑身发抖，嘴唇毫无血色，"我初到云京，本没有什么人脉、手段，我若还有其他解释，又何必在光宁府司录司中自讨苦吃？还是说，大人您有比这更好的解释？"

韩清见此女孱弱狼狈，言语却还算条理清晰，不由再将其打量一番，却道："小娘子谦虚了，你如何没有人脉？一个时辰前，太尉府的人都跑到我黉夜司来问过你了。"

"我的信是何时送到太尉府的,大人不知吗?"倪素被锁链缠紧了脖颈,只得勉强垂眼看向他,"若非身陷牢狱,我轻易不会求人。"

立在夤夜司使尊韩清身边的汲火营指挥周挺闻言,眼底稍露诧色。这名柔弱女子,在男人都少不得害怕的夤夜司刑架上,言辞竟也不见忧惧。

"倪小娘子有骨气,可仅凭知道那推官田启忠的一道黄符,就要咱家相信你这番荒诞言辞,你是否太过天真了些?"

韩清将茶碗扔给周挺,起身接过一根长鞭。那长鞭随着他走入刑池而拖在水中,其上密密麻麻的铁刺闪烁寒光。

与夤夜司的刑罚相比,光宁府的那些便只能算作小打小闹。长鞭的手柄抵着倪素的脸颊,那种彻骨的冷意令她麻木,她对上韩清那双眼,听他道:"这鞭子男人也扛不住的。倪小娘子,你猜这一鞭下去,会撕破你多少皮肉?"

他说得过于森冷血腥,倪素浑身止不住地颤抖,却听韩清一挥鞭,重重击打水面的同时厉声质问:"还不肯说实话吗?"

"我所言句句是真!"

激荡起来的水花溅在倪素的脸颊上。

"好。"韩清扬鞭,水声滴答,"姑且当你所言是真,那你既知道自己很有可能无法解释,为何不逃?"

"我为何要逃?"倪素失控,眼眶红透。

这一霎,刑房内寂静到只剩淅沥水声。徐鹤雪身形极淡,立在刑池旁:"倪素,记得我与你说过什么吗?"

倪素刚听清他的话,便见韩清忽然举鞭,作势朝她狠狠打来,倪素紧闭起眼。

"大人如何明白?"

预想中的疼痛没有来,倪素睫毛一动,睁开眼,正看清近在咫尺的鞭身上,尖锐细密的铁刺犹带着没洗净的血渍。

"至亲之重,重我残生。"她喃喃道。

韩清几乎以为自己听错了,过分肃正的面容上显露一丝错愕之色:

"你……说什么?"

"我不逃,是要为我兄长讨一个公道,我的兄长不能就这样不明不白地死。"倪素的气力都快用尽了,"哪怕解释不清自己的行为,我也要这么做。"

韩清近乎失神般凝视着她。

"使尊?"周挺见韩清久无反应,便出声唤道。

韩清回过神,手中的铁刺鞭却再不能握紧,他盯着那刑架上的年轻女子,半晌,转身走出刑池。

袍角水珠滴答不断,韩清背对她,道:"倪小娘子真是个聪慧的女子。你那番冤者托梦的说辞我一个字都不信,但正如你心里所想的那样,不论是光宁府还是我黉夜司,都不能凭你言辞荒诞便定你的罪,大齐律没有这一条。"韩清转过身,扔了手中的铁刺鞭,又道,"太尉府二公子如今也是个朝奉郎的官身,他来问,我自然也不能不理会。"

这般心平气和,仿佛方才执鞭逼问的人不是他。

黉夜司外的雨不知何时停了,天色也愈发泛白,晨间的清风迎面。倪素被人扶出黉夜司时还有些恍惚,从光宁府的牢狱到黉夜司的牢狱,这一天一夜,好似格外漫长。

"倪小娘子放心,你兄长的案子咱们使尊已经上了心,事关冬试,他必是要查个水落石出的。"周挺命人将倪素扶到太尉府派来的马车上,掀着帘子在外头对她说道。

倪素点头,看他放下帘子。

"小周大人何时这般体贴人?还让人家放心……"一名亲从官看那车夫赶着马车朝冷清的街上去,不由凑到周挺身边,用手肘捅了捅他。

"少贫嘴,人虽从这儿出去了,但咱们还是要盯着的。"周挺一脸正色。

那亲从官张望了一下渐远的马车:"我还真挺佩服那小娘子,看起来弱质纤纤,却颇有几分骨气。"

他见多了各色人犯在黉夜司里丑态毕露的样子,这倪小娘子,实在难得。

马车辘辘声响，街巷寂静。倪素蜷缩在车中，双眼一闭就看到那贪夜司使尊韩清朝她打来的铁刺鞭，她整张脸埋在臂弯里，后背渗出冷汗。

"韩清没有必要动你，"那道清冷的声音传来，"他方才所为，无非攻心。"

倪素没有抬头，隔了好一会儿才出声："为什么他听了你教给我的那句话，就变了脸色？"

"因为他在你身上，看到了他自己。"

倪素闻声，抬起头，竹帘遮蔽的马车内光线昏暗，年轻男人坐在她身边，眸子不甚明亮。

"什么意思？"

"他当年也曾有与你相似的境遇，那句话，便是那时他说与人听的。"

"那你怎么会知道？"倪素望着他，"你生前也是官场中人吗？"

徐鹤雪没有否认："韩清幼年受刑入宫，唯一的牵挂便是至亲的姐姐。那时他姐姐为人所骗，婚后受尽屈辱打骂，一时失手，刺伤其夫，深陷牢狱，将获死罪。我教你的那句，便是他跪在一位相公面前所说的第一句话，那时，我正好在侧。"

"那后来，他姐姐如何了？"

"那相公使人为她辩罪，官家开恩，免除死罪，许其和离。"

徐鹤雪所说的那位相公，便是孟云献，但当年孟云献并未亲自出手，而是借了旁人的力促成此事。所以至今，除徐鹤雪以外，几乎无人知道韩清与孟云献之间的这段恩义。

倪素终于知道，那句"至亲之重，重我残生"为何是"残生"了。

"我看见他手中的铁刺鞭，心里是真的害怕。"怕那一鞭挥下来，上面的铁刺就要撕破她的血肉。

遮蔽光线的马车内，徐鹤雪并不能将她看得清楚。

"你有没有闻到什么味道？"他出神之际，却听倪素忽然问。

"嗯？"徐鹤雪下意识抬眼，立时看向窗外。

"老伯。"倪素尽力提高了些声音。

外头的车夫听见了,回头应了一声:"小娘子您怎么了?到咱们太尉府还要过几条街呢!"

"请帮我买两块糖糕。"倪素说。

街边总是天不亮就支起了食摊,食物的香气飘了满街。车夫停了车,买了两块糖糕,掀开帘子,递给趴在车中的倪素,又瞧见她身上都是血,吓人得紧,便道:

"我这就赶紧送您回府里,二少夫人一定给您请医工。"

帘子重新放下,徐鹤雪的眼前从清明到模糊,忽然有只手将油纸包裹的糕饼塞到他手中:"给你。"

徐鹤雪垂眼,看着手中的糖糕,有片刻的怔愣。热雾微拂,好似化去了些许他眉眼处的冷意。

徐鹤雪捧着那块热腾腾的糖糕,轻声道:"多谢。"

事实上,徐鹤雪早忘了糖糕是什么样的。他游荡于幽都近百年,为人时的习惯、好恶,早已记不清了,只是有些东西,恰好关联着他某些勉强没忘的记忆。

就譬如这块与兄嫂相关的糖糕。它散着热气,贴着他的掌心,此时此刻,徐鹤雪方才意识到自己的手掌冷如冰雪,而它便显得滚烫非常。

外面的天色还不算明亮,竹帘压下,车内更加昏暗,徐鹤雪隐约看见身边趴在车座上的姑娘一侧脸颊抵着手背,张嘴咬了一口糖糕。他垂下眼睫,又看自己手中的糖糕,半晌,动作僵硬地将糖糕递到唇边,麻木地咬下一口。

甜是什么滋味?他忘了。但一定不是此刻入口时,干涩的、嚼蜡般的感觉。

糖糕没有一点味道。

倪素咬开金黄松脆的外皮,不防被里面的糖浆烫了一下,她"嗞"了一声,道:"你小心,里面……"她说着话抬起头,却发现徐鹤雪正咬下一口糖糕,微白的热气缭绕,而他面容冷白,神情淡薄。倪素霎时一怔——他……怎么好像不怕烫似的?

"好吃吗?"倪素撞上他的目光,问道。

"嗯。"他淡声应道。

倪素勉强吃了几口糖糕，没一会儿又在马车的摇摇晃晃中陷入浅眠，马车在太尉府门口停稳她也不知，只觉鼻息间再没有血腥潮湿的气味。她梦到自己在一间干净舒适的屋子里，很像是她在雀县的家。

"好威风的朝奉郎，咱们家的文士苗子只有你一个，那眼睛都长头顶上了！"

倪素半睡半醒间听见些说话声，一道明亮的女声陡然拔高，惊得她立即清醒过来。一道青纱帘后，隐约可见一身形丰腴的妇人。

"春絮，你快小声些，莫吵醒了里头那位姑娘。"男子一身绿官服还没脱，说话小心翼翼，还有点委屈，"大理寺衙门里头这两日正整理各地送来的命官、驻军将校罪犯证录，我身为司直，哪里脱得开身……"

"少半日都不成？你难道不知那黉夜司是什么地方？你迟一些请人说和，她就被折磨成这副模样了！"

"春絮，医工说了，她身上的伤是杖刑所致，是皮肉伤。你不知黉夜司的手段，真有罪，谁去了都要脱层皮，或者直接出不来，但黉夜司的韩使尊显然未对她用刑，毕竟她无罪。"男子试探般轻拍妇人的肩，"黉夜司也不会胡乱对人用刑的，韩使尊心中有杆秤，咱们这不是将她带出来了吗？你就别气了……"

妇人正欲再启唇，却听帘内有人咳嗽，她立即推开身边的男人，掀帘进去。

榻上的女子脸露病容，一双眼茫然地望来。年轻妇人见她唇干，便唤道："玉纹，拿水来。"

名唤玉纹的女婢立即倒了热水来，小心地扶着倪素起身喝了几口。倪素只觉喉咙好受了些，抬眸再看坐在软凳上的妇人——丰腴明艳，灿若芙蓉。

倪素问道："可是蔡姐姐？"

"正是，奴名蔡春絮。"她伸手扶着倪素的双肩，让她俯趴下去，又亲自取了软垫给她垫在身下，"你身上伤着，快别动了。"说着，她指着身后那名温暾文弱的高瘦青年，道："这是我家郎君，苗易扬。"

"倪小娘子，对不住，是我去得晚了些。"这位太尉府的二公子跟只猫似的，挨着自家的媳妇儿，在后头小声说。

"此事全在我自己。"倪素摇头，"若非平白惹了场官司，我也是断不好麻烦你们的。"

"快别这么说，你祖父对我娘家是有恩的，你们家若都是这样不愿麻烦人的性子，那我家欠你们的，要什么时候才还？"蔡春絮用帕子擦了擦倪素鬓边的细汗，"你好歹从那样的地方出来了，便安心留在咱们院中养伤，有什么不好的，只管与我说。"

"多谢蔡姐姐。"倪素轻声道谢。

蔡春絮还欲再说些什么，站在她后面的苗易扬却戳了两下她的后背。她躲了一下，回头横他一眼，不情不愿地起身："妹妹可有小字？"

"在家时，父兄与母亲都唤我'阿喜'。"倪素说道。

"阿喜妹妹，我将我的女婢玉纹留着照看你，眼下我有些事，晚些时候再来看你。"说罢，蔡春絮便转身掀帘出去了。

"倪小娘子好生将养。"苗易扬撂下一句，忙不迭地跟着跑出去。

女婢玉纹见倪素茫然地望着二郎君掀帘就跑的背影，便笑了一声，道："您可莫见怪，二郎君这是急着请我们娘子去考校他的诗词呢！"

"考校诗词？"倪素一怔。

"您有所不知，我们娘子的父亲正是二郎君的老师，但二郎君天生少些写漂亮文章与诗词的慧根，亏得官家当初念及咱们太尉老爷的军功，才让二郎君以举人之身，凭着恩荫有了个官身。"

大理寺司直虽只是个正八品的差事，但官家又给苗易扬封了一个正六品的朝奉郎。

"朝廷里多的是进士出身的官儿，文人气性可大了，哪里瞧得起咱们二郎君这样举人入仕的，自然是各方排挤。二郎君常要应付一些诗词集会，可他偏又在这上头使不上力，得亏我们娘子饱读诗书，时常帮衬。"

"原来如此。"倪素将下颔抵在软枕上。

"倪小娘子，您身上若痛，就再休息会儿，等中午的饭食来了，奴婢再叫您用饭。"玉纹含笑拉下牙勾，放下床幔，随即掀帘出去了。

不下雨的晴日,阳光被窗棂揉碎了,斜斜地照在地上,屋中的熏香幽幽浮浮,倪素隔着纱帐,看见一道淡如雾的影子立在窗边。

他安安静静的,也不知在看什么。倪素这样想着,却没说话,只是压下眼皮。

倪素中午吃了些素粥,下午又发起高热,蔡春絮让玉纹请了医工来,倪素在睡梦中不知被灌了几回汤药,苦得舌苔麻木,意识模糊。

玉纹夜里为倪素换了几回湿帕子,后半夜累得在案几旁睡了过去。

倪素烧得浑噩,屋中燃的一盏灯烛并不是她亲手点的,徐鹤雪眼前漆黑一片,只能循着她梦呓的声音判断她所在的方向,一步一步挪过去。

她意识不清,一会儿唤"兄长",一会儿又唤"母亲"。

徐鹤雪想伸手触碰她的额头,然而眼睛无法视物令他试探错了方向,指腹不期碰到她柔软的脸颊。正逢她眼中泪珠滚下来,温热的一滴落在他的手指上。徐鹤雪收回手,坐在床沿,浓而长的睫毛半遮住无神的眼瞳。半晌,他复而抬手,这回倒是准确地碰到她额上的帕子。那帕子已经不算湿润了。

倪素仿佛置身火炉,梦中的兄长还是个少年,在她面前绘声绘色地讲一只猴子被扔进炼丹炉里,炼就了一双火眼金睛的故事。忽然间,她只觉天地陡转,抬首一望,满枝冰雪,落了她满头。几乎是在那种冰凉冷沁的感受袭来的一瞬,倪素一下睁开双眼。

屋中只一盏灯烛在燃。她呆愣地望着坐在榻旁的年轻男人,发觉梦中的冰雪,原来是他落在她额头的手掌。

"徐子凌。"倪素喉咙烧得干哑,能发出的声音极小。

"嗯?"但他还是听到了。

发觉她有挣扎着要起身,徐鹤雪按着她的额头,说:"不用。"

她想起身点灯,他知道。

"那你怎么办?"倪素轻轻喘息,在晦暗的光线里努力半睁开眼,看着他说。

"我可以等。"徐鹤雪失去神采的眼睛里满是凋敝的冷。

"那你……"倪素眼皮似有千斤重,说话越发迟缓,"你只等我这一会儿,我好些了,就请人给你买好多香烛……"

"好。"徐鹤雪抬首,灯烛照在他的肩背上,氅衣之下的身骨清瘦而端正。他的手放在倪素的额头上,就这么静默不动地从半夜坐到天明。

天才亮,倪素的高热便退了。蔡春絮带着医工来瞧,倪素在睡梦中又被灌了一回汤药,快到午时,她终于转醒。

玉纹端来一碗粥,一旁还放着一碟切成四方小块的红糖:"奴婢不知小娘子喜好放多少,您若觉口苦,便放些红糖压一压。"

倪素见玉纹说罢便要出去,便道:"可否请你代我买些香烛?"

玉纹虽不明所以,但还是点了点头;"您要的东西,府中也是有的,奴婢自去为您寻来。"

倪素道了声谢,玉纹忙摆手说不敢,而后便退出去了。

居室里安静下来。倪素靠着软枕,看向那片青纱帘,轻声唤道:"徐子凌?"

随风而来的浅淡雾气逐渐在帘子外面化为一个颀长的身形,紧接着,一只骨节苍白的手掀帘,一双剔透的眸子朝她看来。

而倪素还在看他的手。昨夜后来,她一直记得自己在梦中仰见满枝冰雪,落了满鬓满头,消解了她置身烈火的无边苦热。

"我已着人在吏部问过,那倪青岚的确是雀县来的举子。"中书舍人裴知远端着一只瓷碗,在鱼缸前撒鱼食,"只是他冬试并不在榜,吏部也就没再关注此人,更不知他冬试后失踪的事。"

"不过,貪夜司的人不是在光宁府司录司里抓住了个想杀人灭口的狱卒吗?"裴知远放下瓷碗,搓了搓手,回头看那位紫袍相公,"凶手是怕此女上登闻院哪……"

若那名唤倪素的女子上登闻院敲登闻鼓,此事便要正式摆上官家案头,请官家断案。

"登闻院有规矩,敲鼓告状,无论男女都要先受杖刑,以证其心。只此一条,就挡住了不知道多少百姓。"孟云献垂眼,漫不经心地瞧着

一篇策论，"凶手见那倪小娘子连光宁府衙的杀威棒都受得，若好端端地从司录司出去，必不惧再受一回登闻院的杖刑。非如此，凶手绝不会急着买通狱卒钱三儿灭口。"

"那狱卒钱三儿，夤夜司如何审的？就没吐出什么？"

"韩清还没用刑，他就咬毒自尽了。"

"是了，杀人者若这么轻易露出狐狸尾巴，也实在太寒碜了些。"裴知远倒也不算意外，"只是倪青岚那个妹妹，该不该说她好胆魄？进了夤夜司，她也还是那套说辞。难不成，还真是她兄长给她托了梦？"

孟云献闻言抬眼，迎着那片从雕花窗外投射而来的亮光，忽然道："若真有冤者托梦这一说，倒也好了。"

"此话怎讲？"裴知远从袖中掏出一颗青枣来啃了一口。

"若是那样，我也想请一人入梦，"孟云献收拢膝上的策论，"请他告诉我，他究竟冤也不冤？"

枣核顺着裴知远的喉管滑下去，一时上下不得，卡得他涨红了脸，咳嗽了好一阵，边摆手边道："咳……孟公慎言！"

"敏行，亏得你在东府这么多年，胆子还是这样小。这后堂无人，只你与我，怕什么？"孟云献欣赏着他的窘态，含笑摇头。

"张相公回来都被官家再三试探，您哪，还是小心口舌之祸！"这一番折腾，枣核总算吞下去了，裴知远额上出了细汗，无奈地朝孟云献作揖。

"你瞧瞧这个。"孟云献将膝上的策论递给他。

裴知远顺势接来展开，迎着一片明亮日光一行行扫视下来，面露讶色："孟相公，好文章啊！针砭时弊，对新法令自有一番独到见解，这骈句用得也实在漂亮！"

"倪青岚所作。"孟云献端起茶碗，"有一位姓何的举子还在京城，倪青岚入京后，与他来往颇多，这是从他手中得来的。"

"不应该呀。"裴知远捧着那策论看了又看，"若真是倪青岚所作，那么他冬试又为何榜上无名？这样的英才，绝不该如此呀。"

"你说的是。"孟云献收敛笑意，茶碗里热雾上升，而他神情中多添了一分沉冷,"如此英才,本不该如此。"

裴知远少年入仕便追随孟公,如何不知新政在孟公心头的分量,又如何不知孟公有多在乎实干之才。瞧他不再笑眯眯的,裴知远心里大抵也晓得,这事孟公算是查定了,他也不多嘴,又从袖子里掏了颗青枣来啃。

"你哪里来的枣儿?"冷不丁的,裴知远听见他这么问。

"张相公今儿早上给的,说他院儿里的枣树结了许多青枣,不忍让鸟啄坏了,便让人都打下来,分给咱们吃,这还真挺甜的。"裴知远吐掉枣核,"您没分着哇?也是,张相公早都与您绝交了,哪还肯给您枣吃。"

"孟相公,诸位大人都齐了。"外头有名堂候官敲门。

孟云献不搭理裴知远,重重搁下茶碗,背着双手朝外头走去。

到了正堂里头,孟云献打眼一瞧,果然见不少官员都在吃枣,只有他案前干干净净,什么也没有。

"孟相公。"一见孟云献,官员们忙起身作揖。

"嗯。"孟云献大步走进去,也不管他们手忙脚乱吐枣核的样子,在张敬身边的椅子坐下。他忍了又忍,还是出声:"怎么没我的份儿?"

"孟相公在吃这个字上颇有所得,听说还亲手撰写一本食谱,我这院儿里浑长的青枣,如何入得你眼?也是正好,到你这儿,便分没了。"

张敬目不斜视。政事堂中,诸位官员听得这番话,无不你看我、我看你,屏息凝神的,没人敢发出声响。

"张相公,"孟云献气得发笑,"想吃你几颗枣儿也不行?"

倪素在太尉府中养了些时日,勉强能下地了。

在此期间,黄夜司的周挺来过,除了带来狱卒钱三儿自杀身亡的消息,还有另一则极重要的事。

黄夜司使尊韩清欲调阅倪青岚在冬试中的试卷,然而贡院却正好弄丢了几份不在榜的试卷,其中便有倪青岚的。虽说未中的试卷并不算重要,但依照大齐律,所有试卷都该密封保存,一年后方可销毁。贡院惩

治了几名涉事之人,线索便好像就这么断了。

"倪小娘子,我当时也真没往那坏处想,因为那两日他正染风寒,在贡院中精神也不大好……我只以为他是因病失利,心中不痛快,所以才不辞而别。"茶摊上,一身青墨直裰的青年满脸懊悔,"若我那夜不睡那么死,也许他……"

他便是那位送信至雀县倪家的衍州举子何仲平。何仲平自坐下,所说的也不过就是这些,作为一同冬试的举子,他也的确不知更多的内情。

"不过,之前夤夜司一位姓周的大人从我这里拿了一篇策论,那是倪兄写的,我借来看,还没来得及还,如今在夤夜司手中。我想,他们一定会给倪兄一个公道。"

倪素捧着茶碗,片刻才道:"可公道,也是要凭证据才能给的。"

听了此话,何仲平也有些郁郁,一时不知该说什么好。

倪素没待太久,一碗茶没喝光便向何仲平告辞。

玉纹与几名太尉府的护院等在街对面的大榕树底下,倪素迈着缓慢的步子往那处走,有个小孩儿被人抱着,走出好几步远,一双眼还直勾勾地往她这儿瞧。

倪素垂眼,毛茸茸的荧光在地面晃动。她停步,它也不动。倪素没有什么血色的唇扯动了一下。

"倪小娘子,娘子让咱们直接去雁回小筑,诗社的几位娘子都到齐了,那位孙娘子也在。"玉纹将倪素扶上车。

"好。"倪素一听"孙娘子",神色微动。

大齐文风昌盛,在这繁华云京,女子起诗社也并非什么稀罕事,常有书肆传抄诗社中女子所吟的诗词,结成集子售卖,故而云京也颇有几位声名不小的才女。其中一位,正是当朝宰执孟云献的夫人姜芍。如磬诗社原本是姜芍与几位闺中密友在雁回小筑起的,但十四年前,孟相公因事贬官,她也随孟相公一起远走文县,剩下的几个故交也散了,只有一位中书舍人的夫人赵氏还维持着诗社,邀了些年轻的娘子一起。蔡春絮正是其中一人，而那位孙娘子则在前两年方才开始与她们来往。

"听娘子说那孙娘子昨儿月信就来了，得亏您的方子管用，不然她只怕今日还腹痛得出不了门。"到了雁回小筑，玉纹小心扶着倪素，一边往临水的抱厦[1]里去，一边说道。

倪素正欲启唇，却听一道清亮的女声传来："阿喜妹妹！"

倪素抬头，撞上正在桌前握笔的蔡春絮的一双笑眼。她今日一身橘红对襟衫子，绣着翩翩彩蝶，梳云鬟髻，戴珍珠排簪，斜插娇艳鲜花。

"快，诸位姐姐妹妹，这是我恩人家的妹妹倪素，小字阿喜，平日里也是读书颇多的，因此我今儿叫她一块儿来。"

蔡春絮搁了笔，便将倪素带到诸位云鬟罗衣的娘子面前，笑着介绍。

一个四十余岁、身着墨绿衫子的妇人搁下手中的鲜花，将倪素上下打量一番，和善地道：

"模样儿生得真好，只是这般清减，可是在病中？"

这般温言，带几分得体的关切，余下其他几位官夫人也将倪素瞧了又瞧，只有一位年约二十岁的年轻娘子神色有些怪。

倪素正欲答话，却听有人抢先道："曹娘子有所不知，她这身伤，可正是在您郎君的光宁府里受的。"

此话一出，抱厦里蓦地冷下来。

"孙娘子，此话何意？"曹娘子神色一滞。

那说话的，正是玉纹方才提过的孙娘子。现下所有人都盯着她，她也有些不太自然："听说她胡言乱语，在光宁府司录司中受了刑……"

"孙芸。"蔡春絮打断她，常挂在脸上的笑意也没了，"我看你是这一年在家病得昏了头了！"

"你犯不着提醒我。"孙芸啜嚅一声，抬眸瞧了一眼站在蔡春絮身侧的那名面色苍白的少女，又撇过脸去，"你若不将她带来这里，我必是不会说这些的。"

---

[1] 在主要建筑之前或之后接建的小房子。

坐在栏杆畔的一位年轻娘子满头雾水，柔声询问："孙娘子，这到底是什么缘故？你怎么也不说说清楚？"

"你们不知，"孙娘子用帕子按了按鬓角，冷淡道，"这姑娘做的是药婆勾当。"

几位官家娘子面面相觑，再不约而同地望向那位姑娘。她们的脸色各有不同，但可以看得出，在这些官宦人家的认知里，"药婆"的确不是什么好听的词。

"孙芸。"蔡春絮脸色更沉，"你莫忘了，你那么久不来月信，成日在府里忍着腹痛不出门，是谁在茶馆里头给你看的脉、开的方子？她一个出身杏林之家的女儿，自幼耳濡目染，通些药理有什么稀奇？难为你那日口口声声说的谢字，到今儿不提也就算了，何苦拿话辱她？"

抱厦里的娘子们只知道孙芸这一年常病着，也不出门同她们来往，却不知她原来是有这个毛病，一时诸般视线投向她。孙芸一直藏着的事被蔡春絮这样大剌剌地抖搂出来，更觉得难堪了："女子做这些，不是药婆是什么？她难道只给我瞧过病？"她干脆起身将自己手上的玉镯金钏一股脑儿地脱下来，全都塞到倪素手中，"我既瞧了病，用了你的方子，给你钱就是了！"

"孙芸！"蔡春絮正欲发作，却被身旁一直沉默的姑娘握住了手腕。

"是。"晴日里湖水波光粼粼，倪素迎着这抱厦中诸般莫测的视线，"我并不只给你瞧过病，我也并非只是耳濡目染、粗通药理。男子十年寒窗为一功名，而我十年钻研为一志向。我也的确不同于诸位，读的最多的并非诗书，而是医书，这本没有什么不敢承认的。

"我承蔡姐姐的情，才能早些从贪夜司出来，为你诊病，是因蔡姐姐提及你身上不好。若真要论诊金，你可以当蔡姐姐已替你付过，这些，我便不收了。"

倪素轻轻一抛，所有人只见那几只玉镯金钏摔在了地上，金玉碰撞，一阵脆响，玉镯子碎成了几截。

"不好再扰诸位雅兴，倪素先行一步。"倪素唇边牵起极淡的笑，朝几位娘子作揖。

"曹姐姐，诸位，我先送我阿喜妹妹回去。"蔡春絮横了孙娘子一眼，与其他几人点头施礼，随即便赶紧追着倪素去了。

抱厦里静悄悄的。

"我如何瞧那小娘子，也不像个药婆……"有位娘子望着那年轻姑娘的背影，忽然出声。在她们这些人的印象里，药婆几乎都是些半截身子入土的老妪，哪有这样年纪轻轻又知礼识文的姑娘。可方才她们又听得真切，那小娘子亲口说她的确是给人瞧病的。

"阿喜妹妹，此事怪我，早知如此，我便不让你去那儿了，平白受她羞辱……"回太尉府的马车上，蔡春絮握着倪素的手，柳眉轻蹙。

倪素摇头："蔡姐姐，你知道我有事想向孙娘子打听，孙娘子又不常出门，我也不方便去她府上拜会，只有今日这个机会。你如此帮我，我已经很是感激，只是这一番也连累你不痛快了。"

"我如今倒希望你那方子少管些用，最好疼得孙芸都张不开那张嘴才好！"蔡春絮揉着帕子愤愤道。

回到太尉府的居室，玉纹忙去打开屋门，哪知满屋浓郁的烟火味道袭来，呛得三人都咳嗽起来。

"阿喜妹妹，你走前怎么在屋子里点了这么多蜡烛？"蔡春絮一边咳嗽，一边挥袖，"我瞧你也没供什么菩萨呀。"

倪素被熏得眼皮有些微红："是我想母亲与兄长了。"

若不是玉纹走前关了窗，其实也不至于满屋子都是烟。屋子是暂时进不去了，玉纹在树荫底下的石凳上放了个软垫让倪素坐着，几名女婢与家仆在廊庑拐角处洒扫说话。

玉纹不在，倪素一手撑着下巴道："徐子凌，孙娘子这条道是走不通了。"

为杜绝科考舞弊的乱象，每回科考的试卷都要求糊名誊抄，再送到主考官案头审阅。那位孙娘子的郎君金向师便是此次冬试负责糊名誊抄试卷的封弥官之一。

"此路不成，另寻他路就是。"浓浓的一片树荫里，倪素听见这样一

道声音。她仰头，在闪烁的日光碎影里，看见了他霜白的袍角。

忽然，她又听他道：

"存志不以男女而别，她的话，你也不必入心。"

倪素望着他："我知道。从很小的时候我就知道，这世上除了母亲所说的小心眼的男人以外，还有一些注定不能理解我的女人。"

正如孙娘子，用了她的方子，便在心里彻底将她划分为不可过分接近的六婆之流，自然也就不能容忍蔡春絮将她带去如磬诗社。

"可是，我想我为女子诊病，总要比兄长容易一些。"她说，"我是女子，世人不能以男女之防来束缚我，便只能用下九流来加罪于我，可是凭什么我要认罪？大齐律上写着吗？他们觉得我应该为此羞愧，为此畏缩，可我偏不，我要带着我兄长与我自己处世的心愿，堂堂正正地活着。"

满枝碎光有些晃眼，倪素看不太清他的脸："我们不如直接去找金向师吧？"

"你想怎么做？"枝叶沙沙，眉眼清冷的年轻男人垂着眼帘在树荫里与她目光相触。

"你装鬼……"倪素说到一半觉得自己这话不太对，他本来就是鬼魅，"我们趁夜过去，你去吓他，怎么样？"

金向师原本在礼部供职，但因其画工出挑，冬试后调职去了翰林图画院做待诏，前两月去了宛江画舆图，前几日回来复命后便一直称病在家。因疑心牵扯官场中人，案情又起因不明，贪夜司暂未正式将冬试案上奏正元帝，因而找贡院一干官员问话也只能旁敲侧击。

倪素养伤不能起身的这些时日，贪夜司不是没查到几位封弥官身上，但在贡院里能问的东西并不多，而金向师回来得了官家称赞，又被赏赐了一斤头纲[1]团茶，回到府中便告假不出，贪夜司暂无上门询问的理由。

倪素原想通过孙娘子来打听，但如磬诗社一事，便已说明孙娘子十

---

[1] 首批专供皇帝的春茶。

分介意倪素的身份，是断不可能再来往的。

"我白日里点的香和蜡烛真的有用吗？你身上不疼吧？"倪素猫着腰躲在金家庭院里一片蓊郁的花丛后头，伸手去拉徐鹤雪的衣袖。

"不疼。"徐鹤雪拢住衣袖，摇头。

"那我牵着你的衣袖好吗？你看不见，我得拉着你走。"倪素小声询问他。眼下是在夜闯他人家宅，她手中不好提灯。

"嗯。"徐鹤雪点头，朝她声音所在的方向试探着抬手，将自己的衣袖给她牵。

"我们走这边。"倪素在庭院里瞧了好一会儿，见没什么家仆靠近那间亮着灯的书房，她才牵着徐鹤雪轻手轻脚地挪到书房后面的窗外。

那扇窗用一根竹棍半撑着，倪素顺势往里头一瞧。灯火明亮的书房内，金向师心不在焉地嚼着酱牛肉，又灌了一口酒："你身上不好为何不告诉我？咱们家中是请不起医工吗？现如今，你在外头找药婆的事被那些诗社中的娘子知道了，才来我跟前诉苦。"

"这是能轻易说出口的事吗？我也不是没请过医工，只是他们也不能细瞧，开的方子我也吃了，总不见好。我天天腹痛，你知道了不也没问我吗？"孙娘子负气，背对他坐着，一边说，一边用帕子揩泪，"若不是那日疼得实在挨不住，我也不会听蔡娘子的话，找那小娘子治。"

"你也不怕她治死你？药婆是什么人你还不知？有几个药婆能有正经手段？治死人的多的是，真有本事救人的能有几个？"金向师眼也没抬，又往嘴里塞了一块酱牛肉，"若真有，也不过瞎猫撞上死耗子。"

"可我确实好些了。"孙娘子用手帕捂着面颊。

"如今那些官夫人可都知道你找药婆的事了，你以为，她们回家能不与自个儿的郎君说？那些男人能再叫你带坏了他们的夫人去？"金向师冷哼一声，"我早让你安心在家待着，不要去和人起什么诗社。如今倒好，你这番也叫我吃了瓜落儿，那些个大人，指不定在背地里要如何说我治家不严。我看诗社你也不必去了，免得让人笑话。"

"凭什么？蔡娘子还大大方方地与那小娘子来往，她都敢在诗社待着，我又为何不能去？"孙娘子猛然抬头，鬓边的步摇直晃。

"蔡娘子与你如何一样?她父亲致仕前虽是正经文官,但早年也在北边军中做过监军,少不得沾染些武人粗枝大叶的习气。如今她嫁的又是太尉府,那不还是武人堆儿吗?就她那郎君独一个文官,她大伯哥不还是个殿前司都虞候的武职吗?他在内侍省押班面前都得轻声细语……他们家粗鲁不忌,这你也要学?说不定今儿这事过了,那些娘子也容不下她继续在诗社里待着。"金向师如今刚得了官家赞赏,不免有些自得,"今儿就这么说定了,那诗社你也不必再去,不过只是一些年轻娘子在一处,孟相公的夫人姜氏,还有裴大人的夫人赵氏都没怎么露过面,你去了,又有什么用?也不能到她们跟前去讨个脸熟。"

"郎君……"孙娘子还欲再说,金向师却不耐烦了,朝她挥手,"出去吧,今晚我去杏儿房里。"

金向师不但将她出去与娘子们起诗社的路堵死了,竟还在她跟前提起那个叫杏儿的妾,孙娘子双眼更红,却不敢再说什么,憋着气闷退出房去。

孙娘子走了,房中便只剩金向师一人。他在桌前坐着,不免又露出些凝重的神情来,没再吃酱牛肉,酒却是一口接着一口。

一阵寒风陡然袭向他的后背,冷得他险些拿不稳手中的杯盏。桌前的灯烛一刹熄灭,屋中一时只有淡薄月华勉强照亮,烟雾从身后散开,金向师脊背僵硬,脸颊的肌肉抽动一下。他缓慢地转过身,在一片浮动的雾气里,隐约得见一道半真半幻的白衣身影。

他吃了一惊,从椅子上跌下去,酒盏碎裂。

"徐子凌,"顺着窗缝往里瞧的倪素小声提醒,"他在你右边。"

徐鹤雪一顿,依言转向右边。

"金向师。"轻纱帷帽之下,被遮掩了面容,不知是人是鬼的影子栖身月华之中,淡薄如雾,准确地唤出他的名字。

"你、你是谁?"金向师脸颊的肌肉抽动得更厉害,雾气与风相缠,迎面而来,他勉强以袖抵挡,双眼发涩。

"倪青岚。"这道声音裹冰含雪。

金向师双目一瞪,脸色忽然变得更加难看。

"你知道我。"徐鹤雪虽看不见,却敏锐地听清了他的抽气声。

"不……我不知道,我什么都不知道……"金向师双膝是软的,本能地往后挪。岂知他越是如此,徐鹤雪便越发笃定心中猜测。

"金大人。"素纱帷帽之下,徐鹤雪双目无神,"我如今孤魂在野,若不记起自己因何而亡,便不能入黄泉。"

金向师眼见那道鬼魅身影化为雾气,又转瞬在他几步开外重新凝出身形,吓得想要叫喊,却觉雾气如丝帛一般缠住他的脖颈。金向师惊恐地捂住脖颈,又听那道清冷而沉静的声音缓慢说道:"金大人究竟知道些什么?还请据实相告。"他眼见那道清白的影子周身浮出浅淡的荧光来。

倪素在窗外看见这样一幕,便知徐鹤雪又动用了他的术法,心中担忧,再看那抖如筛糠的金向师,立即开口:"金大人,还不快说!难道你也想与我们一般吗?"

冷不丁又传来一道女声,金向师惊惶地朝四周望了望,却没看见什么女子的身形。雾气更浓,他吓得唇颤:"您……您又是谁呀?"

"我是淹死在枯井里的女鬼,金大人想不想与我一道去井里玩儿啊?"

倪素刻意拖长了些声音。

"啊?"金向师双手撑在地上,拼了命地磕头,"我可没有害你呀,倪举人,负责糊名誊抄的可不止我一个呀……"

"既如此,你为何从宛江回来后便装病不出?"徐鹤雪问道。

"我……我的确见过倪举子的试卷,因为文章实在写得好,字也极好,我便有了个印象。我誊抄完后,便将试卷交给了其他人,没再管过,只是后来一位同僚要将所有糊过名的试卷上交时闹了肚子,请我去代交……"金向师满头满背都是汗,根本不敢抬头,"我这人就是记性太好,去交试卷的路上随意翻了翻,又瞧见了那篇文章,只是那字迹,却不是我誊抄的那份了!"

金向师心中疑窦颇多,却一直隐而未发,后来去了翰林图画院供职,便将此事抛诸脑后,赶到宛江去画舆图了。只是画完舆图回来,他便听说光宁府在清源山泥菩萨庙中发现一具尸体,正是冬试举子倪青岚,又听贡院的旧友说,夤夜司的人近来去过贡院。金向师心中忧惧,

便趁着正元帝得了舆图正高兴的时候,提了告假的事。他将自己关在府中这些天,既怕夤夜司前来盘问,也怕自己无端牵连进什么不好的事里,本打算将这事烂在肚子里。

金向师觉得有冰凉的、湿润的液体滴在他的头顶,顺着他的额头滑向鼻骨,直至滴在地面,他方才看清那是殷红的血珠。而血珠转瞬化为荧尘,在他眼前浮动着消散了。

金向师脑中紧绷的弦断了,一下栽倒在地上,竟吓得晕死过去了。

月白风清,长巷寂寂。

"我不是告诉过你吗?不要用你的术法,你只要站在那儿,他就很害怕了。"倪素牵着徐鹤雪的衣袖,走得很慢。他起初不说话,只跟着她走,但片刻后,想起在金家时,她装作女鬼拖长了声音。他忽然道:"他应该比较怕你。"

倪素有些不太自在:"你一点也不会吓人,我那样,也是想让他快点说实话。"

明明他才是鬼魅。

"你兄长的试卷应该是被调换了。"徐鹤雪说。

谈及兄长,倪素垂下眼睛,轻轻点头:"嗯,可是此事他不敢隐瞒鬼魂,却并不一定会告知夤夜司。"

"你不是留了字条吗?"冷淡月辉照在徐鹤雪苍白的侧脸上,"金向师若怕恶鬼缠身,一定会主动向夤夜司交代此事。"

他话音才落,发觉倪素似乎身形不稳,立即攥住她的手腕往回一拽。

倪素猝不及防撞上他的胸膛。春花淹没于积雪之下,那是一种凛冽的淡香。

徐鹤雪蹙了一下眉,低首,嗓音冷淡:"你怎么了?"

倪素鬓边冷汗细密,晃了晃脑袋,解释道:"没事,就是方才翻窗进去的时候不小心碰到伤处了。"

第肆章 满庭霜

徐鹤雪，你后悔吗？

蔡春絮一大早去公婆院里问安，回来听了一名女婢的话便立即赶到西侧的屋子，才一进门，果然见倪素正弯腰收拾书本和衣裳。

　　"阿喜妹妹。"蔡春絮握住她的双手，"咱们这儿有什么不好的，你只管告诉我就是了，如何就要走呢？"

　　倪素一见蔡春絮，便露了一分笑意，拉着她在桌前坐下，倒了一杯茶给她："蔡姐姐待我无有不好。"

　　"那你好好的，怎么就要走？"蔡春絮接了茶碗，却顾不上喝，"可是雁回小筑的事你还记在心上？"

　　倪素摇头："不是我记在心上，而是昨日孙娘子一番话，只怕要让你们诗社的其他几位娘子记在心上了。"

　　"那又有什么要紧？我与她们在一块儿起诗社，本也是吟诗作对，图个风雅，她们若心里头介意，我不去又有什么大不了的？"蔡春絮拉着她来跟前坐，"阿喜妹妹，我祖父在任泽州知州前，是在北边监军的，我幼年也在他那儿待过两年。在军营里头，救命的医工都是极受兵士们尊敬的，而今到了内宅里头，只因你女子的身份，便成了罪过。但这原也怪不得她们，咱们女子嫁了人，夫家就是头顶的那片天，我幸而嫁在了太尉府，公婆不以繁文缛节多加约束我，但是她们的夫家就不一样了，若问她们，晓得其中的缘故吗？知道什么是六婆之流吗？她们也未必明白，只是夫家以为不妥，她们便只能以为不妥。"

　　倪素闻言笑了笑："蔡姐姐心思这样通透，怪不得如磬诗社的娘子们都很喜欢你。"

"你莫不是长了副玲珑心肝儿？"蔡春絮也跟着笑了一声，"你怎么就知道她们都很喜欢我？"

"昨日在雁回小筑，我才到抱厦，就见姐姐左右围的都是娘子，连坐在那儿的年长一些的娘子们也都和颜悦色地与姐姐说话，孙娘子就是再介意你将我带去诗社的事，我看她也很难与你交恶。姐姐才有一副剔透玲珑的心肝，你能理解她们，也愿意理解我。"倪素握着她的手，"相比于我，姐姐与她们的情分更重，只是在这件事上，你不与她们看法相同，不愿轻视于我，又因我们两家有旧日的情分，所以才偏向我。可若你不去诗社，往后又能再有多少机会与她们来往呢？"

此番话听得蔡春絮一怔。正如倪素所言，她背井离乡，远嫁来云京，又与府中大嫂不合，唯一能在一块儿说知心话儿的，也只有如磬诗社的几位姐姐妹妹。到此刻她才发觉，原来倪素要离开太尉府，并非只因为她，还因为那些在诗社中与她交好的娘子。若她还留倪素在府中，那些娘子又如何与她来往呢？

"阿喜妹妹……"蔡春絮其实还想留她，却不知如何说，"我很喜欢你，你这样一个柔弱的小娘子，为了兄长甘入光宁府受刑，连到了贪夜司那样的地方也不惧怕，我打心眼儿里觉得你好。"

"我也觉得蔡姐姐很好。"倪素笑着说。

昨日倪素在去见何仲平之前，便托牙人帮着找了一处房舍，她随身的行装不多，本打算今日向蔡春絮告辞后便去瞧一瞧，但蔡春絮非说自己手头有一处闲置铺面，就在南槐街。

倪素本欲推辞，但听见在南槐街，又被吸引住了——云京的药铺医馆几乎都在南槐街。

蔡春絮本不要倪素的钱，却抵不住倪素的坚持，只好收下，又让玉纹带些太尉府的小厮家仆去帮着打扫屋舍，置办器具。

倪素忙了大半日，将房舍收拾得很像样，还买来一些新鲜药材，放在院中的竹筛里，就着孟秋还算和暖的天气晾晒。

院子里都是药香，倪素闻到这样的味道，才觉得在云京这样的地方

有了些许的心安。

才近黄昏，一直暗中守在外面的夤夜司亲从官忽然来敲门，倪素当下也顾不得其他，赶紧往地乾门去。

周挺本是夤夜司汲火营的指挥，前两日又升了从七品副尉，如今已换了一身官服。他出了门，抬眼便瞧见那珠白衫裙的姑娘。

"倪小娘子，今晨有一位冬试的封弥官来我夤夜司中，交代了一些事。"周挺一手按着刀柄走上前去。他只说是封弥官，却不说名姓。

"什么事？"倪素故作不知。

"你兄长的试卷被人换了。"

"换给谁了？小周大人，你们查到了吗？"

倪素昨夜难眠，今日一整日都在等夤夜司的消息。金向师既然已经到夤夜司交代了事情，那么夤夜司只需要向金向师问清楚那篇文章的内容，哪怕只有几句，便可以在通过冬试的贡生们的卷子里找到答案。

周挺摇头："今日得了这个封弥官做人证，韩使尊便亲自又抽调了一番贡院的试卷，却并没有发现那篇文章。"

倪素有些难以接受这个事实："若偷换试卷不为功名，又何必……"

"韩使尊也这么认为。"周挺继续说道，"这场冬试是官家为选拔新政人才而特设的。官家原本有意冬试过后直接钦点三甲，不必殿试，但后来谏院与御史台又觉得保留殿试也可以再试一试人才，如此才能选到真正有用之人。几番进谏之下，刚巧在冬试结束时，官家改了主意。"

"凶手知道自己在殿试中很有可能再难舞弊，为绝后患，他便设法使他与我兄长乃至另外一些人的试卷都丢失了……甚至，对我兄长起了杀心。"倪素垂下眼帘，"所以，凶手并不是冬试在榜的贡生，而是落榜的举子。"

周挺没有反驳，只是提醒道："倪小娘子，韩使尊允许我与你说这些，一是怜你爱惜至亲之心，二是请你不要贸然去登闻院敲登闻鼓。"

"为什么？"

"那封弥官来时战战兢兢，恐惧难安，韩使尊问他为何此时才说，他说昨夜见了一对儿鬼夫妻，才想起那些事。"周挺不知如何与她形容，蓦地又想起她入光宁府受刑杖的理由，好像……她也常说怪力乱神之事……

"官家日理万机，夤夜司若无实在的线索，便不好在此时上奏官家。而你如今身上的伤还没好，若再去登闻院受刑，只怕性命不保。"周挺看着她苍白的面容，"你且安心，此事还能查。"

"多谢小周大人。"倪素有些恍惚。

"今日叫你来，还有一事。"周挺又道，"我们司中数名仵作俱已验过你兄长的尸体，之前不对你说，是因我夤夜司中有规矩。如今尸首上的疑点俱已查过，你可以将你兄长的尸首带回去，入土为安。"

"那，验出什么了？"倪素立刻抬眼，紧盯着他。

"你兄长身上虽有几处新旧外伤，但都不致命。唯有一样——他生前，水米未进。"周挺被她这般盯着，不禁放轻了些声音。

水米未进。倪素被这话一刺，头脑发疼，半晌，才颤声道："他是……活生生饿死的？"

周挺沉默。

孟秋的烈日招摇，倪素浑身却冷得彻骨，她顾不得周围人投来的目光，像个游魂一样，由着周挺与手底下的人帮着将她兄长的尸首抬出，又在清幽无人的城外河畔用一场大火烧掉兄长的尸首。

烈火吞噬着兄长的尸体，她在一旁看，终忍不住失声痛哭。

"小周大人，快去安抚一下呀……"跟随周挺的几名亲从官瞧着不远处哭得满脸是泪的姑娘，小声与周挺说道。

周挺看着倪素，坚毅的下颌紧绷了一下："我如何会安慰人？"

几名亲从官匆忙在自己怀里、袖子里找了一番，有个年轻的亲从官挠头道："咱们几个又不是女人，也没个帕子，总不能拿身上的汗巾给她擦眼泪吧？"

周挺横了他们一眼，懒得再听他们几个说些什么，只是看着那个女子，冷静的神情因她的哀恸而有了些波澜。他走到她身边，刺眼的艳阳被他高大的身形遮挡："倪小娘子，此事我夤夜司一定不会放过，我们也

会继续派人保护你。"

倪素捂着脸，泪珠从指缝中滴落。

山风吹拂长林，枝叶沙沙作响。在穿插着细碎光斑的浓荫里，徐鹤雪安静地看着那名夤夜司副尉笨拙地安抚跪坐在地上的姑娘。

从黄昏到夜幕降临，火方才熄了，她在悲痛之下也不忘亲手点起一盏灯笼。徐鹤雪看她怀抱着一个骨灰罐，像个木偶一样，只知道挪动着双腿往前走。

那一团莹白的、毛茸茸的光一直跟在她身边，而几步开外，一直与倪素保有距离的周挺等人看不见她身侧有一道孤魂与她并肩。

"你们几个今晚守着，天亮再换人来上值。"到了南槐街的铺面，周挺看着倪素走进去，回头对手底下的几名亲从官说道。

"是。"几人点头，各自找隐蔽处去了。

今日才打扫过的屋舍被倪素弄得灯火通明。她将骨灰罐放到一张香案后，案上有两个黑漆的牌位。那都是她今日坐在廊檐下，亲手刻名，亲手上了金漆的。

点香，明烛，倪素在案前跪坐。忽然有人走到她身边，步履声很轻，倪素垂着眼，看见了徐鹤雪犹如淡月般的影子，还有他的衣袂。

倪素抬头，视线上移，仰望他的脸。徐鹤雪却蹲下来，将手中所提的灯笼放到一旁，又展开油纸包，取出其中热腾腾的一块糖糕，递到她面前。

他连放一盏灯、打开油纸包时的姿仪都那么端正。

"你去买这个，身上就不疼吗？"倪素终于开口，痛哭过后，她的嗓子沙哑得厉害。她知道这一定是他赶去隔了几条街巷的夜市里买来的，他也一定动用了术法，否则这块糖糕不会这样热气腾腾。

徐鹤雪不答疼与不疼，只道："你今日只用了一餐饭。"

孤清长夜，烛花飞溅。

倪素没有胃口，可还是接来糖糕，咬下一口。见徐鹤雪的视线落在案头那本书上，她说："我兄长虽只给一位妇人真正看过病，但他问过很多坐婆，也找过很多药婆，钻研过许多医书。他被父亲逼迫放弃行医那日曾与我说，要将他所知道的女子疑症都写下来给我，教我医术。等我长大，亲手医过那些女子苦症后，再用我的心得来教他。"

那本来是倪素要与兄长一起完成的女经医书。

"若能行医，他也不会远赴云京冬试。"倪素捏着半块糖糕，眼眶又湿，"这本不是他的志向，可他却因此而死。"

灯烛下，徐鹤雪看见她眼眶里一颗又一颗剔透泪珠滚落："倪素，你兄长的事，黉夜司虽暂不能更进一步，但有一个人一定会另辟蹊径。这件事，即便你不上登闻院告御状，也可以宣之于朝堂。"

"谁？"

"当朝宰执孟云献。"徐鹤雪捧着油纸包，对她说，"黉夜司没有直接逮捕刑讯的职权，但御史台的御史中丞蒋先明却可以风闻奏事，孟相公或将从此人入手。"

晴夜之间，月华朗朗，倪素手中的糖糕尚还温热，她在泪眼蒙眬间打量这个蹲在她面前的年轻男人。

他生前，也是做官的人。倪素几乎可以想象，他身着官服，头戴长翅帽，年少清隽，或许也曾意气风发，如日方升，可那一切，却在他的十九岁戛然而止。正如她兄长的生命，也在这一年毫无预兆地终止。

"徐子凌。"倪素眼睑微动，忽然说，"若你还在世，一定是一个好官。"

徐鹤雪知道，倪素会如此神情笃定地与他说这样一句话，也许是出于一种信任，又或者，是出于她自己看人的准则。

她说的明明是一句很好听的话，但他却不是好官。

"徐子凌。"徐鹤雪恍惚之际，却听她又一声唤。视线落在被她抓住的衣袖上，他抬首，对上面前这个姑娘那双沾染水雾的眼。

"我既能招来你的魂魄，是否也能招来我兄长的魂魄？"倪素紧盯着他。

若能招来兄长的魂魄，就能知道到底是谁害了他。

她的目光满含期盼，但徐鹤雪看着她，道："你之所以能招我再入阳世，是因为有幽都土伯相助。"

这是他第二次提及幽都土伯，倪素想起在雀县大钟寺柏子林里那白

胡子打卷儿的老法师，她从袖中的暗袋里摸出那颗兽珠。

"你这颗兽珠雕刻的就是土伯的真身，他是掌管幽都的人。"徐鹤雪看着她的兽珠，解释道。

既为神怪，又岂会事事容情？个中缘法，只怕强求不来。倪素心中才燃起的希望又湮灭大半，她捏着兽珠，静默不言。

徐鹤雪又将一块糖糕递给她："但有这颗兽珠在，若再有你兄长残留的魂火，我也许可以让你再见他一面。"

倪素闻言猛地抬头，正欲说些什么，却见他周身荧尘暗淡，立即去看他的袖口，摇头道："可你会因此而受伤。"

"兽珠有土伯的力量，不需要我动用术法。"徐鹤雪索性在她旁边的蒲团上坐下来，"只是幽都生魂众多，要通过兽珠找到你兄长，只怕要用很久。"

也许并不能那么及时。

"哪怕不能听他亲口告诉我，我也会自己为他讨回公道。"倪素望向香案后的两个牌位，说道，"真的不需要你动用术法吗？"她有些不安，又回过头来望他。

"嗯。"他颔首。

"那你……"明明倪素才是为这道孤魂点烛的人，可是此刻，她却觉得自己心中被他亲手点燃了一簇火苗，"还是不愿把你旧友的名字告诉我吗？"

倪素一直有心帮他，可不知道为什么，他始终不肯提起他那位旧友的名姓，也从不说让她带着他去找谁。

"他此时并不在云京。"徐鹤雪说。

"那他去了哪儿？"倪素追问他，"我可以陪你去找，只要我找到害我兄长的人，哪怕山高水远，我也陪你去。"

她早就不哭了，只是眼皮红红的，就这么望着他。

徐鹤雪听见她说"山高水远"，不禁抬眼对上她的视线。

"他会回来的。"他说，"我不用你陪我去很远的地方，有些人和事，只有在云京才能等得到。"

满堂明亮的橙黄烛光映照徐鹤雪的脸庞，垂下去的眼睫遮住了他的神情，只是好像在这一刻，他似乎被一种不属于这个人间的死寂所笼罩。他很少提及他生前的事，除了在夤夜司的牢狱中，为了安抚她而向她提起的那段有关兄嫂的幼年趣事，他再没有多说过一个字。

倪素不知他生前到底遭遇了什么，也不愿让他难堪。夜雨声声，她在漫长的沉默中想了很久，才道："那你如果有要我帮忙的事，一定要告诉我，不管是什么，我都会尽力。"灯烛之下，她清亮的双眸映出她的真诚。

外面的雨滴答作响，敲击窗子，徐鹤雪与她对视。他不说话，而倪素被门外的细雨吸引。她将剩下半块糖糕吃掉，看着在雨雾里显得尤其朦胧的庭院，忽然说："下雨了。"她回过头来，又道，"这样的天气，你就不能沐浴了。"

因为没有月亮。

徐鹤雪望向廊檐外，听着滴答的雨声，道："明日，你可以带我去永安湖的谢春亭吗？"

"好。"倪素望着他。

才接回兄长的骨灰，倪素难以安眠，给自己上过伤药后，又去点燃隔壁居室里的香烛。做完这些，她又回到香案前，跪坐在蒲团上，守着灯烛，一遍又一遍翻看那部尚未写成的医书里属于兄长的字迹。

而徐鹤雪立在点满灯烛的居室里。书案上整齐摆放着四书五经和几本诗集，笔墨纸砚也应有尽有，墙上挂着几幅字画，乍看花团锦簇，实则有形无骨，都是倪素白日里在外面的字画摊上买来的。

素纱屏风，淡青长帘，饮茶的器具，棋盘与棋笥，瓶中鲜花，炉中木香，干净整洁的床榻……无不昭示着布置这间居室之人的用心。站在这间素雅而有烟火气的居室内，徐鹤雪的视线每停在一处，就好像隐约触碰到一些久远的记忆。他想起自己曾拥有比眼前这一切更好的居室，年少时身处书香文墨中，与人交游策马，下棋饮茶。

靠墙的一面柜门是半开的，徐鹤雪走过去，手指勾住柜门的铜扣一拉，传来轻微的"吱呀"声响。满室灯烛照亮里面叠放整齐、几乎堆了

满满一柜的男子的衣裳。

铜扣的冷，不敌他指间温度。徐鹤雪几乎一怔，呆立在柜门前，许久都没有动。

良久，徐鹤雪躺在床榻上。香炉中的白烟幽幽浮浮，满室灯烛轻微抖动。

他闭起眼睛，脑海中却是长烟弥漫、恨水东流的场景。漆黑的天幕里时有电闪雷鸣，一座高耸的宝塔悬在云端，塔中魂火跳跃撕扯，照彻一方。

将军！将军救我！
我恨大齐！

数不清的怨憎哭号，几乎要刺破他的耳膜。徐鹤雪倏尔睁眼，周身荧尘四散，生前所受的刀剐又在一寸一寸地割开他的皮肉，耳畔全是混杂的哀鸣。他不知不觉握了满手的血，才感觉到捏在掌中的那颗兽珠很烫，烫得他指节蜷缩，青筋微鼓。

烛花乱溅，房中的灯烛刹那熄灭大半。剧痛吞噬着徐鹤雪的理智，他的身形忽然变得很淡，飘浮的荧尘流散出强烈的怨戾之气，杯盏尽碎，香炉倾倒。

倪素在香案前静坐，忽然听见了一些动静，她一下转头，却见廊檐之外，细雨之中，竟有纷纷雪落。她双手撑在地板上站起身，步履蹒跚地走出去。对面那间居室里的灯烛几乎灭尽，倪素心中顿感不安，顾不得雨雪，赶紧跑过去。

"砰"的一声，房门大开。廊上的灯笼勉强照见满室狼藉，零散的花瓣嵌在碎瓷片里，整张屏风都倒在地上，鲜血染红了屏风上的大片素纱。

室内满是香灰与血腥的味道。那个男人躺在满是碎瓷片的地上，乌浓的长发凌乱披散，平日里总是严整贴合的中衣领子此刻却是完全敞露的，颈线明晰，锁骨随着他剧烈的喘息而时有起伏。

"徐子凌！"倪素瞳孔微缩，立即跑过去。她俯身去握他的手臂，竟沾了满掌的血，一盏勉强燃着的灯烛照亮他宽袖之下生生被刀刃剐过的一道伤口。

这幅情景实在太狰狞、太可怕，她双膝一软，跪倒在他身侧。

他仰起脸，看不清楚也全然忘记了她是谁。他颤抖、喘息，颈间的青筋脉络更显，那已经不是活生生的人所能显现的颜色。他的喉结滚动一下，微弱的烛火照不进他漆黑空洞的眸子，周身的荧尘好似都生了极其尖锐的棱角，不再那么赏心悦目，反而刺得人皮肤生疼。

"徐子凌，你怎么了？"倪素环抱住他的腰身，用尽力气想将他扶起来，又惊觉他的身形越发浅淡如雾，她回头看了一眼案上仅燃的灯烛，才要松开他，却不防被他紧紧地攥住了手腕。

倪素没有防备，踉跄倾身。他的力道之大，像是要捏碎她的腕骨，倪素以另一只手肘抵在地板上，才不至于压到他身上去。她抬起头，却见他双眼紧闭，纤长的眼睫被殷红的血液浸湿。

他的眼睛，竟然在流血。

倪素想要挣脱他的手，却撞见他睁开眼睛，血液沾湿了苍白的面颊。倪素被他那样一双血红的眼睛盯着，浑身战栗发麻。她立即伸出另一只手去够灯烛，然而手指才将将触碰到烛台的边缘，她的脖颈就倏尔被他张口咬住。

徐鹤雪遵从着一种难以克制的毁坏欲，齿关用力地咬破她颈间细腻单薄的肌肤。

烛台滚落，焰光熄灭。

徐鹤雪尝不出血腥的味道，只知道唇齿间湿润而温热，他颤抖着收紧齿关，深堕于铁鼓声震、金刀血泪的噩梦之中。

早知如此，将军何必身卧沙场，还不如在绮绣云京，继续做你的风雅文士！

黄沙烟尘不止，盔甲血污难干，多的是七尺男儿挽弓策马，折戟沉

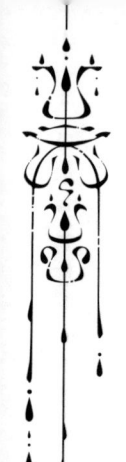

沙。那样一道魁梧的身影身中数箭，岿然立于血丘之上，凄哀大叹。那个人重重地倒下去，如一座高山倾塌，陷于污浊泥淖。

无数人倒下去，血都流干了。

干涸的黄沙地里淌出一条血河来。

徐鹤雪被淹没在那样浓烈的红里，浑身没有一块好皮肉，只是一具血红的、可憎的躯壳。无有衣袍遮掩他的残破，他只能栖身于血河，被深深淹没。

徐鹤雪。

幻梦尽头，又是一个炎炎夏日，湖畔绿柳如丝，那座谢春亭中立着他的老师，却是华发苍苍，衰朽风烛。他发现自己身上仍无衣物为蔽，只是一团血红的雾，但他却像曾为人时那样，跪在老师面前。

你后悔吗？

老师问他。

可后悔当年进士及第，前途大好、风光无限之时，自甘放逐边塞，沙场百战，白刃血光？

他是一团血雾，一点也不成人形，可是望着他的老师，他仍下意识地顾全所有的礼节与尊敬，俯首，磕头，回答道："学生不悔。"

他知道，这注定是一个令老师失望的回答，然而他抬首，却见幻梦皆碎，亭湖尽陨。只剩他这团雾，浓淡不清地飘浮在一片漆黑之中，不知能往何处。

"徐子凌。"

直到有这样一道声音，一遍又一遍地唤他。徐鹤雪眼皮动了动，立时要睁开眼睛，却听她道："你先别睁眼，我给你擦干净。"

他不知他这一动又有殷红的血液自眼睑浸出，但听见她的声音，便没有睁眼，只任由她用浸过热水的帕子在他的眼睛、脸颊上擦拭。

倪素认真地将他浓睫上干涸的血渍擦拭干净，才将帕子放回水盆里，说："现在可以了。"

她起身出去倒水。

徐鹤雪听见她渐远的步履声，后知后觉地睁开眼，满目血红，几乎不能视物。她又回来了，徐鹤雪抬眼，却只能隐约看见她的一道影子。

"我扶你起来洗洗脸。"倪素将重新打来的温水放到榻旁。

徐鹤雪此时已经没有那么痛了，但浑身都处在一种知觉不够的麻木中，倚靠她的搀扶才能勉强起身。

"不必。"察觉到她伸手来帮他掬水洗脸，他说道。他说话的力气不够，却仍透着一种拒人于千里之外的疏冷。

"可你如今这样，自己怎么洗？"倪素温声道。

月光可以助他驱散身上所沾染的污垢，但此刻已是清晨，外面雨雾如织，而倪素忙了一夜，无论她如何为他擦拭，都始终不能擦干净他身上干涸的血渍，那些都是凝固的荧尘，只用水是擦不掉的。幸而从那颗兽珠中飞出一缕浮光来，指引着她去永安湖畔折了好些柳枝回来，柳叶煮过的水果然有用。

倪素不给徐鹤雪反应的机会，掬了水清洗他的脸。徐鹤雪左眼的睫毛沾湿，血红褪去了些，他不自禁地眨动眼睛，水珠滴落，借着恢复清明的左眼，他看见她白皙细腻的脖颈上有一道齿痕，血红而深刻。

某些散碎而模糊的记忆回笼——雨雪交织的夜，昏暗的居室，滚落的烛台……原来唇齿间的温热，是她的血。

徐鹤雪脑中轰然，倏尔，身体更加僵直，却忽然少了许多抗拒，显露出一丝懊恼。倪素发现他忽然变得像一只乖顺的猫，无论是触碰他的脸颊，还是他的睫毛，他都任由她摆弄。

血红不再，徐鹤雪的双眼宛如剔透琉璃。他又浓又长的睫毛还是湿润的，原本呆呆地半垂着，听见她起身端水的动静，他一下抬起眼帘："倪素。"

倪素回头，珍珠耳坠轻微晃动。她看见靠坐在床上的年轻男人蹙着眉，那双眼看向她的颈间。

"我无意冒犯。"他说。

倪素看了看他,随即将水盆放回,又坐下来,问:"昨夜你为什么会那样?"

犹如困兽死前孤注一掷的挣扎。倪素很痛,因为被他的齿关咬破脖颈,也因为被他冰冷的唇舌抵住破损的伤处。她战栗、惊惧,直到他毫无预兆地松懈齿关,靠在她的肩头,动也不动。她还从来没有见过他那副模样,好像失去了所有理智。

"是我忘了幽释之期。"徐鹤雪宽大的衣袖底下,昨夜显露的伤口此时已经消失不见。

"幽释之期?"

"幽都有一座宝塔,塔中魂火翻腾,困锁无数幽怨之灵,每年冤魂出塔,长渡恨水,只有身无怨戾才能在幽都来去自如,等待转生。他们出行之期,怨戾充盈,"徐鹤雪顿了一下,"我亦会受些影响。若是之后,你再遇见我这样,"徐鹤雪看着她说,"不要靠近,不必管我。"

他为何会受幽释之期的影响?是因为他死后也有难消的怨愤吗?

倪素看着他,想问的话却久久也问不出口,最后只道:"若你一开始不曾帮我,我自然也不会管你。投我以木桃,报之以琼瑶,我一直如此处事。"

永安湖谢春亭是暂时去不得了。倪素点了满屋的灯烛,用来给徐鹤雪安养魂魄,走廊里飘了雨丝,她不得不将昨夜挪到廊庑里的药材再换一个地方放置。

雨丝缠绵,其中却不见昨夜的雪。倪素靠在门框上,看着廊外烟雨,她发现,似乎他的魂体一旦变弱,变得像雾一样淡,就会落雪。

云京之中,许多人都在谈论昨夜交织的雨雪。即便那雪只落了一个多时辰便被雨水冲淡,今日云京的酒肆茶楼乃至禁宫内院,讨论之热也仍旧不减。

"孟相公,您那老寒腿还好吧?"裴知远一边剥着花生,一边走进政事堂,"昨儿夜里那雪我也瞧见了,势头虽不大,也没多一会儿,但夜里可真寒哪。"

"只你们城南下了，我家中可瞧不见。"孟云献也是上朝前才听说了那一场怪雪，竟只落在城南那片儿，不多时便没了。

"哎，张相公。"裴知远眼尖，见身着紫官服的张敬拄拐进来，便凑过去作揖，"您家也在城南，昨儿夜里见着那场雪没？"

"睡得早，没见着。"张敬随口应了一声，抬步往前。

"可我怎么听说你昨夜里红炉焙酒，与学生贺童畅饮了一番？"孟云献鼻腔里轻哼出一声来。

后头的翰林学士贺童正要抬脚进门，乍听这话，一下抬头，正对上老师不悦的目光。他一时尴尬，也后悔自己今儿上朝前与孟相公多说了几句。

张敬什么话也不说，坐到椅子上。孟云献再受冷落，裴知远有点憋不住笑，哪知他手里才剥好的几粒花生米全被孟云献给截去，一口嚼了。

得，不敢笑了。

裴知远捏着花生壳，到了自个儿的位子坐下。

东府官员们陆陆续续地到齐了，又在一块儿议新政的条项。只有在政事上，张敬才会撇开私底下的过节与孟云献好好议论。底下官员们也只有在这会儿是最松快的，这些日子，吃了张相公的青枣，又得吃孟相公的核桃，听着两位老相公嘴上较劲儿，他们也着实捏了一把汗。但好在事关新政，这二位相公是决不含糊的。

今日事毕得早些，官员们朝两位相公作揖，不一会儿便走了个干净。孟云献正吃核桃，张敬被贺童扶着本要离开，可是还没到门口，他又停步，转回身来。

"学生出去等老师。"贺童低声说了一句，随即便一提衣摆出去了。

"请我喝酒？我有空。"孟云献理了理袍子走过去。

"我何时说过这话？"张敬板着脸。

"既不是喝酒，那你张相公在这儿等我做什么呢？"

"你明知故问。"张敬双手撑在拐杖上，借着力站稳，"今日朝上，

蒋先明所奏冬试案,你是否提前知晓?"

"此话怎讲?"孟云献学起了裴知远。

"你若今日才得知此事,怎么可能一言不发?"张敬冷笑,"你孟琢是什么人,遇着与新政相关的这第一桩案子,若不是提前知晓,且早有自己的一番算计,你能在朝上跟个冬天的知了似的哑了声?"

"官家日理万机,顾不上寻常案子。夤夜司里头证据不够,处处掣肘,唯恐牵涉出什么来头大的人,而蒋御史如今正是官家跟前的红人,他三言两语将此事与陛下再推新政的旨意挂上钩,事关天威,官家不就上心了吗?"孟云献倒也坦然,"我这时候安静点,不给蒋御史添乱,不是皆大欢喜的事吗?谏院的老匹夫们今儿也难得劲儿都往这处使,可见我回来奏禀实施的'厚禄养廉'这一项,很合他们的意。"

"可我听说,那冬试举子倪青岚的妹妹言行荒诞。"今日朝堂上,张敬便听光宁府的知府提及那女子所谓"冤者托梦"的说辞。更奇怪的是,即便入了光宁府司录司中受刑,她也仍不肯改其言辞。

"言行荒诞?"孟云献笑了一声,却问,"有多荒诞?比起崇之你昨儿晚上见过的那场雪如何?"

整个云京城中都在下一样的雨,然而那场雪,却只在城南有过影踪。雪下了多久,张敬便在廊下与贺童坐了多久,他双膝积存的寒气至今还未散。

"你敢不敢告诉我,你昨夜看雪时,心中在想些什么?"孟云献忽然低声问道。

"孟琢!"张敬倏尔抬眸,狠狠瞪他。

"我其实,很想知道他……"

"你知道得还不够清楚吗?"张敬打断他,虽怒不可遏却也竭力压低声音,"你若还不清楚,不妨去问蒋先明!你去问问他,十五年前的今日,他是如何一刀刀剐了那逆臣的!"

孟云献脑中轰然作响,后知后觉地意识到,今日,便是曾经的靖安军统领、玉节将军徐鹤雪的受刑之期。

堂中冷清,只余孟云献与张敬两人。

"孟琢，莫忘了你是回来主理新政的。"张敬步履蹒跚地走到门口，没有回头，只冷冷地道。

他们之间，本不该再提一个不可提之人。

孟云献在堂中呆立许久，揉揉发酸的眼皮，掸了几下衣袍，背着手走出去。

今晨御史中丞蒋先明一上奏，官家在朝堂上立即给了夤夜司相应职权，下旨令内侍省押班、夤夜司司使韩清彻查冬试案。

城中雨雾未散，夤夜司的亲从官几乎将贡院翻了个遍，同时又将冬试涉及的一干官员全数押解至夤夜司中讯问。

夤夜司使尊韩清在牢狱中讯问过几番，带铁刺的鞭子都抽断了一根。他浑身都是血腥气，熏得太阳穴生疼，出来接了周挺递的茶，坐在椅子上打量那个战战兢兢的衍州举子何仲平。

"看清楚了吗？这些名字里，可有你熟悉的，或是倪青岚熟悉的？"韩清抿了一口茶，干涩的喉咙好受许多。

"俱、俱已勾出。"何仲平双手将那份名单奉上，"我记得，我与倪兄识得的就那么两个，且并不相熟，我都用墨勾了出来。"他又结结巴巴地补了一句，"但也有……有可能，倪兄还有其他认识的人，是我不知道的。"

周挺接来，递给使尊韩清。韩清将其搁在案上扫视了一番，对周挺道："将家世好、本有恩荫的名字勾出来。"

周挺这些时日已将参加冬试的各路举子的名字、家世记得烂熟，不假思索，提笔便在其中勾出来一些名字。

这份名单所记，都是与倪青岚一同丢失了试卷的举子，共有二十余人。韩清数了一番，周挺勾出来的人中，世家子竟有九人。

"看来，还故意挑了些学问不好的世家子的卷子一块儿丢了，凭此混淆视听。"韩清冷笑。

此番冬试与以往科举应试不同。官家为表再迎二位相公回京推行新政之决心，先发敕令恢复了一项废止十四年的新法，削减以荫补入官的

名额,若有蒙恩荫入仕者,首要需是举子,再抽签入各部寻个职事,以测其才干。

"使尊,凶手是否有可能是在各部中任事却不得试官认可之人?"周挺在旁说道。

有恩荫的官家子弟到了各部任事,都由其部官阶最高者考核、试探,再送至御史台查验,抽签则在一定程度上避免了试官与其人因私交而徇私的可能。

"勾出来。"韩清轻抬下颔。

周挺没落笔,只道:"使尊,还是这九人。"

"这些世家子果然是一个也不中用。"韩清端着茶碗,视线在那九人的名字之间来回扫了几遍,其中没有一人与何仲平勾出来的名字重合。

他将那名单拿起来,挑起眼帘看向何仲平:"你再看清楚这九个人的名字,你确定没有与你或是倪青岚相识的?不必熟识,哪怕只是点头之交,或见过一面?"

何仲平满耳充斥着那漆黑牢狱之中传来的惨叫声,他战战兢兢,细致地将那九人的名字看过一遍,才答:"回韩使尊,我家中贫寒,尚不如倪兄家境优渥,又如何能有机会识得京中权贵?这九人,我实在一个都不认得。"

"你知道倪青岚家境优渥?"

何仲平冷不丁地听见这一句,抬头对上韩清那双眼,立即吓得魂不附体:"韩使尊!我绝不可能害倪兄啊!"

"紧张什么?你与里头那些不一样,咱家这会儿还不想对你用刑,前提是你得给咱家想,绞尽脑汁地想,你与倪青岚在云京来往的桩桩件件,咱家都要你事无巨细地写下来。"

韩清自然不以为此人有什么手段能那么迅速地得知光宁府里头的消息,并立即买凶去杀倪青岚的妹妹倪素。

"是、是!"何仲平忙不迭地应道。

何仲平拾捡宣纸,趴在矮案上预备落笔。周挺俯身低声对韩清道:"使尊,此人今日入了夤夜司,若出去得早了,只怕性命难保。"

凶手得知倪青岚的尸首被其亲妹倪素发现，就立即买凶杀人，应该是担心倪素上登闻院敲登闻鼓闹大此事。当今官家并不如年轻时那么爱管事，否则夤夜司这几年也不会如此少事，底下人能查清的事，官家不爱管，底下人查不清的事，除非是官家心中的重中之重，否则也难达天听。

　　这衍州举子何仲平逗留于云京，此前没有被灭口，应是凶手以为他并不知多少内情。但若今日何仲平踏出夤夜司的大门，但凡知道夤夜司的刑讯是怎样一番刨根问底的手段，凶手也不免怀疑自己是否在何仲平这里露过马脚。哪怕只为了这份怀疑，凶手也不会再留何仲平性命。

　　"嗯。"韩清点头，"事情未查清前，就将此人留在夤夜司。"

　　话音刚落，韩清忽然像是想到了什么似的抬起头："何仲平，咱家问你，你与倪青岚认识的人中，可还有没在这名单上，但与名单上哪家衙内相识的？"

　　何仲平闻言忙搁下笔，想了想，随即还真说出了个名字来："叶山临！韩使尊，倪兄其实并不爱与人来往，多少集会请他，他都不去。这名单上识得的人，也至多是点头之交，再说那名单外的，就更没几个了。但我识得的人确实要多些，这个叶山临正是云京人氏，他也参与了此次冬试，并且在榜，成了贡生，只是殿试却榜上无名……"

　　"那你倒是说说，这个叶山临与哪位衙内相识？"

　　"他家中是做书肆生意的，只是书肆小，卖的多是些志怪书，少有衙内光顾，但我却记得他与我提起过一位。"

　　"谁？"

　　"似乎，是一位姓苗的衙内，是……"何仲平皱着脸努力地回想，隔了片刻才总算灵光一闪，"啊，是太尉府的二公子！他说那位二公子别无他好，惯爱收集旧的志怪书，越古旧越好！"

　　周挺闻言，几乎一怔。太尉府的二公子？怎么会是他？

　　"苗易扬。"韩清推开那份试卷遗失的名单，找出来参与冬试的完整名单，在其中准确地找出了这个名字，可苗易扬却并不在试卷遗失的名单之列。

苗太尉的二公子,冬试落榜,后来抽签到了大理寺寻职事,前不久得大理寺卿认可,加官正八品大理寺司直。而官家念及苗太尉的军功,又许其一个正六品的朝奉郎。

细密如织的雨下了大半日,到黄昏时分才收势。

云京不同于其他地方,酒楼中的跑堂们眼看快到用饭的时间,便会跑出来满街叫卖。倪素在廊檐底下坐着时正好听见了,便出去叫住一人,要了些饭菜。

不多时,跑堂便带着一只食盒来了,倪素还在房中收拾书本,听见喊声便道:"钱在桌上,请你自取。"

跑堂是个少年,来到后廊上真瞧见了桌上的钱,便动作麻利地将食盒里的饭菜摆出,随即收好钱,提着食盒麻利地跑了。

倪素收拾好书本出来,将饭菜都挪到徐鹤雪房中的桌上。

"和我一起吃吗?"倪素捧着碗,问他。

徐鹤雪早已没有血肉之躯,其实用不着吃这些,他尝不出糖糕的甜,自然也尝不出这些饭菜的味道。他本想要拒绝,可是目光触及她白皙的颈间那道显眼的齿痕,顿了一下,便在她对面坐下,生疏地执起筷,陪她吃饭。

"我要的都是云京菜,你应该很熟悉吧?"倪素问他。

"时间太久,我记不清了。"

"那你尝一尝,就能记得了。"

徐鹤雪到底还是动了筷,与她离开贪夜司那日递给他的糖糕一样,他依旧吃不出任何滋味。可是被她望着,徐鹤雪还是道:"嗯。"

倪素正欲说些什么,却听见一阵敲门声响,她立即放下碗筷,起身往前面去。她的手还没触摸到铺面的大门,坐在后廊里的徐鹤雪忽然意识到了什么,身形立即化作淡雾,又转瞬凝聚在她身边。

"倪素。"徐鹤雪淡色的唇微抿,朝她递出一方莹白的锦帕。

"做什么?"倪素满脸茫然。

徐鹤雪听见外面人在唤"倪小娘子",那是贪夜司的副尉周挺,他伸手将那块长方的锦帕绕上她的脖颈,遮住那道咬伤。

"虽为残魂,亦不敢污你名节。"

"倪小娘子可在里面?"周挺隐约听见些许人声,正欲再敲门,却见门忽然打开,里面那姑娘窄衫长裙,披帛半挂于臂,只梳低髻,簪一只白玉梳。她颈间却不知为何裹着一方锦帕。

"倪小娘子,你这是怎么了?"周挺疑惑道。

"下雨有些潮,起了疹子。"倪素彻底将门打开,原本站在她身侧的徐鹤雪刹那化为云雾,散了。

周挺不疑有他,进了后廊,接过倪素递的茶碗,立即道:"今日早朝,御史中丞蒋大人已将你兄长的案子上奏官家,夤夜司如今已有职权彻查此事。韩使尊今日已审问了不少人,但未料,却忽然牵扯出一个意想不到的人。"

"谁?"倪素立即问道。

"苗太尉的二公子。"周挺端详她的脸色,"便是那位将你从夤夜司带出去的朝奉郎苗易扬。"周挺一直安排夤夜司的亲从官监视并保护倪素,自然也知道她在来到南槐街落脚前,一直都住在苗太尉府里。

"怎么可能是他?"倪素不敢置信。

在太尉府里时,倪素因为卧床养伤,其实并没有见过苗易扬几回,但她印象里,苗易扬文弱温暾,许多事都需要他的夫人蔡春絮帮他拿主意。

"其实尚不能确定,只是你兄长与那衍州举子何仲平并不识得什么世家子,你兄长又不是什么行事高调的人,来到云京这么一个陌生地界,何以凶手便盯上了他?但倪小娘子也许还记得,我之前同你说,那何仲平借走了你兄长的一篇策论。"

倪素点头:"自然记得。"

"你兄长少与人来往,但这个何仲平却不是,酒过三巡亦爱吹嘘,自己没什么好吹嘘的,便吹嘘起自己的好友。你兄长的诗词、文章,他都与酒桌上的人提起过。与他有过来往的人中,有一个叫作叶山临的,

家中做书肆生意。何仲平说，此人认得一位衙内，那位衙内喜爱收集古旧的志怪书，正是苗太尉府的二公子苗易扬。而他也正好参加过冬试，却未在榜。"

"不可能是他。"倪素听罢摇头，"若真是他，在光宁府司录司中他买通狱卒杀我不成，而后我自投罗网，从夤夜司出去便到了太尉府上。我既在他眼皮子底下，他岂不是更好动手些？"

若真是苗易扬，那么他可以下手的机会太多了，然而她在太尉府里养伤的那些日子，一直风平浪静。

"也许正是因为你在他眼皮底下，他才更不敢轻举妄动。"周挺捧着茶碗，继续道，"不过这也只是韩使尊的一种猜测，还有一种可能——这位朝奉郎，也仅是那凶手用来迷惑人的手段之一。"

"你们将苗易扬抓去夤夜司了？"倪素不是没在夤夜司中待过，但只怕夤夜司使尊这回绝不会像此前对待她那般，只是吓唬而不动手。他得了官家敕令，有了职权，对任何涉及此案的官员都有权刑讯。

周挺只道："倪小娘子放心，使尊并没有对朝奉郎用刑。"

周挺离开后，倪素回到徐鹤雪房中用饭，但她端起碗，想起蔡春絮，心中又觉不大宁静，也再没有什么胃口。

"苗易扬没有那样的手段。"淡雾在房中凝聚出徐鹤雪的身形，他才挺过幽释之期，说话时也没什么力气，"苗太尉也绝不可能为此铤而走险。"

"你也识得苗太尉？"倪素抬头望他。

徐鹤雪与她对视，沉默了片刻，才淡声道：

"是，此人我还算了解。"

他十四岁放弃云京的锦绣前途，远赴边塞从军之初，便是在威烈将军苗天照的护宁军中，那时苗天照还不是如今的苗太尉。十五年前，在檀吉沙漠一战中，苗天照也曾与他共御外敌。太尉虽是武职中的最高官阶，但比起朝中文臣，实则权力不够，何况如今苗太尉因伤病而暂未带兵，他即便真有心为自己的儿子谋一个前程，只怕在朝中也使不上这么多的手段。

"其实我也听蔡姐姐说起过,她郎君性子温暾又有些孤僻,本来是不大与外头人来往的,也就是做了大理寺的司直才不得不附庸风雅。除此之外,平日里他都只愿意待在家中,又如何肯去那叶山临的宴席畅饮?"倪素越想越觉得不可能。

她有些记挂蔡春絮,但看徐鹤雪魂体仍淡,恐怕不方便与她一块儿出门。

"我再多给你点一些香烛,你是不是会好受一些?"倪素起身从柜子里又拿出一些香烛。

"谢谢。"徐鹤雪坐在榻旁,宽袖遮掩了他交握的双手。

外面天色渐黑,倪素又点了几盏灯,将香插在香炉里,放在窗畔,如此屋中也不至于有太多烟味。她转回身来,发现徐鹤雪脱了那身与时节不符的氅衣,只着那件雪白的衣袍。他魂体淡薄,可坐在那里的姿仪却依旧端正,身形挺括,不似平日里看起来那般孱弱。只是他此刻身上的衣裳不像她在大钟寺柏子林中烧给他的氅衣一般华贵,反而是极普通的料子,甚至有些粗糙。

这是倪素早就发觉的事,但却一直没有问。然而此时她却忽然有点想问了,因为她总觉得,今日的徐子凌似乎能容忍她的一切冒犯。

"你这件衣裳,也是你旧友烧给你的吗?"她真的问了。

徐鹤雪抬起眼来:"是幽都的生魂相赠之物。"

他初入幽都时,只是一团血红的雾,无衣冠为蔽,无阳世之人烧祭,不堪地飘浮于恨水之东。荻花丛中常有生魂来收阳世亲人所祭物件,他身上这件粗布衣袍,便是一位老者的生魂相赠之物。

倪素不料他的回答竟是这样。她想问,你的亲人呢?就没有一个人为你烧寒衣,为你写表文,在你的忌辰为你而哭?

她又想起,是有一个的。只是他的那位旧友,到底因何准备好寒衣,写好表文,却又不再祭奠?

倪素看着他,却问不出口。

"月亮出来了。"倪素回头看向门外。

徐鹤雪随着她的视线看去,廊檐之外,满地淡淡银霜,他听见她的

声音又响起:"你是不是要沐浴?"

一如在青州城内的客栈那晚,徐鹤雪站在庭院里,而他回头,那个姑娘正在廊上看他。

月光与荧尘交织,无声驱散生魂身上所沾染的、属于阳世的污垢尘埃,在他袖口凝固成血渍的荧尘也随之而消失。他的干净,是不属于这个人间的干净。

倪素看着他的背影,想起自己从成衣铺里买来的那些男子衣裳,他其实长得很高,只是身形清癯,那些衣袍显然更适合再魁梧些的男子。

徐鹤雪听见廊上的步履声,转身见倪素跑进了她自己的房中,不一会儿,也不知拿了什么东西,又朝他走来。她走得近了,徐鹤雪才看清她手中捏着一根细绳。

"抬手。"倪素展开细绳,对他说。

徐鹤雪不明所以,看了一眼倪素,见她依旧坚持,才抬起双臂,哪知下一刻,她忽然靠他很近。

倪素手中的细绳缠上他的腰身,徐鹤雪几乎能嗅闻到她发间极淡的桂花油的清香。他下意识地后退半步,目光落在细绳上,此时方才反应过来她是要做些什么。

"我欠考虑了,柜子里那些衣裳的尺寸不适合你,我也没问过你喜欢什么颜色,喜欢什么式样,也是我那时太忙,成衣铺掌柜的眼光有些老,那些衣裳我看着倒像是四五十岁的人才会喜欢的。"倪素仍专注于手中的细绳。

"我并不在意,你知道,我若还在世,那么……"

徐鹤雪话没说尽。倪素知道他想说什么,十五年前他死时十九岁,若他还在世,如今应该也是三十余岁的人了。她抬起头,朝他笑了笑:"那如何能算呢?你永远十九岁,永远处在最年轻而美好的时候。"

年轻而美好,这样的字句,徐鹤雪觉得无论如何也不能再用来形容他自己,可是他面前的这个姑娘,却如此认真地对他说话。他剔透的眸子映着廊檐底下的烛光,听见她说"不要动",他应了一声,便任由她像白日里为他洗脸时那样摆弄自己。

"给你量好了尺寸,我便自己为你裁衣。你放心,我在家中也给母亲做过衣裳,父亲虽去得早,但我也给他做过寒衣,一定能做得好看些。"倪素绕到他身后,用细绳比画着他的臂长。

"其实你不必为我裁衣。"此刻她在身后,徐鹤雪看不见她,却能感受到她时不时的触碰,"昨夜冒犯于你,尚不知如何能偿。"

"你如今肯乖乖站在这里任我为你量尺寸,就是你的偿还了。我记下这尺寸,一定要自己做一件衣裳给你的。亦会交给成衣铺,让他们再多为你做几件。"

倪素不明白,为什么他这样一个人在十九岁死去却无人祭奠,连身上的衣裳都是幽都里的其他生魂所赠。他活在这人间的时候,一定也是在锦绣堆里长大的少年吧?

倪素收起细绳,在飘浮的荧尘里,认真地说:"那是我要送给你的礼物。"

苗易扬在夤夜司中待了一整夜,翌日清晨,夤夜司使尊韩清亲自下令开释苗易扬,许其回家。

"使尊。"周挺走出夤夜司大门,先朝韩清行礼,随即看向阶梯底下那驾来接苗易扬的马车,"想不到杜琮竟会出面来保苗易扬。"

"你是想问,咱家为何这么轻易就将人放了?"韩清看着马车里出来一位年轻的娘子,将那位步履虚浮的朝奉郎扶上去。

杜琮其人,官至礼部郎中,如今又在三司做户部副使。苗太尉在朝中本无什么交好的文臣,按理苗易扬的嫌疑也不够大,但杜琮这么一出面,不就又证明,苗太尉也并非什么手段都使不上吗?如此本该加重苗易扬的嫌疑,但韩清还是将人给放了。

"使尊心中自有考量。"周挺垂眸。

"苗易扬任大理寺司直前,几乎成日里大门不出二门不迈,跟个娘子似的,在夤夜司里待了一夜,三魂七魄去了一半,却还念叨'清白'二字,若不是他城府深,便真是个小鸡崽子似的胆子。"韩清看着那马车远了,才转身朝门内去,"先叫人盯着就是。"

不多时，晨雾被日光烤干，苗易扬回到太尉府中，即便躺在床上裹紧了被子，也仍旧难以止住骨子里的寒战。

"春絮，我在里头都不敢睡觉，你不知道，他们那里头有一个刑池，里面好多血水，我还看见镶着铁刺的鞭子，全都带着血……"苗易扬抓住蔡春絮要替他擦汗的手，"我听见好多人惨叫！他们都在喊冤、喊疼！整整一晚，他们都在问我同一个问题，我说得口干舌燥，也不敢喝他们递的茶，我瞧那茶的颜色，都像血似的……"

"夤夜司使尊连上好的雾山红茶都拿来给你喝，你怎么没出息成这样？"蔡春絮听烦了，从马车上到府里，他一直絮叨个没完。

"你知道有多可怕吗？春絮……"苗易扬委屈极了，还不愿放开她的手。

"老子这辈子怎么生了你这么个玩意儿！"蔡春絮听见这中气十足的浑厚嗓音，一下回头，只见门槛处那片日光里头映出来好几道影子，接着，一个五十多岁、身形魁梧的男人便带着一位与他年纪相仿的妇人走进来，后面还跟着一对儿年轻的夫妇。

"阿舅，阿婆。"蔡春絮立即起身作揖，先唤公婆，见后头的兄嫂进来，又道，"大哥，大嫂。"

"阿蔡，你莫管他。"苗太尉进来便冷哼道，"只是进了趟夤夜司，半点刑罚没受，便吓破了胆子，成了这副病歪歪的样子，讨人嫌！说出去，都怕你这小鸡崽子丢了老子的脸！"

"他才刚出来，你快别说这些话。"王氏一瞧二儿子脸色煞白，满额是汗，就心疼起来。

"阿舅，咱们二郎君自小身子骨弱，哪里见过那夤夜司里头的腌臜事？这回明明是好心好意救个小娘子回来，哪知却因为那小娘子的事进了夤夜司里头吃苦。若是我，心中也是极难受的。"大儿媳夏氏在旁搭腔道。

这话听着有些味儿不对，大郎君苗景贞天生一张冷脸，听了她这番话便皱了一下眉："小暑。"

"不会说话就别说了。"苗太尉也瞅着她，见她拿绣帕捂住嘴，这才又去瞧床上那半死不活样儿的二儿子，"你倒还不如那个小娘子，姓什么来着？"他想起来昨儿早朝听见的冬试案，"倪？那小娘子在光宁府先受了杀威棒，后来又被关进了夤夜司，她怎么不像你似的，腿软成这样？"

苗易扬遇着他爹这样爆竹似的脾气，又听他那大嗓门，什么话也不敢说。见蔡春絮坐了回来，他赶紧挨着她，委委屈屈地不说话。

"要不是杜琮杜大人出面保你，你小子指不定要在夤夜司里待上几天呢！"苗太尉瞧着他那样子就来气，招手唤来一名小厮，"去请个医工来给他瞧瞧。"

"爹，可杜大人为何要帮您？"苗景贞忽然问。

"他呀……"苗太尉摸了摸鼻子，"他跟你老子在一块儿喝过酒。你问那么多干什么？你弟弟的事你出不了面，杜琮主动帮我的忙，还不好吗？"

苗景贞再将父亲审视一番："可您以为，这份情是好承的吗？他此时来说和，夤夜司使尊如何想？"

"管那宦官如何想？"苗太尉冷笑，"你瞧瞧你弟弟这副样子，能是杀人害命的材料？我虽在朝堂里与那些文官说不上几句话，但谁要敢让我儿子背黑锅，我也是不能含糊的！"

苗景贞本就寡言，一番言语试探，明白父亲并非不知其中利害，也就不再说话了。

"阿蔡呀，这个……"苗太尉揉了揉脑袋，又对蔡春絮道，"你得空就好好写一首漂亮的诗来，还得是适合我的，给那杜大人送去。"

"阿舅，只送诗呀？"夏氏有点憋不住笑。

"自然还是要送些好东西的，请个会瞧古董的，买些字儿呀，画儿什么的，我那诗不是随他们那些文人的习惯吗？交朋友就爱扯闲诗送来送去。"苗太尉说得头头是道。

正说着话，外头仆妇来报，说有位倪小娘子来了。不多时，女婢便领着那年轻女子进了院子。这还是苗太尉第一回真正见到传闻中的那位倪小娘子，淡青的衫子，月白的长裙，装扮素雅，而容貌不俗。

"倪素见过太尉大人。"倪素进了屋子，经身旁女婢低声提点，便先朝坐在折背椅上的那位大人作揖，又与大郎君苗景贞及几位女眷一一见礼。

屋内人俱在打量她，见她礼数周全且全无怯懦，苗太尉的夫人王氏心道："瞧着是个大户人家的姑娘。"

"阿婆，若不是出了这样的事，我阿喜妹妹也不至于在云京这么无依无靠的。"蔡春絮见倪素来了，便用力挣脱了苗易扬的手，瞪他一眼的同时打了他一下，随后走到倪素跟前，拉着她坐下。

"蔡姐姐，我不知此事会牵连到……"

"又说这些做什么呢？莫说你不知，我们又如何能算到这些事？我的郎君我自个儿知道，你瞧瞧他那样儿，叫他杀鸡杀鱼只怕他都下不去手，如何能是个杀人的材料？"倪素的话才说一半，蔡春絮便拍了拍她的肩膀，打断了她。

"二公子这是怎么了？"倪素随着蔡春絮的目光看去，躺在床上的苗易扬蔫头耷脑的。

蔡春絮没好气地道："吓着了。阿喜妹妹，不如你给他瞧瞧，吃什么药才补得齐他被吓破的胆子。"

"果真是个药……"大儿媳夏氏不假思索地开口，然而话没说完，便被自家郎君与阿舅盯住，她只得咽下话音，撇撇嘴。

"咱们家没那样的怪讲究，姑娘你若真有瞧病的本事，先给他瞧瞧看。"苗太尉看着倪素说道。

倪素应了一声，与蔡春絮一块儿去了床前。蔡春絮将一块薄帕搭在苗易扬腕上："阿喜妹妹，请。"

一时间，屋中所有人都在瞧着那名坐在床前给苗易扬搭脉的女子，除蔡春絮外，几乎每个人都对那女子持有一种默然的怀疑。

搭过脉，倪素给苗易扬开了一副方子，便向苗太尉等人告辞，由蔡春絮送着往府门去，却正好遇见一名小厮带着个提着药箱的医工匆匆穿过廊庑。

"阿喜妹妹，对不住……"蔡春絮一见，面上浮出尴尬的神情。方才在房中，她阿舅明明已吩咐人不必再请医工，但看那仆妇像是阿婆王氏身边的，这会儿领着医工来是什么意思，不言而喻。

"夫人爱子心切，又不知我底细，谨慎一些本也没有什么。"倪素摇头，对蔡春絮笑了一下。

蔡春絮正欲再说些什么，却蓦地盯住倪素的脖颈。

"蔡姐姐？"倪素不明所以。

"阿喜妹妹，你可有事瞒我？"蔡春絮秀气的眉蹙起来，一下握住倪素的手。

"怎么了？"倪素满脸茫然。

"你方才不是说你颈子上起了湿疹吗？可你这……哪里像湿疹？"蔡春絮紧盯着她颈间歪斜的锦帕，伸出一指勾起那帕子，露出底下那个结了血痂的完整齿痕。她倒吸一口凉气，随即怒道，"阿喜妹妹！这、这到底是哪个登徒浪子做下的好事？"

倪素神情一滞，立即将帕子重新裹好，脸颊难免发热，心中庆幸只有蔡春絮瞧见了端倪，模糊地道：

"姐姐误会了，哪来的什么登徒浪子。"

"可这印子……"蔡春絮怕被人听见，压低了声音。

幸好女婢在后头也没瞧清楚。

"前日我抱过来送药材的药农的小孩儿，那小孩儿正闹脾气。"倪素随口诌了一句。

"什么小孩儿牙口这样利？你又抱他做什么？"蔡春絮松了口气，又怪起那不懂事的小孩儿来，"若叫人瞧见，难道不与我一样误会吗？也不知家里人是如何教那小孩儿的，竟耍起这样的脾性……"蔡春絮才说罢，只觉身前来了阵寒风似的，大太阳底下，竟教人有些凉飕飕的。

这阵风吹动倪素的裙袂，她垂下眼睛，瞧见地上那一团微微晃动的、淡白如月的荧光。她不自禁弯了弯眼睛，却与蔡春絮道："他长得乖巧极了，一点也看不出来是那样的脾性。"

出了太尉府，倪素走在热闹的街市上，看着映在地面的荧光。她在一处茶饮摊子前买了两盅果子饮，要了些茶点，用油纸将其包起来。

"你既不怕阳光,为何不愿现身与我一同在街上走?"倪素走上云乡河的虹桥,声音很轻地与人说话。可是她身侧并无人同行,只有来往的过客。

"是不是在生气?"倪素喝一口果子饮,"气我与蔡姐姐说你是个脾性不好的小孩儿?"

"并未。"浅淡的雾气在倪素身边凝成一个年轻男子的身形。

倪素迎着晴光看他。他的身影仍是雾蒙蒙的,除了她,桥上往来的行人均不能发现他。

"那,徐子凌,"倪素将一盅果子饮递给他,道,"我们一起去游永安湖吧。"

永安湖上晴光正好,波光潋滟。

浮栈桥直入湖心,连接一座红漆四方攒尖亭,上有一匾,书"谢春",西侧湖岸垂柳笼烟,高树翠叠,隐约显露近水石阶,倪素之前为给徐鹤雪折柳洗脸,还在那儿踩湿了鞋子。

谢春亭中,倪素将茶点与果子饮都放在石桌上,临着风与徐鹤雪一同站在栏杆前,问他:"这里可还与你记忆中的一样?"

如果不是记忆深刻,他应该也不会向她提及这个地方。

"无有不同。"

徐鹤雪捏着一块糕饼,那是倪素塞给他的,这一路行来,他却还没咬一口。湖上粼波,岸边丝柳,以及这座屹立湖心的谢春亭,与他梦中所见如出一辙,只是如今他要体面些,不再是一团形容不堪的血雾,反而穿了一身干净的衣裳,梳了整齐的发髻。而这些,全因此刻与他并肩之人。

"你知不知道我在想什么?"徐鹤雪忽然听见她问。

"什么?"

"我在想,一会儿要多折一些柳枝回去。"倪素将手肘撑在栏杆上,"若是遇上雨天,你用柳叶煮过的水,也能沐浴除尘。"她语气里藏有一分揶揄。

徐鹤雪看向她，清风吹得她鬓边几绺碎发轻拂白皙的面颊。这一路，徐鹤雪见过她许多样子——狼狈的，体面的，受了一身伤，眼睛也常是红肿的。前后两位至亲的死，压得她喘息不得，但今日，她一向直挺紧绷的肩，似乎稍稍松懈了一些。

"苗易扬这条线索虽是无用的，但夤夜司使尊韩清抓的那一干与冬试相关的官员里，一定有人脱不了干系。"他说。

夤夜司的刑讯手段非光宁府衙可比，韩清此人在少年时便已显露城府。他并非为了倪素死去的兄长倪青岚而对此事上心，而是在与孟云献布局，这也正是徐鹤雪一定要将倪素从光宁府司录司的牢狱送到夤夜司的缘故。上位者未必真心在意一个举子的死，可是这个举子的死能够成为他们可以利用的棋子，倪素就有可能得到她想要的公道。

"你真知道我心里在想什么。"倪素看着他，愣怔片刻，随即侧过脸，呢喃道，"你以前究竟是做什么官的？怎么如此会洞悉人心？"

徐鹤雪一顿，挪开视线，瞧见湖上渐近的行船，风勾缠着柳丝沙沙作响，满湖晴光迎面。他说："我做过官，但其实，也不算官。"

"这是什么意思？"倪素听不明白。

"我做的官，并非我老师与兄长心中所期望的那样。"也许是因为他身上这件虽不算合身却很干净得体的衣袍，也许是因为她今晨在铜镜前替他梳过发髻，又或者是因为在太尉府里，那名唤蔡春絮的妇人又一次提醒了他的冒犯，他忽然也想与她提及一些事，"当年，我的老师便在此处……与我分道。"

倪素本以为，他十分惦念的永安湖谢春亭，应该是一个承载了他生前诸般希望与欢喜的地方。却原来，又是一个梦断之地。

她握着竹盅的指节收紧了些，半晌才望向他。眼前的这个人纵然身形再清癯，也有着一副绝好的骨相，换上这件青墨织银暗花纹的圆领袍，满身的文雅风致，君子风流，一点也不像个鬼魅。

"那我问你，"倪素开口道，"你生前可做过贪赃枉法、残害无辜之事？"

"不曾。"徐鹤雪迎着她的目光，道，"但，我对许多人有愧，甚至，

有罪。"

"既不是以上的罪，又能是什么样的罪？"

他不说话，倪素便又道："这世上，有人善于加罪于人，有人则善于心中罪己。徐子凌，你的罪，是你自己定的吗？"

徐鹤雪似有一分意外，看了她一眼。其实他身上背负着更重的罪责，但真正令他游荡于幽都近百年都难以释怀的，却是他在心中给自己定下的罪。

"我与你不一样，我从不罪己。"倪素想了想，又笑了一下，"当然我也从不罪人，我看你也不会。你这样的人，只会自省，不会罪人。"

"你老师不同意你的做法，并不代表他是错的，你与你老师之间的分歧，也并不是你的错。就像我父亲不同意我学倪家的医术，是因为他重视倪家的家规，我不能说他错，但我也不认为我请兄长当我的老师，向兄长学医就是错。只是人与人之间总是不同的，并不一定要分什么对错。"

倪素习惯了他的寡言，也接受他此刻垂着眸子时的沉默，又问："你想不想去看你的老师？"

几乎是在倪素话音才落的时候，徐鹤雪蓦地抬起眼帘。剔透的眸子里映着一片粼光漾漾，但一瞬过后，那种难以形容的凋敝又将他裹挟起来。清风拂柳，沙沙作响，他摇头道："我不能再见老师了。"

若敢赴边塞，便不要再来见他。当年在谢春亭中，老师站在他此时站着的这一处，郑重地与他说了这句话。他可以来谢春亭，可以在这里想起老师，却不能再见老师了。

倪素已经懂得他的执拗，他的知行一致。他说不能，便是真的不能，倪素不愿意强求他接受自己的帮助，那不是真正的报答。

恰好湖中划船的老翁离谢春亭更近，正在往亭中张望，她便道："那我们去船上玩儿吧？"

老翁看不见亭中女子身侧还有一道孤魂，见女子朝他招手，便立即笑着点头，划船过来："姑娘，要坐船游湖吗？小老儿船里还有些画纸和新鲜的果子，若要鱼鲜，小老儿也能现钓来，在船上做给你吃。"

"那就请您钓上条鱼来，做鱼鲜吃吧。"倪素抱着没吃完的茶点，还有两盏果子饮，由那老翁扶着上船。但船沿湿滑，她踩上去险些滑一跤，那老翁赶紧扶稳她，与此同时，跟在她身侧的徐鹤雪也握住了她的手腕。

倪素侧过脸，日光明艳，他面容苍白却神清骨秀。

"谢谢。"倪素说。

徐鹤雪眼睫微动，抿唇不言。那老翁赶忙将她扶到船上，只以为她这话是跟自己说的，便道："小娘子说什么谢，这船沿也不知何时沾了些湿滑的苔藓，是小老儿对不住你。"

"您也不是时时都能瞧见那边沿处的。"倪素摇头，在船中坐下。

正如老翁所言，乌篷船内放了些画纸，还有新鲜的瓜果。倪素瞧见了前头的船客画了却没拿走的湖景图，一时技痒，也拿起了笔，在盛了清水的笔洗里蘸了几下，便开始遥望湖上风光。

倪素在家中并不常画画。兄长倪青岚不是没有教过她，但她只顾钻研医书，没有多少精力挪给画工。家中的小私塾也不教这些，只教识文断字，她的四书五经还是兄长教的。

远雾里的山峦描不好，近些的湖光柳色也绘得欠佳，倪素干脆将心思都用在最近的那座谢春亭上。亭子倒是有些样子了，她转过脸，很小声地问道："我画的谢春亭，好不好看？"

徐鹤雪看着纸上的那座红漆攒尖亭。

他生前，平日里与好友玩乐无拘，但在学问上，一直受颇为严苛的张敬教导，以至于一丝不苟，甚至书画，也力求骨形兼备。她画的这座谢春亭实在说不上好看，形不形，骨不骨，但徐鹤雪迎向她兴致勃勃的目光，却轻轻颔首："嗯。"

倪素得了他的夸奖，眼睛亮了些，又问他："你会不会画？"

她忘了收些声音，在前头钓鱼的老翁转过头来，问道："小娘子，你说什么？"

"啊……"倪素迎向老翁疑惑的目光，忙道，"我是自说自话呢。"

老翁听见了，便点了点头。

"快，他没有看这儿，你来画。"倪素瞧着老翁回过头去又在专心钓

鱼，便将笔塞入徐鹤雪手中，小声说道。

握笔，似乎已经是很久之前的事。徐鹤雪审视着自己手中的这支笔，与他模糊记忆里用过的笔相去甚远，因为它仅仅以竹为骨，用了些参差不齐、总是会掉的山羊毛。

他近乡情怯般握紧它，又松开它。直到坐在身边的姑娘低声催促，他才又握紧了笔，蘸了颜色，在纸上勾勒。不知为何，竟然也不算生疏。

倪素知道他一定很有学问，却没想到他简单几笔，便使那座谢春亭的神韵跃然纸上。她惊奇地看着他画谢春亭，又看他重新补救她所绘的种种。笔触凌乱的山峦、散墨似的湖景、戏水的白鹭、迎风而动的柳丝，无一处不美。倪素惊觉自己落在纸上的每一笔，都被他点染成必不可少的颜色。

徐鹤雪近乎沉溺于这支笔，握着它，竟有一刻以为自己并非鬼魅残魂，而是如身边的这个姑娘一般，尚在这阳世风光之间。

"这里，可以画上你与你的老师吗？"她的手忽然指向那座谢春亭。

徐鹤雪握笔的动作一顿，他眼见船头的老翁钓上来一条鱼，便将笔塞回她手中。

指尖相触，冰雪未融。

此间清风缕缕，徐鹤雪侧过脸来看她，却不防她耳畔的碎发被吹起，轻轻拂过他的面颊。两双眼睛视线一触，彼此的眼中，都似乎映着潋滟湖光。

老翁的一声呼唤，令倪素立即转过头去。她匆忙与老翁说好吃什么鱼鲜，便又将视线转回画上，与身边的人小声说："你若不愿，那便画方才在亭中的情形，如何？"

第伍章 鹧鸪天

倪素,可以多点几盏灯吗?

游船，吃鱼鲜，握笔挑染山色湖光，徐鹤雪阔别阳世已久，仿佛这一日才算真正身处人间。

夜里房中灯烛明亮，他想起了一些自己的往事。无关老师，无关兄嫂，是他年少最为恣意之时，与年纪相仿的同窗玩乐的散碎记忆。

徐鹤雪出神许久，才徐徐展开面前的画纸。绿柳、白鹭、水波、山峦，以及那座红漆的谢春亭，唯独，少了倪素要他画的人。

灯烛之下，徐鹤雪凝视画纸半响，才将它又收好。

"徐子凌。"纱窗上映出一道纤瘦的影子。

徐鹤雪一手撑着书案起身，回头看见那道影子，"嗯"了一声。

"我选了一块白色有浅金暗花的缎子，用它给你裁衣，你看可以吗？"倪素站在门外，隔着纱窗，看不见里面的境况。

徐鹤雪未料，她那夜才说要为他裁衣，这么快便已选好了缎子。他夜里总有些虚弱无力，怕她听不清他的声音，便走到那道纱窗前，说："有劳。"

"你不看一眼吗？"倪素的声音从外面传来。

徐鹤雪打开门，便见一块柔滑雪白的缎子在他眼前展开，廊下的灯笼照着其上浅金的暗花，时时闪烁细微光泽。雪白的缎子往下一移，露出那个姑娘一双明亮的眼睛，弯着浅浅的笑弧。

"好看吗？"她问。

"好看。"徐鹤雪再度看向她手中的缎子，见她听了便要往隔壁房中去，立即叫住她，"倪素，夜里用针线伤眼。"

"我知道的。"倪素点头，抱着缎子进屋去了。

一连好几日，倪素不是在做衣裳，便是在收拾打理前面的铺面，她买了些药材晒在庭院里，只是为了嗅闻药香。

倪素的铺子十分冷清。南槐街最不缺卖药材的铺子，更何况她开的是医馆。大门已开了好几日，虽然也不是没有人上门，但他们只要瞧见坐堂的医工是个女子，便扭头就走。这些时日，也仅有周挺带一个腿上受了外伤的衮夜司亲从官来过。再有就是一个在祥丰楼跑堂的少年阿舟，每到快用饭的时辰，他便会来南槐街叫卖，倪素总会叫住他，请他从祥丰楼送饭菜来。一来二去，熟络了些，阿舟提起他家中母亲又有身孕，近来却时时腹痛，倪素便去了他家中给他母亲诊病，随后又自己给他配好了药，念及阿舟家贫，没有收他一分一厘。

这一日，蔡春絮请倪素在茶楼听曲子。栏杆底下一道轻纱屏风半掩着乐女袅娜的身影，屏风之后，鬓发乌浓如云，满头珠翠缠流苏。女子以素手拨挑筝弦，乐声倾泻，婉转流畅。

"要我说，阿喜妹妹你做些香丸药膏，开个药铺，就说是家中祖传的方子，何愁无人上门？"蔡春絮手持一柄团扇摇晃着，"只有如此，他们才不会那么介意你的身份。"

"我开医馆，却不只是为个进项。"倪素说。

"那是为了什么？"蔡春絮不再看底下弄筝的女子，将视线挪到身边的倪素身上。

"我小时候跟着兄长学医时，便有这样的心愿。"倪素捧起茶碗抿了一口，"父亲对我说，女儿是不能继承家族本事的，天底下就没有女子能堂堂正正在医馆里立足的。我想在这里立足。有人上门，我自看诊。无人上门，我便开给父兄看，开给那些不愿意相信女子也能做一个好医工的人看。"

倪素很小的时候便明白，因为一句"嫁女如泼水"，多少家业传承皆与女子无干。精湛的医术多依托于家族，而下九流的药婆所学所得多来路不正，治死人的事多有发生，这一重又一重的枷锁，造就了当今世

人对于行医女子的不信任与轻视。

"我也不是第一回听你提起你的兄长。"蔡春絮将手肘撑在茶几上,"近来黉夜司办冬试案,闹得沸沸扬扬,我听说你兄长生前写的那篇有关新政的策论也被书肆拓印,便连与我同在如磬诗社的曹娘子也说,她郎君,也就是光宁府的知府大人,也见过那篇策论,赞不绝口呢……"她说着不由叹息,"若你兄长还在世,如今定已功名在身。我郎君这几日告假不出府门,也连累得我不得出来,不知黉夜司查得如何了?可有线索?"

倪素摇头:"黉夜司查案是不漏口风的,我也见过那位小周大人,他只与我说有了一些进展,多的我便不知道了。"

这些天,她等得心焦口燥。

"阿喜妹妹且宽心,说不定很快便要水落石出了。"蔡春絮安抚她几句,又看到她颈间仍裹锦帕,便道,"只是你颈子上的伤,可马虎不得,最好用些能去印子的药膏,我之前手背上不小心受了伤,用的就是南槐街上那家药铺里的药膏,很是有用。"

"多谢蔡姐姐,我记下了。"倪素点头。

近来多雨,只是在茶楼里与蔡春絮听了几支曲子的工夫,外面便又落起雨来。倪素在街边就近买了一柄纸伞,街上来往行人匆忙,只她与身侧之人慢慢行于烟雨之间。

"倪素,买药。"看着她要走过药铺,徐鹤雪停下步子。

倪素回头,看他在伞外身影如雾,纤长的眼睫沾了细微的水珠,一双眸子正看向街边的药铺。倪素不由摸了一下颈子,那道印子还在,是要用些药才行。她撑伞走近徐鹤雪,将伞往他那处偏了偏,但这举止在路过的行人眼中便是说不出的怪异。

"先去阿舟家中看看他母亲吧,回来的时候再买。"

倪素答应了那少年今日要再去他家中,若阿舟母亲的腹痛还没缓解,她便要换一个方子。

阿舟家住城西旧巷,是藏在繁华云京缝隙里的落魄处,这日下了雨,矮旧的巷子里潮味更重,浓绿的苔藓附着砖墙,凌乱而脏污。巷子深处传来些动静，而两人才进巷口，又有雨声遮蔽，倪素自然听不清什么，但徐鹤雪却要敏锐些。再走近了些，倪素才看见身着相同衣装、腰挂利刃的光宁府皂隶，而最前面似乎还有一个穿绿官服的人。

不少百姓冒着雨聚集在巷子尾那道掉漆的门前，朝门内张望。那是阿舟的家。

"都让开！"身着绿官服的人带着皂隶们走过去，肃声道。

堵在门口的百姓们立即退到两旁，给官差们让开了路。

"大人！大人请为我做主！请立即去南槐街捉拿那个害我母亲的凶手！"一名少年说话声带有哭腔，几近嘶哑。

倪素听出了这道声音，她身边的徐鹤雪也听了出来，立即道："倪素，你一个人在这里可以吗？"

倪素只听少年哭喊着"南槐街"三字，便知其中有异，听见身侧之人这样说，一下望向他："徐子凌，你不要……"然而话音未止，他的身形已化为雾气消散。

与此同时，那门内出来许多人，为首的官员也不撑伞，在雨中抬起头，便与十几步开外的倪素视线相撞。

"倪素。"那官员准确地唤出她的名字。他便是此前在清源山上将她押解回光宁府司录司受刑的那位推官——田启忠。

顷刻间，他身后所有的皂隶都按着刀柄跑来，将倪素的后路堵了。一时间，雨幕里所有人的视线都交织于倪素一人身上。

倪素扔了伞，走入那道门中，窄小破旧的院子里挤了许多人，那少年哭得哀恸，正是近日常从祥丰楼给她送饭菜的阿舟。而他身边的草席上躺着一名浑身血污、脸色惨白的妇人，合着眼，似乎已经没有气息了，但她的腹部却是隆起的。倪素昨日才见过她，正是阿舟的母亲。

"你这杀人凶手！是你害死了我母亲！"少年一见她，泪更汹涌，一下站起身冲向她，一名皂隶忙将他拦住。而田启忠走进院内，冷声质问："倪素，你先前在光宁府中因胡言乱语而受刑，如今招摇撞骗，竟还治死了人！"

聚在院中的许多人都在看倪素，诸如"药婆""治死人""作孽"的

字眼涌向她。

"我开的药绝不会治死人。"倪素迎向他的目光。

"那你说,我娘为何吃了你的药便死了?"少年一双红肿的眼睛死死地盯住她,"你这下三烂的药婆,你知不知道你害死了两条性命?"

好多双眼睛看着倪素,好多指责、侮辱混杂在雨声里,她不说话,蹲下身要去触碰那名已经死去的妇人。少年见状,立即冲上前来推开她:"我不许你碰我母亲!"

他力道极大,倪素被他推倒在雨地里,一身衣裙沾了不少泥污,手背在石阶上擦破了一片。

"坐堂的医工皆有坐诊记录在册,你母亲是什么病症,我如何为你母亲开药,药量几何,皆有记载。"倪素一手撑在阶上,站起身,看向那少年,裙边水珠滴答,"阿舟,你既一口咬定是我开的药害死了你母亲,那么药渣呢?药方呢?你的凭证呢?"

血液顺着倪素的手背淌入指缝,少年看着她指间的血珠滴落在雨地里,被雨水冲淡,再抬头,竟有些不敢迎向她那双眼睛。

"你说的药渣,他已先送去了光宁府衙,府判已请了医工查验。"田启忠厉声道,"你既行医,竟不知生地黄与川乌不能一起用吗?"

倪素一怔,川乌?

雨天惹得人心烦,田启忠更厌极了周遭这群人聚在此处,立即对身后的皂隶道:"来人,给我将此女拿下!押回光宁府衙受审!"

这是倪素第二次在光宁府司录司中受审。田启忠并未先向她问话,只叫人将药渣拿到她面前,倪素一一辨别,的确在里面发现了川乌。

"我用的药里,绝没有川乌。"倪素扔下药渣,迎上田启忠的目光。

"有没有,怎可凭你一面之词?"田启忠尚未忘记之前此女在此受刑时,轻易道破他身上有一道黄符的事实,至今,他仍觉古怪得紧。

"阿舟,我给了你一张药方。"倪素看向跪坐在一旁,垂着脑袋的少年。

阿舟抬起头,一双眼肿得像核桃似的,见上座的推官大人正睨着他，才扯着嘶哑的嗓子含糊道："我替母亲煎药时弄丢了……"他才说完，撞上倪素的目光，又添声道，"即便药方还在，你……你就不会漏写几味药吗？"

"不会。"倪素冷静地说，"医者用药本该万分注意，为你母亲所用何药，用了多少，我都清楚地记在脑子里。"

"你算什么医者？"阿舟俯身朝推官田启忠磕头，"大人！她不过是个药婆，怎么能和正经医工一样呢？她若漏写，谁又知道呢？"

田启忠却不接话，只问那位须发皆白的老医工："药渣里的药材，您都辨认清楚了吗？"

那老医工忙点头，将依照药渣写好的方子送到田启忠案前，道："大人请看，这药渣中有当归、白芍、生地黄、白术、炙甘草、人参，我看还有捣碎了的苏木、没药，若不是多一味川乌，这便是个极好的方子，用以救损安胎，再合适不过。"

田启忠并不懂这些药理，只听老医工说它本该是个好方子，心中便怪异起来，正好见仵作进门，便立即招手："说说看，验得如何？"

阿舟一见那仵作走近，双肩便紧绷起来，紧抿起唇，极力掩饰着某种不安。

"禀大人，的确是中毒所致。"仵作恭敬地答。

这本该是对阿舟最有利的佐证，但倪素和田启忠都看见这少年在听见仵作的这句话后，眼睛瞪大了些。

"至于是不是川乌的毒，那就不得而知了。"仵作只能查验出是否中毒，并不能分辨出究竟是中了什么毒。

田启忠之所以暂未刑讯倪素，是因为他在等，等派去南槐街搜查的皂隶们回来。他喝了一碗茶，皂隶们终于回来，而倪素记录看诊用药的书册也被摆到了田启忠的案前。

"果真没有川乌？"田启忠比对着书册与老医工刚写的药方，又问那皂隶。

"是，大人，属下等已将此女家中搜了个遍，也没有发现川乌。"那皂隶老老实实地回答。

这就奇了。田启忠瞧了倪素一眼，又看着案前的书册与药方。她家中连一点川乌的踪迹都没有，怎么偏这服药里便有？

老医工接了田启忠递来的书册瞧了瞧："这白芍和生地黄都是用酒炒过的，白术也是灶心土炒的，没药去油……"

"不对吗？"田启忠听不明白。

"对，都对。"老医工抬起头来，看向跪在那儿的倪素，神色里显出几分复杂来。很显然，他也不信任这个看起来如此年轻的姑娘，但身为医者，他却无法说出个"不对"来。

他指着书册对田启忠道："此女的记录的确更详细些，大人您看，这底下还写了补气血的食疗方子，木瓜、鲤鱼也都是对的，这鲤鱼乃阴中之阳物，味甘，性平，入脾、胃、肾经，有利水消肿、养血通乳之功效，用来安胎那是极好的。木瓜呢，性微寒……"

眼看这老医工要唠叨个没完，田启忠便抬手打断他，盯住那唤作阿舟的少年，正欲问话，却见一行人走了进来。

为首的老者身着绯红官服，头戴长翅帽，被几名绿衣的官员簇拥而来。

"陶府判。"田启忠立即起身从案后出来，朝来人作揖。

"田大人，怎么还不见你将此女押入光宁府衙正堂内受审？"陶府判的风湿腿不好受，这雨天却恰是他上值，因而脸色也有些不好。

"禀陶府判，下官方才是在等底下人在此女家中搜查川乌。"

"可搜查出来了？"

"并未。"

陶府判也没料到会是这么一个答案，随即瞥了那恍惚不已的少年一眼："瞧瞧，听说他父亲卧病在床，如今母亲又没了，这是何等的不幸，好好一个家，说散就散了……"

陶府判总是爱伤春悲秋的。光宁府衙里鸡零狗碎的案子这些年一直是他在办着，因为除了他，府衙里没人有这样的耐性，今儿也是难得办一桩命案。但他这番话，又惹得阿舟鼻涕、眼泪一块儿流。

"此女家中没有川乌，那药渣里的川乌又是从哪儿来的？"田启忠问道。

陶府判不假思索地应道："说不定她正好只有那么几片川乌，就给用了。"

"说不通啊，大人。"田启忠道，"没有人买川乌只买几片的，即便她想这么买，也绝没人这样卖。"

"那就是她将剩下的川乌都藏匿了。"

"也说不通啊，大人，您忘了，咱们的人已经彻底搜过了。"

"那你说，怎样能说得通？"陶府判有点厌烦他了，"仵作如何说？"

"府判大人，那妇人确实是中毒而死的。"仵作立即躬身回应。

陶府判点点头："若此女并未用错药，谁还能毒害了这妇人不成？害她有什么好处？"

"还是说不通……"田启忠见陶府判的眼风扫来，立即止住话头，转而将倪素的记录书册与那老医工所写的方子奉上，"陶府判请看，除了川乌，这书册里记录的几味药与药渣都对得上，下官也请了医工在此，他已断定，若无川乌，此方分明有用，且是良方。若此女的医术果真来路不正，那么怎会其他的几味药都用得极其精准，只在这一味川乌上出了错？"

"田大人，"陶府判拧着眉，"如今不也没有证据表明此女无辜吗？你怎么不问问她，好好一个女子，为何做起这药婆勾当？药婆治死人的案子，你田大人是没审过吗？哪个正经的杏林世家会容许女子学起祖业手段？她路子正不正，你又如何知道？"陶府判的视线挪向那脊背直挺的女子，"更何况她上回便在光宁府胡言乱语，受了刑也不知道改口，说不定，她这里有什么不对劲儿。"

田启忠看陶府判说着便用指节敲了敲帽檐，无奈叹了一声："府判大人，下官尚不能断定此女无辜，但若说她有罪，又如何能证明呢？"

"你找去呗。"陶府判没好气。

"府判大人，我上回不是胡言乱语，这次也没有害人性命。"倪素已经沉默许久，只在听到陶府判敲帽檐儿的声音后，回过头来道，"我在南槐街的铺子本不是药铺，只备了些新鲜药材在庭院里晾晒，除此之

外，便只有我的一只药箱里存了一些药材，种类并不齐全，我也没有买过川乌。"

"你的意思是他诬陷你了？"陶府判轻抬下颌。

倪素随着他的视线看向阿舟，与阿舟视线相触，道："是。"

"我没有！"阿舟本能地大喊。

"先将他二人带上正堂去。"陶府判待够了这潮湿的牢狱，理了理衣袍，显然是预备在堂上好好审问一番。

田启忠在光宁府衙任职几年，如何不知这位陶府判虽是一位极不怕麻烦的好官，但审案却多有从心之嫌，容易偏向他第一反应想偏向之人。所以尹正大人才会令陶府判主理一些与百姓纠纷有关的案子，也正是因此，陶府判才对六婆之流有许多了解。

云京之中，不分大户小户，常有这一类人在家宅中闹出事端。这实在于倪素不利，但偏偏平日主理命案的杨府判如今正称病在家。

田启忠见皂隶们已将阿舟与倪素押着往外走去，思忖着要不要去向尹正大人说明此事。

"周大人，你们奁夜司的人来此作甚？"外头传来陶府判不甚愉悦的声音。

田启忠一下抬头，立即起身走了出去，果然见到那位奁夜司的副尉周挺。

"奉韩使尊之命，特来提此二人回奁夜司。"周挺朝陶府判作揖，再将奁夜司使尊的令牌示人。

奁夜司一直有人跟着倪素，城西旧巷子里闹出事端之时，便有藏在暗处的亲从官赶回奁夜司禀报。周挺解决了手头的事，便立即禀报使尊韩清，赶来光宁府要人。

"我光宁府衙辖下的命案，怎么奁夜司要过问？"陶府判心里不得劲儿，却又忽然想起，那名唤作倪素的女子，正是冬试案中被害的举子倪青岚的亲妹，难怪奁夜司要过问。陶府判指了指身后不远处被皂隶押着的少年阿舟："他呢？你们也要带走？"

"是。"周挺并不做多余解释，"我们韩使尊自会派人将文书送到尹正大人手中。"

陶府判如何不知那位光宁府知府，夤夜司来接手光宁府的案子，那位尹正大人自求之不得，乐得清闲。

"那便交予你吧。"陶府判摆摆手。夤夜司爱接就接去吧，反正他的风湿腿也难受着呢。

又是这般情境，从光宁府再到夤夜司。只不过这回倪素并未受刑，她是跟着周挺走进夤夜司的，没有进里面的刑房，就坐在外面的审室里。

"之前朝奉郎在这儿坐了一夜，坐的就是你这个位置。"韩清靠着椅背，让身边人送了一碗热乎乎的雾山红茶给那衣裙湿透、鬓发滴水的女子。

今日在茶楼之中，蔡春絮也讲了一些她郎君苗易扬的笑话给倪素听，其中便有苗易扬在夤夜司中将雾山红茶当作了血，吓得厉害的经历。倪素此时捧着这碗红茶，觉得它的确像血。

韩清见她抿了一口热茶，便问："你果真没错用川乌？"

倪素抬头，看向那位使尊大人。他不仅是夤夜司使尊，还是宫中内侍省押班，她仍记得那日在刑池之中，他手持铁刺鞭子所展露出的残忍阴狠。

"没有。"她回答。

韩清凝视着她。审室内，一时寂静无声。

过了好半晌，韩清才挑了挑眉："好，咱家信你。"

出乎意料，倪素只在夤夜司中喝了一碗红茶便被开释。

"倪小娘子，注意脚下。"周挺看她步履沉重，像个游魂，便出声提醒她小心碎砖缝隙里的水洼。

"小周大人。"倪素仰头望见遮在自己头上的纸伞，耳中满是雨珠打在伞檐的脆响，"韩使尊真的是因为相信我的清白才开释我的吗？"

周挺闻声看向她，却说不出"是"这个字。韩使尊自然不可能仅仅因为她的一句"没有"便相信她，她一个孤女而已，又如何能与朝奉郎苗易扬相提并论？苗易扬有三司的杜琮作保，而她有什么？

唯"利用"二字。她身上可利用之处，在于她兄长是如今闹得翻沸

的冬试案中惨死的举子,在于她这个为兄长申冤的孤女身份。

倪素不知道黉夜司使尊韩清与那位孟相公要借此事做什么样的文章,他们也许正是因为要借她兄长之死来做文章,才对她轻拿轻放。何况,她若身在黉夜司,便不能引真凶对她下杀手,这便是他们的利用。

不是相信她的清白,而是根本不在乎她的清白。

"倪小娘子,晁一松的腿已经不疼了。"

晁一松便是前几日被周挺送到倪素医馆中医治外伤的那名亲从官。急雨下坠,倪素在纸伞下望向他,没有说话。他的避而不答,已经算是一种默认。

天色因风雨而晦暗,眼看便要彻底黑下去,倪素想起今日在城西旧巷子里冒险离开她身边的徐子凌,立即提裙朝南槐街的方向跑去。

今日所受,绝非空穴来风。光宁府衙的皂隶本该在她家中搜出川乌,以此来定她的罪。徐子凌一定是在听到阿舟的话时便立即想到了这一层,所以那些皂隶才会空手而归。

周挺眼看她忽然从伞下跑出去,雨幕之间,她的背影好似成了写意的流墨。

"小周大人,我就说您不会哄小娘子吧?"后头一瘸一拐赶来的亲从官晁一松将伞给了身边人,又赶紧钻到周挺的伞檐底下,"人家姑娘问您那句清不清白的,您就该说相信她呀!"

晁一松方才隔了几步远,又有雨声遮蔽,听得不太真切,但隐约听着,也猜出了那位倪姑娘在问什么。

周挺握着伞柄,一边快步朝前走,一边注视着烟雨之中,那女子朦胧的背影。周挺忽然站定,晁一松一脚迈了出去,不防噼里啪啦的雨珠打了他满头满脸,郁闷地回头。

周挺腰背挺直,玄色袍衫的衣摆被雨水沾湿了一片:"我不信。"

"啊?"晁一松愣了。

"她的案子尚未审过,既无证据证明她有罪,也无证据证明她无罪,我贸然说信她,便是骗她。"周挺眼看那女子渐行渐远,复而抬步,走过晁一松身边,"先送她回去,今夜你晚些下值,与我一块儿审那个阿舟，就当报答她为你治腿伤之恩。"

晁一松无言。

倪素花了好几日收拾出来的铺面，被光宁府衙的皂隶搜过之后，便又是一地狼藉，连她擦洗过的地板上都满是凌乱的泥污脚印。

外面雷声轰隆，正堂里光线昏暗，倪素满身都是雨水。

"晁一松，让他们来收拾。"周挺进门，看她孤零零地站在那儿，又扫视一眼堂内的狼藉，便回头说道。晁一松等人进来便开始扶书架，收拣物件。

"不用了，小周大人，我自己可以收拾。"倪素心里惦记着徐子凌，抬起头拒绝道。

"举手之劳，不必挂心。"周挺看她不自知地颤抖，回头接了晁一松从外头的茶摊上买来的热姜茶递给她。

他们很快便收拾好出去了，只留几人在外头找了个能躲雨的隐蔽处守着，周挺随即撑伞离开。晁一松深一脚浅一脚地躲在周挺伞下，颇为疑惑地琢磨了片刻，才用手肘捅了捅周挺，道："小周大人，您猜我方才瞧见什么了？"

"什么？"周挺神色一肃，以为他发现了什么与案子有关的线索。

"一件还没做好的衣裳！"

晁一松一脸笑意，对上周挺那张冷静板正的脸，又无言片刻，无奈地道："大人，我瞧着，那可是男人穿的样式！"

周挺一怔。

"您说，那倪小娘子不会是给您做的吧？"晁一松终于说到自己最想说的这句话了，"搜查又不是抄家，光宁府那帮孙子，怎么跟蝗虫过境似的。"他叹了口气，"我瞧那衣裳还没做好呢，就那么和一堆绣线一块儿扔在地上，上面不知道踩了多少脏脚印子，只怕是洗也洗不得了，真是可惜。"

周挺没说话，兀自垂下眼睛。

天彻底黑了，倪素在周挺等人离开后便立即跑到后廊去，她点上一盏灯笼，连声唤徐子凌，却始终未听有人应。

倪素推开那道房门。漆黑的居室忽然被她手中灯笼的光笼罩，她绕过屏风，昏黄光影照见躺在床上的年轻男人。他很安静，安静到让倪素以为，原来生魂也能再死一回。

"徐子凌！"倪素放下灯笼。荧尘浮动，她又一次清晰地看见他翻卷的衣袖之下被生生剐去皮肉般的血红伤口，交错狰狞。

她点的这盏灯笼似乎给了他一缕生息，徐鹤雪反应了许久，才睁开双眼，没有血色的唇翕动："倪素，可以多点几盏灯吗？"

倪素立即找出香烛来，借着灯笼的烛焰点起，才点了十支，便听他说："够了，我看得清了。"

倪素回过头。

"看来那位周大人去得及时，你在光宁府没有受伤。"他有了些力气，便拢紧了衣袖。

倪素没想到他会如此说，心中多了一分动容。

哪怕是今日在阿舟家的院子里，许多双眼睛看向她的时候毫不掩饰轻蔑鄙夷之色，哪怕是被阿舟辱骂"下三烂"，哪怕是他们不肯以"医工"称她，总要以"药婆"加罪于她，倪素也没有掉过一滴眼泪。可是她只听眼前这个人说了一句话，眼眶便顷刻憋红。

"徐子凌，"泪水模糊了她的眼，使她短暂体会到他一个人蜷缩在这间漆黑居室里双目不能视物的感觉，"我再也不要请人送饭了，我自己学。"

她的一句"我自己学"，裹藏着不愿言明的委屈。

她也果真如自己所说，翌日一早，便在厨房里做早饭。从前在家中，倪素从未沾手这些事，烧锅灶不得法门，亦不知该添多少米、多少水。厨房里烟雾缭绕，呛得倪素止不住地咳嗽，眼睛也熏得睁不开，只觉有人小心地牵住她的衣袖，便跟着他走出了厨房。

"你出来做什么？"倪素一边咳，一边说，"你的身形若再淡一些，这里就又该落雪了。"

"我以为着火了。"徐鹤雪松开她说。

倪素在他房中点了许多盏灯，从昨夜到现在也不许他出来。她的眼皮被揉得发红，听见这句话，有些窘迫地抿了一下唇，一言不发地坐到廊檐底下的木阶上，抱着双膝，隔了好一会儿才说："为什么做饭也这么难？"她的颓丧显露在低垂的眉眼处。

"你一直知道它的难。"徐鹤雪立在她身后。

他说的不是做饭。其实她嘴上说的，与她心里想的也不相同。倪素回头仰望他："母亲临终前曾说此道至艰，问我怕不怕，那时我对她说了不怕。"她仰得脖子有点累，又转过身，"但其实，我心中也是惶恐的。"

云京不是雀县，这天下更不只局限于一个小小雀县。从前倪素在家中，父亲虽不许她学医，但待她不可谓不好，后来父亲去世，她又有母亲与兄长庇护。如今她只剩自己，孤身在云京城中，方才意识到，自己从前与父亲犟嘴，所谓的抵抗，所谓的不服，不过都是被家人所包容的、稚气的叛逆。而今父兄与母亲尽丧，这云京的风雨之恶，远比她想象中还要可怕。

"你已经做得很好，只是你在云京一天，害你兄长的凶手便会心中不安一天。"徐鹤雪走来，在她身边坐下，习惯性地抚平宽袖的褶皱。

"真是害我兄长的人在诬陷我吗？"倪素忙了一个清晨也没有吃上饭，负气地从一旁的簸箕里拿了根萝卜咬了一口，"我总觉得，偷换我兄长试卷与这回诬陷我的人，很不一样。"

川乌一般是落胎的药，却被混在保胎药里，这怎么看也不可能是一时糊涂用错了药就能解释的，阿舟的指认从这里开始便有破绽。那位光宁府的推官田启忠也正是因此才并没有贸然给她下论断。这手段拙劣，和冬试案的缜密像是两个极端。

"也许不是同一人，但他们应该都知晓内情。"徐鹤雪一手撑在木阶上，轻咳了几声，"此人原本可以让阿舟在送来给你的饭菜中下毒，却没这么做。他应该一直在暗中注视着你，并且知道你身边有贪夜司的人保护，若你中毒而亡，冬试案便会闹得更大，朝中孟相公与蒋御史已将此案与阻碍新政挂钩，而再推新政是官家金口玉言的敕令，官家势必不会放过。

"他本打算将你这个为兄申冤的孤女用符合律法的手段送入光宁府，

再将从你家中搜出的川乌作为铁证。我猜,他下一步的计划,应该便是要利用你之前在光宁府所谓'胡言乱语,藐视公堂'的言辞,使你成为一个精神有异、不足为信之人,他甚至可以再找一些替死鬼,指证你买凶杀兄。只要你害人的罪定了,一死之后,你与你兄长的事,便都可以说不清了。"

即便倪青岚死时倪素不在云京又如何?他们一样可以加罪于人。

"若是昨日光宁府的皂隶真在这里搜出了川乌,"倪素说着,又慢慢地咬下一口萝卜,"那衾夜司便不能将我带走了。"

光宁府虽不吝于将案子移交衾夜司,但也不可能事事都肯让,否则光宁府又该拿出什么政绩禀告官家呢?缺乏关键证据的,案情不明朗的,光宁府才会大方交给衾夜司,看起来不难办的案子,他们断然不会让。

生萝卜甜甜的,倪素一口一口地吃,抬起头,忽然对上身边人的目光,便问:"你吃吗?"

暖阳铺陈在徐鹤雪身上,他在这般明亮的光线之间看着她啃萝卜的样子。这应当是她第一回吃生的萝卜,明显抱有一种对新鲜事物的好奇。徐鹤雪摇头,忽然从怀中摸出一只小小的瓷罐递给她。瓷罐上贴着"完玉膏",倪素一看便知是蔡春絮与她提过的那家药铺的去痕膏。倪素连萝卜也忘了啃,看着那药膏,又抬眼看他。

浅金的日光落在他侧脸,倪素接过药膏,问:"昨日买的?"

他受她所召,本该寸步不离,但昨日却冒险回到这里替她清理那些被有心之人用来加害她的川乌,甚至还顺带买了药膏。

"倪素,这次还是用的你的钱。"徐鹤雪收回手,"记得我与你说过的那棵歪脖子树吗?我已经记起了它在哪里。"

庭内清风拂动枝叶,他转头去望地面上那片摇晃的阴影,说:"我年幼时埋在那里的钱,都给你。"

倪素愣了好久。她掌心的温度已经焐暖了小瓷罐。她另一只手拿着半根萝卜,垂下眼帘,目光不自觉地停留在地上,看着他的影子。

她找回了自己的声音:"那是你瞒着泼辣夫人藏的私房钱,我如何能要呢?"

徐鹤雪听她提及"泼辣夫人",便知道她在揶揄。他的视线再落回她的脸上,看见方才还郁郁难过的倪素已略带笑意。

徐鹤雪唇角微勾:"没有的事。"

"真的没有吗?"倪素咬着萝卜说。

徐鹤雪摇头:"我未及娶妻便离开云京了。此后身居沙场,更无心此事。"

倪素正欲说话,却听前堂有人唤,她立即站起身来,将没吃完的萝卜放回簸箕里,嘱咐徐鹤雪道:"你快回去躺着,若是香烛不够了,你一定要唤我。"

他不能离开倪素太远,但一个院子的距离,却并不算什么。

"去吧。"徐鹤雪起身,应了一声。

看倪素转身跑到前面去,他才慢慢地走回自己的居室里,在屏风前站了片刻,将视线挪动到书案上。那里堆放着一些杂书。他走到案前,俯身在其中翻找。

倪素到了前堂,发现是晁一松:"小晁大人,你怎么来了?"

"我可不敢被称作大人。"晁一松揉了揉困倦的眼睛,在面前的椅子上坐下,"倪小娘子,我们小周大人抽不开身,让我来与你说,那阿舟诬陷你的事,已经坐实了。阿舟母亲并非吃了你的药才死的,阿舟请你为他母亲开保胎药,却不知他母亲并不想保胎,而是想堕胎。

"阿舟家徒四壁,父亲前些日子又受了伤,卧病在床,他母亲深以为家中再养不了第二个孩子,便与阿舟父亲商量落胎,阿舟却并不知他父亲是知道此事的。阿舟母亲没有喝他煎的保胎药,也没有说自己要落胎,大约是担心阿舟阻拦,所以她自己找了一个药婆。"

"所以,是阿舟母亲找的药婆给她用错了量?"倪素问。

"是,而且是故意用错。"晁一松继续说道,"阿舟母亲前夜喝了药,胎没落下来,人却不行了,阿舟本想去找那药婆,却在外面遇上了一个人,那人与他说,若他肯指认你害死了他母亲,便给他足够的钱财去请名医救治他父亲的病。"

"那人你们找到了吗？"倪素紧盯着他。

"没有。"晁一松昨夜与周挺一起审问阿舟，又到处搜人，累得眼睛里都有了红血丝，"那人做了掩饰，药婆也找不到了。原本那人给了阿舟一服药让他煎，再将他母亲喝的药煎出的川乌药渣放入其中，让阿舟一口咬定那便是你开的方子。但阿舟前夜丧母，哀恸之下，为图省事，直接将川乌药渣与你开的药煎出的药渣放到了一起。"

说到这里，晁一松便有些摸不着头脑："可奇怪的是，为何凶手没有来你这处放川乌，也没有偷走你的记录书册？"

倪素自然不能与他说，她有徐子凌相助。那书册一定也是徐子凌仿着她的字迹写的，他记得她给阿舟母亲开的方子是什么，而这些日子，除晁一松的腿伤之外，便再没有其他人上门看诊，记录书册上只有寥寥几笔，也正好方便了徐子凌在光宁府皂隶赶到之前重新写好书册。

至于晁一松说的神秘人交给阿舟的一服药，倪素想，那服药一定更能说明她毫无正经医术，只会浑开方子，而不是在一服好好的安胎药里混入一味堕胎的川乌。那人一定没有想到，阿舟会不按他的叮嘱做事。

"不过倪小娘子你放心，"晁一松也没指望这个女子能解答他的疑惑，自说自话完了，又对她道，"那收钱下药的药婆最知道自己做下这些事之后该如何躲藏，她一定还活着，只要找到她，那人的尾巴就收不住了！再有，小周大人说，贡院涉事的官员里也有人撑不住要张口了。"

"此话当真？"倪素一直在等消息，直到今日才听晁一松透了一点口风。

"再具体的事便只有韩使尊与小周大人清楚，我也是奉小周大人的命令，说可以告诉你这个。"

晁一松带来的消息，几乎赶走了倪素连日来所有的疲乏，她请晁一松喝了一碗茶，等晁一松离开后，她便迫不及待地跑到后廊里去。

日光正好，倪素直奔徐鹤雪的居室，却听身后传来一道清冷声音："倪素，我在这里。"

倪素回头，廊檐之下，穿着青墨圆领袍的那个年轻男人面容苍白，正坐在阶上用一双剔透的眸子看她。

"你怎么在厨房门口坐着？"倪素跑过去，问了他一声，又迫不及待地说，"徐子凌，阿舟诬陷我的事查清了。阿舟的母亲本想落胎，那凶手便买通了一个药婆给阿舟母亲下了重药，又……"

她就这么说了好多的话。徐鹤雪一边认真地听，一边扶着廊柱站起身，时不时"嗯"一声。

"被关在夤夜司的那些官员里，似乎也有人要松口了。"倪素站在木阶底下，仰望着站直身体的徐鹤雪，"还有那个药婆，要是小周大人他们能够早点找到她就好了……"

"我们也可以找。"徐鹤雪说。

倪素听他说起"我们"，鼻尖有点发酸。她知道如果没有徐子凌，自己就是孤身一人，她不能与这里的任何人再凑成一个"我们"。没有谁会这样帮她，除了孤魂徐子凌。

"但你还没好。"倪素有些担心地望着他，"我一定每日都给你点很多香烛，徐子凌，你一定要快点好起来。"

日光清澈，落在她的眼底。

徐鹤雪被她注视着，也不知为何，他侧过脸："要吃点东西吗？"

听他忽然这么一问，倪素不由去望一边的簸箕。

"我的萝卜呢？"不止萝卜，一簸箕的菜都不见了。

"你跟我进来。"徐鹤雪转身。

倪素跟着他进去，抬头正见四角方桌上摆着热腾腾的饭菜。倪素看见她的萝卜被做成了汤。

"你……会做饭？"倪素喃喃。

"今日是第一回。"徐鹤雪摇头，从袖中拿出一本书给她，"这是你买的，就在我案头放着，我便试了试。"

倪素接过来一看——《清梦食篇》。

"这是孟相公写的食谱？"倪素看见了孟相公的名字，翻了翻，"书是我请人买的，我让他多给我买些当代名篇，他应该是因为孟相公其名，将这本食谱也算在内了。"

"我依照食谱做好之后，才想起孟相公早年用盐要重一些。"徐鹤雪

其实也不知他做的这些算不算好吃。

"我尝一尝。"倪素在桌前坐下,虽只是清粥小菜,但看着却很不错,她尝了一道菜,便抬头对他笑,"盐是有些重,可能是因为我平日吃得清淡些。但也不妨事,很好吃。"

"你尝着,是不是也觉得味道有点重?"倪素喝了一口汤,抬起头来问他。

门外铺散而来的光线落在徐鹤雪的衣袂上,他轻轻点头:"嗯。"

"你不吃吗?"

"你吃吧。"

倪素知道,他身为鬼魅,其实根本用不着吃这些,便点了点头,捧着碗吃饭:"我不知道有这本食谱,若我知道,照着做,一定不会发生早晨的事……"

"等我学会,说不定,我还能自己给你做糖糕吃。"

倪素在雀县不是没有与药婆打过交道,也听说过治死人的药婆四处逃窜的事,她也清楚,乡下穷苦的妇人身上不好时,只会找相熟的邻里或者亲戚提过的药婆,绝不会轻易去找那些陌生的、不知道底细的。

"夤夜司把人都放回来了?"倪素朝那旧巷子口张望着。

"小娘子您说什么呢?买不买呀?"摆菜摊的老头颇为费解,只瞧她握着一把波棱[1],却不看菜,歪着脑袋也不知在瞅什么,似乎还自说自话,老头也没听清她说了什么。

倪素正看夤夜司的亲从官们从巷子口出来,听见这话,她回头对上老头奇怪的目光,面颊浮出薄红,讪讪地要放下那一把青碧的波棱,却听身边有道声音传来:"倪素,这个可以留下。"

她一顿,对上身侧年轻男人的目光。"这个可以用来做汤。"

烂漫日光里,他的身影淡薄如雾。倪素乖乖地将波棱放到了自己的菜篮子里。

---

[1] 菠菜。

倪素给了老头钱，挎着菜篮子往回走："你听到什么了？"

这个菜摊是她精心挑选的，离巷口很近，徐子凌去巷内听夤夜司那些亲从官在说些什么，做些什么，也不至于受到牵制。

但她还是有些不放心，在人群里也不住地打量他，问道："你身上真的不痛吧？"

"不痛。"徐鹤雪看四周路过的行人或多或少都对她这个不住往身边张望的姑娘投来奇怪的目光，说道，"倪素，看路。"

"你若肯现身与我一块儿在街上走，他们便不会看我了。"倪素一边朝前走，一边低声道，"像在金向师家中一样，我给你戴只帷帽。"

徐鹤雪答不了她，哪怕那日在永安湖谢春亭中只有他们两人，哪怕后来在船上画画，他也始终没有真正显露身形。

"阿舟的邻里俱已被放回，晁一松说，那些人并不认识阿舟母亲找的药婆，但阿舟的父亲说，那药婆似乎与当初接生阿舟的坐婆关系匪浅。"徐鹤雪回应了她最开始的问题。

"所以晁一松他们去找那个坐婆了？"倪素问道。

"那坐婆几日前已经去世。"徐鹤雪与她并肩而行，"他们已查验过，她是因病而亡，并非他杀。"

倪素皱起眉来，却见身边的人忽然停下，她也不由停步，抬头望向他。

"你……"徐鹤雪看着她，淡色的唇轻抿一下，"若你不怕，我们夜里便去那坐婆家中。夤夜司已查验结束，也许她家中今夜便要发丧。"

"只是去她家中，我为什么要怕？"倪素不明所以。

"因为，我们也许要开棺。"徐鹤雪解释道，"才死去的人，会有魂火残留，只要见到她的魂火，我……"

"不可以再用你的术法。"倪素打断他。

徐鹤雪看她神情认真，犹豫了片刻，道："我不用。人死后，残留的魂火若被放出去，便会不由自主地眷念生前的至交、至亲，就如同我在雀县大钟寺外遇见你那日一样。"

他主动提起了柏子林中的事。那时他身上沾染了她兄长的魂火，而

那些魂火一见她，便显现出来。

"这颗兽珠可以吸纳死者身上的魂火，用它就足够了。"

他舒展的掌心上面正静静地躺着一颗木雕兽珠。

前几日黉夜司将坐婆的尸体带走查验，因此她家中的丧宴挪到今夜才办，办过之后，她儿子儿媳便要连夜发丧，将母亲送到城外安葬。

"城门不是一到夜里就不让出入吗？"吃席的邻里在桌上询问主家儿媳庞氏，"怎么你们夜里能发丧？"

那杨婆惹了人命官司后，近来白日在城门把守的官兵都有许多，杨婆的画像被贴得到处都是。

"再不发丧，我阿婆可怎么办？她在棺材里可等不得。"庞氏一身缟素，面露悲戚之色，"本来那日就要发丧的，因查验耽搁了几日。黉夜司的大人们高抬贵手，查验完了，便许我们连夜收葬。"

"黉夜司那地方听说可吓人了，你们进去，可瞧见什么没有？"有一个老头捏着酒杯，好奇地问。

"没……"庞氏摇头，"那些大人只是问了我们夫妻两个几句话，便将我们先放回来了。"

"听说黉夜司里头的官老爷们最近都在忙着一桩案子呢！只怕是没那些闲工夫多问你们，这样也好，好歹你们这就出来了。"老头继续说道，"都是那黑心肠的杨婆害了你们家，她若不作孽，你们何至于遇上这些事？"

众人连连点头，表示赞同。

庞氏听到他提起"杨婆"，脸上便有些不对劲儿，勉强扯了一下嘴唇，招呼他们几句，就回过头去。门外正好来了一位年轻女子，梳着双鬟髻，没有什么多余的发饰，衣着素淡且清苦，提着一盏灯，正抬眼朝门内张望。

庞氏见她是个生面孔，便迎上去问道："姑娘找谁？"

"我听闻钱婆婆去世，便想来祭奠。"女子说道。

"你是哪位？"庞氏再将她打量一番，还是不认得她是谁。

"钱婆婆在云京这些年，替多少人家接过生，您不知道也并不奇怪。我听母亲说，当年若不是钱婆婆替她接生，只怕我与母亲便都凶多吉少。如今我母亲身子不好，不良于行，她在家中不方便来，便告知我，一定要来给钱婆婆添一炷香。"

庞氏又不做坐婆，哪知道阿婆这些年到底都给多少人接过生，听见这女子的一番话，也没怀疑其他，便将人迎进门："既然来了，便一块儿吃席吧。"

简陋的正堂里放着一具漆黑的棺木，香案上油灯常燃，倪素跟在庞氏身后，暗自松了一口气。庞氏点了香递给她，倪素接来便对着香案作揖，随即将香插到香炉之中。

"来，小娘子你坐这儿。"庞氏将她带到有空位子的一张桌前，倪素顶着那一桌男女老少好奇打量的视线，硬着头皮坐了下去，将灯笼放在身边。

"如今人多，只能等宴席散了，我们再寻时机开棺。"徐鹤雪与她坐在一张长凳上，说道。

"那我现在……"趁桌上的人都在说着话，倪素努力压低自己的声音，与徐鹤雪交谈。

"吃吧。"徐鹤雪轻抬下颔。

倪素来之前已经吃过糕饼了，但眼下坐在这儿，不吃些东西好像有点怪。

"夤夜司的人还跟着我吗？"她拿起筷子，小声问。

"嗯，无妨。"徐鹤雪环顾四周，"你若坐在这里不动，他们不会贸然进来寻你。"

"小娘子是哪儿人？"倪素心不在焉地咬了一口肉丸，正欲再说话，坐在她右边的一位娘子忽然凑过来。

"城南的。"倪素吓了一跳，对上那娘子笑眯眯的眼睛，答了一声。

那娘子含笑"哦哦"了两声，又神神秘秘地偏过头与身边的另一位娘子小声说话："可真水灵……"

那娘子嗓门大，自来熟似的，又转过脸笑着问："城南哪儿的呀？

不知道家中给你订婚事了没有？若是没有，你听我……"

"订了。"倪素连忙打断她。

"啊？"那娘子愣了一下，连下半句要说什么也忘了，讪讪地道，"这就订了？"

倪素点头，怕她继续刨根问底，便索性埋头吃饭。

哀乐掺杂人声，这间院子里热闹极了。倪素用衣袖挡着半边脸，偷偷偏头，撞上徐鹤雪那双眼睛。两人坐着同一张长凳，这间院子灯火通明，却只有他们之间的这一盏灯可以在他的眼睛里留下影子。

倪素张嘴，无声向他说了三个字："骗她的。"

几乎在顷刻之间，徐鹤雪就懂了她说的是哪三个字。

倪素原本还没意识到什么，发现他读懂了她的话，再与他视线相触，忽然间也忘了把讨人厌的花椒摘出去，吃了一口菜，舌苔都麻了。她的脸皱起来，匆忙端起茶碗喝了一口。

徐鹤雪安静地坐在她身边，垂着眼帘看地上的影子，她一动，影子也跟着动。可是，他忽然看见了自己的影子——莹白不具形，与她天差地别。

来的人太多，倪素与徐鹤雪找不到时机在此处开棺吸纳魂火。院里很快散了席，那些来帮忙的邻里亲朋帮着庞氏与她郎君一块儿抬棺、出殡。

倪素在后面跟着，明知自己出不了城，也不愿再让徐鹤雪因此而自损。正不知该如何是好，却见身边的徐鹤雪忽然化为雾气，又很快在棺木前凝聚身形。

灯笼提在他手中，旁人便看不见。徐鹤雪审视着抬棺木的那几个身形魁梧的男人，视线又落在那漆黑棺木上，片刻，他垂下眼帘，伸手往棺底摸索。

果然，有气孔。

倪素紧跟在人群之后，却不防有一只手忽然将她拉去了另一条巷中。

"倪小娘子。"

即便在昏暗的巷子里看不清，倪素也听出对方是夤夜司的副尉周挺。

"不要再往前了。"周挺肃声道。

忽地,外面传来好些人的惊叫,随即是重物落地声,周挺立即抽刀,嘱咐她:"你在这里不要动。"

周挺疾奔出去,从檐上跳下的数名黑衣人与忽然出现的夤夜司亲从官们在巷子里杀作一团。倪素担心徐鹤雪,正欲探身往外看,却听瓦檐上一阵疾步声,她一抬头,上面一道黑影似乎也发现了她。

那人辨不清面容,似乎以为她是夤夜司的人,下意识地扔出一道飞镖。

银光闪烁而来,倪素眼看躲闪不及,身后忽有一人揽住她的腰身,一柄寒光凛冽的剑横在她眼前,与那飞镖一撞,"叮"的一声,飞镖落地。徐鹤雪踩踏砖墙借力,轻松一跃上了瓦檐。

巷中两方还在拼杀,此人却先行逃离,徐鹤雪见底下周挺也发现了檐上此人,立即捡了碎瓦片抛出,击中那人腿弯。那黑衣人膝盖一软,不受控地摔下去,正好匍匐在周挺面前。

跟着周挺的亲从官们立即将人拿住。周挺皱着眉,抬首一望,皎洁月华粼粼如波,瓦檐上面并没有什么人在。

"躲哪儿不好,真躲棺材里,和死了几天都臭了的尸体待在一块儿,那药婆还真……哕……"晃一松骂骂咧咧地跑过来,说着话便干呕几下,"小周大人,您……"

晃一松话没说完,便见周挺快步朝另一条巷子中去。

竟空无一人。

"谁在盯倪素?"晃一松才跟过来,就见周挺沉着脸转过身。

"啊?"晃一松愣了一下,回头扫视了一圈,有些心虚,"大人,方才咱们都忙着抓人呢……"

与此同时,一墙之隔,也不知是谁家的院子,满墙月季或深或浅,在一片月华之间,更显缤纷艳丽。

倪素躺在草地上,睁着眼,后知后觉地发现自己枕着一个人的手臂。

灯笼里的蜡烛燃了太久,忽然灭了,徐鹤雪担心周挺发现她站在檐上,便匆匆带她跃入这庭院,但没有她点的灯照亮,他眼前一片漆黑,

一时不察，与她一齐摔了下来。他嗅得到月季的香，下意识地将她护在怀里。

"倪素？"她一直不说话，徐鹤雪无神的眸子微动，低声唤她。

"嗯。"倪素应了一声。

"小心花刺。"徐鹤雪说罢，便要扶她起身。

倪素闻言，仰头看向后面的一丛月季，他的手臂正好将她小心护了起来，让她避开了那些花刺。

她忽然拉住徐鹤雪的衣袖。

"他们好像走了。"倪素听不到外面的声音了。

她不肯起身，徐鹤雪蹙了一下眉，只好维持着原来的姿势，只是他们这一动，花瓣落满了他们的鬓发与衣袂。

他浑然未觉。

倪素知道两人如此实在有些不太妥当，便往旁边挪了挪，躲开那一丛有刺的月季。

"我可以看一会儿月亮再回去吗？"倪素枕着自己的手臂，望着他的侧脸，"一会儿，我们一起回去。"

徐鹤雪看不见月亮，但不知道为什么，他总能感觉到，她的视线似乎停留在他的脸上。

"好。"

周挺遣晁一松去南槐街查看倪素是否已经归家，自己则带着人，将药婆杨氏，以及那对私藏她的夫妻，还有意欲对杨氏下手的杀手中仅存的几个活口都带回了夤夜司。

"小周大人，他们齿缝里都藏着毒呢。"一名亲从官指了指地上，几颗带血的牙齿里混杂着极小的药粒。自上回光宁府狱卒服毒自尽后，夤夜司便在此事上更为谨慎。

周挺瞥了一眼，回头见数名亲从官抱着书册和笔墨匆匆向刑房跑去，便问身边的亲从官："使尊在里面？"

那亲从官低声答："是，使尊也刚来不久，听说，是里面的林大人要招了。"

那位林大人便是誊录院中的一位大人，也是此次冬试案的涉案官员之一。

周挺闻声，望向从刑房处铺陈而来的一片烛影。

"林大人，倪青岚等一干人的试卷果真是被你亲手所毁的？"寅夜司使尊韩清坐在椅子上，示意亲从官在旁记录证词。

"是……"林瑜一说话，嘴里就吐出一口血来，他身上的衣裳已经被鲜血浸透，整个人都在痉挛。

"那姓严的封弥官是最后负责收齐试卷的，他说，有人事先告知于他，那舞弊之人在试卷中提及古地名'凤麟洲'，所以他才能认得出那人的试卷，而他事先便认得倪青岚的字迹，趁金向师不在，冒险查看他未誊抄完毕的试卷，记下了只字片语。此后他收齐了其他封弥官誊抄过的试卷，又偷偷重新誊抄倪青岚与那人的试卷，送到誊录院，交到你的手里。"

韩清吹了吹碗沿的茶沫子。

据之前金向师交代，因为有一份试卷不但字写得极好，文章也很是漂亮，所以金向师对那份试卷有了印象。也正因如此，他替同僚去交试卷的路上才会发现那份试卷已被人重新誊抄。

金向师画完舆图归京，听说死了一个叫作倪青岚的举子，便猜测那试卷很有可能出了大问题。而冬试不只有一位封弥官，韩清让他们一一留下笔迹，再让金向师辨认，但因有人刻意隐藏笔锋，一开始辨认得并不顺利。

直到周挺从封弥官们家中搜来他们的手书或者文书，又请金向师比对，这才揪出那个姓严的封弥官。又以那姓严的封弥官为突破口，颇费了一番功夫，才抓住这位誊录院林大人的马脚。

"不错，"林瑜剧烈地咳嗽几声，"那封弥官手里有已经糊了名的空白试卷，是事先被别人放入贡院的，我与他只知道倪青岚是他们选中的人，至于舞弊者究竟是谁，我们并不知道，也不想知道。只是后来官家改了主意，要再加殿试，我便只得趁着那两日天干，誊录院失火，将他

们二人的试卷,连同另外一些人的试卷一块儿焚毁。"

"林大人,您可真是糊涂。"韩清将茶碗往桌上一搁,冷笑道,"你是嫌官家给你的俸禄不够?哪里来的豹子胆,敢在这件事上犯贪?你以为你咬死了,不说话,不承认,指着谏院里那群言官为你们抱不平,这事便能结了?只要官家的敕令在,咱家可是不怕他们的。"韩清正襟危坐,睨着他,"说吧,是谁指使的你?咱家猜你也快受不住这些刑罚了。"

这几日在夤夜司,林瑜已体会到什么是真正的生不如死,无论多锋利的脾性,见了这里的刑罚也都要磨没了。

他艰难喘息:"杜琮。"

东方既白,淫雨霏霏。

杜琮在书房中几乎枯坐了一整夜,自夤夜司将涉冬试案的官员全部带走后,他几乎没睡过一个囫囵觉。

天色还不算清明,杜琮看着内知引着一名身披蓑衣的人走上阶来。内知退下,那人进门,却不摘下斗笠,只在那片晦暗的阴影里朝他躬身:"杜大人。"

"他如何说?"杜琮坐在椅子上没起来。

那人没抬头,只道:"我家大人只有一句话交代您——十五年的荣华富贵,您也该够本了,是不是?"

杜琮的手指骤然蜷缩。

那人只交代了这么一句话,随即便转身出门,消失在雨幕之中。

雨声更衬出书房内的死寂。杜琮神情灰败,呆坐案前。

南槐街上没有什么卖早点的食摊,倪素只好撑着伞去了邻街,在一处有油布棚遮挡的食摊前要了一些包子。

"我遇上贼寇那回,在马车中没有看清,那时你杀他们,并没有动用你的术法,对吗?"雨打伞檐,噼啪之声不绝于耳。

"若以术法杀人,我必受严惩。"雨雾里,徐鹤雪与她并肩而行,身影时浓时淡。

"那你是何时开始习武的？"

倪素昨夜亲眼见过他的招式，也是那时，她才真正意识到，他看似文弱清癯的外表之下，原也藏有截然不同的锋芒。

"幼年时握笔，便也要握剑。"徐鹤雪仰头，望了一眼她遮盖到他头上的伞檐，"家中训诫便是如此。"

后来他随母亲与兄长远赴云京，家中的规矩没有人再记得那样清楚，但他在修文习武这两件事上，也算得上从未荒废。

两人说着话，眼看便要出街口，雨里一道身影忽然直直地撞过来。徐鹤雪反应极快，立即握住倪素的手腕，拉着她往后退了几步。那人衣袖上带起的雨珠滴答溅在倪素手中的油纸包上，沾着污泥的手扑了个空，踉跄着摔倒在地。

雨地里的青年约莫二十岁，衣衫褴褛，肤色惨白，瘦得皮包骨一般。乍见他那样一双眼，倪素不禁被吓了一跳——寻常人的瞳孔绝没有此人的这样大。他头上裹缠的布巾松了些，露出没有头发的脑袋——他竟连眉毛也没有。

也不知为何，倪素总觉得他的目光似乎有片刻停留在她身侧。

倪素从油纸包里取出来两个包子，试探着递给他。那青年没有丝毫犹豫，伸手抓住她的包子，从雨地里起来，转身就跑。

"他看起来像是生了什么重病。"倪素看着那人的背影。

"不是生病。"徐鹤雪道。

"你怎么知道？"倪素闻声，转过脸来。

清晨的烟雨淹没了那青年的身形，徐鹤雪迎向她的视线。

"他看见我了。"

"那他……也是鬼魅？"倪素愕然。可他既是鬼魅，应该不会需要这些食物来充饥。

徐鹤雪摇头："他不生毛发，双瞳异于常人，不是鬼魅，而是鬼胎。"

倪素差点没拿稳包子。那不就是人与鬼魅所生的骨肉？

雨势缓和许多，青年穿街过巷，手中紧捏着两个包子，跑到一处

屋檐底下，蹲在一堆杂物后头，才慢吞吞地啃起了包子，一双眼睛紧盯着对面的油布棚子。馄饨的香味勾缠着他的鼻息，他用力地吸了吸鼻子，三两口将冷掉的包子吃光。马车辘辘声近，他漆黑的瞳仁微动，只见那马车在馄饨摊前停稳，马车中最先出来一位老者，看起来是一位内知。

那内知先撑了伞下车，又伸手去扶车中衣着朴素、头发花白的老者。

"大人，您小心些。"

青年隔着雨幕，看那内知将老者扶下马车，挠了挠头，半晌，才又去认真打量那辆马车。

马车檐上挂的一盏灯笼上，赫然是一个"张"字。

"今儿雨大，您还要入宫去，宫中不是有饭食吗？您何必来这儿。"内知絮絮叨叨。

"这么些年，我对云京无甚眷恋，唯有这儿的馄饨不一样，"张敬被扶到油布棚最里头去坐着，打量着四周，"这摊子摆了十几年了，还在，也是真不容易。"

"奴才去给您要一碗。"内知说着，便去找摊主。

"再要一些酱菜。"张敬咳嗽两声，又嘱咐道。

那摊主是个三四十岁的男人，手脚很麻利，很快便煮好一碗馄饨。内知将馄饨和酱菜端来张敬面前，又递给他汤匙："奴才问过了，他是原来那摊主的儿子，您尝尝看，味道应该是差不离的。"

张敬接来汤匙，只喝了一口汤，神情便松快许多，点点头："果然是一样的。"

"贺学士应该再有一会儿便到了，有他与您一道走，也稳当些。"内知望了一眼油布棚外头，对张敬道。

张敬就着酱菜吃馄饨，"哼"了一声："我又不是老得不能动了，走几步路的工夫，何至于他时时看着？"

"大人，贺学士他们多少年没见您这个老师了，如今想天天在您跟前，又有什么不对呢？他们有心，您该欣慰的。"内知笑道。话音才落，却听油布棚外头有些声响，他一转头，见赶车的两名小厮将一个青年拦在了外头。

"做什么不让人进来？"张敬重重搁下汤匙。

内知忙出了油布棚，拧着眉问那两名小厮："干什么将人抓着？"

"内知，他哪像是吃馄饨的，我看他一双眼睛直勾勾地盯着咱张相公，看起来怪得很呢！"一名小厮说道。

内知将视线挪到那青年脸上，不禁被那双眼睛吓了一跳。青年却一下挣脱了那两名小厮，一只枯瘦的手在怀中掏啊掏，掏出来一封信笺。

"给张相公。"他竟还作了一个揖，动作像一只僵硬的木偶，看起来颇为滑稽。

内知见此人浑身狼狈，而他手中的信笺没有沾湿分毫，且平整无皱，想了想，还是接了过来。

"家荣。"听见张敬在唤，内知赶紧转身。

青年一直盯着那内知，看他将信件递给了张敬，才如释重负，趁那两名小厮不注意，飞快地跑入雨幕里。

"大人，说是给您的，但其余的，他什么也没说。"内知听见小厮们惊呼，回头见那青年已经不见，心里更觉怪异。

张敬取出信来一看，平静的神情像是陡然间被利刃划破，一双眼盯紧了纸上的字字句句，脸色煞白。

他猛地站起来，连拐杖都忘了，步履蹒跚地往前走了几步，就要摔倒。内知忙上去扶："大人，您这是怎么了？"

张敬勉强走到油布棚子外头，急促的呼吸带起他喉咙与肺部浑浊的杂音，他紧盯二人："他是哪儿来的？"

一人老老实实答道："小的问了一嘴，他只说，他是雍州来的。"

雍州。这两字又引得张敬眼前一黑，胸口震颤，他将那信攥成了纸团，蓦地吐出一口血来。

"大人！"内知大惊失色。

将将赶来的翰林学士贺童正好撞见这一幕，立即丢了伞飞奔过来："老师！"

眼下申时还未过，盛大的雨势却令天色阴郁不堪，孟云献匆匆走上阶，将伞扔给身后跟来的小厮，他踏进房门，留下一串湿润的印子。

贺童等人才被张敬从内室里轰出来，迎面撞上孟云献，便立即作揖，唤道："孟相公。"

"好端端的，怎么忽然就吐血了？请医工了没有？"孟云献隔着帘子望了一眼内室，将视线挪回贺童身上。

"已经请过了，药也用了。"贺童回答。

孟云献掀了帘子进去，苦涩的药味迎面而来，张敬发髻散乱，闭着眼躺在床上，也不知是醒着还是睡着。

"张敬。"孟云献走到床前唤了一声，可看着他枯瘦的面容，一时间又忘了自己该说些什么。

"既没有话说，又何苦来。"张敬合着眼，嗓子像被粗糙的沙子摩擦过，冷漠地道，"当年咱们两个割席时说得好好的，此生纵有再见之日，也绝不回头了。"

"那是你说的，"孟云献抹了一把脸上的雨水，"不是我。"

"你也不怕人笑话你孟琢没脸没皮。"张敬冷笑，肺部裹起一阵浑浊的杂音，惹得他咳嗽一阵。

"你知道我一向不在乎这些。"孟云献摇头，"当年你与我分道，难道真觉得我做错了？若真如此，你如今又为何还愿意与我共事？"

"皇命难违而已。"

"仅仅是皇命难违？"

漫长的寂静。

张敬睁开眼，看着立在床畔的孟云献："你一定要问？你可知道，我此生最后悔的事，便是当年应你，与你共推新政！"

他不说对与不对，却只说后悔。

"孟云献，至少这会儿别让我看见你。"张敬颤颤巍巍的，呼吸都有些细微地抖，他背过身去，双手在被下紧握成拳。

急雨更重，噼啪打檐。

孟云献迈着沉重的步子从张宅出来，被内知扶着上了马车，一路摇摇晃晃的,也不知自己是如何回的家。

"瞧你这样子,是见到了还是没见到?张先生如何了?"孟云献的夫人姜氏撑着伞将他迎进门。

"见到了。"孟云献堪堪回神,任由姜氏替他擦拭身上的雨水,"他躺在床上病着,哪里还能拦我,可是夫人,今儿他对我说了一句话。"

"什么话?"

"他说,至少这会儿,别让他看见我。"

闻声,姜氏擦拭他衣襟的手一顿,抬起头。

"没有横眉立目,亦不曾骂我。"孟云献喉结动一下,也说不清自己心头的复杂,"他十分平静地与我说这句话,却让我像受了刑似的……"

"活该。"姜氏打了他一下,"当年拉他入火坑的是你,后来放跑他学生的也是你,他如今就是拿起根棍子打你,那也是你该受的!"

"我倒宁愿他拎根棍子打我。"

孟云献接了姜氏递来的茶碗,热雾微拂,他的眼眶有些热,抬起头,望向檐外的婆婆烟雨,徐徐一叹:"当年他是看了我的《清渠疏》才与我一起走上这条道的,可后来官家废除新政时,对我是贬官,对他却是流放。他这一流放,妻儿俱亡……阿芍,无论好与不好,这些年来我都有你为伴,可他身边……还有谁呢?"

天色黑透了,周挺携带一身水汽回到黉夜司中,韩清阴沉着脸将一案的东西扫落,怒斥道:"昨日才上过朝的人,今儿天不亮你们就搜去了,怎么就找不到?"

周挺垂眼,沉默不语。

今日天不亮时那林瑜张了口,吐出个"杜琮"来。那杜琮是何人?不正是上回来黉夜司捞过苗太尉的儿子苗易扬的那位礼部郎中兼户部副使吗?林瑜一招供,周挺便领着亲从官们去杜府拿人,可出人意料的是,杜琮失踪了。

周挺冒雨在云京城内搜了一整日,也没有找到杜琮。一夜之间,这个人便像是人间蒸发了似的,黉夜司竟一点痕迹都寻不到。

"没了杜琮,此案要如何查下去?"韩清当然不认为那杜琮便是此案的罪魁祸首,杜琮已经在朝为官,又无子嗣需要他冒这样的险去挣个前程,那么便只有可能是他得了什么人的好处,才利用起自己的这番关系,行此方便。

"使尊,药婆杨氏已经招供。"周挺说道,"她证实,的确有人给了她十两金,要她对阿舟的母亲下死手。抓回来的那几名杀手中也有人松了口,他们是受人所雇,去杀杨氏灭口的。"

"既都是受人所雇,雇主是谁,他们可看清楚了?"韩清问道。

"并未。"周挺顿了一下,想起那名从檐上摔下来的杀手,"但我觉得,其中有一人与他们不一样。"

既与那些人不一样,便一定是知道些什么了。韩清刚接过身边人递的茶碗,又"砰"的一声将其搁下:"既如此,周挺,你就尽快让他开口!"

"是。"周挺立即垂首。

云京的雨越来越多了,这几日就没有个晴的时候,到了晚上也见不到月亮,倪素只好去永安湖畔,打算多折一些柳枝回家。

朝中一个五品官员失踪,整个云京闹得翻沸,倪素总觉得这件事与她兄长的案子脱不开干系,但周挺不出现,她也不能贸然去寅夜司打听。就是去了,他们也不可能与她多说些什么。

"我记得之前便是那个杜琮从中说和,才让寅夜司早早地放了苗易扬。"倪素小心地避开沾水的石阶,踮脚折断一根柳枝,忽然明白过来,"若调换我兄长试卷的人真是他,那如今他浮出水面,苗二公子岂不是又添了嫌疑?"

毕竟杜琮在风口浪尖上为苗易扬作保,如今杜琮失踪,那么被他担保过的苗易扬,岂不是又要回一趟寅夜司?

"如今这桩案子若不查出个真凶,是不能收场的。"徐鹤雪注意着她的脚下,"所以,苗易扬便是那个被选定的'真凶'。但你也不必忧心,那夜去杀药婆杨氏的杀手,还在寅夜司受审。"

"我知道。"

倪素听着雨珠打在伞檐的脆声，踮脚要去够更高一些的柳枝，却看见一只手绕过她。雨水淅沥，柳枝折断的声音一响。湿润的水雾里，倪素在伞下回头，点滴水珠从他苍白的指骨间落在她的额头上。

"你不冷吗？"河畔有风，徐鹤雪看见被风吹斜的雨丝浸湿她的右肩。

绿柳如丝，迎风而荡，倪素摇头，任由他接过满怀的柳枝，她则从他手中拿来雨伞，避着湿滑处，走出这片浓绿。

"其实你不必做这些。"

雨露滴答，路上行人甚少，徐鹤雪抱着柳枝走在她身边。

"可是一直下雨，总不能让你一直忍着。"倪素步子飞快，只想快点回去换掉这双湿透了的鞋子。

"多谢。"

徐鹤雪垂眸，看见她脚上那双绣鞋已被泥水弄得脏透了。

这一段路她走得很快，但她撑的这柄伞一直稳稳地遮蔽他的头顶，哪怕她的举止在寻常人眼中那样奇怪。

"我若不给你撑伞，你倒是也不会生病，但就算你是鬼魅，也应该不会喜欢身上湿漉漉的。"倪素拉了拉他的衣袖，示意他往前走，"我不沐浴就会觉得不舒服，难道你不是这样吗？我看你也是很爱干净的。"

回到南槐街的医馆，倪素看见晁一松在檐下等着，便立即走上前去："晁小哥，你怎么来了？"

"倪小娘子折这么多柳枝做什么？"晁一松瞧见她怀中抱了一把柳枝，有些疑惑。

"晁小哥不知，其实柳枝也是一味药。"倪素说道。

"啊，那我还真不知。"晁一松挠了挠头。他跟着倪素进了屋子，接过她的茶水，问道："倪小娘子是否已听说有位杜大人失踪的事了？"

"听说了。"倪素躲着晁一松的视线，将针线活儿收拾好，藏起还没做好的男子衣裳，"难道他便是做主调换我兄长试卷的人？"

晁一松愣了一下，然后点点头："是的，只是如今他失踪了，咱们

把云京城都翻了个底儿朝天,也没见着他。我们小周大人叫我来与你说这件事,好教你安心些。倪小娘子往后可不要再去掺和危险的事了。"

周挺意在警告她一个女子不要再轻举妄动,但晁一松没好意思说得太严厉,委婉了许多。

"请小周大人放心,我不会了。"倪素说道。

晁一松听她这么说,也算松了口气,转而又道:"也不知那杜大人是插了翅膀还是怎么的,竟就这么凭空消失了,不过那天夜里抓的药婆和杀手还在贪夜司,小周大人正审呢。"

"那位杜大人是什么时候失踪的?"倪素在桌前坐下来。

"说来也怪,杜大人前一日还上过早朝呢。当夜韩使尊撬开了林大人的嘴,我跟着小周大人找到杜大人家里去时,就剩他干爹和他妻子两个,杜大人什么时候不见的,他们俩全然不知。"

这也不是什么不能说的事,晁一松喝着茶、吃着糕饼,便与倪素说起来:"我这两日可听了不少他的事。他原本是军户,以前是北边军中的武官,十五年前认了一位文官做干爹。一个二十多岁的武官,认了一个三四十岁的文官当爹,你说好笑不好笑?"晁一松"啧"了一声,"听说那会儿他的官阶其实比那文官的还高呢,但咱大齐就是这样,文官嘛,天生是高武人一等的。他得了这么个干爹,后来呢,娶了这个干爹孀居在家的儿媳,听说还改了名字,也不知道怎么走的关系,就这么一路青云直上,今年就升任五品朝官了。"

倪素正欲说话,却听身后步履声响,她回头,看见徐鹤雪不知何时已将柳枝放好,他身上的衣裳沾着水珠,脸色看起来有些怪异。可晁一松在,倪素不方便唤他。

"倪素,你问他,那杜大人从前叫什么?"徐鹤雪抬眸,盯住坐在她对面的晁一松。

倪素虽不明所以,但还是回头向晁一松问道:"那你知不知道杜大人以前叫什么名字?"

这几日贪夜司没少查杜琮的事儿,晁一松认真地想了想,一拍大腿:"杜三财!对,就这个名儿!"

徐鹤雪瞳孔微缩,强烈的耳鸣袭来。

倪素看见他的身形很快化为雾气散去,心中有了些不太好的感觉。她又与晁一松说了几句话,等他离开后,便赶紧跑去后廊。

"徐子凌。"

倪素站在他的房门外。

房中灯烛闪烁,徐鹤雪望见窗纱上她的影子:"有事吗?"

"你……"倪素想问他从前的事,可是看着窗纱里那片朦胧的灯影,抿了一下嘴唇,只道,"我去给你煮柳叶水。"

她的影子消失在纱窗上,可徐鹤雪仍定定地盯着那扇窗看,半晌,用衣袖覆住眼睛。

昔年丹原烽火夜,铁衣沾血。

十四岁那年,他在护宁军中,被好多年轻的面孔围着,喝了此生第一碗烈酒,呛得咳个不停,一张脸都烧红了。

他们都笑他。

"小进士酒量不好哇,往后可得跟咱们在一处好好练练!"年轻的校尉哈哈大笑。

他年少气盛,一脚勾起一柄长枪来,击破了那校尉手中的酒坛子,与他在众人的起哄声中撕打。

"薛怀,你服不服?"最终,他以膝抵住那校尉的后背。

"你们徐家的功夫,我能不服吗?"校尉薛怀被压在地上也不觉丢脸,仍然笑着,"你年纪轻轻,便有这样漂亮的功夫,小进士,那群胡人该吃你的亏了!"

酒过三巡,他枕着盔甲在火堆旁昏昏欲睡。一名腼腆的青年忽然凑了过来,小声唤:"徐进士。"

"嗯?"他懒懒地应道。

"您才十四岁便已经做了进士,为何要到边关来?"青年说话小心翼翼的,手中捏着个本子,越捏越皱。

"你手里捏的是什么?"他不答,却盯住青年手中的小本子。

"哦,这个,"青年一下更紧张了,"徐进士,我、我想请您教我认

字,您看可以吗?"

"好啊。"他第一次见军营里竟也有这般好学之人,坐起身来,拍了拍衣袍上的灰痕,问,"你叫什么?"

火堆的光映在青年的脸上,他笑了一下,说:"杜三财。"

徐鹤雪沉浸于眼前这片衣料为他带来的黑暗里,指节收紧泛白,周身的荧尘无声显露锋利棱角,擦破烛焰。

杜三财竟然没有死。

他到底为什么没有死?

第陆章 乌夜啼

我离开这里时，过往欢喜，便皆成遗憾。

十五年前牧神山那一战，杜三财是负责运送粮草的武官。可徐鹤雪与他统领的靖安军在胡人腹地血战三日，不但没有等到其他两路援军，也没有等到杜三财。

十五年后，三万靖安军亡魂的血早已流尽了，而杜三财却平步青云，官至五品。

房内灯烛灭了大半，徐鹤雪孤坐于一片幽暗的阴影里，眼前模糊极了，扶着床柱的手青筋显露。

"徐子凌。"倪素端着一盆柳叶水，站在门外。

徐鹤雪本能地向着她声音传来的方向抬眸，却什么也看不清。生前这双眼睛被胡人的金刀划过，此刻似乎被血液浸透了，他不确定自己此刻究竟是什么模样，可一定不太体面。

"你好些了吗？"倪素放下水盆，转身靠着门框坐下去，廊檐外烟雨蒙蒙，她仰着头，"我其实很想问你的事。"

昏暗室内，徐鹤雪眼睑浸血，眼睫一动，血珠滴落。他沉默良久，才道："没什么好问的。"

她是将他召回这个尘世的人，他本该待她坦诚。

可是要怎么同她说呢？说他其实名唤徐鹤雪，说他是十五年前在边城雍州服罪而死的叛国将军？

至少此时，他尚不知如何开口。

倪素抱着双膝，回头望向那道门："你有难言之隐，我是理解的，只不过我还是想问你一句话，如果你觉得不好回答，那便不答。"

隔着一道门，徐鹤雪循着朦胧的光源抬头。

"你认识杜三财，且与他有仇，是吗？"门外传来那个姑娘的声音。

徐鹤雪垂下眼睛，半晌才道："是。"

"那他还真是个祸害。"倪素侧过脸，望着水盆里上升的热雾，"既然如此，那我们便有仇报仇。"

徐鹤雪在房内不言。

他要报的仇，又何止与杜三财有关。

他重回阳世，从来不是为寻旧友，而是要找到害他三万靖安军将士背负叛国重罪的罪魁祸首。

廊檐外秋雨淋漓不断。徐鹤雪在房中听，倪素则在门外看。

"倪素，我想去杜三财家中看看。"他忽然说。

杜府如今只有他那位干爹与他的妻子，一定被围得水泄不通，倪素若想进去，是绝不可能的。

但她还是点点头："好。那我进来了。"

柳叶水尚是温热的，用来给他洗脸正好。

雨露滴答，徐鹤雪坐在床沿，一手扶着床柱，沾血的眼睫略微抖动，直到她用温热的帕子轻轻遮覆在他的眼前。

"杜府那样大，里里外外还有不少人在守，我知道我不能陪你进去，只能在外面等你，我会尽量离你近一些，也会多买一些香烛等着你。"倪素擦拭着他薄薄的眼皮，看见水珠从他湿漉漉的睫毛滴落到脸颊上，"但是若能不那么痛，你就对自己好一些吧。"

徐鹤雪闻言，睁开眼睛。他不知道她原来离得这样近，乌黑的发髻，白皙的脸颊，一双眼睛映着重重的烛光，点滴成星。

"多谢。"他说。

"你的睫毛怎么一直动？"倪素用湿润的帕子边缘拨弄了一下他浓而长的睫毛。

徐鹤雪错开眼，却不防她的手指贴着他的眼皮捉弄他。

"你怕痒啊？"倪素弯起眼睛。

徐鹤雪忘了自己生前怕不怕痒,但面对她的刻意捉弄,他显得十分无奈,侧着脸想躲也躲不开。从门外铺陈而来的天光与烛影交织,她的笑脸令他难以忽视。

他毫无所觉地扯了一下唇角,那是不自禁地学着她唇边的笑意而弯起的弧度。很僵硬,也不够明显。

天色逐渐暗下去。

杜府之中一片愁云惨淡,秦员外听烦了儿媳的哭闹,在房中走来走去:"哭哭哭,我亲儿子死了你也只知道哭。那个不成器的义子是失踪了,不是死了,你哭早了!"

"他一定跑了,将您和我扔在这儿。那个天杀的,我这些年是白待他好了……"杜琮的妻子何氏几乎要将手中的帕子哭得湿透了。

"事情是他做下的,官家仁厚,又不是天大的事,还到不了牵连你我的地步。"

"您怎的就如此笃定?"何氏哭哭啼啼地道,"难道、难道他真不回来了?"

"他回来就是个死,傻子才回来!"秦员外冷哼一声,"也不知他在外头是如何做事的,平日里送出去的银子那么多,底下人孝敬的,他自个儿贪的,这些些年有多少,只怕他自己也数不清,那些银子在他手里头待了多久?不还是送出去了?可你瞧瞧,如今他落了难,有谁拉他一把吗?"说罢,秦员外看着何氏,"那大晚上,他真没与你说起过什么?一夜都没有回你房里?"

"没有,他一连好多天都在书房里歇。"何氏一边抽泣一边说,"我还当他外头有了什么人,正要……"

一阵凛冽的夜风掠窗而来,引得二人后脊骨一凉。

秦员外抬头望了一眼窗外,心中不知为何添了一分怪异,沉吟片刻,对何氏道:"不行,我还得去书房里找找看。"

"找什么?他若真留了什么字句,不就早被衾夜司的那些人搜走了?"何氏哽咽着说。

"他留不留字句有什么要紧?"秦员外拧着眉,"重要的是这个节骨眼,除了冬试案,别人给他送银子、他给别人送银子的事能藏便藏。若是其中牵扯了什么大人物,我们再没将东西收好,人家跺一跺脚,到时候咱们两个还真就得给他杜琮陪葬了!"

夜雨淅沥,灯笼的火光暖融融的。

倪素坐在茶摊的油布棚里,听着噼啪的雨声,用油纸将篮子里的香烛裹好。她才抬起头,却蓦地撞见雨幕之间,身着玄色衣袍的青年的眼睛。青年不撑伞,英朗的眉目被雨水濯洗得很干净,他解下腰间的刀,走入油布棚中,一撩衣摆,在倪素对面坐下。

"小周大人。"倪素倒了一碗热茶给他。

"你在这里做什么?"周挺瞥一眼桌上热气缭绕的茶碗。

"来看看。"

"只是看看?"

倪素捧着茶碗,迎上他的目光:"不然我还可以做什么?小周大人觉得我有进杜府的本事吗?"

这间茶摊离杜府很近,离南槐街很远,她出现在这里,自然不可能只是为了喝茶。可正如她所说,如今杜府外守满了人,她既进不去,又能冒险做些什么?

周挺不认为她的回答有什么错处,可是心中总有一分犹疑,他的视线挪到她手边的篮子上。

"小周大人是专程来寻我的吗?"倪素问道。

"不是。"周挺回过神,"只是在附近查封了一间酒肆,我这就要带人回夤夜司中,细细审问。"

他喝了一口茶便站起身:"倪小娘子,即便杜琮失踪,还有其他线索可以追查害你兄长的凶手。还请你谨记我的劝告,喝了这碗茶,便早些回去吧。"

"多谢小周大人。"倪素站起来,作揖。

"职责所在,倪小娘子不必如此。"周挺将刀重新系好,朝她点头,

随即便走入雨幕之中。

倪素隔着雨幕看见晁一松等在不远处,一行人押着好几人朝东边去了,她不自禁多看了几眼,再回到桌前。

她一碗茶喝得很慢,摊主有些不好意思地提醒:"小娘子,我这儿要收拾了。"

倪素只好撑起伞,提着篮子出了茶摊。

夜雾潮湿,她站在矮檐底下,靠着墙安安静静地等。她盯着檐下的灯笼看了好久,那火焰还是被雨水浇熄了。她蹲下身,怕雨水打湿了香烛,便将篮子抱在怀中,数着一颗颗从瓦檐上坠下来的雨珠。

也不知过了多久,她低垂的视线里有暖黄的灯影临近。倪素一下抬头。

年轻男人雪白的衣裳被雨水与血液浸透,被雨水冲淡的血珠顺着他的腕骨滑落。

他拥有一双剔透的眸子,映着灯笼的光。

他手中的灯,是她亲手点的。

周挺走了,可跟着倪素的黉夜司亲从官们却还在,倪素不能与他说话,可是此刻仰头望见他的脸,也不知道为什么鼻尖酸了一下。

她站起身,沉默地往前走,却偏移伞檐,偷偷地将他纳入伞下。

雨声清脆。倪素望着前面,没有看他,她的声音很轻,足以淹没在这场夜雨里:"你……要紧吗?"

"不要紧。"徐鹤雪与她并肩,在她不能看他的这一刻,默默望向她的侧脸。

倪素垂眼,看着篮子里积蓄在油纸上的水珠:"骗人。"

徐鹤雪才走几步,便觉眩晕。他踉跄着偏离她的伞下,倪素下意识地伸手要去扶,却见他摇头:"不必。"

倪素看他一手撑在湿润的砖墙上,似乎缓了片刻,才勉强站直了身体。

"我们说好的,最多两盏茶的工夫你就出来。"可她却在外面等了他半个时辰。

徐鹤雪主动回到她的伞下:"那位小周大人有为难你吗?"

"我只是在茶棚里喝茶,他何必为难我?"

伞上脆声一片,倪素目不斜视。

徐鹤雪拧着眉正思索着什么,听到她这番话,顿了一下,抬起眼:"耽误你了。"

"没有。"

话是这么说的,但这一路上倪素几乎都没有再说什么话。

回到南槐街的医馆里,她也没顾得上换一身衣裳,而是先将提了一路的香烛取出来,多点了几盏。

徐鹤雪坐在床沿,看她点燃灯烛便要离开,几乎顷刻出声:"倪素。"

倪素回头,还是什么话也不说。

徐鹤雪站起身,走到她的面前说:"你等一下。"

倪素没有办法无视他认真的语气,抿了一下唇,抹开贴在脸颊上的湿润发丝,叹了一声:"你在他家找到什么了吗?"

徐鹤雪点头:"从他老丈人那儿拿到了一本账册。"

"你在他面前现身了?"倪素讶然。

"他并未看清我。"

徐鹤雪之所以迟了那么久才出来,是因为他悄悄跟着那位秦员外去了杜三财的书房,那秦员外在书房中找了许久也没找到什么,临了却在他自己床下的隔板里发现了一本账册。

秦员外还没看清那账册的封皮,一柄剑便抵在了他的后颈,他吓得魂不附体,也不敢转头,不敢直起身,颤颤巍巍地问:"谁?"

冰冷的剑锋刺激得秦员外浑身抖如筛糠,他根本不知站在自己身后的,乃是一个身形如雾的鬼魅。

任徐鹤雪再三逼问,他也仍说不知杜三财的下落,徐鹤雪手腕一转,用剑柄重击其后颈,带走了账册。

倪素点点头,听见他咳嗽,也不欲在此时继续问他什么,转身去柜子里取出干净的中衣,放到他的床边,说:"其实只要你不会因为离开我太远而受伤,我在外面等你多久都可以。你知道我在茶棚里的时候在想

什么吗?"她抬起头来望他。

"什么?"

"我在想,"倪素站直身体,迎上他的目光,"我明明是一个医者,可一直以来,却只能旁观你的痛苦。也许你已经习惯如此,但我每每看着,心里却很不是滋味。"

她虽钻研妇科,但也不是除了妇科便什么也不懂。这世上的病痛无数,但只要她肯多努力一分,多钻研一分,便能为患病者多赢得一分希望。可唯独对他,她从来都束手无策。

徐鹤雪冰冷的眸底微动,正欲启唇,却见她从篮子里拿出一块糖糕,分成两半,递给他一半,又说:"你知道我为什么想做一个专为女子诊隐秘之症的医者吗?"

"因为你兄长。"徐鹤雪若有所思,接来糖糕咬下一口。他依旧尝不出其中滋味。

"因为我兄长,也因为一个妇人。"倪素吃着糖糕说,"那时候我还很小,那个妇人追着我兄长的马车走了好远,她哭着喊着,请我兄长救她,那时我看到她衣裙上有好多血,来的路上拖出了一道血线……

"我兄长不忍,为她诊了病,可她还是死了,是被流言蜚语逼死的。

"兄长因此绝了行医的路,而我记着那个妇人,一记就是好多年。我时常在想,若我那个时候不么小,若那时救她的是我,她就不会死了,而我兄长也不会……"

倪素说不下去了,捏着糖糕,在门外淋漓的雨声中沉默了好一会儿,才抬头望向他:"徐子凌,如果可以,我也想救你,让你不要那么疼。"

纷杂的雨声敲击着徐鹤雪的耳膜。

"可我好像做不到。"她说。

徐鹤雪一直都知道,她有一颗仁心,这颗仁心驱使着她心甘情愿地逆流而行,以仁心待人,也以仁心处事。即便他是游离于阳世的鬼魅,她也愿给他房舍栖身,甚至与他分食一块糖糕。

徐鹤雪忽而看向她,眼底没有什么情绪:"我为残魂,本应受幽都约束,你其实不必挂怀。"

后半夜雨停了，风呼呼地吹了好久。

倪素在夜里梦见了兄长倪青岚，可他站在那儿，什么话也没有说，只是朝她笑。

倪素早早地醒来，在床上呆呆地望着幔帐好一会儿，听见外面好像有些动静，才起身穿衣洗漱。

厨房里的方桌上摆好了热气腾腾的粥饭，年轻的男人穿着一身青墨色的衣袍，坐在廊庑里握着一卷书在看。听见她推门出来的声音，他抬起头。

"你在看什么？"倪素走过去。

"在杜府里找到的那本账册。"徐鹤雪扶着廊柱要起身，不防她忽然伸手来扶。

她掌心的温度贴着他的手腕，更衬出他的冷。

这种陌生的温度令他下意识地回握，指腹轻轻摩挲了一下她腕骨处的皮肤。但他很快收回手，转过身去："吃饭吧。"

倪素走进厨房，见他没有跟来，便道："我们一起吃吧。"

徐鹤雪收起账册，颔首，走进去。

"怎么还有糖水呀？"倪素看了一眼桌上，惊喜地望向他。

"看孟相公的食谱上写了做法，我便试了试。"

徐鹤雪坐下来，看她捏起汤匙喝了一口，便问道："会不会有些甜？"

"还行。你没有尝过吗？"倪素问。

"没有。"徐鹤雪垂下眼帘。

"那你也喝一些吧。"倪素拿来一只空碗，分了一些给他，"你身上还痛不痛？我说要学做饭，你总不给我机会……你是不是担心我烧厨房？"

"不是。"徐鹤雪捏起汤匙，在她的注视下喝了一口。

"你心里肯定是那么想的。"倪素才开始学着自己做这些事，即便有孟相公的食谱在手，她只要一碰灶台，就会自然而然地手忙脚乱起来。

徐鹤雪正欲说话，却倏尔神色一凛："倪素，有人来了。"

倪素闻声抬首，果然下一刻便听到晁一松的声音："倪小娘子！倪小娘子在吗？"

她立即站起身，跑到前面去。

晁一松满头大汗，看见倪素掀帘出来，便喘着气道："倪小娘子，我们韩使尊请您去一趟奠夜司。"

倪素心中一动。这个时候去奠夜司意味着什么，她再清楚不过，当下什么也顾不得，几乎是飞奔一般往地乾门跑。

清晨的雾气湿浓，倪素气喘吁吁地停在奠夜司大门前。

"倪小娘子，你、你跑这么快做什么？"晁一松这一来一回也没个停歇，双手撑在膝上，话还没说完，便见倪素跑上阶去。

他立即跟上去，将自己的腰牌给守门的卫兵看。

韩清与周挺都一夜未眠，但周挺立在韩清身边，看不出丝毫倦色，反倒是韩清一直在揉着眼皮。

"倪小娘子来了？坐吧。"一见倪素，韩清便抬了抬下颏，示意一名亲从官给她看茶，"咱家这个时候叫你来，你应该也知道原因吧？"

"韩使尊，"倪素无心喝茶，接过亲从官的茶碗便放到一旁，站起身朝韩清作揖，"请问，可是查到人了？"

"原本杜琮一失踪，这条线索也该断了，但是好歹还有那些被雇用的杀手在，他们虽不知道内情，可他们的掌柜不会什么也不知道。"韩清抿了一口茶，"昨儿晚上咱家让周挺将他们那老巢给翻了个底儿朝天，忙活了一夜，那掌柜好歹是招了。"

倪素想起昨夜在茶棚中时，周挺说他查封了一间酒肆，想来便是那些杀手的栖身之所。

"可是倪小娘子，咱家须得提醒你，此人，你或许开罪不起。"韩清慢悠悠地说着，掀起眼皮瞥她。

"是谁？"倪素紧盯着他，颤声道，"韩使尊，到底是谁害了我兄长？"

韩清没说话，站在一旁的周挺便开口道："检校太师兼南陵节度使吴岱之子，吴继康。"

"这位吴衙内的姐姐，正是宫中的吴贵妃。"韩清看着她，"倪小娘子，你也许不知，自先皇后离世，官家便再没有立新后，如今宫中最得官家宠爱的，便只有这位吴贵妃。"

先是检校太师兼南陵节度使，又是吴贵妃，倪素很难不从他的言辞中体会到什么叫作"权贵"。

"韩使尊与我说这些，是什么意思？"

"只是提醒你，你招惹的可不是一般人。"韩清搁下茶碗，"若非那吴衙内对你起了杀心，露了马脚，只怕咱家与你到此时都还查不出什么。"

倪素听明白了韩清的意思。此前她与徐子凌的猜测没有错，掩盖冬试案的人与用阿舟母亲陷害她的人，的确不是同一人。前者滴水不漏，后者漏洞百出。但前者所为，无不是在为后者掩盖罪行。

"韩使尊想如何？要我知难而退？"

"咱家可没说这话。"韩清挑眉，"只是想问一问倪小娘子，你怕不怕？你才尝过吴衙内的那点手段，可咱家要与你说的是官场上的手段，他们一个个都是豺狼，你一个不小心，他们就能生吞活剥了你。"

"那就让他们来生吞活剥我好了！"倪素迎着他的目光，"就因为他们是这样的身份，便要我害怕，便要我的兄长含冤而亡，不能昭雪？韩使尊，难道您今日要我来，便是要为害我兄长之人做说客？"

周挺皱了一下眉："倪小娘子，慎言……"

韩清听出这女子话中的锋芒，却不气不恼，抬手阻止了周挺，随即定定地凝视着倪素，道："你就真不怕自己落得与你兄长一般的下场？到时暴尸荒野，无人殓葬，岂不可怜？"

倪素眼眶憋红，字字清晰："我只要我兄长的公道。"

"好。"韩清站起身，双手撑在案上，"倪小娘子可千万莫要忘了今日你与咱家说的这些话。咱家本也不喜欢半途而废，怕的便是咱家在前头使力，你在后头被人吓破了胆，那就不好了。"

倪素本以为韩清在权衡利弊之后不愿继续主理此案，却没想到这一番话原是对她的试探。

走出黉夜司，外头的雾气稀薄许多。

被阳光照着，倪素有些恍惚。

"你尚不知他们的手段，韩使尊是担心你抵不住威逼利诱。"周挺道。

吴继康是太师之子，官家的妻弟，而倪素只是一个孤女，到底如何

能与强权相抗？她若心志不坚，此案便只能潦草收尾，到时韩清作为夤夜司使尊，既开罪了吴太师，又不能将吴继康绳之以法，只怕在官家面前也不好自处。

"是我错怪了韩使尊。"倪素垂下眼，"但我如今孑然一身，其实早没有什么好怕的，韩使尊还愿意办我兄长的案子，这比什么都重要。小周大人留步，我自己可以回去的。"倪素朝周挺弯腰行礼，转身向人群里走去。

她的步子很快，周挺立在原地，看着她的背影很快淹没在来往的行人堆里。

晁一松凑上来，道："小周大人，人家姑娘不让您送，您怎么还真就不送啊？"

周挺睨了他一眼，一手按着刀柄，沉默地转身走回夤夜司中。

指使药婆杨氏给阿舟母亲下过量川乌并要阿舟诬陷倪素，后又买凶杀药婆杨氏的，是吴太师之子吴继康的书童，此事已经是铁证如山。夤夜司使尊韩清仰仗官家敕令，当日便遣夤夜司亲从官入吴太师府，押吴继康与其书童回夤夜司问话。

此事一出，朝堂上一片哗然。吴太师子嗣不丰，除了宫中的吴贵妃以外，便只得吴继康这么一个老来子，此次冬试，吴继康也确在其中。

吴继康在夤夜司中五日，吴太师拖着病躯日日入宫，没见到官家不说，还在永定门外跪晕了过去。

第六日，吴继康亲手所写的认罪书被韩清送至官家案头，但官家却不表态，反而令谏院与翰林院的文官们聚在一处议论吴继康的罪行。

"孟相公，那群老家伙都快将金銮殿的顶儿给掀翻了，您怎么一句话也不说呀？官家看了您好几眼，您还在那儿装没看见。"中书舍人裴知远回到政事堂的后堂里，先喝了好大一碗茶。

"太早了。"孟云献靠坐在折背椅上，"你看他们吵起来了没？"

"那倒还没有。"裴知远一屁股坐到他旁边。

"那不就得了？"孟云献慢悠悠地抿一口茶，"没吵起来，就是火烧得还不够旺。"

"您这话是怎么说的？"裴知远失笑。

孟云献气定神闲："现今他们都还只是在为倪青岚的这个案子闹，不知道该不该定吴继康的罪，更不知该如何定罪，只要还没离了这案子本身，咱们便先不要急，就让蒋御史他们去急吧。"

得知吴继康认罪的消息时，倪素正在苗太尉府中看望蔡春絮夫妇，苗易扬又进了一回夤夜司，出来便吓病了。

"那吴继康就是个疯子。"苗易扬裹着被子，像只猫似的靠着蔡春絮，"我那天出来的时候瞧见他了，倪小娘子，他还笑呢，跟个没事人似的，笑得可难听了……"

"阿喜妹妹，你快别听他胡说。"蔡春絮担心地望着倪素。

倪素握笔的手一顿，随即道："这个方子是我父亲的秘方，二公子晚间煎服一碗，夜里应该便不会惊梦抽搐了。"

"快让人去抓药。"王氏一听倪素的说法，想起自己上回另找的医工看了这姑娘的方子也说好，面上便有些讪讪的，忙唤了一名女婢去抓药。

苗太尉并不在府中，听说是被杜琮气着了。他本以为杜琮是因曾在护宁军中做过校尉，所以才帮他捞人，哪知那杜琮根本就是借着他的儿子苗易扬来瞒天过海。苗太尉气不过，禀明了官家，亲自领兵四处搜寻杜琮的下落。

"阿喜妹妹，不如便在咱们府中住些时日吧？我听说南槐街那儿闹流言，那些邻里街坊的，对你……"蔡春絮亲热地揽着倪素的手臂，欲言又止。

"这几日医馆都关着门，他们便是想找由头闹事也没机会，何况还有夤夜司的亲从官在，我没什么好怕的。"

阿舟母亲的事这两日被有心之人翻出来嚼舌根，夤夜司虽早还了倪素清白，但仍阻止不了一些刻意的污蔑，甚至还出现了倪素是因与夤夜司副尉周挺有首尾才能好端端地从夤夜司出来的谣言。

背后之人的目的，倪素并不难猜。他们无非是想逼周挺离她远一

些,最好将守在她医馆外面的人撤了,如此才方便对她下手。

蔡春絮有很多安抚的话想说,可看着倪素越发清瘦的面庞,只轻声道:"阿喜妹妹,你别难过……"

倪素闻言,对蔡春絮笑了笑,摇头说:"我不难过,蔡姐姐,我就是在等这一天。吴继康认了罪,他就要付出代价。无论如何,我都要在这里等,我要等着看他用自己的命,来偿还我兄长的命债。"

倪素忘不了,忘不了那天自己如何从夤夜司中接出兄长的尸首,忘不了那天周挺对她说,她兄长是活生生饿死的。她总会忍不住想,兄长死的时候,该有多难受。只要一想到这里,倪素便会去香案前跪坐,看着母亲与兄长的牌位,一看便是一夜。

"希望官家尽快下令,砍了那天杀的!"蔡春絮想起方才自家郎君说的话——那吴继康进了夤夜司竟也笑得猖狂,不知害怕。她不由恨恨地骂了一声。

离开太尉府,倪素的步子很是轻快,烂漫的阳光铺散满地,她在地上看见那团莹白的影子,自始至终都在她身边。

回到南槐街,倪素看见几个小孩儿聚在她的医馆门前扔小石子玩儿,她一走近,他们便作鸟兽散。

周遭许多人的目光停在她身上,窃窃私语从未断过,她目不斜视,从袖中取出钥匙来开门。

躲在对面幌子底下的小孩儿眼珠转了转,随即咧嘴一笑,将手中的石子用力丢出去。

莹白的光影凝聚如雾,转瞬化为一个年轻男人的颀长身形,他一抬手,眼看便要打上倪素后背的石子转了个弯儿。

小孩儿看不见他,却被飞回来的石子结结实实地打中了脑门儿。"哇"的一声,小孩儿捂着脑袋号啕大哭。

倪素被吓了一跳,回头望了一眼,那在幌子底下哭得上气不接下气的小孩儿便好似惊弓之鸟般,一溜烟儿跑了。

"难道他看见你了?"倪素摸不着头脑,望向身边的人。

徐鹤雪只摇头,却并不说话。

天色逐渐暗下来，倪素在廊檐底下点了许多盏灯笼，将整个院子照得很亮堂，徐鹤雪在房中一抬眼，便能看见窗纱上映着的明亮光影。

一墙之隔，徐鹤雪听不到她房中有什么动静，也许她已经睡了。她今夜要睡得比以往好些吧？毕竟等了这么久，她兄长的案子终于看到了曙光。

徐鹤雪坐在书案前，低头看着案前的账册。

忽地，隔壁开门的声音传来，紧接着是她的步履声。

"徐子凌。"

几乎是在听到她这一声唤的刹那，徐鹤雪抬眼，看见了她在门上的投影。

"我睡不着。"倪素站在他的门外，"可不可以进去待一会儿？"

"进来吧。"徐鹤雪轻声说。

倪素一听见他这么说，便立即推门进去，满室灯烛明亮，他在那片光影里坐得端正，一双眸子朝她看来。

"你还在看这个？"倪素发现了他手边的账册。

"嗯。"

"那你看出什么了吗？"倪素在他身边坐下。

"杜三财多数的钱财都流向这里……"徐鹤雪修长的手指停在账册的一处，却不防她忽然凑得很近，一缕长发甚至轻扫过他的手背。他一时指节蜷缩，忽然停住。

"满裕钱庄。"倪素念出那四个字。

徐鹤雪收回手，"嗯"了一声。

"那我们要去满裕钱庄看看吗？"倪素一手撑着下巴。

"不必。这本账册，我想交给一个人。"徐鹤雪望向她的侧脸。

"谁？"倪素的视线从账册挪到他的脸上。

"御史中丞蒋先明。"

这几日，徐鹤雪已深思熟虑，这本账册虽记录了杜三财的多数银钱往来，但其上的人名却甚少，甚至多以"甲乙丙丁"代替。徐鹤雪早已离开阳世多年，并不能真正弄清楚这些甲乙丙丁到底都是谁，但若这账

册落入蒋先明之手,那个人绝对有能力将杜三财的这些旧账查清楚。

"可你怎么确定他一定会查?"倪素问道。

"他会的。"徐鹤雪的睫毛在眼睑底下投了一片浅淡的阴影。

杜三财当年究竟因何而逃脱贻误军机的罪责,他又究竟为何十五年如一日地给这些不具名的人送钱,蒋先明只要肯查,便一定能发现其中的端倪。

"那我们不如现在就去。"倪素忽地站起身。

徐鹤雪抬眸,对上她的目光。

此时月黑风高,的确算得上是一个好时候。倪素裹了一件披风,抱着徐鹤雪的腰,头一回这样直观地看云京城的夜。他即便不用身为鬼魅的术法,也能以绝好的轻功躲开外面的贪夜司亲从官,趁着夜色,带着她悄无声息地离开。

夜风吹过,他柔软的发丝轻拂倪素的脸颊,他的怀抱冷得像冰,倪素仰头望着他的下颌,一点也不敢看身下。

蒋府有一棵高大的槐树,枝繁叶茂,他们栖身檐瓦之上,便被浓荫遮去了大半身形。

蒋先明在书房里坐了许久,内知进门奉了几回茶,又小心翼翼地劝道:"大人,夜深了,您该休息了。"

"奏疏还没写好,如何能休息?"蒋先明用簪子挠了挠发痒的后脑勺,长叹了一口气。

"大人您平日里哪回不是挥笔即成?怎么这回却犯了难?"内知只觉怪异。

"不是犯难,是朝中得了吴太师好处的人多,官家让他们议论定罪,他们便往轻了定,这如何使得?我得好好写这奏疏,以免官家被他们三言两语蒙蔽了去。"蒋先明想起今日朝上的种种,脸色有些发沉。

后腰有些难受,他喝了口茶,索性起身,打算先去外头透口气。

书房的门一开,在檐上的倪素便看见了,她拉了拉徐鹤雪的衣袖,小声道:"有人出来了。"

书房里出来了两个人,一个微弓着身子,一个站得笔直,正在廊檐底下活动腰身，倪素一看便猜到谁是蒋御史。

"你看不清，我来。"倪素说着便将徐鹤雪手中的账册抽出，看准了蒋御史在廊庑里没动，便奋力将账册抛出。

徐鹤雪手中提着灯，但灯火微弱，并不能令他看清底下的情况，他只听见身边的姑娘忽然倒吸一口凉气，便问："怎么了？"

"我打到蒋御史的脑袋了……"倪素讪讪地道。

"谁呀？来人！快来人！"果然，底下有个老头咋咋呼呼地喊起来了。倪素一看，是那躬着身的内知。她猫着腰，看见蒋御史俯身捡起了账册，便催促徐鹤雪道："快，我们走！"

底下的护院并不能看见徐鹤雪提在手中的灯笼的光，更不知道檐瓦上藏着人。徐鹤雪揽住倪素的腰，借着树干一跃，飞身而起。

两人轻飘飘地落在后巷里，徐鹤雪听见倪素打了一个喷嚏，便将身上的氅衣脱下，披在她身上。

厚重的氅衣是烧过的寒衣，并不能令她感觉到有多温暖，但倪素还是拢紧了它，看见袖口的"子凌"二字，她又抬头，不经意与他目光相触。

两人几乎同时移开了目光。

徐鹤雪周身散着浅淡的荧尘，更衬得他的身形如梦似幻，好似这夜里的风若再吹得狠些，他的身影便能如雾一般淡去。

可是倪素看着，忽然就想让他再真实一点，至少不要那么幽幽淡淡，好像随时都要不见一般。

出了窄巷，倪素向四周望了望。那么多场秋雨一下，天似乎就变得冷了，食摊上的热气儿更明显许多，她嗅到很香甜的味道。

徐鹤雪看她快步朝前，便跟着她，看她在一个食摊前停下来，那油锅里炸的是色泽金黄的糍粑。

她与食摊的摊主说着话，徐鹤雪便在一旁看她。她说了什么，他也没有注意听，他只是觉得，这个摊子上的青纱灯笼将她的眼睛与眉毛都照得很好看。

倪素对摊主说道："我可以买您一只灯笼吗？"

"成啊。"摊主看她一个人也没提灯笼，便笑眯眯地点头。

倪素拿着一包炸糍粑，提着那只藤编青纱灯笼走到无人的巷子里，蹲下来从怀中取出一只火折子。

"自从遇见你，我身上就常带着这个。"倪素说着，将油纸包好的糍粑递给他，"你先帮我拿一下。"

徐鹤雪接过来。才出锅的炸糍粑带着滚烫的温度，即便包着油纸也依旧烫得厉害。他垂着眼帘，看她鼓起脸颊吹熄了青纱灯笼里的蜡烛，又用火折子重新点燃。

火光灭了又亮，照着她的侧脸，柔和而干净。

倪素站起身，朝他伸手。徐鹤雪将糍粑递给她，却听她道："灯笼。"他怔了一瞬，立即将自己手中提的那盏灯笼给她。

倪素接了灯笼，又将自己这盏才买来的青纱灯笼递给他，说："这个一看便是那个摊主自己做的，你觉得好不好看？"

徐鹤雪握住灯笼杆。烛火经由青纱包裹，呈现出更为清莹的光色，映在他的眼底，可他的视线慢慢地落在地上，看到了她的影子。

半晌，他颔首："还好。"

倪素看着他，他的面庞苍白而脆弱，几乎是从不会笑的，但她不自禁会想，他如果还好好活着，还同她一样有一副血肉之躯，那么他会怎么笑呢？至少那双眼睛会弯弯的，一定比此刻更剔透，更像凝聚光彩的琉璃珠子。

那该多好。

两盏灯笼终于让他的身影不再那么淡，倪素没有再看他，只是向前走。走着走着，她又忍不住唤他一声。

"徐子凌。"

"嗯？"徐鹤雪的视线从青纱灯笼移到她的脸上。

"我的兄长死在这儿，所以我一点也不喜欢云京。我之前想着，只要我为兄长讨得了公道，只要我帮你找到了旧友，我就离开这里，再也不要回到这个地方。"

"你对这个地方呢？欢喜多，还是遗憾多？"倪素还是忍不住好奇他的过往。

"我……"徐鹤雪蹙眉,因她这句话而努力地回想那些零星的、尚能记得住的过往。

他在这里其实有过极好的一段时光,称得上恣肆,那时的同窗们还能心无芥蒂地与他来往,他们甚至一块儿打过老师院子里的枣儿吃。他在老师的房檐上将哭得眼泪鼻涕止不住的好友一脚踹下去,仿佛还是昨日的事。

可是她问,到底是欢喜多,还是遗憾多?

"我离开这里时,过往欢喜,便皆成遗憾。"他说道。

倪素闻言,想了想说:"我觉得你既然能够再回来,那么说不定,你也能弥补遗憾。我的事似乎是要了了,只要吴继康一死,我便能告慰我兄长的生魂。"

这是倪素来到云京后,最为轻松的一日,她又说道:"但我还是会在这里,直到你找到回阳世的目的,我是招你回来的人,何况,这一路上若不是有你相助,我也许撑不到现在。"

她若是一个人上京,说不定就淹没在这风波里了,又何来为兄长申冤的机会?

一句"我是招你回来的人",几乎令徐鹤雪动容。寂寂窄巷里,隐约可闻远处瓦子里传来的乐声。他其实没有什么遗憾,生前种种,他已忘了许多,若不重回阳世,他本该忘得更加彻底,只是幽都宝塔里的生魂忘不了那些恨、那些怨。

他们放不下,所以他更不能放下。他回来,本就是为了一个真相,为了三万人的血债。

"瓦子里的琵琶真好听,等这些事结束后,我们一块儿去瓦子里瞧瞧吧?"倪素的声音令他堪堪回神。她此刻显露出来这个年纪的姑娘本该有的那分天真与轻松。

而他与她并肩,莹白的光与她漆黑的影子交织在一块儿,他青墨色的衣袂暂时可以充作她的影子。

半晌,他轻声道:"好。"

冬试案已破，然而谏院与翰林院议定吴继康的罪责便用了整整一个月之久。最开始还只是在议罪这一项上难以统一，到后来，两边人越发剑拔弩张，日日唇枪舌剑，急赤白脸。

眼看就要到中秋的好日子，谏院和翰林院嘴上一个不对付，竟在庆和殿里动起手来。两方当着官家的面一动手，官家的头疾便犯了，引得太医局好一阵手忙脚乱，又要给官家请脉，又要给官员治伤。

"贺学士，这就是你的不是了，他们打就打呗，你跟着瞎起什么哄？躲远点就是了。"裴知远一回政事堂，便见翰林学士贺童跪在大门外，他顺手将人家的官帽掀了，瞧见底下裹的细布，"瞧你这脑袋，啧……"

"谁想打了？谏院那些老臭虫简直有辱斯文！"贺童愤愤地夺回长翅帽重新戴好，"除了蒋御史，他们一个个的，都在官家面前放屁！说不过了，便动起手来，我若不知道还手，不是助长了他们谏院的气焰？"

眼看没说两句，贺童这火气又上来了。裴知远点头"嗯嗯"两声，还没附和什么，从门里传来一道隐含怒气的声音："贺童！你给我跪好！"

听到老师张敬发怒，方才还理直气壮的贺童一下蔫了，垂下脑袋不敢再说话。

"贺学士，帽子歪了。"裴知远凉凉地提醒了一句，又说，"张相公在气头上呢，你先在外头待会儿，我先进去瞧瞧看。"

贺童正了正帽子，听出裴知远在说风凉话，"哼"了一声，理也不理。

"崇之，他毕竟身在翰林院。"政事堂里的官员还没来齐整，孟云献瞧着张敬阴云密布的脸色，便将手中的奏疏放到膝上，压着些声音道，"你虽是他的老师，可有些事，你是替他做不了主的。"

张敬闻声，侧过脸来瞧着他："你莫要以为我不知道你心里在想些什么。如今这般局面，可不就是你最想看到的吗？谏院和翰林院闹到这般水火不容的地步，你还不如那蒋先明着急上火。倪青岚的这桩案子，已经不单纯了，他们不是在为倪青岚而闹。"

张敬咳嗽了好一阵，也没接孟云献递来的茶，让堂候官斟了一碗来喝了几口，才又接着道："我倒是想问问你，这事够了没有？"

孟云献收敛了些笑意："不够。虽说吴太师这么久也没见到官家一面，可你看，今儿官家这么一病，吴贵妃立即便往庆和殿侍疾去了。吴贵妃在官家身边多少年了，是最得圣心的。她只吴继康这么一个弟弟，两人年纪相差大，她又没有子嗣，对吴继康不可谓不偏疼。而官家呢，也算是看着吴继康长大的。你以为他不见吴太师，便是表明了态度？"孟云献望向门外那片耀眼的日光，意味深长地继续道，"我看，官家未必真想处置吴继康。"

中秋当日，正元帝仍卧病在床，谏院与翰林院之间的斗争愈演愈烈，却始终没有拿出个给吴继康定罪的章程。

"听说他有哮喘，在黉夜司里发了病，他那个贵妃姐姐正在官家身边侍疾，听说是她与官家求的情……"

"官家今儿早上发的旨意，准许他回吴府养病……"

午后秋阳正盛，倪素听着周遭许多人的议论声，感到彻骨的寒凉，恍惚间听到身边有人嚷嚷了声"出来了"，她立即抬起头。

黉夜司漆黑森冷的大门缓缓打开，一名衣着华贵的青年被人用滑竿抬了出来。他脸色泛白，气若游丝地靠着椅背，半睁着眼睛。

"韩清，自从接了这冬试案，你就少有在宫里的时候，若不是咱家今儿奉旨来这一趟，要见你还真难哪。"入内内侍省都知梁神福嘱咐抬滑竿的人仔细些，回头见黉夜司使尊韩清出来，便笑眯眯地说。

"干爹，今儿晚上儿子就回宫里去，中秋佳节，儿子自当在干爹面前。"韩清面露笑容。

"咱们这些人哪有个佳节不佳节的。官家头疾难挨，你就是来了，咱家只怕也是不得闲的。"梁神福拍了拍他的肩，"你有心，咱家知道的，正因如此，咱家才要提点你一句，少较真儿，当心真惹官家不快。"这话梁神福说得很委婉，声音也压得很低，只有韩清一个人听得见。

韩清垂首："儿子记下了。"

两人正说着话，一旁的周挺看见了底下人堆里的倪素。她一身缟素，额上还绑着一根白色的细布，乌黑发髻间全无装饰。

"使尊，倪小娘子来了。"周挺提醒了一声。

这话不只韩清听见了，梁神福也听见了，他们两人一同顺着周挺的目光看去，朗朗日光底下，那个穿着素白衣裳的年轻女子尤为惹眼。

"别让她在这儿闹事。"韩清皱了一下眉，对周挺道。

周挺立即走下阶去，与此同时，吴继康的滑竿也正要穿过人群，吴府的小厮们忙着在看热闹的百姓堆里分出一条道来。一名小厮嘴里喊着"让让"，目光倏尔扫过面前这个穿着丧服的姑娘，明显愣了一下。

一时间，所有人的目光都落在这女子身上。

"倪小娘子，你今日不该来。"周挺快步走到倪素身边，低声说道。

"我只是来看看，你们也不许吗？"话是说给周挺听的，但倪素的视线却一直停在滑竿上。

"看什么？"大庭广众之下，周挺并不方便与倪素细说案情。

"自然是来看看这个害我兄长性命的杀人凶手，究竟长什么样。"

滑竿上的青年病恹恹的，而倪素这番话声音不小，他一听清，便与她目光相触，随即猛烈地咳嗽起来。

梁神福瞧见他那副一口气好似要过不来，咳得心肺都要吐出来的模样，便连忙道："快！快将衙内送回府里，太医局的医正[1]都等着呢，可不要再耽误了！"

所有人都手忙脚乱地护着滑竿上的那位衙内，倪素冷眼旁观，却见那吴继康居高临下般向她投来一眼。

他在笑。

顷刻间，倪素脑中一片空白。

好多人簇拥着吴继康从人堆里出去，身边的周挺低声与她说了什么，她也听不清，满脑子都是方才吴继康朝她投来的那一眼。他的笑犹如绵密的针，不断戳刺她的心脏，撕咬她的理智。

她转头，死死盯住那个人的背影。

他高高在上，被人簇拥。

---

[1] 官名。

"倪小娘子。"周挺不许她往吴继康那边去。

周遭的百姓已散去了，此时黉夜司门前只剩下倪素与周挺。倪素看着他握住自己手腕的手，抬起头。

周挺立即松了手，对上她微红的眼眶，怔了一瞬，随即道："你不要冲动，他如今是奉旨回府，你若拦，便是抗旨。"

"那我怎样才不算是抗旨？"倪素颤声道，"小周大人，请你告诉我，为什么他杀了人，还可以堂而皇之地被人接回？为什么我要从这里走出来，就那样难？"

为什么？因为吴继康坚称自己是过失杀人，因为官家对吴继康心有偏袒，还因为吴家是权贵，而她只有自己。

但这些话并不能宣之于口，若说出来，便是对官家不敬。

周挺沉默了片刻，道："倪小娘子，你想要的公道，我同样很想给你。眼下黉夜司并没有放过此事，请你千万珍重自身。"

倪素已无心再听周挺说些什么，她也犯不着与黉夜司为难，转身便朝来的路走去。

"大人，听说翰林院的官员们几番想定那吴衙内的罪，官家都借口卧病不予理会……官家的心都是偏的，又哪里来的公正呢？您说会不会到最后，吴继康的死罪根本定不下来？我看咱们使尊也快管不了这事了，他怎么着也不会与官家作对呀……"晁一松叹了一口气。

周挺也算浸淫官场好些年，他心中也清楚，此事发展到如今这个地步，对倪素究竟有多么不利，英挺的眉间浮出一丝复杂。

中秋之日，团圆之期，街上不知何时运来了一座灯山。青天白日，不少人搭着梯子点上面的灯盏，它慢慢地亮起来，那光也并不见多好看。

倪素恍惚地在底下看了会儿，只觉得那些人影好乱，那灯山巍峨，好像很快就要倾塌下来，将她埋在底下，将她骨肉碾碎，让她连一声呼喊也来不及发出。

她好像听见灯山摇摇欲坠的"吱呀"声，可是她也忘了要往哪一边去，只知道抬手一挡。

天旋地转。

她几乎看不清灯山,也看不清街上的人,直到有个人环住她的腰身。她迎着炽盛的日光,盯着他苍白漂亮的面容看了片刻,又去望那座灯山。原来,它还稳稳地矗立在那里,并没有倾塌。

倪素的眼眶几乎在顷刻间湿润起来,她忽然像抓住救命稻草般,一下子紧紧抱住徐鹤雪。

为了让她的举动看起来不那么奇怪,徐鹤雪皱了一下眉,还是悄无声息地在人前幻化成形,将她揽住。

他的面前,是那样巨大的一座灯山,光亮照在他的脸上,映得他的眼睛里凝聚了一片晶莹的影子。

没有人注意到他是如何出现的,而他静静听着她的抽泣,仰望那座灯山,说:"倪素,你不要哭,此事还未到绝处。"

倪素泪眼蒙眬,在他怀中抬头。

徐鹤雪眯了一下眼睛,寒芒微闪:"纵是官家有心袒护,终究不能改变吴继康杀人之实,而你,可以逼他。"

怎么逼?倪素眼睑微动,喃喃道:"登闻院……"

"官家在乎人言,你便可以利用它,要这云京城无人不知你兄长之冤,让整个云京城的百姓成为你的状纸。"徐鹤雪顿了一下,复看向她,说道,"可是倪素,你应该知道,若真上登闻院,你又将面临什么。"

她这已不仅仅是告御状,更是在损害官家的颜面,登闻院给她的刑罚,只会重,不会轻。

"我要去。"倪素哽咽着说。

他知道,她是一定要去的。

若能有更好的办法,他其实并不想与她说这些话。官家对于吴继康的偏袒已经算是摆到了明面上,他大抵也能猜得到孟云献此时又在等什么。这是最好的办法,最能与孟云献的打算相合。

可是徐鹤雪又不禁想,这些官场上的肮脏博弈对倪素来说,实在是残忍至极。

灯山越来越亮了,几乎有些刺眼。周遭的嘈杂声更重。在这片交织的日光灯影里，徐鹤雪心头仿佛有什么东西呼之欲出，抬手揉了一下她的头发。

日光渐弱，衬得灯山的光更盛大明亮。有一瞬，徐鹤雪将它看成了幽都的那座宝塔，那些跳跃闪烁的烛焰，像是塔中跃动的魂火。

"公子，您的月饼。"卖糕饼的摊主手脚麻利地拣了几块月饼放进油纸包里递给他，又不自禁偷偷打量了一眼这个年轻人。他的脸色未免也太苍白了些，像是患病已久。

"多谢。"徐鹤雪领首，接过月饼。

他回过头，看见身着素白衣裙的姑娘仍站在那儿，周遭来往的人很多，可是她的眼睛却一直望着他，像一个不记路的孩童，只等着他走过去，她便紧紧地牵起他的衣角。

徐鹤雪走了过去，她竟真的牵住了他的衣袖。他不自禁地垂下眼睛，还算克制地看了一眼她的手，从油纸包中取出来一块浑圆的月饼，递给她："枣泥馅的。"

倪素"嗯"了一声，吸吸鼻子，一边跟着他走，一边咬月饼。

从那座灯山旁走过时，徐鹤雪其实有些难以忍受周遭偶尔停驻在他身上的视线。即便那些目光不过是随意的一瞥，也并不是好奇的窥视，可他只要一想到阳世才仅仅过去十五年，他也许会在这个地方遇见过往的同窗，也许会遇见老师，也许，会遇见那些他曾识得的，或者识得他的人，他便难以面对这街市上任何一道偶尔投来的目光。

他怕有人当着她的面唤出"徐鹤雪"这个名字。他抬起头，审视她的侧脸，又不禁想，若她听到这个名字，会是何种神情。

她在很安静地吃月饼，也不看路，只知道牵着他的衣袖、跟着他走。

徐鹤雪知道，自己不能因为心头的这份难堪而化为雾气，让她一个人孤零零地走这条回家的路。她这个时候，需要一个人在她身旁，一个真实的、能被众人看见的人，能够带着她悄无声息地融入眼前这片热闹。

徐鹤雪早已没有血肉之躯了，他原本做不了那个人。

他安静地看着她吃月饼。

月饼盈如满月，而她一咬则亏。

吴府里，奴仆们正忙着除尘洒水，为方才回来的衙内驱除晦气，太医局的医正在内室里给吴继康看诊，入内内侍省都知梁神福则在外头与吴太师一块儿饮茶。

"这都是好茶叶呀，太师，给咱家用，是破费了。"梁神福瞧着一名女婢抱上来几只玉罐的茶叶，端着茶碗笑眯眯地说。

"梁内侍在官家跟前伺候，这么多年闻惯了官家的茶香，想来也是爱茶之人了。你既爱茶，又何谈什么破费不破费的。"吴太师说着便咳嗽起来。

"太师在宫里受的风寒怎么还不见好，不若请医正再给您瞧瞧？"梁神福不免关切一声。

"不妨事，"吴太师摆了摆手，"其他毛病都没有，只是咳嗽得厉害些，再吃些药，应该就好了。"

"太师多注意些身体，官家虽没见您，但是贵妃娘娘这些日子都在官家跟前呢。"梁神福收了好茶，便知道自己该多说些话，"当年官家微服巡幸江州，正遇上那儿一个姓方的纠集一众庄客农户闹事。若不是您临危不乱，敢孤身与那姓方的周旋，招安了他，指不定要闹出多大的事来呢……"

那时梁神福便在正元帝身侧随侍，正元帝一时兴起要去寻访山上一座道观，人却带少了，上了山才发觉那道观早已被一帮人数不少的盗匪给占了。

"您如今虽然已不在朝，但您先头的功劳和苦劳，官家心里都还记着呢。再说了，还有贵妃娘娘呢，她又如何能眼睁睁地看着衙内真去给人偿命？"梁神福喝了一口茶，继续道，"那到底只是个举子，官家连他的面都没见过，可衙内不一样啊。自从安王殿下夭折后，官家一直没有其他子嗣，衙内入宫看望贵妃的次数多了，官家瞧着衙内也是不一样的……"

他又压低了些声音："太师呀，官家是最知道骨肉亲情的，您老来得子本也不易，官家是不会让您丢了这个儿子的。"

"梁内侍说的这些我都晓得了。"吴太师听了梁神福这一番话，才像吃了颗定心丸似的徐徐一叹，"此事本也怪我。官家要再推新政，所以荫补官这块儿便收得紧了，我知道官家待贵妃和我吴家已是极大的恩宠，便想着要康儿争些气，不以恩荫入仕，以此来报官家恩德，遂将他逼得太紧了些，以致他做下这等糊涂事……"

三言两语，吴太师便将自己这一番拥新政、报君恩的热忱说得清清楚楚。梁神福是正元帝身边最亲近的内侍，在宫中多年，如何听不明白吴太师这些话到底是想说给谁听的，只笑了笑，说："太师的这些话，官家若听了，一定能明白您的忠君之心。"

虽说是拿人手短，但梁神福到底也不是只看在吴太师那连罐子都极其珍稀的茶叶的分上，而是官家心向太师，他自然也就心向太师。

梁神福带着太医局的人离开了，吴太师坐在椅子上又咳嗽了好一阵，仆人们进进出出，珠帘摇晃个不停。

"都出去。"

吴太师咳得沙哑的声音既出，所有仆人立即被内知挥退，房中一时寂静下来，那道门被内知从外面缓缓合上。

"出来。"吴太师眯着眼睛，打量门缝外透进来的一道细光。

"爹，我还难受……"吴继康身形一僵，靠在床上。隔着屏风与珠帘，他根本看不见坐在外头的父亲，只能尽量让自己的声音听起来更羸弱些。

可他没有听见父亲的任何回应。吴继康心里的慌张更甚，再不敢在床上待着，起身掀帘出去。

"跪下。"只听父亲冷冷一声，吴继康浑身一颤，双膝一屈，自己还没有反应过来，便已经跪了下去。

"夤夜司的人并未对你用刑？"吴太师面上看不出多余的神情。

"是……"吴继康低声应道。

"那你为何如此轻易就认了罪？"

"是……是贾岩先认的！夤夜司的人虽没对儿子动刑，可是他们当

着我的面刑讯了贾岩！爹，贾岩他指认我，我、我太害怕了……"

贾岩便是吴继康的书童。吴继康谈及此人，便几欲呕吐。

这个人在夤夜司中已经被折磨得不成人形了，而且是当着他的面受的刑。他甚至不敢细想贾岩血肉模糊的脸皮，不敢想那双望向他的眼睛，可是这些画面非要往他脑子里钻。

他浑身止不住地颤抖，腰塌下去便开始干呕。

"我看你是觉得，你姐姐在宫里，而我又找了人替你遮掩，因此你无论如何都死不了，是不是？"吴太师在梁神福面前表现得那般爱子，此时他的脸色却十分阴沉冷漠。

"难……难道不是吗？"吴继康双膝往前挪，一直挪到吴太师面前，抖着手抓住他的衣袍，"爹，我不会死的对不对？您和姐姐都会救我的，对不对？我不想再去夤夜司了，那里好多血，好多人在我面前被折磨，我做噩梦了……我做了好多的噩梦！"

吴太师一脚踢在他的腹部。这力道很大，吴继康后仰倒地，疼得眼眶都红了，在地上蜷缩起来。

"早知如此，你为何还要给我添乱？"吴太师猛地一下站起来，居高临下地盯着他，"你当初找杜琮行舞弊之事时，可想过此事有朝一日会被人翻出来？我在前头想尽办法替你遮掩，你倒好，陷害倪青岚妹妹不成，反倒让韩清那么一条恶狗抓住了把柄！"

"爹，官家要保我，官家要保我的！"吴继康艰难地呼吸，"我只是不想她再闹下去，我想让她滚出云京，若是她不能滚，我杀了她就是，就像……就像杀了倪青岚一样简单……"他仿佛陷入了某种魔障，准确地说，自倪青岚死后，他便一直处在这样的魔障之中。

"你啊你，我怎么生了你这么个东西？"吴太师怒不可遏，"我倒还没问你，你为何要将倪青岚的尸首放在清源山上的泥菩萨里？你若谨慎些，这尸首谁能发现？"

"超度嘛。"吴继康的反应很迟钝，像喃喃似的说道，"我把他放进菩萨里，他就能跟着菩萨一块儿修行，然后，他就去天上了，就不会变成厉鬼来找我……爹，我只是忘了给他吃饭，我本来没想杀他，可是他饿死了……"吴继康烦躁地揉着脑袋,发髻散乱下来,"为什么他要有个妹妹?要不是她,没有人会发现的,没有人!"

"你看看你这副样子!你哪里像是我吴岱的儿子?学问你做不好,杀人你也如此胆怯!"吴太师气得又狠踢了他一脚。

"那你让倪青岚做你的儿子好了!"吴继康敏感的神经被吴太师触及,又受了一脚,疼得眼眶湿润,忍不住喊起来,"叶山临说他学问极好,他们都说他能登科做进士!只有我,无论如何刻苦读书,也始终成不了您的好儿子!"

吴太师的脸色越发铁青,吴继康越来越害怕,可他抱着脑袋,嘴里仍没停:"您一定要逼我读书,您再逼我,我也还是考不上……"

外人都道太师吴岱老来得子,所有人都以为他必定很疼这个儿子,连早早入宫的贵妃姐姐也如此认为。可只有吴继康知道,这都是假的。

比起他这个儿子,吴太师更看重的是自己的脸面。老来得子又如何?他见不得自己的儿子庸碌无用,自吴继康在宫中昭文堂里被翰林学士贺童痛批过后,吴太师便开始亲自教导吴继康。

十三岁后,吴继康便是在吴太师极为严苛的教导下长大的。他时常会受父亲的戒尺,时常会被罚跪到双腿没有知觉,时常只被父亲冷冷地睨一眼,便会害怕到浑身止不住地颤抖。

即便在如此强压之下,吴继康也不能达到父亲的要求。原本吴继康还想,自家有恩荫,他的学问再差,官阶也差不到哪里去,可官家忽然要重推新政,父亲为表忠心,竟要他与那些寒门子弟一块儿去科考。

临近冬试,吴继康愈发惶惶不安,他生怕自己考不上贡生,将得父亲怎样的严惩。

他什么书也看不进去,便被书童贾岩撺掇着去了一些官家子弟的宴席。那宴席上也有几个家境极一般的会说漂亮话儿的主,是被其他的衙内招来逗趣儿的,其中便有一个叶山临。

酒过三巡,席上众人谈及冬试,那家中经营书肆的叶山临没的吹嘘,便与他们说起一人:"我知道一个人,是雀县来的举子,早前在林员外的诗会上现过真才,是那回诗会的魁首!说不得,这回他便要出人

头地！"

有人对其起了好奇心，便道："不如将人请来，只当瞧瞧此人，若他真有那么大的学问，咱们这也算是提前结交了！"

叶山临却摇摇头："他不会来的，我都没见过他。"

"只是被林员外看重，此人便清傲许多了？咱们这儿可还有几位衙内在，什么样的人物请不来？"

"不是清傲，只是听说他不喜这样的场面。他的才学也不是假的，我识得他的好友，一个叫何仲平的，那人给我看了他的策论，写得是真好。这回冬试又是给新政选拔人才，他那样的人若不能中选，可就奇了！"叶山临打着酒嗝，竹筒倒豆子似的说了这些话，到后头，甚至还背出了一些倪青岚写的诗词和策论。

吴继康叫书童给了叶山临银子，请他默了倪青岚的诗文来看，只是这一看，吴继康就再也喝不下一口酒了。

他自惭于自己的庸碌，同时又隐隐地想，若那些诗文都是他的就好了，如此，他便能表里如一地做父亲的好儿子，风光无限。

这样的想法从萌芽到演变成舞弊，仅仅过了一夜。

吴继康借着父亲的关系，送了许多银子给杜琮。杜琮将此事安排得很好，只要将倪青岚的卷子与他的一换，他便能直接入仕，从此再不用被父亲逼着用功。

为了确保倪青岚在冬试之后不会出来坏事，吴继康便在冬试结束的当夜，令人将其迷晕，随后关在了城外的一间屋子里。书童贾岩便是帮着他做完所有事的人，甚至在倪青岚逃跑后，也是贾岩带着人将其抓回，好一番折磨痛打。

吴继康起初只是想等冬试结束，等自己顺利入仕，便弄哑倪青岚的嗓子，再给些银子，将人放回雀县。可那夜，贾岩急匆匆地从城外回府，说："衙内，咱们守门的几个小厮吃醉了酒，说漏了嘴，倪青岚已经知道您为何关着他了！奴才看他那样子，若您放过了他，只怕他不会善罢甘休！若闹到官家耳里，可如何是好……"

官家？吴继康怎么有心情管官家如何想，他满脑子都是父亲的言语折辱与家法。

谁知屋漏偏逢连夜雨,第二日一早,他便听见宫里传出的消息——官家采纳了谏院的提议,改了主意,冬试之后,还有殿试。

吴继康当夜便去见了倪青岚。那青年即便衣衫染血,姿仪也仍旧端正得体,在简陋发霉的室内,冷静地盯着他,说:"衙内的事既不成,那你我便揭过此事,往后我们谁也不提,如何?"

"真的不提?"吴继康心有动摇,本能地艳羡着倪青岚。他不知道这个人在此般糟糕的境地之下,为何还能如此镇定。

"我无心与衙内作对。"倪青岚说。

吴继康本来是真信了他的,可是书童贾岩却说:"衙内,您没听杜大人说吗?那倪青岚的卷子是绝对能中选的,您此时将这人放了,不就是放虎归山吗?如今他也许还没有能力与您作对,可往后他若是入仕为官,指不定爬上哪根竿子呢,到那时他再与您清算,您该如何?怕就怕,咱们太师若知道了,您……"

一听贾岩提起太师,吴继康只觉得自己浑身的血都冷透了,本能地害怕起来,而贾岩还在他耳边不停地道:"衙内,他之前可是逃跑过的,您换卷子这事,也是他故意套我们的话套出来的,他绝不是个省油的灯!他在蒙您哪!"

吴继康听了这些话,便也觉得倪青岚一定是在蒙骗他,一气之下,便道:"这几天不要给他饭吃!"

吴继康不但没有给倪青岚饭吃,还让贾岩等人将倪青岚吊起来打,种种折磨令倪青岚患上了离魂之症。

吴继康其实也没想闹出人命,他只是不知该如何处置倪青岚才能保全此事不被发觉,却不承想,倪青岚患上离魂之症后,一口饭都吃不下去了。

人,是生生饿死的。吴继康那时还在犹豫该不该给倪青岚请医工,又极其害怕自己被发现,可就是这么犹豫着,人便死了。

天色阴沉,闷雷涌动,疾风骤雨很快交织而来。

吴太师看着地上瘫软得好似烂泥一般的儿子,满是褶皱的脸上没有

一点温情,握住一根鞭子,狠狠地抽在吴继康的身上,咬牙冷笑:"若倪青岚是我儿,你哪怕只是动了他的卷子,没伤他性命,我也要你用命来偿。"

可惜,他不是。

你才是。

中秋已过,翰林院与谏院的斗争愈发激烈,"倪青岚"这个名字屡被提及,这些大齐的文官恨不能使出浑身解数来驳斥对方。

谏院认为,国舅吴继康过失致倪青岚死亡,倪青岚最终因患离魂之症,自己吃不下饭才生生饿死,故而,吴继康罪不至死;翰林院则认为,吴继康收买杜琮舞弊在先,又囚禁倪青岚,使其身患离魂之症,最终致使其死亡,理应获死罪。

两方争执不下,然而正元帝却依旧称病不朝,谏院与翰林院递到庆和殿的奏疏也石沉大海。正元帝如此态度,更令谏院的气焰高涨。

"这几日倪青岚的事闹得越发大了,市井里头都传遍了。我也去茶楼里听过,那说书先生讲得绘声绘色,连吴继康是如何起了心思,又是如何囚禁折磨倪青岚的事都讲得清清楚楚,不少人当街怒骂国舅爷吴继康,那骂的话可真难听……"裴知远一边剥花生,一边说道。

"我听说,昨儿有不少学生去光宁府衙,问倪青岚的案子要如何结,尤其是那些寒门子弟,一个个义愤填膺的,快闹翻天了。"有个官员接话道。

"你也说了是寒门子弟,天下读书人,除了出自官宦人家的,有几个听了他的事还不寒心?官家若不处置吴继康,他们只怕是不愿罢休的。"另一名官员叹了一声。

那些没有家世背景的年轻人,谁又不担心自己会成为下一个倪青岚呢?只要权贵有心,便能使其十年寒窗之苦付之一炬,甚至付出生命。此事在读书人中间闹到如此地步,实在是因为它正好戳中了那些血气方刚、正值气盛的年轻人的心。

"咱们还是好好议定新政的事项,别去掺和他们谏院和翰林院的事……"趁着翰林学士贺童还没来,有人低声说道。

话音才落,众人见张相公与孟相公进来,便起身作揖。

"都抓紧议事。"孟云献像是没听到他们说了些什么似的,背着手,进门便示意他们不必多礼,随即坐到位子上,与张敬说起了正事。

官家虽仍在病中,但政事堂议论的新政事项依旧是要上折子到官家案头的,官员们也不敢再闲聊,忙做起手边的事。

天才擦黑,孟云献从宫中回到家里,听内知说有客来访,他也懒得换衣裳,直接去了书房。

"倪青岚的事在云京城里闹得这样厉害,是你贪夜司做的?"等奉茶的内知出去,孟云献才问坐在身边的人。

"是倪青岚的妹妹倪素,但咱家也使了些手段,让周挺将那书童贾岩的证词趁此机会散布出去,如此一来,茶楼里头说书的就更有的说了。"

若非韩清有意为之,外头不会知道那么多吴继康犯案的细节。

"这个姑娘……"孟云献怔了一瞬,端着茶碗却没喝,只道,"竟是个硬骨头。"

他语气里颇添一分赞赏。

"难道,她想上登闻院?"孟云献忽然意识到。

"若非如此,她何必四处花银子将此事闹大?咱家心里想着,这登闻院,她是非去不可了。"韩清谈及此女,眉目间也添了些复杂的情绪。

"登闻院的刑罚,她一个弱女子,真能忍受?"茶烟上升,孟云献抿了一口茶,"不过她这么做,的确更方便你我行事。官家本就在意生民之口,而今又意欲泰山封禅,想来会更加重视。倪青岚的事被闹到登闻院,官家便不能坐视不理,一定要给出一个决断才行。"

可如何决断?满云京城的人都盯着这桩案子,那些寒门出身的读书人更由倪青岚之事推及己身,若官家此时仍旧铁了心包庇吴继康,只怕事情并不好收场。那倪素,是在逼官家。

思及此处,孟云献不由一叹:"韩清,我觉得她有些像当初的你。"

"当年若能上登闻院,咱家也定是要去的。"韩清面上浮出一分笑意。

那时韩清不过十一二岁,在宫中无权无势,而他这样的宫奴,是没

有资格上登闻院的。幸而求到孟云献面前,他才保住了亲姐的性命。

孟云献沉吟片刻,一手撑在膝上,道:"等她上登闻院告了御状,官家一定会召见我。"

九月九,重阳节。

倪素起得很早,在香案前添了香烛。她看见昨日蔡春絮送来的茱萸,朱红的一株插在瓶中,想了想,折了一截簪入发髻。

"好不好看?"她转身,问立在廊里的人。

徐鹤雪看着她。

她一身缟素好似清霜,绾着三鬟髻,却并无饰物,唯有一串茱萸簪在发间,极白与极红,那样亮眼。

"嗯。"他颔首。

倪素笑了一下,她的气色并不好,脸也更清瘦了。她从瓶中又折了一截茱萸,走到他面前,拉住他的衣带,一边将茱萸缠上去,一边说:"今日我们要去登一座很高很高的山,佩上这个吧。"

那座山便是登闻院。

徐鹤雪垂眸,看着她的手指勾着他霜白的衣带,眼神微动,想要开口。

"你听我说,"倪素打断他,"今日你一定不要帮我,不要让任何人发现你的存在。"

缠好了茱萸,倪素的视线从殷红的茱萸果移到他洁白严整的衣襟,再往上移向他的脸。

"我受了刑,还要拜托你来照顾我,"倪素的语气很轻松,"若你不照顾我的话,我就惨了。"

"放心。"他说。

"嗯。"倪素的眼睛弯了一下,"那我先谢谢你。"

登闻鼓在皇城门外,倪素从南槐街走过去,晨间的雾气已经散了许多,日光越发明亮起来。街上来往的行人众多,她隔着形形色色的人墙,看见皇城门外的兵士个个身穿甲胄,神情肃穆。

登闻鼓侧，守着一些杂役。没有人注意到倪素，直到她走到那座登闻鼓前，仰望它。

日光灿灿，刺人眼睛，看鼓人们互相推搡着，盯着这个忽然走近的姑娘，开始窃窃私语。

"她要做什么？"

"难道要敲鼓？这鼓都多少年没人敢敲了……"

"她就不怕受刑？"

看鼓人们正说着话，便见那年轻女子拿下了木架上的鼓槌，高高地抬起手，重重地打在鼓面上。

"砰"的一声响，鼓面震颤。

好多行人被这鼓声一震，很快便聚拢到登闻鼓前，鼓声一声比一声沉闷，一声比一声急促。

"快，快去禀告监鼓大人！"一名看鼓人推着身边的人。

监鼓是宫中的内侍，消息随着鼓声送入宫中，又被监鼓送到登闻院，这么一遭下来耽搁了不少时间，可那鼓声却从未停止。倪素满额是汗，手臂已经酸痛得厉害，可她仍牢牢地握住鼓槌，直到宣德门南街的登闻院大门敞开。

"何人在此敲鼓？"监鼓扯着嗓子喊。

倪素鬓发汗湿，转回身去，双膝一屈跪下，高举鼓槌，朗声道："民女倪素，为兄长倪青岚申冤！"

"倪青岚"这三字几乎立时激得人群里起了好一阵波澜。

"就是那个被吴衙内害死的举子？"

"我也听说了，他好像是被那吴衙内折磨得患了离魂之症，水米不进，生生地饿死了……"

"真是作孽！"

监鼓用帕子擦了擦额上的汗，将各位看鼓人叫来，道："院判大人已经到了，你们快将她带到登闻院里去！"

"是！"看鼓人们忙应声。

自有了告御状必先受刑的规矩后，登闻院已许久无人问津。登闻

院的院判兼着谏院里的职事,正在宫里头和翰林院的人吵架呢,听着登闻鼓响,还觉得是自己听错了,直到监鼓遣人来寻,他才赶忙到登闻院里来。

谭院判坐到大堂上,见着大门外聚集了那么多的百姓,还有些不习惯。他正了正官帽,用袖子擦了擦汗,正襟危坐,审视起跪在堂下的年轻女子:"堂下何人?因何敲鼓?"

"民女倪素,状告当朝太师吴岱之子吴继康杀害吾兄!"倪素俯身磕头。

谭院判显然没料到自己摊上的是倪青岚这桩事,面上神情微变,又将这女子打量一番,沉声道:"你可知入登闻院告御状,要先受刑?"

"民女知道。若能为兄长申冤,民女愿受刑罚!"

谭院判眯了眯眼睛,他只当这女子无知,尚不知登闻院刑罚的厉害,因而他按下其他不表,对登闻院的皂隶抬了抬下颔:"来。"

皂隶们很快抬来一张蒙尘的春凳,一人用衣袖草草地在上头擦了一把灰,另外两人便将倪素押到了春凳上。

倪素的一侧脸颊抵在冰冷的凳面上,听见堂上的谭院判肃声道:"倪素,本官再问你一遍,你是否要告御状?"

"民女要告。"倪素说道。

"好。"谭院判点头,对手持刑杖的皂隶道,"用刑!"

皂隶并不怜惜她是女儿身,只听院判一声令下,便扬起刑杖,重重地打下去。

震颤骨肉的疼几乎令倪素收不住惨声,她眼眶里泪意乍涌,浑身都在发颤,这是比光宁府的杀威棒还要惨痛的刑罚。

皂隶一连打了几板子,站在门外的百姓们都能听到那种落在皮肉上的闷响。

蔡春絮被苗易扬扶着从马车里出来,正好听见门内女子的颤声惨叫,双膝一软,险些摔下马车。

她快步跑到门口,推开挡在前面的人,一眼望见青天白日之下,那女子被人按在一张春凳上,霜白的衣裙上是斑驳的血。

"阿喜妹妹……"蔡春絮眼眶一热,失声喃喃。

"倪素,本官再问你,这御状,你还告吗?"几板子下去,谭院判抬手示意皂隶暂且停手。

"告。"倪素嘴唇颤抖。

谭院判眼底流露一分异色,没料到这几板子竟还没吓退这个女子。思及谏院与翰林院如今的水火之势,他面上神情算不得好,挥了挥手。

皂隶点头,两人一前一后又下了板子。

倪素痛得用手指紧紧地攥住春凳的一角,指节泛白,她咬着牙,却怎么也忍不下身上的疼,难挨地淌下泪。

徐鹤雪并不是第一回见她受刑,可是这一回,他心中的不忍更甚,甚至没有办法看她的眼泪。刑杖又落下去,他的手紧握成拳,闭了闭眼。

"倪素,告诉本官,你申冤所求为何?"端坐堂上的谭院判冷声道。

皂隶还没停手,倪素痛得神思迟钝,喃喃道:"我求什么?"

又一板子落下来,她痛得眼泪不止,发出一声短促的惨叫,艰难地呼吸着,哭喊道:"我要杀人者死!我要他还我兄长性命!我要他还我兄长性命!"

凭什么?凭什么她兄长的性命比不得那个人的性命?凭什么杀人者还能堂而皇之地脱离牢狱?

"大人,若不能为兄长申冤,民女亦不惧死!"

"不要再打了!"蔡春絮被皂隶拦在门外,眼睁睁地看着又一杖打下去,焦急地喊,"大人!不要再打她了!"

可皂隶们充耳不闻。

徐鹤雪看着倪素鬓发间鲜红的茱萸掉在了地上。她身上都是血,而刑杖不停,狠狠地打在她身上。

他下颔绷紧,终究还是难以忍耐,伸出手,双指一并,银白的荧尘犹如绵软的云一般,轻轻附在她身上。

皂隶一杖又一杖打下去,但倪素却发现自己感觉不到。

她迟钝地抬眼,沾在眼睫上的泪珠滑落下去,她看见他周身荧尘浮

动,衣袖的边缘不断有殷红的血珠滴落。她看见他腕骨处的伤口寸寸皲裂,连衣襟也染红了,也许衣袍之下,越来越多的伤口都已显现。

他的那张脸,更苍白了。

倪素的脸颊贴在春凳上,嗓子已经嘶哑得厉害,嘴唇微动,声音微弱到只有她自己能听得见:

"徐子凌,你其实……不必管我。"

第柒章 定风波

我倪素,愿以此志,躬行余生。

"大人,若不能为兄长申冤,民女亦不惧死!"

伴随着刑杖落在皮肉上的声音,受刑的女子用尽力气呼喊出的这句话几乎震颤着所有围观者的耳膜。

如此刑罚,即便是男子也很难不惧怕,谭院判也很难相信,这样一个柔弱女子,竟能生生忍下这十几杖且始终不告饶。

"大人……"一名皂隶握着沾血的刑杖,面上终归还是露出一分不忍。

"多少杖了?"谭院判看那女子趴在春凳上动也不动。

"已经十二杖了。"皂隶小心地看着院判大人。

谭院判面上流露一分犹疑,但沉吟片刻,还是正了正神色,道:"律法不可废,还有八杖。"

"是……"皂隶无法,只得再度举起刑杖。

刑杖落下去,震得荧尘闪烁四散,徐鹤雪的衣襟几乎染了一圈触目惊心的红。他瘦削的手指用力,重新剥离身上银白的荧尘,轻轻裹覆在倪素身上。

那是剥离血肉的疼,是他生前所受过最重的刑罚。

他干净的衣裳湿透了,斑驳的血迹令他看起来比她还要狼狈得多,倪素泛白的唇颤抖,朝他摇头。

她不能大声喊他的名字,不能在这么多人面前与他说话。她的眼泪淌下脸颊,指甲几乎要嵌进春凳的缝隙里。

"谭院判，倪素身为女子，十六杖，已经够了！"第十六杖落在倪素身上，有人拨开人群，立在登闻院大门外，朗声说道。

谭院判闻声抬头，看见一个身着玄衣的年轻人，他抬手示意皂隶停手，随即道："你是何人？竟敢扰乱公堂！"

"夤夜司副尉周挺，见过院判大人。"周挺拿出夤夜司的腰牌给守门的皂隶看过，又看向身后，"下官奉命，送吴衙内入登闻院与申冤者当堂对质。"

他话音才落，谭院判便见外头的百姓退到两旁，让出一条道来，一行人抬着滑竿，滑竿上坐着一个脸色苍白、似在病中的锦衣青年。

有人申冤告状，被告者必须在场，当下谭院判便命人放周挺等人进来。

眼看吴继康便要被人抬进去，蔡春絮不顾夫君苗易扬的阻拦，趁人不注意，狠狠地朝吴继康啐了一口。唾沫星子沾在吴继康身上，他脸色都变了。

"既是被告的杀人凶犯，怎么还被抬着进去？是自个儿没腿脚吗？让他下来，自己走进去！"蔡春絮嚷嚷起来。

人群里立即响起附和声："就是！让他下来！"

也不知道从哪儿飞来了烂菜叶子和臭鸡蛋，那些匆忙放下滑竿的小厮想挡也没挡住，吴继康被砸了个正着。他难以忍受自己身上的肮脏，瞪大双眼，脸色越发怪异起来，胸口起伏，正想发作，却听一旁的周挺淡声道："吴衙内，请起身入登闻院受审。"

"受审"这两个字，周挺说得缓慢，意在提醒吴继康自己此时的处境。吴继康难堪地站起身，被身边的小厮扶着，慢慢地走进登闻院大门。

朗朗日光底下，他一眼就看见了趴在春凳上的那名女子，她几乎被鲜血浸透，整个人无意识地抽搐着。

吴继康本能地握紧了小厮的手腕，恍惚地想，既受了这样的刑，她怎么还没死呢……

"衙内。"小厮低声提醒他抬脚。

但还是晚了，吴继康一个踉跄，险些跪倒在阶前。他被小厮扶着站

直身体,朝堂上正座的谭院判作揖:"拜见院判大人。"

"大人,还打吗?"皂隶在一旁小心问道。

谭院判犯了难,一时也说不出打或不打。

"院判大人,登闻院先行刑而后审案,是为防诬告,不敬圣上,以此刑罚试申冤者之心志,其目的本不在于惩戒,而在于试诚心。难道大人以为,此女之心还不够诚吗?"周挺走入堂中,指着外面在日光底下受刑的倪素说道。

"可二十杖是登闻院的规矩。"谭院判皱起眉,"不以规矩,不能成方圆。"

"大人!学生愿代她受刑!"登闻院大门外,忽然传来一道急切的声音。

一时间,所有人的目光都聚集在抓着门口皂隶手臂的那名青年身上,倪素反应了好一会儿,才迟钝地挪动视线。

竟是何仲平。他扑通一声跪下去,高声喊道:"霁明兄生如浑金璞玉,奈何木秀于林,风必摧之,堆出于岸,流必湍之!我受霁明兄照拂,与霁明兄为友,今日若眼睁睁看着他唯一的妹妹一个人为他讨公道,我何仲平枉读圣贤书!杀人者偿命,古来有之,霁明兄虽死,可吾等寒门读书人仍在!学生何仲平,甘受刑罚,为吾友倪青岚申冤!"

只在倪素敲登闻鼓,又入登闻院受刑的这一段时间内,此事便已传遍了云京城的大街小巷,不只是何仲平闻讯赶来,那些与他同样出身寒门的读书人也弃了书院的课业,匆匆跑来。

"存志入仕当为百姓、为公道!这是书院先生教给吾等的道理!可如今谁能给天下寒门士子一个公道?须知今日的倪青岚,未必不会是往后的我们!"一名书生说着,便一撩衣摆,跪到何仲平身侧,"学生愿受刑罚,为倪青岚申冤!"

"还等什么?尔等难道竟不如一个纤弱的女子知勇?"又一名书生环视四周,随即跪了下去。

越来越多的读书人跪了下去。

"学生愿受刑,愿为倪青岚申冤!"

"学生愿为倪青岚申冤!"

"学生愿为倪青岚申冤!"

谭院判是真头疼,他擦了擦额上的汗,听见那些看热闹的百姓也七嘴八舌地连声喊"大人,不要再打她了",也不好再说继续动刑的话,挥了挥手,让人不要按着倪素。

何仲平等人被放进登闻院中,皂隶们又搬来好几张春凳,这些书生一个个便争着趴上去。

谭院判心中郁郁,不明白这事怎么就闹到这个地步。他身在谏院,深知此案若断得不好,只怕翰林院的那些人便要得意了。可眼下这个境况……谭院判抬头,看了一眼在外头受刑的那些读书人,只觉得脑袋更疼了。

"吴继康,此女状告你杀害她兄长,而此罪你在夤夜司狱中已认,是否属实?"谭院判收敛心绪,开始审问吴继康。

吴继康心中无比后悔自己在夤夜司中轻易便认下了罪,更厌恶外头那些此起彼伏的惨叫声:"可我没想杀他,我只是……我只是关着他,然后他就饿死了,他是自己饿死的,不关我的事……"

"你若不囚禁他,不折磨他,他怎会患上离魂之症?"倪素双手撑在春凳上想要直起身,腕上却没有力气。

"我怎么知道?"吴继康的神思更混沌,"我说了,我没想杀他,无论如何,我罪不至死,不至死……"

"你若不死,我倪素此生必不罢休!"倪素忘不了那日他在夤夜司门口恶劣的笑,她恨不得手中有柄刀,若这世道终不能还她兄长公道,她便要一刀一刀地捅死他,让他不能再笑,不能再用那种得意的目光来蔑视她兄长的生命。

吴继康心中烦躁,不断抓挠着自己的颈子,他厌恶极了她的眼神。

"我的确无心杀人,不如你告诉我,我该如何补偿?"吴继康三两步走过来,走到她面前,放低了姿态,塌着腰身,一副不知所措的模样,可是他看向她的眼神,却是阴冷而恶狠狠的,"要钱吗?还是要什么?"

他的声音压得很低。

倪素恨不能当场撕破他的脸皮，浑身颤抖更甚，却见吴继康忽然踉跄后退几步，紧接着，他的脸色变得异常奇怪。

银白的荧光犹如丝线一般缠裹在他的颈间，倪素顺着那光源看去。

在日光底下，徐鹤雪筋骨流畅的手苍白沾血，他双指一并，光如细丝一般压入吴继康的衣服，一寸一寸地撕裂着吴继康掩藏在衣袍底下的鞭伤。

吴继康惊恐万分。他看不见自己身上到底缠裹着什么，却能感觉到那些细丝般的东西撕开了他身上一道道的血痂，划开他的皮肉，痛得他忍不住在地上翻滚惨叫。

"倪素，你放心，我不会用术法杀人。"徐鹤雪双眼清冷，凝视着地上滚了一身尘土的吴继康，没有回头看春凳上的姑娘，只是平静地与她说，"只是他害你受的这十六杖，该还。"

倪素想说话，想对他说，不要这样，不要再让自己的身形变得更淡了，否则今日又该下雪了。

可是她不能。

她怕这里的人发现他的存在，怕他无法自处。

倪素眼睁睁地看着他手指用力，银丝刺入吴继康的血肉。如同掌控着一只牵丝傀儡一般，他令吴继康发了疯似的往地上撞，撞得额头上都是血，吴府的小厮与登闻院的皂隶慌忙上前去按他，险些按不住。

吴继康声嘶力竭："有鬼！有鬼呀！"

徐鹤雪几乎已经习惯自己身上的痛，他手指微屈，荧尘化丝，冷眼旁观吴继康的丑态。

"你不要难过，也不要心灰意冷，你想要的公道，有人与你一样想要。"徐鹤雪的身形已经变得如雾一般淡了，他看向那些趴在春凳上受刑的年轻人，对她说，"官场是冷的，但有些人的血，还是热的。"

谭院判不知吴继康因何忽然疯癫，只以为他是发了癔症，又逢一场怪雪突降，堂审只得潦草收场，择日再审。

但倪青岚亲妹与三十六名书生在登闻院受刑申冤一事却在整个云京

城中闹得沸沸扬扬。

当日在登闻院大门外围观的百姓不在少数，无数人见过那场雪，而重阳鸣冤之声已达鼎沸之势。参加过冬试的举子和贡生也有不少参与到了这场针对国舅吴继康的声讨中来。

"你在等官家？"秋雨连绵，张敬双手撑在拐杖上，冷不丁地开口。

"咱们这些做臣子的，可不只有等的份儿吗？"政事堂内此时也没几个官员，孟云献端着茶碗，一边赏雨，一边说道。

即便是深受官家器重的御史中丞蒋先明，在庆和殿外跪了几回，官家不照样说不见便不见吗？

张敬摸着膝盖，道："我听贺童说，倪青岚的策论写得极好，本是个不可多得的人才。"

"的确。"孟云献点头，随即对他笑了笑，"你心里还是明白的，不管谏院与翰林院之间到底是在为什么而争，你的学生贺童，到底是个直肠子的清正之人，他是真的惋惜倪青岚这个人。"

"我的学生，我自己知道。"张敬平静地道。

两人正不咸不淡地说着话，外头便有宦官冒雨前来，孟云献定睛一看，竟是常侍奉在官家身边的入内内侍省都知梁神福。

"孟相公，张相公。"梁神福作揖，恭敬地道，"官家有旨，请孟相公去庆和殿。"

孟云献与张敬相视一眼，随即起身："梁内侍先请，我随后就到。"

直到梁神福离开，张敬坐在椅子上也没有动，只道："等了多少日，就等着官家召见，你还不快去？"

孟云献闻声回头，却说："你这胡子太乱了，等我见过官家，咱们一块儿去东街修面？"

张敬充耳不闻，抿了一口茶。

孟云献悻悻地摸了摸鼻子，令人取来长翅帽戴好，又整理过仪容，这才出了政事堂。

下雨天的天光总是要晦暗些的，整个禁宫被雨水冲刷着，泛着冷意，孟云献撑伞走在雨雾之间，撩起衣摆往白玉阶上走去。远远地，他

看见了浑身湿透的御史中丞蒋先明。

"孟相公。"蒋先明一见孟云献走上来,便立即上前。

"为了冬试案,蒋御史辛苦了。听说这几日你每日都来求见官家,今日官家可要见你?"孟云献将雨伞交给了一旁的年轻宦官。

"下官正是在等孟相公一同进殿。"蒋先明抹了一把脸上的雨水,压低些声音,"冬试案如今已传遍云京街巷,重阳鸣冤之声至今不绝,想必孟相公也已有所耳闻,下官恳请孟相公,盼您能在官家面前,为此案说一句公道话。"

"官家不是许你我一同进殿吗?蒋御史想说什么,尽可以说。"

"话虽如此,"蒋先明讪讪的,"但下官看,官家如今怕是不爱听下官说话。"

正是因为他说得太多了,官家心生厌烦,再加上谏院与翰林院整日吵个不停,官家就更不愿听他们这些说得太多的人再说些什么。否则,官家今日也不会召见孟相公。孟相公一直忙于新政,从未参与此事,官家是想听不说话的人说话。

正说着话,梁神福从殿内出来了:"官家请二位大人进殿。"

庆和殿内的熏香里藏着一分苦涩的药味,金漆铜灯散枝如树,其上点缀着数盏灯烛,照得殿中一片明亮。

"官家。"孟云献与蒋先明入内行礼。

"梁神福。"

孟云献与蒋先明皆低首,只听见正元帝沙哑的嗓音。

梁神福立即命人搬来一张椅子,放到孟云献身后,而蒋先明稍稍侧脸,看了一眼自己身后,空空如也。

他的腰身立即压得更低。如此差别,任谁都看得出来正元帝此时对蒋先明正在气头上。孟云献不动声色,泰然落座,道:"谢官家。"

"孟卿,今日让你来,不为新政。"正元帝只着一身圆领红袍,倚靠在软枕上,正握着一卷书,开门见山,"朕想知道,你如何看谏院与翰林院争执不下的这桩案子。"

隔着一层纱幔,帝王的身形不够真切,只听这般语气,两人也并不能揣度出正元帝此时的心绪。

孟云献双手撑在膝上,恭谨地答:"臣以为,此案上涉科举,下涉民情,避无可避。"

正元帝在帘内不言。

"重阳当日突降怪雪,时候虽短,但官家在宫中定然也瞧见了。而今市井之间流言四起,称此案冤情深重,九月飞雪乃是倪青岚冤魂不散之故。"孟云献接着道,"臣以为,冤魂之说虽荒诞,但此案牵涉科举公正,闹到如今这个地步,若处理不当,只怕真要寒了那些寒门士子的心。"

读书人的笔,便是他们握在手中的刀,而那些士子年轻气盛,正是天不怕地不怕,一心谨记圣贤教导的年纪。

"看来孟卿与翰林院是一个意思。"

正元帝如此平淡的一句话,令蒋先明心中一惊,他抬头望了一眼孟云献,见其从椅子上起身,对着帘后的官家作揖。

"官家,臣并非与翰林院一个意思,而是如今民情之汹涌,若再放任谏院与翰林院如此争执下去,只怕也很难有一个结果。官家意欲泰山封禅,正该是上下欢悦之时。"

孟云献一提及"泰山封禅",在帘后的正元帝立即抬眼,终于将目光挪向外面。

庆和殿中一时寂静,蒋先明不敢擦汗,而孟云献则垂首不语。

蒋先明如何不知泰山封禅在正元帝心中的重要性,而这短短一瞬,他也想明白了,孟云献在此时提及这件事,意在暗示正元帝应该重视民情。自古以来,封禅泰山的帝王并不多,正元帝有此心,而生民无此意,那么又如何能有举国若狂之盛景?孟云献这番话也将自己从翰林院与谏院的斗争中摘了出来,完完全全是一副为正元帝封禅事宜着想的姿态。

"孟卿有理。"蒋先明正沉思着,忽听帘内传来正元帝的声音,显然,语气已带了些温度。

"臣还有一事要禀报官家。"孟云献说道。

"何事?"

"臣奉官家之令重推新政，加禄这一项蒙官家准允，取了修建凌华道宫的款项来加恩百官，以至于凌华道宫停工。臣深感官家恩德，更知官家此次推行新政之决心，但臣清查国库时却发现，这笔银子，本可以不动用凌华道宫的款项。"孟云献说着，便从袖中取出一道奏疏来，抬眼看向帘内守在正元帝身侧的梁神福。

蒋先明正在心内感叹孟云献这番漂亮话说得真好，梁神福已掀帘出来，从孟云献的手中取走了奏疏。

"疏浚河道的银子如何用了这么多？"正元帝接了奏疏一看，脸色有些变了，抬眼厉声道，"怎么与此前呈报的数目不一样？"

"疏浚河道所用款项真正落到实处的，不过几万之数。这些，臣都已派人亲自去泽州探查清楚，请官家再往后看。"孟云献垂着眼帘，面上的神情不显。

正元帝越看，脸色越发阴沉，他重重地将奏疏一摔，猛地站起身来，却觉一阵眩晕。

一旁的梁神福立即上前去扶："官家……"

"好啊，凌华道宫停工，竟是为这帮贪腐之辈做了嫁衣！朕还给他们加禄？他们的日子，过得不比朕好吗？"

奏疏散落在帘外一部分，蒋先明抬眼，正好瞧见末页的官员名字中，太师吴岱竟赫然在列，不由心头一震。

"官家若抄没此份名单上的官员家财，凌华道宫便可重新修建，官家封禅的用度也可更宽裕一些。"孟云献再度俯身作揖。

官家虽仍未表态，但蒋先明走出庆和殿时，仍长舒了一口气，看着外头的蒙蒙烟雨，接了伞来与孟云献一块儿下阶。

"若论平日，官家看了这样的折子，也未必会处置太师，但孟相公今日先提封禅之事，再言民情之重，官家这回……怕是被您说动了。"

蒋先明说着停步，朝孟云献作揖："孟相公，此案有望了。"

孟云献今日这一番话，可谓处处戳在官家的心坎上。吴贵妃正受宠，自不可能不管自己亲弟弟的死活，而官家对吴岱一向也是念些旧情的，若论平日，官家一定会包庇吴岱，将此事轻轻揭过。但孟云献先说道宫停工一事，再提疏浚河道款项流失，加之官家再推新政本就是因为宗室近些年兼并良田无数，敛财越发不忌，而官家要修道宫却各处吃紧。官家心中本就有气，孟云献此时如此禀报，便是将吴岱置于风口浪尖。

孟云献伸手扶了他一把，露出了点笑意，却问："蒋御史因何对此案这般上心？"

"倪青岚是个好苗子，大抵是家风端正，他妹妹也可谓至烈至贞。好好的年轻人，本该有大好仕途，却因吴继康一己之私而丧命，这实在令人惋叹。"蒋先明一边往白玉阶底下走去，一边道，"下官只是想，今日若不让天下读书人看到倪青岚的公道，又如何给他们希望，令他们安心入仕，为君为民？"

雨水噼啪不停。

孟云献闻言，在雨雾里打量起跟在他身侧的蒋先明，半晌，才颇有意味地叹了一声："蒋御史才真是为君为民的忠臣哪……"

听说重阳那日，登闻院下了一场小雪。倪素没有看见，因为那时，她已经昏迷不醒。

但自那日后，她半睡半醒时，梦里总是有雪，冰凉的雪粒砸在她的脸颊上，而她趴在登闻院的春凳上，与三十六名书生一起受刑。

正如今夜，她的梦之所以是噩梦，是因为吴继康也在她的梦里，对着她笑。倪素几乎如溺水一般，能感觉到被子的边缘轻轻地覆在她的口鼻上，令她呼吸不畅，但她却怎么也睁不开眼睛。她想出声，可怎么也张不开嘴。越是急切，那种呼吸不了的感觉便越发强烈。忽地，一只手拉下被子，替她整理了边缘，指腹不小心触碰到她的脸颊，似乎顿了一下，便移开了。

那人的手指很冷，冷得倪素一下睁开了眼睛。她最先垂目看自己的被角，似乎被人掖得很整齐，可屋子里静悄悄的，一盏孤灯点在桌案上，玉纹并不在屋中。她隐隐约约地听见了院子里的说话声。是蔡春絮与玉纹在说话。那日是蔡春絮将倪素带回来的，又留了玉纹与另几个女

婢在这里照顾倪素。

倪素的目光挪到那盏灯上。她动了动唇,轻声唤道:"徐子凌,你在哪儿?"

迟迟听不到回应,倪素便想强撑着起身,可忽然间又听到了一阵风吹动窗棂的声音,她抬起眼,正见夜雾掠窗,很快凝聚成一个人的身形。他的眼睛没有神采,漆黑而空洞,耐心地摸索着,一步步地来到她的床前。

"天快黑的时候,你就该叫醒我给你点灯的。"倪素望着他说。

"不必。"他循着她声音的方向摇头。

"你房里的灯烛灭了没有?"

白日里,倪素要玉纹取来好多蜡烛,自己一盏一盏点了,让玉纹送到隔壁去。玉纹虽不明所以,但还是照做了。

"嗯。"

"那你去将桌上那盏灯拿来,火折子也在那儿。"倪素说。

徐鹤雪一言不发,转过身,伸出双手摸索着向前,听着身后的女子一直在小心提醒他"右边""往前""小心",他的步子反而迈得更谨慎了些,但好歹摸到了桌上的烛台与那个火折子。

倪素吹熄了灯盏,又很快将其点燃。烛焰点亮了她面前这个人的眸子,剔透的光影微闪,短暂的迷茫过后,他认真地凝视起她的脸。

"要不要喝水?"他的视线落在她有些泛干的嘴唇上。

倪素摇头,看着他将灯烛放回桌上,偷偷地打量他的背影。

他的身形还是很淡,也许要用很多的香烛才能弥补。

倪素想起下雪的梦,想起在梦中他整个人清清淡淡的,好像很快就要消失不见,而吴继康就站在她面前。

登闻院申冤那日,她见到吴继康时,便在心中告诉自己,越是如此境地,自己就越该保有理智。可事实却是,仅仅是吴继康的一个笑或一句话,便能使她濒临崩溃。

吴继康提醒着倪素,他是皇亲国戚,而她身如草芥。正如那时,她在登闻院受够了刑罚,他才被人簇拥着姗姗来迟。

吴继康靠过来，用那样恶劣的眼神盯着她时，她几乎被滔天的恨意吞没，却不得不面对自己以身受刑，而他却可来去自如的事实。

徐鹤雪看清了她的绝望，所以将还算衣冠楚楚的吴继康变得比她更加狼狈。以此，来安抚她的无助。

一个已经死去的人，血明明早就冷透了，可是他却对她说，有些人的血是热的。

倪素看见他还是倒了一杯水，转过身来，走到她面前。

"你的嘴唇很干，润一润，会好受些。"

原本说了不喝，可是倪素看他将水倒来，又不想拒绝他的好意，她想支起身，可身上并没有多少力气。徐鹤雪一手扶住她的肩，帮她坐起来。

倪素勉强喝了几口，嗅到他身上积雪般的味道里裹着几分血腥气，她抬起头，怔怔地望着他线条流畅的下颔。

"怎么了？"徐鹤雪的声音有些虚弱。

"你还好吗？"

"并无大碍。"徐鹤雪淡声道。

倪素的脑袋垂了下去："怎么可能无大碍？你如此帮我，我真不知道要如何才能还得清……"

"还什么？"

灯影摇晃，倪素对上他的目光："还你的陪伴，还你作为鬼魅，却还鼓励我好好活下去的这份心，还你为我寻兄，为我自损，为我做的饭菜，甚至，为我倒的这杯水。"

"倪素。"

徐鹤雪眼睫轻垂，轻轻摇头，唇畔带了一分生疏的笑意："这世间万事，不是件件都需要人还的。若为你倒杯水也要你还，那我成什么了？"

"若我想还呢？"

她的目光太过认真。徐鹤雪静默许久，终于抬起眼帘来看她："你为我做的衣裳，做好了吗？"

"还差一点。"倪素下意识地接话。

徐鹤雪"嗯"了一声，说："那个就足够了。"

倪素其实很想知道自己究竟还能帮他做些什么，可他总是如此，在她面前，将自己的过往藏得严严实实，她却不能逼他，因为她不知道他生前的事，不知道他究竟为何死在十九岁那年。他不说，她便不能问。就好像此刻，她知道自己已经不能再在这件事上继续说下去了。

屋外的蔡春絮似乎已经离开了，但玉纹并没有进屋来。

他安静地站在她的床前，面容苍白却骨相秀整，有风轻拂他颜色浅淡的衣袂。

"那你就在这里待着。"倪素轻声道。

徐鹤雪一怔，随即道："我可以将这盏灯拿走。"

他以为她是担心他回到隔壁便会不能视物。

"不是。"倪素闷闷地说，"我总是做噩梦，梦里总是在下雪，我梦到你帮我向吴继康出了一口恶气，然后你就消失不见了，我点了好多的香，好多的蜡烛，都找不到你。"

那纷纷扬扬的大雪，密密匝匝地堆满了她的整个梦境。

"屏风后面有一张软榻，我床上也还有一条被子可以给你。"

徐鹤雪本该拒绝。他不能与她同处一室，尤其是在这样的夜里。

徐鹤雪朝她的方向看了一眼，略微思忖。她夜里会不会又让被子蒙住了口鼻？

夜渐深。隔着一道屏风，徐鹤雪躺在了软榻上，身上盖着的被子竟还沾了些她的温度，这一切，令他有一瞬回想起自己曾为人时也有的温度。

"徐子凌。"倪素的声音传来。

素纱屏风离她的床很近，徐鹤雪抬起眼睛，一盏灯的光令屏风后的人影影绰绰，他看不清。

"你身上都是冷的，你是不是已经忘了，暖是什么感觉？"她问。

"嗯。"

他应了一声，却不知她为何这样问，下一刻，他又听见她说："那你伸手。"

暖黄的烛影铺散在屏风上。徐鹤雪看见她的手落在素纱之上，影子拉长。

"你伸手，就会知道了。"她的声音传来。

衣袖之下，徐鹤雪手背的筋骨明晰，修长的指节屈起又松懈。

他舒展手掌，瘦削而苍白的指节停顿了一下，落在屏风之上，隔着一层素纱，与她手掌暗淡的廓影重叠。

很轻的相贴，他注视着她在屏风上的影子。

屏风隔绝不了她手心的温度，也许她尚未退热，所以温度更高。

徐鹤雪心中忽然有些敬佩这个女子，受过光宁府的杀威棒，又受了登闻院的杖刑，她是在用自己的这条性命，为她的兄长申冤报仇。单是这份骨气，便不输那些往日与他一同征战的沙场儿郎。

细纱屏风另一面的手指忽然动了一下，徐鹤雪立时回神。他忽然想起，之前她从夤夜司的牢狱中出来，住进太尉府时，他也曾将手轻贴在她的前额，为她退热。那时不生绮念，所以那种温度，他已经记不清。

可是今夜，明明隔着一道屏风，明明只是手心相触，曾为人时的温度却仿佛借由她的手，传遍他的四肢百骸。

淡色的唇轻抿起来，鬼魅已经没有血肉之躯，他无法感知心跳，唯有点滴荧尘在他身畔浮动，好似雀跃，又很快融入他的身躯。一盏孤灯摇摇晃晃，无声修补着他这道破败的残魂。

"你的手像雪一样冷，若是靠近温暖的东西，你会觉得暖一些吗？"屏风后的女子好奇地问他。

"不会。"他只是说。

"逢夏必热，遇冬便冷，无论冷暖，它们不都是温度吗？"

倪素望着他在屏风后的身形，他如一座被荒草覆没的雪山，安静地伏在昏暗的阴影之中，好像没有人可以靠近，没有人可以打破他的这份死寂。

但她忽然很想尝试一下。

这么想着，她的手指便在屏风上用力，紧贴他的掌心，触摸他纤细的指节，故意与他指腹相触，轻点一下。

他轻挑一下眉，隔着屏风望见那道身影，很快收回手。倪素看见他的衣袖一晃而过。

他背过了身，冷淡的声音随即传来："倪素，睡吧。"

雪山之上有飞鸟惊鸣，掠翅而起，虽场面稍显慌乱，但这座空山却好像变得鲜活了一点，有生机了一些。倪素翘起嘴角，隐约看见他整个人裹进了被子里。

"你生气了吗？"倪素的下巴抵在软枕上。

"没有。"他没有转身，依旧安静地藏在那片阴影里。

倪素知道，他虽然看起来冷漠疏离，但其实脾气很好，不过她还是故意这样问了。听见他的回答，她又问："你明早想吃什么？"

"你吃就好。"他说。

"我想吃糖糕，我们一起吃吧？"

屏风那面静默了一瞬，最终，他还是"嗯"了一声。

漫漫长夜，两人再没有说话。倪素身上还是痛得厉害，她安静地隐忍着，心里却在想，如若他始终不肯敞露心扉，那其实也没有关系。至少在他身在阳世的这段日子里，她想尽自己所能地回报他：请他吃多少块他喜欢的糖糕都可以，去多少次谢春亭都可以，去找他儿时埋私房钱的那棵歪脖子树也可以。

后半夜忽来的秋雨将整个院子冲刷得很干净，玉纹轻手轻脚地进屋开窗，睡眠很浅的倪素便被惊醒。

她最先去望屏风之后，软榻上的被子叠放整齐，昨夜躺在那里的人已经不在了。

"倪小娘子，药已经在煎了，您看今儿早上想吃什么？"

玉纹回头，见趴在床上的年轻女子睁开了双眼，便走上前去，用帕子轻轻擦去她额头上的汗珠。

"糖糕。"倪素开口，才发觉自己的声音有点哑。

"好，奴婢让人去买来。"

玉纹手脚麻利，打来热水帮倪素简单擦洗过脸，又用篦子帮她篦发，等倪素喝光了药，她便找了一名小厮，让他去街上买糖糕。

跑腿的小厮很快就回来了，糖糕还很热，一看便知是刚出锅的。

外头已经不下雨了，但晨雾潮湿又朦胧。倪素将一块糖糕递给坐在床沿的年轻男人，自己也拿了一块，小心地咬了一口。糖糕太烫，她时不时地要吹一下手指。

倪素抬起眼睛，他今日换了一身墨绿色的圆领袍，衣襟处又露出一截洁白的中衣领子，这样浓郁的颜色衬得他的脖颈与面庞白皙如冷玉。淡薄的天光照在他光滑的衣料上，金丝绣线的暗纹闪烁。

糖糕的烫对他而言似乎并不强烈，他纤长的眼睫微垂着，很认真地在吃那块糖糕，但是倪素并不能在他的脸上发现任何满足或愉悦的神情。他仿佛只是在不断重复一个动作。

"倪素，你不吃吗？"她的视线令人难以忽视，徐鹤雪侧过脸来看她，平静地问。

"好吃吗？"倪素问他。

"嗯。"他颔首，又咬下一口。

也许是他的姿仪太过赏心悦目，倪素觉得自己这样趴在床上吃糖糕有些说不出的局促。她胡乱地想着，但还是一口一口地将糖糕吃了。

倪素从登闻院出来后的第二日，便请蔡春絮取了些自己的银钱，买了好些伤药和补品，送给何仲平他们。不料今日何仲平便带着他与其他人送的一些东西来了。

当日吴继康突发癔症，何仲平只受了几杖，堂审便匆匆结束。他算是在登闻院受刑的人中伤情较轻的，好歹将养了几日也能勉强下地，便立即上门来探望倪素。

"何公子也受着伤，该好好将养，不用来看我。"隔着屏风，玉纹将流苏帘子也放了下来，倪素隐约看见何仲平一瘸一拐地进门来。

"他们都比我伤得重，我今日是代他们来看小娘子你的……"何仲平说着便在桌前坐下，哪知屁股才一挨凳面便感到一阵剧痛，发出"嗞"的一声，一下弹起来。

玉纹憋不住笑，将软垫拿来垫在凳面上："是奴婢手脚慢了，公子现在坐吧。"

何仲平讪然一笑，重新坐下去，屁股确实好受了一些。

"他们都好吗？"倪素在帘内出声，"当日在登闻院看见你们来，我心中真的很感激。"

"姑娘的药，我们都收到了，大家都说谢谢你呢，"何仲平听到她说"感激"二字，一时有些无所适从，面上的笑意也有些勉强，垂下头，半晌才又道，"无论是他们还是我，都受不起你的这份感激，他们是为霁明兄鸣不平，也是为自己鸣不平，而我……"

他眉间郁郁："而我，对霁明兄有愧。若非我将他的策论传了出去，也许事情根本就不会发生。倪小娘子为兄长申冤，在云京承受百般苦楚，可谓贞烈。若此时我无动于衷，又如何对得起霁明兄在云京对我的处处照拂？"

说着，何仲平一手撑着桌子站起身来，郑重地对着帘内的倪素弯腰作揖："倪小娘子，以前我处处怕事，但如今我已想得很清楚，若吴继康不死，我愿随你继续申冤，天理昭彰，来日方长。"

何仲平也没待多久，他身上有伤，是坐不住的，只与倪素说了几句话，便离开了。

房门大开着，浅浅的日光在地面铺陈。倪素趴在床上，好像嗅到了空山新雨后的清爽味道。她看到那道墨绿的身影立在窗棂前，残留的雨水滴落在他手中的书卷上。他凝视着那滴弄湿书卷的雨露，白皙的手指在纸页上轻轻一拂。

她昏昏欲睡，心内安宁。

正元帝因头疾而暂未上朝，朝中没有几个官员能觐见，唯有孟云献连着几日进了庆和殿。

"你说，谏院与翰林院的那帮人究竟是在为什么而闹？"正元帝今日精神更欠佳，躺在龙榻上，声音有些虚浮无力。

"个中缘由，臣如何得知？"孟云献立在帘外，垂着眼帘，恭谨道，"只是如今民情翻沸，百姓皆称赞倪青岚亲妹至贞至烈，何况还有一帮年轻士子也已为倪青岚受过刑，官家若不尽快对重阳鸣冤一事做出决断，只怕……"

"只怕什么？"

"只怕宗室之中，皆要以为官家此番推行新政，决心不坚。毕竟国舅吴继康此番舞弊恰好是在冬试，而冬试是官家您为新政选拔人才而特设的，是再推新政的开端，若开端不好，又何谈万象更新？"

若开端不力，又如何让那些宗室将自己吃进去的钱财吐出来些？他们若发觉官家决心不坚，岂非要更加藐视新政，破坏新政？届时，官家还能收回来多少银子？

孟云献不说这些话，并不代表正元帝不会想到这些。他安静地等，听着龙榻上的帝王咳嗽了好一阵，才道："请官家保重龙体。"

"我，是真的老了……"正元帝徐徐一叹，胸口起伏。

不上朝时，正元帝便不常自称"朕"。

"张敬与蒋先明都上了折子，反对封禅一事，"正元帝的话锋一转，口吻变得颇有深意，"但我看孟卿你似乎与他们看法不同。"

"官家仁德，泽披四海，重于泰山，如何不能行封禅大礼？"孟云献说着，又俯身作揖，"张相公与蒋御史只怕也是担心劳民伤财，但如今官家若能收归一部分用以疏浚河道却被贪墨的银子，亦可解燃眉之急。"

正元帝不言，凝视他半响。

"听闻张卿当年与你在城门分道割席，但我看，你待张卿仍有好友之谊。"

"虽割席，亦不断同僚之谊。"孟云献不慌不忙，从容应答。

只提同僚而非好友，正元帝扯了扯唇，手指轻扣在龙榻边缘，时不时地敲击着。

孟云献垂首，听着这一阵细微的响动，十分耐心地等着，时至今日，正元帝已不能再回避登闻院接的这桩冬试案了。

"朕心中已有决断，孟卿回去吧。"正元帝语气平淡。

"臣告退。"孟云献立即作揖，随后退出庆和殿。

今日不再下雨，宫中却还有积水，孟云献走下白玉阶，往政事堂的方向去。踩到积水，弄湿了官靴，他也全然不顾。

正值用饭的时辰,偌大的政事堂内没有几名官员。孟云献进门,看见一名堂候官收拾了一堆书册,便问道:"那些都是什么?"

"孟相公,"堂候官忙躬身道,"这些都是张相公要的,是正元年间的《百官历年政绩考》。"

"他要这些做什么?"孟云献顿觉怪异。

堂候官摇头:"下官不知。"

"行了,我拿着吧。"孟云献走过去,将书册接过来,随即往后堂去。

张敬不喜热闹,并没有与那些官员一起去吃饭,翰林学士贺童拿了一个食盒过来,张敬便一个人在后堂里用饭。

"你身体还没好?怎么就吃这些。"孟云献走过去瞧了一眼桌案上的清粥小菜。

张敬抬头,见他怀中抱着一沓书册,神情一滞,随即又垂眼,自顾自地喝粥:"吃惯了这些,其他的就不好克化了。"

"那你要这些做什么?"孟云献将书册都放在案上,"不要告诉我,你想整顿吏治。"

"你回来推新政弄得不痛不痒,也不许我下猛药?"张敬连眼皮也不掀一下。

"眼下不适合。"孟云献自庆和殿回来,一路上走得急,也不管案上的是不是冷茶,端起来就喝了。

"那要何时才适合?"张敬一边喝粥,一边道,"孟琢,我看你被贬官一趟,胆气也被磨没了,官家要封禅,你便为他筹措银两,你可真是越来越会做官了。"

孟云献面露无奈:"官家封禅之心可比重推新政之心要坚决得多,那日我在庆和殿提及封禅,也是为了让官家正视冬试案,当时蒋御史正在殿中,但却并没有出言反驳,而是事后另外写了奏疏反对封禅。他是官家唯一能够容忍的近臣,而你呢,崇之?你才回来多久?官家对你尚有疑虑,你又为何要在此时上疏打官家的脸?"

张敬在听见他说"他是官家唯一能够容忍的近臣"这句话时,紧紧地蜷握着汤匙的手几乎有些发颤。他倏尔抬眼看向孟云献："你应该知道，他是如何做了那近臣的。"

孟云献一怔，他当然知道。

玉节将军徐鹤雪死的那年，便是蒋先明青云直上的那一年。

"难道就因为官家只能容忍他，我们这些人便不可以说真话吗？为官之道，便是如此吗？北边一十三州尚未收复，我大齐还要向掠夺我国土的胡人交十万岁币！近几年越是弹压，匪患便越是不止。如此境地，官家还要劳民伤财，封禅泰山？"张敬撂下汤匙，站起身，"孟琢，我问你，若人人都不肯说真话，又如何澄清玉宇，维护社稷？"

"我不是说你不能说，只是时机不对！"孟云献皱起眉。

"如何不对？今日你在庆和殿中，官家问过你了？你为我说话了是不是，你是站在何种立场为我说话的？"

孟云献张了张嘴，对上张敬的视线，喉咙有些发干。

同僚，而非好友。

因为官家并不希望他们两人再为好友，他们最好一直如此不对付，官家便不用担心他们两人合起伙来算计任何事。

"你没有立场，便不该为我说话。"即便他不言，张敬也已洞悉他在官家面前究竟是如何自处的，"我要做些什么，要如何做，都与你无关。我是官家的臣子，亦是大齐的臣子，我为君，也要为国，做不到与你一般，净拣官家喜欢的话说。"

"张敬！"孟云献生怕他说这样的话，仅仅是"同僚"二字，孟云献尚未出口便已经先为此自伤。

他惯常是能忍的，过了这十四年的贬官生涯，变得比以往更能忍。可当着这个在他心中依旧万分重要的旧友的面，他的能忍也变得不能忍。

"十四年前，我整顿吏治的后果是你与我割席分道，是你失妻失子，一身伤病……不是我变了，我只是想明白了一些事，我知道有些事急不来。"

孟云献与他对峙着，半晌，闭了闭眼，几乎出乎张敬意料地说了一

句大逆不道的话:"君仁,臣才直。"

为君者仁,为臣者才敢直。

若君不仁,则臣直,也无益。

正元十九年十月初一,正元帝就登闻院"重阳鸣冤"一案下敕令,以藐视新政、舞弊害命为名,治罪国舅吴继康。太师吴岱在永定门外长跪以至晕厥,吴贵妃数次求见正元帝皆未能得见天颜。

这一日,下了好大一场雨。云京城市井之间热闹不减,百姓无不拍手称快,赞陛下明德公正,并自发为枉死的倪青岚烧纸。

而当日在登闻院与倪素一同受刑的何仲平等人则趁此寒衣节,为倪青岚亲写表文,点香烧纸。

"霁明兄,若你泉下有知,心中是否有所宽慰?"何仲平一面烧掉自己写的表文,一面抬起头,香案后漆黑牌位上,冰冷的金漆字痕立时刺得他眼眶泛红,"官家肯治吴继康的罪,那便一定是死罪,可是霁明兄……"他喉结滚动一下,"我只恨他赔了命,也换不来你重活。"

"何兄,万莫如此伤怀,今日是咱们真正该提振精神的时候,想必霁明兄在黄泉之下,也该是高兴的。"一名贡生说着伸手拍了拍何仲平的肩,又将自己写的表文烧了,"霁明兄,虽然你我此前并不相识,但四海之内,我等与你皆为孔孟门生。我读过你的诗文,知道你的为人,愿君来生,倚鲲鹏之脊背,从心之志,扶摇千万里!"他说着,起身点香作揖。

这间屋子不大,挤满了人,还有人干脆站到了廊里,众人点上香,一同朝香案后的牌位作揖。他们这些人都受过杖刑,走路并不方便,但每个人都强撑着从榻上起身,走出屋舍,相携着步履蹒跚地来到倪素这里,烧纸祭奠。

倪素身受十六杖,其实很难站起身,但她还是请蔡春絮替她换上一身缟素,咬着牙起来给兄长烧了两件寒衣。

也不知道是铜盆里的纸灰熏的,还是身上的伤太痛,倪素的眼皮时不时地抽动一下,满额都是冷汗。

她松开蔡春絮的手,向众人施礼:"多谢诸位今日来此祭拜我兄长,当日在登闻院,是诸位让小女知道,这世间公道终在人心,而人心不死,公道不死。兄长生前挚友零星,但他死后,却有诸位为他奔走,小女以为,即便生死两端,兄长在天有灵,也愿与诸位相识为友。"

"倪小娘子所言甚是,经此一事,吾等与霁明兄,可为友矣!"一名举子弯腰还以一礼。

他们身上都有伤,也并未久待,祭拜过倪青岚后便都陆续离开了。

"阿喜妹妹,快回去躺着吧,你这身子,能站这么一会儿工夫已是十分不易了……"蔡春絮看见倪素身后的衣料被血液洇湿,便招来玉纹与她一块儿搀扶着倪素。

一脚将要迈出门槛时,倪素忽然回头,香案上白烟缕缕,兄长的牌位与母亲的牌位立在一处,她抿起泛白的唇,眼圈微湿。

"官家今晨赏赐的伤药在哪里?玉纹快些取来。"蔡春絮才将倪素扶到床上趴着,便火急火燎地喊玉纹去取药。

今晨正元帝治罪吴继康的敕令一下,便有宫中的内侍带了正元帝的口谕前来,夸赞倪素为兄申冤之勇,有贞烈之风,又赏赐了一些金银布帛与宫中上好的伤药。

伤药虽好,上药的过程却极其痛苦,倪素疼得神思混沌,紧紧地抓着软枕。过了许久,她听见蔡春絮在一旁说了句:"阿喜妹妹,这便好了。"

蔡春絮不是第一回见倪素身上的伤,可每回见了,都觉得触目惊心。她将倪素的衣衫整理好,坐在床沿,用帕子擦了擦倪素额头上的冷汗。"到如今,你可算是熬过来了……"她不禁有些鼻酸,"你去了半条命,好歹为你兄长讨得了一个公道。"

"所以蔡姐姐,我很高兴。"倪素的嗓子仍是哑的,窗外雨声滴答,而她嗅到这股湿冷的草木清香,只觉沁人心脾。

蔡春絮看她半睁着眼,脸颊抵在软枕上嗅闻雨气的模样,不由伸手摸了摸倪素汗湿的鬓发,轻声道:

"阿喜妹妹,你是我心中最敬佩的小娘子。"

倪素笑了一下："蔡姐姐是我在云京遇到的最好的姐姐。"

"如今你什么都可以放下了，那就好好睡上一觉吧，等你醒来，我陪你用饭。"蔡春絮也不由得露出笑容，随即起身出去。

房内安静下来，倪素闭着眼，喃喃似的唤了一声："徐子凌。"

"嗯。"隔着一道屏风，清浅的雾气凝化出一个人的身形。

倪素的手紧紧地抓着被子的边缘，却没有睁眼："吴继康真的会获死罪吗？"

正元帝虽下了敕令，但宫中今日还在议罪。

"官家金口玉言要重推新政，而吴继康的罪名中有'藐视新政'一项，此项便已经定了他的死罪。今日宫中虽还在议罪，但我想，议罪的重点也不过是处斩之期。"徐鹤雪坐在软榻上，背对着那道素纱屏风，略带犹豫道，"还有……"

"还有什么？"

"也许处斩之期不会那么快，因为治罪吴继康很可能只是一个开始，官家也许要先处置谏院与翰林院的一些官员。"他说。

倪素沉默片刻，她大抵也能明白，即便是韩清与孟相公，也并非出于纯粹申冤的目的来助她，他们身在官场，本有一番腥风血雨之争。

"我可以等，我一定要在刑场亲眼看着他去死，但我总觉得自己在做梦，只要我一睡，再醒来，就什么也不剩了。"也许是伤处疼得她很恍惚，令她总有一种身在幻梦之中的感觉。

"那你会怕重来一回吗？"

"不怕。"

即便重来，她也不惧为兄长再讨一回公道。

徐鹤雪轻抬起一双眼，凝望窗棂之外，烟波浓雨，秋意无边。

"那就睡吧。"

他的声音中有种安抚的力量，倪素的神思越来越混沌。听着耳畔秋雨，这是她来云京之后，睡得最为安心的一觉。

正如徐鹤雪所料，十月初这道降罪国舅吴继康的敕令只是一个开端，正元帝针对谏院与翰林院的一场清洗一直持续到年关将近之时。夤夜司的刑池几乎被鲜血填满，牵涉其中的数十名官员贬官的贬官，抄家的抄家，受刑的受刑，整个云京城都笼罩着一片阴云。贪墨疏浚河道款项的官员也被一一处置，其中便有太师吴岱，他被褫夺衣冠，革除功名。

孟云献才回到家中，一身官服还没来得及换下，只取下长翅帽，放到一旁，便接过韩清递的茶碗。

"你夤夜司近来事忙啊，我看你似乎都瘦了一圈。"

"忙些是好事，当初反对您反对得最狠的那些人，经此一事，已除去了好些个。"韩清眼底难掩疲惫，但心情却很是不错。

谏院与翰林院之间早有争斗，而孟云献暗地助推蒋先明将冬试案上奏官家案头时，便猜到官家定会请两院官员共同议定此案。

争执是必然的，演变成水火不容的两方争斗也在孟云献的意料之中。他们并非为了一个素昧平生的冬试举子而闹到这般火势不能收敛的地步，真正的意图，无非"党同伐异"四字。没有几个人真的在意"倪青岚"这个名字，他们只是借着这个名字，将一桩舞弊杀人的案子，变成了攻讦打压异党的政治斗争。

孟云献与韩清也在这场斗争之中。所谓鹬蚌相争，渔翁得利，他们促成了这桩超越冬试案本身的斗争，并趁此除去了好几个当初反对新政、攻讦孟张二人的顽固不化之辈。

孟云献慢饮了一口茶，道："你我除去的是几块阻挠新政的石头，而官家除去的，是反对他封禅、勾结宗室敛财的蠹虫。"

"如此不是正好？官家有了修道宫的银子，您也除了几个又臭又硬的石头，可咱家看，孟相公似乎不太高兴？"韩清观察着他的神情。

"只是想起了二十年前，你姐姐捡回一条命，从牢里被放出来，那时你跑来给我磕头，头都磕破了，淌了一脸的血，还冲我笑，我也挺高兴。"孟云献略略舒展了些眉头，露出笑意，但很快又收敛起来，"那时你我都以为是咱们赢了。"

"难道不是吗？"韩清不明所以。

孟云献摇头："赢的人，其实是官家。"

"如何是官家？"韩清一怔，越发听不明白。

"那时我四十多岁，第一回拜参知政事，深感我大齐积弊已久，遂上《清渠疏》请求官家推行新政，官家的应允令我热血沸腾，我拉着张相公一起与我整顿吏治，下手丝毫不留余地，在朝廷里得罪了不少人。我那时以为欲成大事，什么都是值得的，官家的信任，更给了我足够的底气。可是后来玉节将军在雍州以叛国重罪被凌迟，我与张相公两个人在一年后被官家毫不犹豫地抛弃时，我就在想，我们推行的新政，对大齐究竟有没有一丝一毫的改变？我贬官到文县的几年后才想清楚，夭折的新政于国于民并无丝毫改变，但有一样东西变了。"

"什么？"

"官家攥在手中的权力，以及我等臣子劝谏官家的权力。"孟云献的神情越发沉重，"韩清，当年我以为我是在做有益于国家与生民的大事，但其实，我只是官家握在手中的一柄刀，用来刺破了大齐谏臣的胆子。"

也不知从何时起，大齐的士大夫与君王，再难有共治天下之局面。

"依照律法，你姐姐本是死罪，但为何她能捡回一条命？那时你还太小，而我太过忘形，尚未往深处去想。"孟云献问他，"你姐姐能保住性命，虽有我的缘故，但也不全在于我。王法二字，你可知作何解？"

韩清垂首沉思片刻，摇头道："不知。"

"王在法上。"孟云献徐徐一叹。

王法，王在法上。

韩清面露怔愣之色。官家借推新政，使帝王敕令大于律法，所以韩清的姐姐，才能越过律法保住性命，可韩清很难说，帝王敕令大于律法是好还是不好。私心上，他为此庆幸，可公理上，他又不免为孟云献而伤怀。敕令出于君王的一时喜好，而律法才是昭示天下的公义，一旦敕令大于律法，则国无益。

"那官家此番请您和张相公回京再推新政，是否也……"韩清有些说不下去了。

"官家从前推行新政为的是权力，而这回也未必真的做好了顶住宗室各方压力的准备。"孟云献听着雨声，笑了笑，"官家见不得宗室敛财甚巨，而自己修道宫却无钱可用，我与张相公便是他请回来震慑宗室与百官的器物。他要的，是钱。但我如今其实并不在意官家究竟要的是什么，反正既能达成官家所愿，又能除去我的绊脚石……"上升的茶烟冲淡了孟云献眼底的神情，"到底，也算皆大欢喜。"

离开孟府，宫门已落锁，韩清没有去夤夜司，而是回到了自己在宫外置办的私宅，来开门的内知恭敬地将纸伞递出。

"阿姊睡下了吗？"韩清接来了伞，一边往庭院里去，一边问。

"大娘子说要等您回家……"内知小心地瞧了一眼韩清。

韩清没说话，也不让他跟着，到了廊檐底下，正逢一名女婢端着药碗，面带愁容地从房中出来。

"大人。"一见韩清，女婢连忙躬身。

"给我吧。"韩清看见碗中热气升腾的漆黑药汁，将伞搁到一旁，将药碗接了过来。

"阿清？是阿清回来了吗？"房中传出一道女声，带了几分欣喜。韩清忙应了一声："阿姊，是我。"

他端着药碗走进去，见那妇人在梳妆台前回过头来。她沧桑的面容上带着笑意，起身快步走到他面前："阿清，你去哪儿了？"

"去外面做活儿了。"韩清笑着说。

妇人闻言，秀气的眉皱起来，走上前握住他的手，颇有些气急："不是与你说了，不要出去做活儿吗？你是喜欢读书的，我马上就要嫁人，等我嫁过去了，你读书的花销就有了！"

在外头做事时，韩清并不常穿宦官的衣袍，如此也方便了他回到私宅时在阿姊面前掩饰自己的残缺。但他每每听阿姊念叨这些话，心中便有些难挨，故而此刻的笑意也有一分勉强。他压着情绪，说："阿姊，我……不读书了。"

"为何忽然就不读书了？你不是说你要出人头地？你不是说，要让我做进士的阿姊？"妇人紧紧地攥着他的手。

"阿姊不嫁人，好不好？"韩清不答她，只是问。

"为何？我看他们家挺好的，最重要的是，我去了，你也能安心读书，咱们母亲的药钱也有了……"妇人摇摇头，十分坚决，"你听我的，家里的事不用你操心，即便我嫁到他们家去，我也还是咱们家里的人，你是我弟弟，我一定管你。"

"他们不好……"韩清喉咙干涩，瓷碗的边沿烫得他手心冒汗，"阿姊，他们不会待你好的。"

若好，她就不会被虐打折磨。若好，他也不会几年都见不上阿姊一面，万般无奈之下，才入宫为奴，以此换钱给母亲治病。若好……她也不会变成如今这般模样。

"你在说什么？"妇人迷茫地望着他。

韩清收敛心绪，舀起一勺汤药，道：

"阿姊，你受了风寒，便该吃药。"

"我受了风寒？"妇人喃喃一声，"这药……要多少钱？"

"阿姊放心，这药是我用在外做活儿挣的银钱买的，既没偷也没抢，但阿姊不喝，就是浪费了。"

妇人一听这话，果然不敢浪费："那，我还是喝了吧。"

她也不要他一勺一勺地喂，自己端过碗来，如饮水一般喝了下去，韩清在旁提醒她小心烫，却听外头传来内知小心翼翼的声音："郎君，有人来了。"

很快，有人踏上阶来，来人穿着一身利落的玄色衣袍，腰间佩刀，携带满身水汽，在外头唤了一声："使尊。"

瓷碗"砰"的一声摔碎在地。

韩清回头，对上阿姊苍白无血的面容。她颤抖起来，尖锐地大叫："阿清！杀我的人来了！我要死了！"

"阿姊……"

韩清立即想要上前安抚，妇人却推开他，双膝一屈跪下去，朝着门外的青年磕头："大人，奴家错了！奴家不敢杀夫！是他打我！我受不了了，别杀我……"

周挺立即退到另一边去，用门挡住自己的身形，不再让妇人看见他。

韩清蹲下去，将失控疯癫的妇人扶住，轻拍着她的后背，说："阿姊，没有人要杀你，你忘了吗？你被官家开释了……"

"是吗？"妇人神情空洞。

"是。"韩清看着她鬓边生出的几缕霜白，明明她也才四十岁，"阿姊，如今已无人再能伤你。"

秋雨迷蒙，拍打窗棂。

韩清忽然想起方才在孟府里听孟相公说的那番话。君王的一时喜怒，可改既定律法。律法不公时，便如他的阿姊，忍受夫家多年折辱打骂，而夫家无罪可诛，她忍无可忍，怒而伤夫，夫未死，她亦获死罪，但官家一句话，便令阿姊无罪开释；律法有公时，便如国舅吴继康，徇私舞弊，谋害冬试举子性命，本有其罪，但官家有心包庇，便令倪素求告无门，只能赌上性命，上登闻院受刑鸣冤。

果然是，王在法上。

安抚好阿姊，韩清走出房门，命女婢服侍阿姊睡下，这才问周挺："何事？"

"吴继康的死罪已经定了。"

"处斩之期定了没有？"韩清对此倒也不意外，如今官家针对两院的清洗已经在收尾，吴继康的事，是不能再拖延到明年的。

"定了，就在这月十五。"周挺说道。

韩清"嗯"了一声，想了想又道："你去看过倪素没有？"

"她在登闻院受刑后，我去看过一回，后来夤夜司事忙，便没抽开身。"

两院的事一直忙到现在，周挺已经很久没有睡过一个好觉了。

"一个女子受了十几杖，还硬生生地挺了过来，便是咱家，也不得不叹她一句贞烈。"韩清抬眼望着满庭烟雨，"也快过年了，咱家这儿有些好东西，叫人收拾一些，你去探望她时，便也代咱家送去吧。"

周挺一怔，在夤夜司这几年，他还从未见这位使尊对任何人展露分毫怜悯或敬佩，但思及房内的那位妇人，他心下又有一分了然。也许是

相似之境遇，终使其推己及人。

"是。"周挺点头应下了。

正元十九年腊月十五，国舅吴继康在云京城菜市口受斩首之刑。

正值严冬，万物凋敝。刑台之下围观者众，而吴继康只着单薄中衣，双腿已瘫软得不能行走，只得由兵士抬上台去。

吴继康一见断头台，便吓得浑身发抖，他往刑台底下看去，人头攒动，他满耳都是那些陌生脸孔的唾骂声。

监斩官端坐案前，捋着胡须抬头看天，心中算着时辰，也不管底下的百姓是不是在往刑台上扔烂菜叶子。

倪素仍不良于行，被蔡春絮搀扶着走到刑台底下。何仲平他们也来了，隔着一些人，一一向倪素施礼。倪素俯身还礼。

人群中有人认出她是当日在登闻院为兄受刑申冤的倪小娘子，便为她让出一条宽阔的道来。

这时，刑台上的吴继康正好看见站在底下的她。一如当日在贪夜司大门外，她穿着丧服，形容消瘦，那双眼睛却清亮有神。那时他被人簇拥着坐在滑竿上，居高临下。今日他依旧居高临下，可这高处却是即将要斩断他头颅的刑台……吴继康只这么一想，便觉得受不了。

监斩官一挥手，刽子手便将他按到断头台上，他挣扎着，抬起头望向上面锋利而沉重的断头刃，惊恐地大叫起来："官家救我！姐姐救我！我不想死！"

可今日，刑台之下，无有昔日簇拥他的家仆，无有他的严父，更无有身在深宫、对他极尽疼爱的贵妃姐姐，只有那些冷冷睇着他的书生，那些对他指指点点的百姓，以及……倪青岚的妹妹。

吴继康冷极了，从来没有像今日这般无助、恐惧过，哭喊着"官家""姐姐"，怎么也挣不脱身上绑着的绳索。

"时辰到了。"监斩官的声音落下。

冬阳没有多少温度，只余刺眼的光，吴继康喊着胡话，眼泪鼻涕一块儿流，他看见站在刑台底下的那名年轻女子。

她苍白清瘦的面容上浮出一抹笑。

吴继康被她的笑容刺得更加疯癫，瞳孔紧缩，又哭又笑。

监斩官一抬手，立在刑台两旁的皂隶便开始解拉着上方断头刃的绳索，倪素看着吴继康被死死地按在底下，人声鼎沸间，上面的断头刃倏尔下坠，而她眼前忽然被一只手掌挡住。

锋刃切断血肉的声音沉闷，吴继康的哭叫戛然而止。

"倪小娘子还是不看的好。"青年低沉的声音传来，倪素侧过脸，对上周挺的双眼。

周遭杂声中，在倪素身侧的徐鹤雪凝望自己在日光底下淡得有些半透明的手掌，垂下眼帘，不动声色地收回了手。但下一瞬，他忽有所感，舒展手掌之际，一颗兽珠凭空乍现，闪烁细微光芒。

那是魂火的荧光。

刑台上溅了一片血，倪素推开周挺的手，一下便看见了血污之中，还没被皂隶收拣的那颗头颅。

双目大睁，定格着他生前最后一刻极致的恐惧。

她猛地回头，俯身干呕。眼泪如断了线的珠子般从双眼中滚下来，双手紧紧地揪着自己的衣裙。半晌，她再度看向那颗头颅，强迫自己克服恐惧，记住这个害她兄长性命的凶手的惨状。

"霁明兄，你安息吧！"何仲平哽咽着大喊。

其他读书人也跟着他一块儿喊，连在场的百姓也为他们所感，呼喊着"倪青岚"这个名字，请他安息。

寒风呼呼，吹得倪素的耳廓有些发麻，她以一双泪眼看着那沾了鲜血的刑台，又一一看向那些呼喊着她兄长名字的人。

兄长，你看到了吗？若可以，我希望你来生能投身于一个更好的世道，不为世俗所扰，不为父命所逼，为你心中真正的志向而活。

小妹倪素，只能送你到这里了。

周挺将原本安排在医馆外的亲从官撤走，又令晃一松将带来的东西放到后廊，各色的锦盒几乎堆满桌面。他道："近来贪夜司中事忙，一直

也没顾得上来探望倪小娘子，这些都是使尊命我送来给你的。"

"韩使尊？"倪素愕然，对于这位夤夜司使尊，她心中很难说没有惧意，初进夤夜司那回韩清对她的刑讯，每每想来都令她心生战栗。

"使尊感念你为兄申冤之勇，亲自命人收拾了这些东西，还请倪小娘子万莫推辞。"周挺说道。

晁一松在后头听了他这话，面上浮出一丝奇怪的表情，欲言又止。

"那便请小周大人代我谢谢韩使尊。"倪素俯身作揖。

"你身上有伤，不必多礼。"周挺见她如此，本能地伸手，却又很快收了回去。待她站直身体，周挺看着她那张消瘦苍白的面庞，问道："不知你的伤是否好些了？"

周挺初见她时，她便在夤夜司的牢狱之中，受过光宁府的杀威棒，又在刑池被使尊韩清亲自刑讯。她总是在受伤，人也一天比一天更消瘦，但周挺知道，她如此羸弱的表象之下，却有坚韧的一面。

蔡春絮的眼睛在这站着说话的二人之间来回扫视一番，唇边牵起一抹笑。她命小厮将那些东西都收到房里去，又拿来玉纹手里的软垫放在凳面上，扶着倪素坐下去："她的伤已好些了，小周大人何必站着说话？快些坐下喝口热茶，依奴家看，你留在这儿再用一顿饭也是好的。"

蔡春絮的热情无人能挡，周挺几乎找不到说话的气口来推辞。晁一松手疾眼快，当下便上前按着周挺的双肩让他坐了下去，又嘿嘿地冲蔡春絮笑："蔡娘子，不知可有我一口饭吃？"

"自然是有的。"蔡春絮将一只汤婆子放到倪素手中，含笑应声。

"那感情好！"晁一松一屁股坐在周挺身边，偷偷朝他挤眼睛，"小周大人，咱们便在这儿吃一顿吧！"

周挺侧过脸，无视于他，对蔡春絮与倪素道："叨扰了。"

徐鹤雪在房中听见有人推开了隔壁的房门。他立在窗纱前，隔壁的说话声有时清晰有时模糊，他也并未细听，只是看着手中的兽珠，它安安静静的，再没有闪烁丝毫魂火的光。

他轻抬眼帘，透过颜色浅淡的窗纱，看见裹着厚实的披风与蔡春絮坐在一处的那个女子的背影。

徐鹤雪回到书案前坐下,点滴荧尘凝聚在他指间,钻入兽珠,但木雕兽珠依旧什么反应也没有。他握着那颗兽珠反复尝试,直至天色暗淡下来,他的双目逐渐难以视物。

蔡春絮张罗了一桌好饭,席间温了一壶酒来,倒了一杯,起身敬周挺:"小周大人,奴家的郎君两次进夤夜司,你们都没有对他动刑,奴家就借着今儿夜里这桌席面,谢过你与韩使尊。"

"实在担不得蔡娘子这一声谢。"周挺举杯,"夤夜司对朝奉郎只是讯问,既是讯问,便是不能动刑的。"

"无论如何,也谢谢小周大人你这么久以来一直让人护着我阿喜妹妹。"蔡春絮依旧满脸笑容。

"职责所在。"周挺不知该如何应对蔡春絮这般揶揄的目光,便朝她额首,随即饮下一杯酒。

倪素身上有伤,自是不能饮酒的,她以茶代酒,敬了周挺一杯:"小周大人,我一开始便知道我的事很难,但你与韩使尊肯上心,肯为此奔忙,倪素心中感激不尽。"

即便知道韩清乃至于在他身后的孟相公,其实都是觉得她兄长这桩案子于他们有利,才费心为之,倪素也并不在乎这些。吴继康服罪而死,这比什么都重要。

蔡春絮说的话,周挺还能应对几句,但到了倪素这里,周挺只是被她那样一双眼睛注视着,便又不知道自己该说些什么了,只能朝她举杯,随即一口饮尽。

敬过酒后,席上几乎只余蔡春絮与晁一松的声音,周挺本就不善言辞,而倪素则心不在焉,总忍不住回头望向对面漆黑的屋子。

天色漆黑无边,晁一松随周挺走出医馆,便迫不及待地说道:"小周大人,我又看到那块雪花缎子了!"

"什么雪花缎子?"周挺漫不经心地问道。

"上回光宁府的皂隶来这儿搜川乌,弄得乱七八糟,那时我不是跟您说医馆里有件没做好的男人的衣裳吗?我今日跟着小厮去放东西的时候,又瞧见了一匹缎子,我看,跟上回的一样,雪白的,上头有浅金暗

花，好看极了，一定花了不少钱！"晃一松说着又打量起周挺高大的身形，"您总是穿武官的袍子，我还没见过您穿那样斯文的样式。"

"不得胡言。"周挺拧起眉，他有时真不知道晃一松的嘴怎么会这么碎。

"怎么就是胡言了？我看那倪小娘子也不认识其他郎君，不就只认识大人您一个吗？"晃一松避开路上的水洼，絮絮叨叨，"我也实在看不明白大人您，今日给倪小娘子的那些东西哪里都是使尊送的？不也有您的份儿吗？您居然提也不提……如今倪小娘子兄长的案子了了，她的仇报了，您若再不抓紧些，万一……万一人家不在云京待了，要回雀县老家去，您可怎么办？毕竟，云京对她来说也不是什么好地方。"

周挺一怔，随即垂眸。她不要性命也要争的公道，已经得到了，那么她是否还会留在云京这个断送她兄长性命的地方？

晃一松还在没完没了地说，周挺收敛神情，迈步往前。

"再多言，便回夤夜司领罚。"

晃一松一脸无奈，心中只觉这位小周大人什么都好，就是情窍不开，跟个闷葫芦似的。

蔡春絮使唤奴婢和仆从们收拾院子，又来扶着倪素，对她说道："阿喜妹妹，你心里是怎么想的？"

"什么？"倪素还在看对面的屋子。

"我先头找人问过，小周大人的家世是不错的，曾经也在大理寺做过文官。只是他那时候年纪轻，好像做事出了疏漏，惹得上司不快，才辗转到了夤夜司。想来应该是他家风也正，他父亲在朝中那也是个四品文官呢。听我阿舅说，他父亲周文正是正经清流，不愿使那些手段帮他疏通关系，按理来说，他自己要找个别的差事也不是没有法子，但也不知他最后怎么就到夤夜司里做起了武官……"说到这儿，蔡春絮又笑着说，"不过我看他就算是在夤夜司里头当官，人也是很有礼数的，是个不错的人。"

倪素这会儿终于反应过来，回头对上蔡春絮的眼睛，无奈地笑："蔡姐姐，我对小周大人并没有那个心思。"

蔡春絮心里想的是，如今没有那个心思，却保不定往后也没有，但她并不言明，只是问："那你与我说说，你想要一个什么样的郎君？"

倪素努力地想了想："首要是不轻视我的志向。"

"还有呢？"

"还有……"倪素抿了一下唇，"我不太会下厨，如果他会就好了。"

"男人有几个愿意下厨的？"蔡春絮笑她。

"有的。"倪素想也不想，立刻答道。

"那你再说说，除了这些，还有什么？"蔡春絮慢慢地扶着她走到庭院里。

夜里寒气重，吐息皆成白雾，倪素吸了吸鼻子，抬起头发现今夜的瓦檐之上，星子铺陈于夜空，闪烁着清莹的光亮。

她仰着头，很轻易地就找到了那么多颗星子里最明亮的一颗："像星星一样的，干净又明亮。"

蔡春絮一头雾水："世上哪有那样的男人？"

夜渐深，蔡春絮不好再留，叮嘱了玉纹好好服侍倪素，这才坐上回太尉府的马车。

倪素被玉纹扶着往卧房里去，走到廊上，她发觉淡雾轻拢在隔壁的房门处，而此时玉纹还在侧，便道："你先去歇息吧。"

"可您的伤……"玉纹有些迟疑，倪素今日走动得多，也不知身上的伤有多痛，"奴婢还要帮您铺床呢。"

"不用了，这些事我可以自己来做，你今日为我忙前忙后，也辛苦了。"倪素朝她笑了一下。

"那您小心些，若有什么吩咐，只管叫奴婢。"玉纹不好再说什么，便松开倪素，往廊后去了。

檐下灯笼微晃，倪素推开房门，橙黄的光影顺势照入房内，与其中的灯烛交织一色，她慢慢地走到桌前，借着玉纹早前点的灯烛，取出些蜡烛来，一一按上烛台，再点燃。

再回头，门口昏暗的阴影里已站着一个人，他的身形如雾一般淡。

倪素正欲说话，却见他三两步走近，她视线下移，只见他手掌舒

展,掌中那颗兽珠闪动着细微的光芒。她一惊:"这是……"

"幽都来的魂火。"徐鹤雪原本无神的双眸临近灯火,清亮了几分,他简短道,"是你兄长的。"

他很确信,那不是他之前收在其中的那微弱的一缕,而是来自幽都的魂火。生魂在幽都多待一日,身上魂火的颜色便会淡上一分。

倪素立即伸手将他掌中的兽珠接来,但仅一刹,兽珠又恢复它原本的模样,一点光亮也没有了,她连忙抬眼:"怎么又没有了?"

徐鹤雪取回兽珠,双指一并,荧尘包裹兽珠,顺着兽珠的缝隙探入。

倪素紧盯着他手中的兽珠,却不料下一瞬,忽来的寒风卷起庭内枯叶,涌入门来,青纱帘子飞舞晃荡,满室明灯尽灭。

徐鹤雪的眼前瞬间漆黑一片,外面廊檐下的灯笼也灭尽了,倪素瞬间什么都看不见了。

这一刻,兽珠的幽光乍现。倪素循着光亮,一下捧住徐鹤雪捏着兽珠的那只手,冰凉的雪意顺着他的指节传来。

"这是什么?"她急忙问。

"幽都的朝阳。"

兽珠投出的那道光在墙面上缓缓升起,圆得真像一个太阳,却是幽蓝的光。徐鹤雪的视线落在她的双手上。

在人间,他要依靠她点灯才能在夜里视物,但来自幽都的日光,却可以照亮他的眼睛。此时,人间是万籁俱寂的夜,却是幽都朝阳初升的时候。他们共捧着这道光,墙面上也照出两道不一样的影子。

"那我兄长的魂火呢?"倪素话音才落,却见他脸色微变。兽珠中灼人的气流涌出的刹那,他及时挥开她的手,将那颗兽珠抛出。

倪素抬头,只见兽珠飘浮在半空,紧接着,点点滴滴奇异的荧光浮现。

荧光如丝线一般来回,逐渐勾勒出一道淡薄的影子。

她瞳孔紧缩,一下松开徐鹤雪,也顾不得身上的伤,立即迈着蹒跚的步履靠近。

他身上穿的那件衣裳，是清源山泥菩萨庙中他的尸体所穿的那件，那是她亲眼看着母亲一针一线为他缝制的衣裳。

倪素不敢置信般颤声道："兄长……"

仿佛时间已经过去了很久，存在于她脑海里的兄长的音容都已经开始泛旧，但当他此刻出现在她眼前时，从前种种，又无比鲜活。

"阿喜。"兽珠投射出的这道影子清晰而干净，一点也不像泥菩萨里的那具尸体，腐烂而冰冷。

只这一声"阿喜"，徐鹤雪便见倪素的眼眶转瞬红透，像个孩童一样，号啕大哭起来。

"阿喜，你瘦了许多。"倪青岚的身影悬在半空，他伸手，却不能相扶，"为我，你受苦了。"

"不苦，"眼泪几乎模糊了她的视线，她不断用手背去擦，想要将兄长的脸看得更清楚，"兄长，我不苦……"

他还是她记忆里的兄长，拥有与她相似的眉眼，那样清峻的面庞。

"早知如此，你就不要听父亲的话。"倪素哭得难以自抑，"你若不来云京科考，就不会被人害死，我想让你好好的，让你活着，我很想你，母亲也很想你……"

她的勇敢，她的坚韧，在见到死去的至亲的这一刻，土崩瓦解。

"我见到母亲了。"倪青岚甚至不能为她拭泪，"阿喜，其实我不希望你为我如此，你是我妹妹，我想让你过得好一些，至少，不要为我将自己弄得遍体鳞伤。可是阿喜，我又很高兴，有你这样的妹妹，是兄长之幸。"倪青岚看着她，露出一分笑意，"你也不要再为我难过，你已经为我做得够多，我都看得见，母亲也看得见。往后，你一个人，怕不怕？"

倪素摇头，哭着说："不怕。"

"我知道你是不会怕的。"倪青岚颔首，对她说，"儿时偷学医术，父亲打你鞭子，你也没怕过，你是个心志坚定的姑娘，我一直都知道。"

倪素从袖中拿出一本书，颤抖着翻开书页："兄长，还记得你与我说好的吗？我们要一起写这本治女子隐症的医书，你先教的我，你说

等我长大了，等我看的病人多了，学到了更好的医术，我再反过来教你……"

"兄长做不到了。"倪青岚轻轻摇头，温柔地看着她，"不过阿喜，你一定可以，对吗？"

"我可以。"倪素泪湿满脸，哽咽着说，"我一定会的，这一生，我都会带着我自己与兄长未竟的志向去写这本医书，我要天下女子不再以隐症为耻，我要兄长的遗志与这本医书共存于世。我倪素，愿以此志，躬行余生。"

第捌章 采桑子

要洁净之人洁净。

兄长是笑着的。

但在倪素的记忆里，兄长其实是不常笑的，他有些像父亲，在少年之时便显露持重的心性。在父亲一心钻研家学，为人看诊的绝大多数日子里，一直是兄长在管束着倪素的行止，教会她辨识百草，教给她做人的道理。

他是倪素至亲的兄长，更是指引她、鼓励她秉持心中志向的老师，从小到大，是他让倪素明白，作为女子，她这一生也许可以换种活法——

不做受困内宅的囚鸟，要做展翅的飞莺。

她愿意如此尝试，用一生去试。

倪素用力擦去眼泪，以求能将兄长看得再清楚一些，却见他以魂火拼凑的身形逐渐减淡，她无措地伸手去触碰，却使魂火破碎流散得更快。

"阿喜，兄长以你为荣。"流光被兽珠吸纳干净，只余倪青岚的这道声音响彻她的梦境。

倪素睁开眼睛，青灰的晨光已铺满这间屋子，她失神地望着上方的幔帐，许久才迟钝地摸了一把湿润的脸。

她记起昨夜兄长的消失，记起那颗兽珠飞回徐子凌手中，而自己被他扶到床上。她躲在被子里哭了好久，后来的整个梦境，都是兄长的音容。

倪素摸了一下枕头，触感有些濡湿，她抬起一双红肿的眼睛，看见那道青纱帘子不知何时已被人放下，外面有一道身影坐在书案前，翻动纸页的声音很轻。

"徐子凌。"倪素开口，嗓音沙沙的，鼻音也有些重。

书案后的那人翻书的动作一顿，立时起身，大抵是之前在登闻院施术帮她挡刑时所受的惩罚不轻，这几月的香烛还没有将他的魂体修补得很好，昨夜的香烛也都灭了，所以他的身形看起来还是很淡薄。

"怎么了？"

倪素看见他掀开帘子的那只手，虽然苍白，但淡青微鼓的脉络看起来与常人无异，甚至每一寸筋骨都是好看的。

他换了一身淡青的圆领袍，一截洁白的中衣领子更衬得他如覆雪的青松，一双眼清冷而剔透。

"你坐了一夜？"倪素看他手中还握着一卷书。

"我不会疲累，即便闭上眼，也并不是在睡觉。"

化身鬼魅，便会失去一些作为人时的五感，他拥有痛觉，只不过是方便幽都土伯以此对他施加惩戒。而人的睡眠，人的食物，能够支撑一个人活下去的诸般意义，其实都与他无关。很多时候他闭上眼，只是在试图回想自己作为人时的记忆。但那些记忆零星，如果不见故地，不遇故人，大抵便永远也想不起。

他身在幽都的时间太长了。

倪素看着他放下书卷，点炉煮茶，忽然发觉屋子里暖烘烘的，低头才看见不远处的炭盆烧得正红。这一夜，也不知他添了多少回炭。

"我还没有谢谢你，让我见了兄长最后一面。"

倪素窝在被子里看他。

徐鹤雪摇头："土伯留这颗兽珠给你，应该便是用来答谢你的，若无兽珠，我也不能帮你。"

"他答谢我什么？为你烧寒衣？招你回来？"

"嗯。"

"可是，"倪素发现自己竟想不起雀县大钟寺柏子林中的那个白胡子

打卷儿的老和尚的脸了,"他为何肯费周章帮你回来?"

机缘是很奇妙的事,譬如她若不遇徐子凌,也许便会一个人上京,死在刑杖之下,也不能再见已逝的兄长。那么,徐子凌的机缘又是什么?

徐鹤雪闻声一顿,目光垂落于桌面,片刻后道:"因为我所求,亦是他所求。"

被困于幽都宝塔的生魂,年年在幽释之期东渡恨水,可近百年之间,能渡恨水者寥寥无几,不渡恨水,便难消怨戾,只能被囚于宝塔。那是年复一年的恨,年复一年的怨。但这对于幽都,并不是一件好事。若怨戾充盈于幽都,则所有生魂必受其影响。

"那……"倪素几乎是试探一般轻声问,"你所求为何?"

这已算是离他不为人知的心事最为接近的对话。

寒风轻拍窗棂,屋中炭火倏尔迸溅出几点火星子,徐鹤雪抬眸,窗外的萧疏冬景与他眼底的凋敝重合:"要洁净之人洁净。"

十五年前,牧神山。死在异乡、尸骨无存、血已流尽的三万英魂。他要一点一点地为他们拂去身上血污,清算生前事,擦干净他们的身后名。纵不能殓骨,也要殓名。

倪素其实听不太明白,既是洁净之人,还能如何洁净?但见他起身倒水,她又不知自己该不该再问下去。

"喝一些?"徐鹤雪将瓷杯递到她面前。

倪素偷看一眼他的神情,觉得他应该是不愿再说了。她拥被起身,接过瓷杯喝了几口,抬起头再对上他的目光,她的声音轻了许多:"谢谢。"

天色更明亮了一些,玉纹推门进来服侍倪素洗漱,又为她篦发梳头。徐鹤雪悄无声息地退到门外,站在廊檐底下,院中洒扫除尘的女婢与小厮来来往往,始终无人发现他。

"玉纹姐姐!"一名小厮匆匆跑来,手中提着一个食盒,气喘吁吁地经过徐鹤雪身边,立在门外喊,"前面有人找倪姑娘!"

"什么人?"玉纹走出来。

"说是……来诊病的。"小厮将食盒递给她。

徐鹤雪轻抬起眼帘,果然,他听见房内响起脚步声。很快,那个姑娘迈着蹒跚的步子挪了出来,一双眼睛被清晨的日光一照,清泠泠的:

"真的?"

"好像是来请您过去的,说是下不来床。"小厮摸了摸后脑勺。

"我去看看。"倪素扶着门窗,往前走了几步,玉纹忙将食盒放下,跟上去扶住她,但她却忽然停下来,回过头。

徐鹤雪对上她的视线,随即轻轻颔首,朝她走去。

等在前堂里的,是个身着粗布麻衣的年轻女子,她十分局促地站着,有一名小厮招呼她坐,她也不坐下。

见了倪素,女子才捧住她递来的热茶,说:"我……我娘身上不好,已经有小半年了,但她一直不肯请大夫,又怕药婆用不好药,一直拖着。"女子抬起眼,暗自打量着面前这个与自己年岁差不了多少的女子,心中不免又添一丝疑虑,但犹豫了一下,还是道,"我在外头听说了,你出身正经的杏林之家,我想,你都敢孤身上登闻院为兄长申冤,一定是个好人,所以我想请你来为我母亲诊病,若、若是诊金合适的话……"

随着冬试案告破,登闻院重阳鸣冤一事传遍云京,倪家兄妹的身世来头也为人所知,如今的云京城内,无人不敬佩这位不顾性命、为兄申冤的倪小娘子。

"你是第一个上门请我诊病的人,我今日便当义诊,分文不取。"倪素说着,便请玉纹去将她的药箱拿来。

玉纹本打算跟着去,却被倪素拒绝,她要了一根竹杖,请那位姓张的小娘子帮她拿药箱,连早饭也顾不得吃了。

到了张小娘子家中,倪素并不急于诊病,而是坐在床前与张小娘子的母亲闲聊了几句话,轻声细语地安抚妇人的疑虑。在雀县乡下的村中,她常用这样的办法来与患病者拉近距离,从而让她们心中能轻松一点。接近午时,倪素才拄着竹杖从张小娘子家中离开。

"给我吧。"徐鹤雪朝她伸手。

倪素也不推拒,将药箱递给他,问道:"你在外面等我的时候,是

不是很无聊？"

"没有。"徐鹤雪一手提着药箱，一手扶着她，看她步履实在迟缓，思虑片刻，说，"你等一下。"

倪素虽不明所以，但还是乖乖地停下来。她看着他将药箱放在地上，又将她手中的竹杖拿走，随后走到她的身前蹲下去，淡青的衣袂垂落在地面，他回过头，见她呆呆的，便唤："倪素。"

"你的伤也没好……"倪素攥起衣角。

"我已经没事了。"他说罢，倏尔想起那夜在杜府外面她撑伞与自己往回走的情景，又添声道，"不骗你。"

倪素发现他在人前现身了，一个扛着重物的老伯路过他们时，便以一种奇怪的目光打量着徐子凌。倪素只好俯身，双手绕过他的肩，环住他的颈。

第一次感受到他的背脊如此宽阔且有力，倪素一时间却有些局促，甚至不知自己的手应该放在哪里才好。她满掌都是他光滑的衣料，抬起眼睛，看见他梳理整齐的发髻，以及簪在乌黑鬓间的一根玉簪。

徐鹤雪提上药箱，背着她往巷子尽头去。倪素的话变得多起来，与他讲自己开了什么药方，与他讲自己在雀县的时候总会在午时前离开病患的家。

"你知不知道为什么？"倪素故意卖关子。

"你怕他们留你用饭。"徐鹤雪走出了巷子，河畔淡黄色的柳枝轻拂他的发髻，"人虽穷苦，却不免好客，你在，她便会用家中最舍不得吃的食物招待你，更何况你为其母诊病，还分文不取。"

"你……真聪明。"倪素还想等他问"为什么"呢。

徐鹤雪虽生于锦绣，却也并非不知人间疾苦，他在边关五年，除却沙场的血腥杀伐，也见过边关百姓的苦难。

"行医，似乎是一件很能令你开心的事。"无论是今晨在听到有人上门看诊时她的模样，还是方才在张小娘子家中与其母攀谈时语气里裹着的一分明快，都昭示着她的心绪。

"有人肯请我看诊，这就是最好的事。"倪素脸上带了些笑意，"徐子凌,有了第一个,往后一定就不那么难了,对不对?"她满怀憧憬。

"嗯。"徐鹤雪淡声应道。

河畔行人甚少,浅薄的冰凝结在岸边,他安静地背着一个姑娘往前走,却不防她冻得冰凉的手指忽地捏了一小颗东西抵上他的唇。

倪素也没料到自己的指腹会碰到他的唇瓣,本能地想缩回手,可是手中捏的东西已经抵在他的唇缝,她有点不好意思,嗫嚅了一声:"你张嘴呀。"

徐鹤雪下意识地张嘴,咬住那颗东西。

"张小娘子给的,我只拿了一颗。"倪素收回手,看见寒风吹得他乌浓的眼睫一颤,她问了声,"甜吗?"

原来是糖。

徐鹤雪轻垂眼帘,"嗯"了一声:"甜。"

除夕一过,新年已至,正是举国同庆之时,正元帝赐宴百官,却在当夜杖杀太医局的一名医正。

"尔等庸医!都是庸医!"

入内内侍省都知梁神福双手拢在袖中,躬身迎着风雪踏上白玉阶,便见太医局的医正们从殿内跪到了殿外,而殿内瓷盏碎裂的脆音之间,更有正元帝暴怒的吼声。

天子一怒,如天降雷霆。梁神福与伏跪在外的太医局医正们皆心神一颤,但梁神福到底是帝王身边服侍已久,心知此时自己若再不进去宽慰官家,只怕整个太医局都将如那名唤聂襄的医正一般。

梁神福快步进殿,撩开帐幔入内,见正元帝满额是汗,一手撑在床沿,面色铁青,咳嗽不止,便立即上前轻拍帝王的后背:"官家,动怒伤身,请官家保重圣体……"

"聂襄呢?"正元帝咳得嗓音沙哑。

"已被杖杀。"梁神福此话一出,帐幔外的太医局提举与其他医正肝胆俱裂,身子伏得更低。

"朕只问,聂襄所言,尔等可认?"正元帝沉声问道。

"陛下……"众人皆伏拜在地,"臣惶恐!"

他们均不知道此时正元帝要听什么话,只能以这般惶惶之态祈求帝王的怜悯,心中又恨毒了那聂襄,官家不能再有嗣这样的话,他们身为人臣,谁敢说出来?偏是聂襄,多吃了几杯酒,便在官家面前露了真。

"官家,脉象之变化岂能人定,奴婢以为,定是聂襄吃醉了酒,诊断有误。宫中太医局会集天下名医,聂襄不过二十余岁,脾性多少带了年轻人的骄躁……哪里能及太医局中资历甚老的这些大人呢?"梁神福小心翼翼地进言,"何况新年伊始,官家如今正在清醮……"

他的话点到即止,却令帐幔外的太医局众人感激涕零,恨不得今儿捡回这条命,明儿便给这位梁内侍送上十全大补丸之类能延年益寿的好玩意儿。

但梁神福也并非在为太医局的人说话,而是帝王盛怒之下,需要一个台阶,正元帝不能在此时真的处决太医局中所有人,否则聂襄诊断之说,便是纸包不住火,更要伤及官家的脸面。

果然,梁神福这番话使得正元帝倏尔沉默,眼见帝王摆手,他便立即回身道:"各位大人,还不快退出去?"

帝王的怒火渐熄,众人立即重重磕头,随即拖着绵软的双腿,一边擦着冷汗,一边恭敬地退出庆和殿去。

殿中寂静下来,正元帝躺回榻上,揉按着眼皮。

"聂襄所言,不得传出。"

"奴婢明白。"梁神福轻声应道。

聂襄的诊断究竟是真是假,其实正元帝在见到太医局这帮医正的反应时,心中便已经明白了大半。他如今也已年近六旬,曾与皇后诞下一子,封为安王,奈何不过三岁便已夭折。

正元帝当年费心以新政之名,行收拢权力之实,为的便是使热衷于兴风作浪的谏臣不敢为博直名而要挟君王。然而垂暮之年,竟连太医局的这些医正,都不敢如实禀报他的病情了。

庆和殿中暖意融融,而正元帝却忽而一叹:

"梁神福,朕……有些冷。"

梁神福立即命人入殿添炭，心中却也知官家的冷，冷在何处。前几年好歹有位吴贵妃在官家跟前嘘寒问暖，如今官家厌烦了吴贵妃的哭哭啼啼，也不肯见了。

梁神福想起自己整理奏疏时瞧见的东西，便走到御案前捧起一份奏疏，小心地送到正元帝面前。

"官家，嘉王写了请安折子来。"

正元帝慢慢睁眼，视线落在那份奏疏上。

梁神福等了许久也不见官家伸手来接，额上渐有冷汗，却听官家冷不丁地道："传裴知远入殿拟旨，让嘉王回京。"

正元帝一句话，中书舍人、知制诰裴知远便连夜进宫草拟诏书。

嘉王在肜州行宫住了十四年，距离云京并不算太远，圣旨快马加鞭送到肜州后，嘉王夫妇便动身启程，抵达云京之时，正逢元宵佳节。

禁军相护，车马辘辘。

"殿下满掌都是冷汗。"马车中，年约三十岁，虽有病容却不减清越之姿的嘉王妃握住郎君的手。

"昔真，我不知抛却从前的安宁，到底是对还是不对。"嘉王锦衣华服，却神情恍惚。

"从前的安宁便是真的安宁吗？殿下的心，从来都没有安宁过。"嘉王妃轻拍他的手背，"听说您的老师在外颠沛十四年，已是一身伤病，他都肯回来，莫非殿下还有心偏安一隅？"

嘉王听她提起老师，心中便更是百味杂陈："是啊，无论如何，我都该回来见老师。"

马车入了宫，停在永定门外，梁神福早已携内侍、宫娥等在此处。他先向嘉王夫妇作揖，随即道："官家等殿下多时了。"

只提"殿下"，不提嘉王妃，便是只见嘉王的意思了。

"殿下，去吧，妾等着您。"嘉王妃以温和的目光注视着他。

嘉王喉咙发干，却一言不发，由梁神福带路往前走。虽阔别这座皇城十四年，但嘉王却并非不认得路，他意识到梁神福绕了远路时，抬头隔着覆雪的枝影望见了一座楼阁。

昭文堂。

嘉王瞳孔一缩，立即收回目光，整个人紧绷起来，心中寒意更甚，刹那间便明白了，绕这段路应是圣意所致。

走上白玉阶，入了庆和殿，嘉王俯身作揖，却在光可鉴人的地面上看见自己一张透了些惶然的脸，立即收敛神情："臣，拜见官家。"

"为何不称爹爹？"帐幔之内，传来正元帝平淡的声音，"可是在怪朕将你送去彤州？"

"永庚不敢。永庚之妻体弱，爹爹送永庚与妻往彤州将养，永庚心中感激。"嘉王立即跪下去。

嘉王听见里面传来了些窸窣动静，随即便是很轻的步履声，一只手挑开了帘子，身着朱红内袍的正元帝垂眼看他。嘉王看着地面映出帝王的衣袂，随即那双腿离他越来越近，倏尔站定，嘉王立即仰头。

"朕子嗣艰难，而你儿时便展露天资，正逢你父亲，也就是朕的亲弟弟恭王去世，朕便听朝臣谏言，将你过继到朕膝下，封你为嘉王……"正元帝似乎在回忆往事，然而话中机锋又陡然一转，"那时，你便与徐鹤雪在宫中的昭文堂读书。今日你是否瞧见昭文堂了？可有什么变化？"

徐鹤雪，这个名字终究被提及。嘉王衣袖之下的指节屈起，立即垂下头去，却感觉正元帝的目光一直落在他身上，随即便是不经意的一句："你额上的伤疤，竟还在。"

伤疤接近额发，若不近看，其实并不算明显。

"爹爹！"嘉王失声，不敢抬头。

他额头上的疤痕是怎么来的？是在十五年前为保徐鹤雪性命，在庆和殿外一下一下磕的。而一年之后，他又在庆和殿外，为老师张敬，为副相孟云献磕头。

所以这疤才如此深刻，经年难消。

"永庚，这旧疤消不了倒也无所谓，但你告诉爹爹，你如今心中，是如何想他的？"

"他"是谁，不言而喻。

嘉王知道，此时君王并非只是在问他如何想徐鹤雪，也是在问他，是否甘心承认十五年前的那道敕令。他的手指紧紧蜷缩起来，地面上映出的自己的脸似乎要被难以收敛的情绪扭曲，可他死死咬住牙关，忍住心中绵密如针一般的刺痛，喉咙发紧："爹爹您曾言，他有家无国，是叛国之佞臣，大齐之祸患……罪无可恕，当施凌迟之刑。永庚与他已非挚友。"

这话剜心刺骨，嘉王藏于衣冠之下的筋骨细颤。正元帝的手轻拍他的后肩，立时令他浑身僵直。

"永庚，先不要回肜州了，在宫中住些时日吧。"

徐鹤雪坐在廊檐底下，膝上的书页被风吹得乱翻，他以手指按住，抬起头仰望檐瓦之上的天幕。黄昏时分的日光很淡。

"倪素，天要黑了。"他说。

"你眼睛看不清了吗？我这便去点灯。"倪素正在做衣裳，听见这话，她咬断袖口的一根线，便一手撑着桌角起身。

徐鹤雪清冷的眸底微动，回过头来："不是。我还看得清，只是你已经做了很久，会伤眼。"

"啊，"倪素望了一眼庭院，光线还没有太暗，便也不急着去点灯，只将簸箕里的那件衣裳拿出来抖了一下，光滑的缎子，雪白的颜色，"你看，我做好了。我做这件衣裳的时候就在想，你里面要配什么颜色的衣衫才更好看，想了很久，还是觉得红色也很合适你。"

倪素翻开碎布，从底下拿出来一件朱砂红的衣衫，很简洁的交领样式，几乎没有什么纹饰："你快去换上试试。"

倪素身上的伤还没痊愈，但她拒绝了蔡春絮的好意，除夕夜前便让玉纹等人回太尉府去了。此处只余她与徐子凌，她便推着他往对面的屋子里去。将他塞入屋子里后，倪素将房门一合，看着庭内疏于打扫的积雪，便拿了扫帚，挪着步子下去扫来扫去。

只扫了一会儿，她便觉身上有些热，后腰更疼了点。她站直身体，

回头望向那道房门:"徐子凌,你好了吗?"

她的话音才落,那道门便开了。

裁衣时,倪素便在想,他若换上这件衣裳,该是何等清霜白月般的模样,然而想象终不及此刻这一眼。

圆领袍的浅金暗花在日光底下好似鱼鳞一般微泛光泽,而他颈间一截朱砂红的衣领颜色艳丽,同色的丝绦收束了他窄紧的腰身,点缀着几粒金珠,随风而荡。

干净秀整的骨相,清风朗月般的姿仪,他的身形挺拔端正,又透着一种骨肉之下的坚冷。那是一种与含蓄隽永相悖的凌厉。可倪素却瞧不出他的这分凌厉究竟来自哪里。

倪素扔下扫帚,手背抹了一下颊边的碎发:"虽然这份礼有些迟,但总归是穿在你身上了。"

难言的情绪裹覆在心头,徐鹤雪声似平静:"谢谢。"

"你如何谢我?"倪素缓慢地挪动步子,走到阶下。

徐鹤雪看着她,也许是因为扫了一会儿雪,她白皙的面颊上泛了些淡粉,此刻仰面望他,眼波清莹。

"元宵有灯会,你愿不愿意和我一起去瞧一瞧?"

"你不是说,你夜里要写病案?"徐鹤雪挑眉,想起她今晨在医馆门口,便以这样的借口拒绝了前来相邀的周挺。

"你也知道,请我看诊的,如今也仅有一个张小娘子,病案又有多少可写的?"纵然倪素因重阳鸣冤而为人所知,但行医与讨公道终归是两回事,人们的顾虑与偏见,是不能在一时之间便消解的。不过倪素也并不气馁。

风雪入袖,翻出里层一截朱红的中衣袖边,被白色衬托,更显浓烈非常。他微叹一声:"那就去吧。"

夜幕降临,徐鹤雪头戴帷帽,持一盏灯,刚踏出医馆的大门,却见走在前面的倪素才一下阶,便被地上乱炸乱蹦的火光吓得转身。

她一下撞进了他的怀里。

冷冷淡淡的气息,光滑的衣料,倪素被撞得一蒙,抬起头,只能见他帷帽遮掩之下朦胧的轮廓。

倪素回头,看那东西满地乱蹿,那几个点燃它的小孩儿都傻了,着急忙慌地躲闪。

"这是什么东西……"倪素皱了一下眉。

"似乎叫作'地老鼠'。"徐鹤雪被这跳跃的火光唤醒了些许记忆。

"赵永庚,你看这是什么?"年少稚嫩的他倚靠在檐瓦之上,点燃了一样东西,扔下去。

火光炸裂,在庭院里乱蹿,窜到底下那个衣着鲜亮的小少年脚边,吓得那少年一屁股摔在被下人扫拢的一堆积雪里,气得大喊:"徐子凌!你又捉弄我!"而他在檐上笑得开怀。

"你怎么知道?"她的声音令徐鹤雪回过神。

"从前在老师家中,我用地老鼠捉弄过好友。"他说。

"你还会捉弄人?"倪素颇觉新奇。

"那时年少,行事是荒诞了些。"徐鹤雪的声音里不自觉添了一分感怀。

"便是那位很好的朋友吧?"倪素一边往前走,一边问。

"嗯。"徐鹤雪抬眼,隔着帷帽眺望檐上绽开的烟火,五光十色的流光很快下坠,他轻声道,"是他。"

视为知己,知交半生。

堆砌的灯山照彻云乡河畔,火树银花,热闹非凡。

倪素拉着徐鹤雪的衣袖,请他在虹桥底下的食摊上吃糯米元宵。瓷碗里的热雾很快被寒风吹散,徐鹤雪手持汤匙,拂开帷帽,生疏地咬下一口。浓黑的芝麻馅儿流淌出来,他想了好一会儿,也没想起自己从前吃没吃过这个东西。

"今儿嘉王殿下回京的排场你瞧见没有?"对面的油布棚中,穿着直裰、看似斯文的青年在与同桌的好友闲聊。

徐鹤雪倏尔双指一松,汤匙落在碗中,碰撞出一声清晰的响动。

"怎么了?"倪素见状,抬眼望他。

徐鹤雪重新捏起汤匙，掩饰自己的失态，摇头道："没什么。"

那油布棚中的青年说话的声音不断传进他耳中："那么多禁军将车驾围着，走的还是御街呢……"

"都过去十五年了，按理来说，官家心中的气早该消了。"与那青年同桌的一人说道。

"也无怪官家动怒，嘉王当年为老师求情的确无可厚非，可为徐鹤雪求情又算怎么回事？一个叛国的罪臣，肯舍咱们大齐的衣冠，去做胡人的走狗，若不是他，雍州以北的那数座城池也不会丢，活该他千刀万剐！"年轻斯文的书生重重地拍了一下桌面，义愤填膺。

"倪素。"徐鹤雪忽地放下瓷碗，站起身。

倪素并未听见对面的油布棚里在说些什么，只是仰头去望头顶的烟花，而徐鹤雪突然的举动令她吓了一跳，蒙然问道："你不吃了吗？"

"徐鹤雪"这个名字脏透了。即便过去了十五年，这个阳世也没有忘记紧紧裹覆着他的这份肮脏，而倪素不过十七岁，她出生时，他正身在沙场，还满怀壮志，一心要夺回被胡人铁蹄踩躏的一十三州。

她再长大一些，他已声名狼藉，失家失国。

说不定她已在市井间，在无数人的唾骂声中认识了"徐鹤雪"这三字，说不定，她亦对这三字抱有憎恶。

他其实问心无愧，但不知为何，此刻却本能地不想让她听到这些。

"嗯，不吃了。"

"那我们去前面的瓦子吧。上回我们说好，等我的事都结束了，我们一起去瓦子里听琵琶。"倪素付了钱，指着不远处灯火通明的瓦子。

徐鹤雪抬眼，其实他看不太清，因为这满城烟火与灯影都与他无关，唯一能够照亮他双眼的，只有此刻握在手中的这盏灯。

瓦子很大，也很热闹，说书人唾沫横飞，乐伎拨弄琴弦，唱着婉转的调子，圆台之上衫裙飘逸的女子步步生莲，舞姿袅娜，更有小杂剧、傀儡戏、皮影戏之类的把戏，令人眼花缭乱。

雀县不是没有瓦子，却终不及云京的繁华，倪素与徐鹤雪上了二楼，被跑堂的年轻小哥领到一张桌子前，底下的一张屏风后，乐伎拨弄着琵琶，如珠的弦音一颗颗坠落。

手边茶碗微烫，徐鹤雪隔着帷帽审视着眼前的一切，他虽一时记不起太多，但能感觉得到自己是来过这样的地方的，而且不止一回。

"我们听一会儿琵琶，就去那边听说书吧？"倪素在底下的时候便听到那说书人慷慨激昂，她只听了一点，也觉引人入胜。

"嗯。"徐鹤雪轻应一声，帷帽后的双眼不经意地扫过底下的楼梯处，他的目光蓦地停驻在那一行上楼的人身上。

被几人簇拥在最中间的人，衣着打扮看起来与其余人没多少差别，但身形要魁梧许多。徐鹤雪细细地审视他的一举一动，注意到他的右手总是不经意地抚摸腰侧，那里分明空无一物，连坠挂的玉饰也无。

有些不对劲儿。

徐鹤雪冷冷地注视那一行人走上来，听着他们绕过身后的步履声，他侧过脸，正见那身形魁梧的男人推门进了一间雅室，而其他人却极自然地混入了栏杆畔的热闹里。

"那是……"倪素原本在看底下的热闹，却忽然看见一道熟悉的身影。

徐鹤雪闻声，立即循着她的目光看去。竟是苗太尉。他虽作寻常打扮，但那张脸却是无法掩饰的。徐鹤雪看着苗太尉提着衣摆上楼，倏尔回头瞥一眼那间雅室，立即对身边的姑娘道："倪素，去拦住苗太尉，将他藏起来。"

倪素面露惊疑，虽不知是怎么一回事，但还是立即起身，快步走到才上到楼梯口的苗太尉面前，低声唤道："太尉大人。"

苗太尉抬头，一见面前这姑娘，眼底便浮出一分惊诧："倪小娘子？"

"太尉大人，前面去不得了，请随我来。"

倪素抓住苗太尉的手臂，往四周望了望，立即将他拉到另一边的一间雅室里。

徐鹤雪见状，在桌下伸手一握，淡薄的荧尘悄无声息地凝聚成一柄剑。他起身，走向那间雅室。

混在热闹人群里的许多双眼睛自他走近雅室，便紧紧地盯住他的一

举一动，但只不动声色地看着他推开那道门。

雅室中只有那个身形高大的男人，暖黄色的灯影之下，他面上皮肤的颜色与颈间皮肤的颜色相差不大，一双鹰隼般的眼盯住开门的白衣公子，皱着眉问道："你是何人？"

"不是你等的人吗？"帷帽之下的人嗓音冷洌面容看不真切。

"我等的可不是你这般的年轻公子。"男人警惕起来，又摸向自己腰间，却又意识到那里什么也没有。

"为何就不能是我受人所托，代人前来呢？"徐鹤雪不紧不慢地在桌前坐定，"难道，你不是在等苗太尉？"

提及"苗太尉"三字，男人的神情变得有些奇怪，或许他的神色本不该如此不加收敛，只是那层与他过分深邃的骨相并不相合的脸皮放大了他的表情。

"我要见的是苗太尉。"男人阴沉的眸子紧盯着他。

"不如你告诉我，你的手在找什么？"徐鹤雪将灯笼放到桌案上，随即轻抬眼帘，"找你的弯刀？我是说——胡人用的弯刀。"

此话一出，男人脸色大变，立即想要站起身，却被对面这年轻公子出鞘的剑刃晃了眼，只一刹，剑锋刺穿他的一只手掌，更击穿了桌面。

"啊！"殷红的血液淌出来，男人惨叫出声。下一刻，剑刃从他的血肉中抽出，只在他脸上轻轻一划，一张脸皮便立时破损，露出来底下粗粝而发黑的肤色。

雅室外的数人听见动静便冲了进来，一个个抽出藏在衣袍底下的刀剑，袭向那名衣袍雪白、头戴帷帽的陌生人。

徐鹤雪持剑相迎，招式迅疾而凌厉，一个腾跃往前刺中一人，又翻身划破身后之人持刀的手。有风短暂拂开他的帷帽，露出一双清冷的眼。

瓦子里的热闹短暂淹没了这间雅室中的动静，直至有人路过，正好门板倒塌，这个路过的人被里面飞出的一人砸得摔倒在地，站在栏杆畔的好些人回过头，才见雅室中尸体横陈，血液淌了满地。男女的惊叫声混作一团，瓦子里登时乱了起来。

很快，瓦子里的事端惊动了附近巡夜的军巡捕的官兵，他们将瓦子里外围了起来，军靴的步履声一阵一阵，十分沉重。

趁着混乱，倪素将苗太尉带到一间乐伎换衣梳妆的房中，找出来一套宽松些的、不那么扎眼的衫裙，递到他面前："若想不被人发现您今夜在这里，就只能这样了。"

活了好几十年，苗太尉即使对着胡人的金刀也没像对着这套女子的衫裙一般拧眉皱脸。

"快些吧，不然乐伎都走了，您便不能脱身了。"倪素催促着。

苗太尉内心十分沉重，但谁让他今夜孤身一人掉到旁人做的局里了呢？他接过衣裳，想起那名与她同行的年轻人的背影，心中总觉得有几分熟悉："那位公子可是你的……"

话还没说罢，却听房门一声响，苗太尉立时转头，原本肃穆紧张的神情却一下崩裂。

"苗太尉？"

"蒋御史？"

两人几乎异口同声地开了口，看向彼此的目光都有些不善，蒋御史更是将倪素与苗太尉上下打量了一番："不知苗太尉今夜在此，究竟是做什么来了？"

苗太尉皮笑肉不笑："本太尉还想问蒋御史是做什么来了，你看起来也不是喜欢瓦子这种地方的人。"

蒋先明脸色稍滞，却无暇与其再针锋相对，他并不认识倪素，正斟酌这般境地应当如何应对，却听倪素道："蒋御史可是也遇上了难处，来找衣裳的？"

蒋先明心知貣夜司的人很快便要来，他眼下没查清的事还不能往那些人的耳朵里传，但这些事他自不会告诉一个陌生女子。

"这儿还有一套衫裙，蒋御史身形也合适。"倪素从柜子里又翻出来一套衫裙，递到他面前。

蒋先明本还有些疑心此女，但见苗太尉就这般大剌剌站在她面前，也不避讳，心里猜想着她应有几分可信，便接过，道一声："多谢。"

他并不似苗太尉那般扭捏，拿上衫裙就赶紧进内室里去换衣裳了，

苗太尉臭着脸，只好也走了进去。

"什么丑东西……"倪素站在外面，听见里头传来苗太尉的一声哂笑，不必猜，他必是在嘲笑蒋先明。

"你就不是个丑东西？"蒋先明嘴上亦不饶人。

倪素挂心徐子凌，也无暇听他们在里面斗嘴，催促了两声，两人倒也利落，穿上女人的衫裙走了出来。

倪素看着他们的脸，片刻道："要不……把胡子剃了？"

蒋先明与苗太尉的脸色都有点难看了。可再不情愿，两人到底还是将蓄了许久的胡须都剃掉了，梳起女人简单的发式，戴上帷帽，蒋先明倒还好，只是苗太尉到底出身行伍，身形高大许多，只能勉强躬下腰身，跟着乐伎们从后门出去。

夤夜司的人还没来，而乐伎不能离开教坊司太久，一名官兵问了前面的女子几句话，又瞧了一眼后面明显不似年轻女子的两人，觉得甚怪，正欲发问，却听瓦子里又有剧烈响动。

乐伎们吓得立时往外冲，蒋先明与苗太尉你挤我、我挤你，趁乱跟在后头跑。官兵没工夫管她们，进了瓦子里才发现顶上那个巨大的铜灯掉了下来，几乎砸穿了底下的圆台。

倪素一双眼不停地在人群里寻找徐子凌。要是距离太远，他身上的伤口又出现了该怎么办？

"倪素。"身后传来一道熟悉的声音，她立即转身，身着雪白圆领袍的年轻人不知何时已站在她身后。

她才松了一口气，却听大门处有人扬声道："周大人！"

倪素回头，果然见到周挺抬步走进来，她面露一分无措，情急之下，转身便掀开徐子凌的帷帽，将脑袋埋了进去。

如此相近的距离，他虽没有呼吸，却能感觉到她温热的气息轻拂脸颊，徐鹤雪苍白的面容显露一丝错愕。

她太近了。近得他可以看清她脸颊的每一寸肌肤和细微的绒毛。

"不能被他发现……"倪素有些窘迫，前脚才托词要在家中写病案，后脚便被人在瓦子里捉住，这算怎么一回事？

"你快往后退。"倪素拉拽他的衣袖。

徐鹤雪迅速反应过来，立时抓住倪素的手腕，带着她藏身于一道半挽的帘子之后。饶是如此，她的呼吸还是扰乱了徐鹤雪的心绪，他微微侧脸，刻意回避她的视线，然而帷帽之下，此般亲密早已击破他的冷静。

"你不要乱动……"倪素小声叮嘱。

正值此时，徐鹤雪抬眼见周挺要朝楼梯这边来，便立即握住倪素的手臂，三两步将她推去角落的一片阴影里，挡在她身前。

周挺才要上楼，却忽然觉得在余光里一晃而过的颜色有些扎眼，他抬头瞥了一眼，只见那人背对着他，身着雪白的衣袍。周挺倏尔想起晁一松向他形容过的一块缎子，或许便是这样的。但他并未多看，快步上楼去了。

倪素蹲在放花瓶的木架旁，眼圈都憋红了，徐鹤雪俯身掀开帷帽，才发觉她的异样："我弄痛你了？"

"不是。"倪素摇头，"我蹲下去太快，后腰的伤扯得有点疼。"

"若不用术法，我们不妨在周挺眼皮底下脱身。"徐鹤雪垂眸思索片刻，道，"回去，你再为我点灯便好。"

"你可以在人前消失，他若发现我，那便发现吧。"

倪素皱着眉摇头。

她说什么也不愿用他的自损来化解她或将被周挺发现的尴尬，却忽然发觉他衣袖的边缘似乎沾了些血迹，她立即伸手掀开他的衣袖，却见他腕骨冷白，上面并无丝毫伤口。

"这……"倪素抬头。

徐鹤雪转过脸，帷帽重新遮掩住他的面容。他的视线落在楼上那间被黉夜司亲从官包围的雅室，语气从容冷静："不是我的血，是胡人的。"

"小周大人，死者之中，有一名做过伪装的胡人。"晁一松只等周挺上楼，便立即禀报。

雅室里一片狼藉，周挺目之所及都是汉人的脸孔，唯有趴在桌上的

那具死尸脸上的面皮残损,他走上前,双指一撕,底下深邃的骨相更清晰了。

"可有人看清是何人所为?"周挺回头,沉声问道。

"问过了当时在这边栏杆处的看客,有人说,似乎看见过一个白衣身影,但那人戴着帷帽,他们也没细看……"晁一松如实回答。

来瓦子里的人都顾着看热闹,有几个人会注意到旁的什么事?

白衣,帷帽,周挺皱了一下眉,几乎立时想起方才在底下背对他而立的一人:"晁一松,搜。"

"是!"晁一松立即走出雅室,使唤着手底下的人将瓦子里的看客们都聚集到楼下。

周挺回身,再度审视起那名已经断了气息的胡人。如今大齐与丹丘虽暂止干戈,但并不能说底下没有汹涌的暗流,此时这样一个胡人出现在云京的瓦子里,不可谓不诡谲。

"小周大人,穿白衣的倒是有,可戴帷帽的却没有。"晁一松气喘吁吁地跑上楼来,"我瞧了一圈儿,都是些肩不能扛手不能提的文弱之人,如何看也不像是能将这八人都杀掉的主儿。"

"试过了?"周挺问。

"都试过了,没一个有学武的根基。"晁一松一手撑在腰上,朝一旁的跑堂招了招手,"他说对那戴帷帽的郎君有些印象,当时,那郎君正与一年轻女子在那边听琵琶。"

周挺先是顺着晁一松所指的方向看去,一张空桌,两盏冷茶,随即盯住那跑堂:"那女子生得是何模样?"

"回……回大人的话,小的也没注意瞧,只是她身边那位郎君进了咱们这样亮堂的地方,手中却还提了一盏灯,小的觉着怪,便多瞧了两眼,其余的……便什么也不知道了。"跑堂战战兢兢地答话。

周挺冷着脸沉思片刻,随即命令晁一松道:"先将这八具尸体带回夤夜司。"

月华朗朗,细雪如尘。

瓦子的后巷里昏暗幽静,倪素双足落地,挣脱徐鹤雪的手,却听前面一阵步履声与人声交织,她被一只冰冷的手捂住嘴唇。

飞雪落鬓,徐鹤雪的目光随着她垂下去的目光落在自己的手背上,不知何时,那里已有一片濡湿的血痕。那些声音远了,他立时松手。

"即便我能脱身,那么你呢?你是与我一同出现在这里的,一旦周挺细问,总能在瓦子里的那些人中揪出只言片语,但你若不在场,此事便能与你无关。"徐鹤雪向她解释,又稍稍俯身,"我知道你不肯,所以我方才……"

他话没说尽,但两人都不约而同想起刚才他在瓦子中低下身,将蹲在角落里的她横抱起来的场景。只一刹,他身化如雾,连带着她的身影也悄无声息地消失在众人眼前。倪素从前不知,他看似清癯的外表之下却有至坚骨形,束缚着她的双臂,不理会她的挣扎,将她紧紧抱在怀中,走出瓦子。

"我知道你不想让我再进一趟夤夜司。"倪素终于出声,却没抬头,"我只是在想,为什么你化身鬼魅,有了这样非人所能及的能力,幽都却要因你使用它而惩罚你?"

"因为这本不是在这里可以使用的能力。"

"那要在哪里才可以?"倪素抬眼。

晶莹的雪粒轻拂她的眉眼,徐鹤雪沉默片刻,满掌的血液与衣袖边缘的脏污在月华之下慢慢地化为荧尘飘浮。他抬起头,夜幕中星子伶仃。

"那是哪里并不重要,因为我不会去。"他言辞冷静。

倪素听不明白,但她知道,那一道道落在他身上的惩罚狰狞而深刻,她虽没有窥见他身上更多的伤处,但也知道,那定如他手臂上的伤痕一般肉眼可见,是锋利刀刃之下的残损血肉。

"我们回去吧。"风雪吹得倪素鼻尖发痛,她有点着急,"我买的蜡烛还有很多,回去,我便为你点上。"

"回去"这两字,于徐鹤雪而言,竟有莫大的心安,他转过脸来看向自己身边这个姑娘,只听她说这两个字,他便很想跟着她回去。

"你是怎么认出那个胡人的?"倪素与他相扶,一边走一边问。

"胡人生在高原,以游牧为生,为抢夺草场,争夺牛羊,部族之间时有摩擦,他们自小有佩刀的传统,方式和习惯都与汉人有所不同。方才那人腰间无饰,却会无意识地触摸腰侧。"

非只如此,还因徐鹤雪在边关与丹丘胡人作战五年,对胡人更有一番细致入微的了解。

"你让我将苗太尉藏起来,便是笃定苗太尉与此人不相识,而官兵来得那么快,正说明有人在等苗太尉入瓮。"

苗太尉是大齐的太尉,元宵佳节却孤身一人来瓦子里见一个胡人,此事若传扬出去,只怕百口莫辩。

"可是,你为何那么相信苗太尉?"倪素记得,几乎是在她认出苗太尉时,他便立即做了决断。

"他与胡人之间,唯有不死不休。"

徐鹤雪放弃进士的身份,投身边关的第一年,便是在护宁军将军苗天照帐下。那是他一生中最重要的一段时光,亲眼得见战场的血腥杀伐,目睹一场战争的失败与胜利究竟能让人得到什么,又会让人失去什么。苗天照一生所杀胡人无数,若入瓦子雅室,未必不能认出那胡人身份,但只要他一进去,他认不认得出那人便不再重要,重要的是,山雨欲来,而他将避无可避。

"那些人你都没问过吗?他们是谁,为什么要害苗太尉?"

"他们抱定死志,便什么也不会说。"徐鹤雪摇头。

倪素垂下脑袋好一会儿,说:"我还见到了一个人,是蒋御史。我带苗太尉去换衣裳的时候,他也进来了,我看他似乎也不想被军巡捕和夤夜司的人发现。"

"也许,是账册的事有眉目了。"徐鹤雪神情微动。

"那等你好些了,我们再去蒋御史家。"倪素说。

徐鹤雪闻言应了一声,侧过脸想要看她,却不防残灯熄灭,他眼前归于一片黑暗,只能听见她的声音:"蜡烛烧没了,我拉着你走。"

后巷里的雪没什么人会扫,光线也很昏暗,倪素扔了灯笼,拉着徐鹤雪的衣袖,踩着厚重的积雪,朝着尽头的光源摸索前行。枯枝被厚重的积雪压断，一大片冰雪毫无预兆地落下来，砸了倪素满头满身，她吸了吸鼻子，打了一个大大的喷嚏。

"倪素？"徐鹤雪双目不能视物，只听见这声动静，他试探着伸手，却不防她忽然回头，他的掌心贴上她的脸颊。

她的脸很冰，徐鹤雪指腹间甚至还触摸得到细碎的雪粒。常人的体温足以将其融化，但倪素见冰雪在他指间晶莹分明，竟不会消融。

"你怎么了？"他收回手。

"没事……"倪素晃了晃脑袋，发髻间的积雪被晃掉许多，但披风的兜帽里却还有不少，沾到了她的衣领处，她索性转过身，"我兜帽里有好多雪，你帮我一把。"

徐鹤雪闻言，只好伸手往前，触摸到她披风的衣料，极有耐心地往上，微翻兜帽的边缘，轻拍掉附着其上的积雪。

倪素偷偷回头看他一眼，淡薄的月光与寒雾交织，他的面容不甚真切。

"徐子凌。"她忽然唤道。

"嗯？"徐鹤雪专注着手上的动作。

"我觉得苗太尉一定会向我问起你，他在瓦子里就想问了，只是没想到蒋御史会闯进来，但我觉得，他一定还会找我。"倪素乖乖地站着，"你说，到时候如果他问我你是谁，我要如何答他？"

徐鹤雪满掌沾雪，冷风吹开他的衣袖，露出一道鲜红的伤口，他指骨屈起，竟因她的话而有片刻失神。

"徐子凌？"倪素不见他有什么反应，有些担心，便道，"你是不是太疼了？我们快回去吧。"

她不敢再让他帮忙了，忙抓住他的手。

寒夜空巷，踩雪之声渐紧。徐鹤雪思索片刻，一双眸子空洞而无神，说道："若他问你，你便说，你我萍水相逢，不知名姓。"

倪素沉默良久，又在夜雾里望向他，忽然问道："你回来，其实不是为了寻旧友，对不对？"

她早已隐隐有些察觉，他一定是背负着什么才回来的。

"你不愿见你的老师,也不愿见你分明认识的苗太尉,那你……又如何肯见你的旧友?"她笃定地说,"你要见的,不是与你有恩义的人,而是与你有仇怨的人。"

"遇见你时,我想过要见旧友。"徐鹤雪沉默半晌,才轻声道,"可既已阴阳两隔,倒也没有再见的必要。"

其实他听起来一点也不难过,语气平静到不过是在陈述一个事实,但倪素心中却有些不是滋味。

为什么会没有必要?因为他死去十几年,无人祭奠?倪素觉得,他心中紧紧记挂的情义对他却似乎太绝情了,从他离开人世,所有的人和事便好似都与他割席了。

"可是,"倪素握紧他的手,满天的雪花如尘,轻拂面颊,她一步一步地带着他走到巷口那片暖黄的光影底下,不远处热闹的声音变得离他们很近,"若是想,又怎么能说没有必要呢?"

元宵夜瓦子中的事过去才三日,蔡春絮便亲自来南槐街邀请倪素去太尉府中饮宴。除却苗太尉那位身为殿前司都虞候的长子苗景贞还在宫中当值,太尉府这一家人也还算齐整。

苗太尉在席上并不怎么说话,只等宴毕,才寻了个由头请倪素在亭中小坐。他如今剃干净了胡须,人看着比以往更精神些:"此事阿蔡与我夫人都不知晓,所以席上我并未向倪小娘子敬酒。"他从炉上提来一只壶,倒了一碗热茶递给倪素。

"太尉大人不必如此,我当初能提早从鸢夜司中出来,也要多谢二公子与蔡姐姐,后来又在您府中叨扰多日,正不知该如何报答。"倪素捧来茶碗,笑着说道。

"你家对阿蔡家有恩,阿蔡又是嫁到咱们家的,这对咱们来说都是一样的。"苗太尉坐下去,双手撑在膝上,"元宵那日,倪小娘子是去瓦子里玩儿的?"

"是,我来云京这么长一段日子,还从没真正瞧过云京的繁华,我听说瓦子里热闹,便去看看。"倪素回答。

苗太尉点点头："咱云京的繁华热闹，又岂止是瓦子那一处，只是不知倪小娘子还要在云京待多久？"

今夜虽未落雪，但夜里仍寒，倪素的手掌紧贴瓷碗，道："我应该还要长住。"

"我还以为，倪小娘子不会想要再待在此地了。"苗太尉眼底含笑。

"是不想，但我不愿因我的不想，而弃一人于不顾。"倪素吹着碗沿的热雾，抿了一口热茶。

"倪小娘子说的是谁？"

倪素知道苗太尉想起了那日在瓦子里曾瞧过一眼的背影，只摇头道："一个在我来京路上帮助过我的人。"

她低垂眼帘，地面一团淡白的影子浮动。

"你留在这里也好，若觉一个人冷清，也可以来太尉府与阿蔡做伴。"苗太尉说着，到底还是忍不住问道，"只是我很想问小娘子，当日在瓦子里，与小娘子为伴的那位公子是谁？"

一连三日，苗太尉每每想起那道背影，都觉得十分熟稔。

"其实，我与他并不相识。"倪素说。

"不相识？"苗太尉轻皱了一下眉。

"当日我在瓦子中见到您，便想上前与您说两句话，岂知没走几步便被他叫住。是他告诉我您或将有危险，让我带您躲起来。"

"瓦子里楼上楼下那么多人，他又如何知道你与我相识，必是向我而来的？"苗太尉面露疑惑。

"我其实也想问太尉大人，他难道是与您相熟的人？我申冤的事在云京闹得翻沸，又与您家走得近，难道他此前便识得我？"

倪素这一番反问，倒令苗太尉愣住了，竟也顺着她的话头思索起来，眉心拧成川字。半晌，他烦躁地抹了一把脸："他娘……"余下的话还没出口，他抬头对上倪素的目光，讪笑一声，"倪小娘子见谅，我是个粗人，这些浑话说惯了……"

倪素忍笑摇头。

"倪小娘子可知，那雅室里等着我的是什么人？"

"当日您与蒋御史趁乱离开时,我也出了瓦子。"倪素故作不知。

"是胡人。"苗太尉的神色严肃许多,"若那时我真去了,只怕如今我全家都要被送到夤夜司狱中刑讯。虽不知那公子到底是何人,但他与你都帮了我很大一个忙。我猜,他若不是事先知情,那么应该便是一个上过战场的武将。"

苗太尉下意识地想摸一把胡须,却只摸到自己光秃秃的下巴:"若非如此,他又如何能对胡人那般了解?"

倪素闻言却有些发怔。

她想起徐子凌的手。她见过那双手握笔,见过那双手翻书,也见过他握剑,但她常常会忘记,他原也有锋利如刀刃般的底色被收敛于那副清癯端方的表象之下。正如苗太尉所言,他那么了解胡人。知道胡人佩刀的习惯,知道胡人行走的姿仪,知道胡人的草场有多辽阔,牛羊有多难得……就好像,他真的去过那里似的。

"也许吧。"最终,她轻声回应苗太尉。

若那胡人还活着,少不得还要咬住苗太尉不放,幸而那年轻公子对八人都下了死手,以至于八具尸体被抬进夤夜司,夤夜司使尊韩清却什么也查不下去。苗太尉今日借蔡春絮之名请倪素前来,便是想知道当日助他逃过此劫的人究竟是谁,哪知道这番话谈下来,他竟越发糊涂了。

夜已深,苗太尉也不好再留倪素,请二儿媳蔡春絮将人送走后,他一个人又在亭中坐了一会儿。

殿前司都虞候苗景贞携带一身寒气从宫中回府,一身甲胄还未脱,便见父亲在亭中独饮。他走上前才发现,苗太尉往嘴里灌的哪里是酒,分明是茶。

"爹……倪小娘子如何说的?"苗景贞解下佩刀放到桌上,一撩衣摆,在苗太尉对面坐下。

"她说与那人并不相识。"苗太尉吐了口茶沫子,"也许她说了谎,可她又何必说谎哄骗我?"

"丹丘意欲增加岁币,您才上了拒绝给丹丘岁币并主战的奏疏,想不到立刻便有人借小叔之事引您上钩。"苗景贞的脸色有些不好,"用一个胡人来加罪于您,这是存心侮辱您。还望爹往后三思而后行,不要听见小叔的名字便什么也不顾。"

"还不是因为信中提及了雍州的事。你也知道你小叔死在雍州,可我当时身受重伤,不在边关……"苗太尉一改平日里那般爽朗的模样,显露出几分沉郁,"景贞,你小叔死的时候才二十来岁,连媳妇儿都没娶呢。我如今倒是有你们两个儿子,还有两个儿媳在,可他的尸骨却被胡人的金刀砍得什么都不剩,我如今也仅能给他立一个衣冠冢。"

"就因为送来的信上说小叔之死另有内情,您便乱了方寸吗?"苗景贞颇感无奈,"爹,当年的军报还在,那些从雍州回来的官员也有人还在,便说那蒋御史,他也是从雍州回来的官员之一。谁都知道,当年丹丘将领蒙脱以青崖州徐氏满门性命相要挟,使罪臣徐鹤雪领三万靖安军投敌,而蒙脱出尔反尔,将徐鹤雪的三万靖安军屠戮于牧神山。若非小叔以命死守雍州城,只怕等不到援军,雍州城这个军事要地,便要落入丹丘胡人之手了。"

"徐鹤雪"这三字从苗景贞口中说出,苗太尉的脸色立即阴沉下去,他一手攥着茶碗,竟生生将其握成了一把碎瓷片。

"老子……"苗太尉眼底情绪复杂沉重,半晌才哑声道,"老子当年若早知他是这么一个没血性的人,就该让他滚回云京,何如由他……贻害大齐?"

若在云京,他也许还能做他的少年进士。身在庙堂,也比身在沙场要好,至少不必在风沙血影里迷失自己,从天之骄子,到一败涂地。

天色浓黑如墨,点缀几颗疏星。

倪素入太尉府时天还未暗,因此她手中提着的这盏灯并不是亲手点的。她穿过热闹的街市,走到无人的静巷,一直有淡雾轻拽她的衣袖。她蹲下身,从怀中取出火折子,打开灯笼,将里面的蜡烛吹熄,又重新点燃。一捧火光摇摇晃晃,倪素抬起头,看见不远处有个小孩儿在家门口歪着脑袋看她怪异的举动。

那个小孩儿忽然朝她露齿一笑,随即将手中的雪球抛向她。然而雪

球还没有砸到她,便被淡淡的寒雾化成细碎的雪粒子,落在她脚边。那小孩儿瞪大双眼,像见了鬼似的,转身被门槛一绊,栽进了院门里,发出嘹亮的哭声。

倪素忍不住笑起来:"徐子凌,你会吓人了。"

淡雾轻拂她的袖边,化为一道颀长的身影。他不说话,一双眼睛静默地看着她。倪素提着灯站起身:"我们回家。"

"回家"这两个字似乎总能为他找到一丝有温度的归属感,倪素每回这样说,都能在他宛如严冬般凋敝的眼底发现一些不一样的情绪,所以她也很喜欢这样和他说话。

两人并肩走过那间有哭声的宅院,听到里面的小孩儿抽抽噎噎的,还在和娘亲叫嚷着有女鬼。倪素又笑出声。

"你身上的伤还好吗?"徐鹤雪淡声询问。

倪素身上的伤还没将养好,那日在瓦子里又扯到了后腰的伤处,这几日便有些难挨。但她摇头:"已经不是很疼了,我每日都用了药,你放心,我自己便是医工,该怎么将养我都知道的。"

"嗯。"他应声。

"我与苗太尉说的话你听见了吗?"倪素问他。

"听见了。"

"你觉得我说的有错处吗?"

"没有,你答得很好。"徐鹤雪话音才落,倏尔想起她与苗太尉说的那句"不愿因我的不想,而弃一人于不顾",他走在她所持的灯影里,忽然又道,"倪素,我虽不记得从前的许多事,但我想我一定从未遇见过像你这样的女子。"

倪素一顿,抬眸望他:"我……是什么样的?"

"敢于存志,不以艰险而生忧惧,不以世俗而畏人言。"徐鹤雪停下步履,迎向她的目光,"不自弃亦不自扰,你是值得敬佩的女子。"

不因他的鬼魅之身而对他避之不及,愿意暂且留在这个地方以成全他的所求,人若为她,她必为人。她便是如此令他敬佩的女子。

倪素乍听他此言,几乎一瞬呆住,她手中灯笼的火光照着他周身弥漫的荧尘，他整个人在冷暖交织的亮色光影里美好得如一场幻梦。不知怎的，她的脸颊有点烫，躲开他清冷的眉目，嗫嚅了一声："我哪有你说的那么好……"

"我没有在骗你。"他说。

倪素有点难为情，"嗯嗯"两声，催促他往前走。

两人之间寂静下来，倪素偷偷打量一眼走在身边的年轻男人。伸手从残枝上抓起一把积雪，站定，道："徐子凌。"

徐鹤雪闻声回头，只见她扬手，一捧雪在灯影底下砸在他的衣袖上。细如盐粒的雪沾在袖子边，他抬起眼。

"你为什么不砸我？"倪素又团了一把积雪，指节被冻得发红，她也不甚在意。

她在笑，眉毛微挑一下。徐鹤雪也伸手从枝上抓来一捧雪，收着力道朝她砸去。

倪素看着那个落在她脚边不远处的小雪团，故意调侃似的问道："你是不是要吃蜡烛才有力气砸到我？"

难得一日好阳光，檐瓦之上的积雪被晒化许多，雪水顺着廊檐滴滴答答流下，颇有"听雨"之乐。

徐鹤雪坐在窗畔，一手撑在膝上，安静地看着桌案上的书册，在将杜琮那本私账交给蒋先明之前，他已备下这抄本。其上银钱往来数笔，横跨十五年整，而其中不具名之人，已添了数道清晰的脉络。

炉子上的茶水沸腾，发出"呜呜"之声，徐鹤雪手指的冷足以消解陶壶的烫，他面上一丝神情也无，斟满一碗茶，抿了一口。还是无味，他只能凭借尚未消失的嗅觉嗅得它的一分淡香。

抬起头，那道流苏帘子遮掩了在床上安睡的女子的身形。她其实是习惯早起的人，但今日却是个例外。只因昨夜从太尉府中出来，她临时起意，拉他去蒋先明府中一探究竟，却又因此而受了风寒。

蒋先明是出了名的清官，家宅也陈旧清贫，甚至不如杜琮那个五品官的府邸来得宽敞舒适。

"我想了想,我们还是一块儿去吧。"倪素还是担心这段距离会对他有碍,指了指书房檐瓦之上的脊线,"我可以在那里等你。"

徐鹤雪颔首,一手揽住她的腰身,踩踏树梢借力一跃,步履极轻地落在对面的屋顶之上。

值此深夜,蒋先明却仍在书房伏案,徐鹤雪轻瞥一眼脚下的青瓦,将倪素扶稳,令她站定,才俯下身,动作极轻地揭开一片青瓦。

书房中,蒋先明正与跟随自己多年的老内知说话。

"大人,这账册也不知是谁扔来给您的,分明就是一个烫手山芋。您这几月为了这东西查来查去,那日还险些让人拦在瓦子里……"老内知苦口婆心地劝告,"依老奴看,他们就是知道官家只听得进您的谏言,才将什么陈芝麻烂谷子的事都扔给您。如今那杜大人都不知道是死是活,您查他的旧账,又有什么意思?"

"那日瓦子里的事哪里是冲我来的,分明是有人不满苗太尉上疏主战,故意给他使绊子呢。"蒋先明冷笑,"我虽与苗太尉那个粗鲁的武夫一向不对付,但他上的奏疏却是没错的。咱们大齐总不能一直靠着给胡人交岁币过活,即便咱们想,胡人欲壑难填,又岂能满足于此?"

"再说这杜琮,他失踪后,我便不该理他的旧账了吗?十五年的时间,底下竟有十几名官员风雨无阻地给他送钱,他呢,又给上头那几个不具名的人送钱,这些钱不必想,定都是民脂民膏!既是民脂民膏,我又岂能轻易放过这些蠹虫?"蒋先明翻看着案上的账册,"孟相公如今推新政也只拿出个'厚禄养廉'之策,可我看厚禄根本无益于养廉,只会令人私欲更甚,到头来苦的还是百姓。"

"照您的意思,孟相公这回……是怕了?"老内知并非只在家宅中整理琐碎事宜,当年蒋先明出任雍州知州,他也跟着蒋先明一同前去,是长过见识的,自然也能在这些事上说得几句话,"十四五年了,难道孟相公在文县待得已不敢再有当年那分锐气?可当年的事说起来,孟相公好歹只是被贬官至文县,最凄惨的还是张相公,度过了十几年的流放生涯……听说张相公身上还刺了流放的字,他妻子和儿子死在路上,如今回来的,就只有他自个儿了。"

徐鹤雪握着青瓦的手一颤。重回阳世的这段日子里，他并非没有听过有关孟云献与老师张敬的事，他知道他死后，老师从大齐文臣的至高至显之境，沦落于流放路上。刺字、戴镣，作为一个罪臣颠沛多年，失妻失子。这些事，徐鹤雪都知道，可这些话每每从他人口中听来，他心中总要为此而备受煎熬。

"张相公受此流放之罪，不单是因当年新政有失，还因他是……"即便只是在自己家中，面对自己最忠心的老仆，蒋先明也很难说出张敬被流放的另一重隐情——官家的迁怒。

张敬是徐鹤雪的老师。适逢太师吴岱向官家进献了一部由民间颇负盛名的几位才子编撰的《新历诗集》，其中收录名诗共三十一首，张敬与其学生徐鹤雪互为酬答的两首诗赫然在列。

徐鹤雪进士及第之年，张敬拆解其名字写了一首《子夜》。诗中有"冰魂雪魄"四字，是张敬给徐鹤雪的注解。诗中字句无不包含一位老师对于心中喜爱的学生的殷切盼望与毫不吝啬的赞赏，事实上，张敬此人从未如此外放地夸赞过自己的学生。那首诗是张敬初闻徐鹤雪进士登科之时，高兴之余立时写下的诗作，本应无人知，但其另一位学生贺童收拾整理其诗作，刊印时将此篇也夹在其中，故而被传至坊间，曾被传扬一时。徐鹤雪亦写了一首《竹心》回应老师的赞许，愿以竹为心，尝其韧，感其直，知行一致，以报师友，以报家国。

然而，谁也未料老师与学生相互应和的这两首名诗，会在五年之后成为张敬获罪流放的关键所在。"冰魂雪魄"如何能用以形容一个身负叛国之罪、受凌迟之刑而死的罪臣？官家盛怒，下敕令销毁《新历诗集》，并严令若再有编撰刊印此二首诗者，杖三十。这便是著名的"新历诗案"。

"新历诗案"后，张敬再非大齐宰辅。

蒋先明长叹一声："孟相公其人如何我其实看不真切，他这人太深，但张相公为国为民，即便徒罪流放，也仍受天下文生敬仰。其实我当初在他回京时说那番话也并非刻意为难他，只是我若不问清楚，若不让他在众目睽睽之下与旧事割席，只怕官家心中还要有一番思量。他回来不易，自不能再出一回'新历诗案'。"

"前月我去宫中查阅《百官历年政绩考》却不成，后来才知，是被要到政事堂里去了，似乎是张相公要的，我看张相公是有心整顿吏治。"蒋先明一手抚摸自己剃了须的下颔，"若真如此，我清查杜琮旧账，也算能借上东风。"

屋檐之上的徐鹤雪几乎是在听清蒋先明这番话的瞬间便反应过来此人意欲何为，他立即回头，压低声音对身边的倪素道："你在这里等我，若害怕，便蹲下来，不要往底下看。"

倪素还没来得及回应，便见他提灯起身，随即化为长雾，流散去了底下的庭院之中。

"谁？"老内知随意地一抬眼，却冷不丁地瞧见窗纱上映出一道晦暗的身影，登时吓了一跳，立即想要冲出屋外。哪知房门才被他拉开，便听一声冷然出鞘，随即剑柄击打在老内知的膝盖上，老内知踉跄后退，摔倒在地，才拉开一半的房门被从外面"砰"的一声合上。

蒋先明立即站起身，将老内知扶起来，他紧盯着窗纱上映出的那道影子，沉声问道："你是何人？"

"我既将账册交予御史大人，自然也要来听听看，你到底查出了些什么。"徐鹤雪手持灯盏，侧身立在窗畔。

"是你？"蒋先明面露惊异。

老内知这才恍然，此人便是那个用账册砸了他家大人脑袋，却不见踪影的神秘人。

"蒋御史既知张孟二位相公才回京不久，新政推行艰难，以至于处处掣肘，您此时要借东风是否有些天真？"徐鹤雪压低了声音。

蒋先明一顿，自然也想到了其中的深浅，但他瞧着那道影子，冷声道："阁下是觉得将账册交错了人？"

"只是以为，蒋御史应该有更好的办法。"

"譬如？"

"杜琮的账册上记有一尊马踏飞燕，白玉为胎，身长五尺。若我记得不错，此物应为西域古国瑰宝，于正元一年失踪于进献路上。"

蒋先明几乎是在此人话音才落的刹那便有了些印象，立即回身在那账册上翻了几页，果然找到此物。他立时抬头："阁下到底是何人？"

徐鹤雪并不答他，只道：

"明明此物便是东风，蒋御史又何必舍近求远？"

蒋先明其实对这些金玉之物并没有多少印象，故而也并不知晓账册中的马踏飞燕是什么来头，又有多少珍贵，经得此人提醒，一霎便茅塞顿开。

"当日在瓦子里，蒋御史是去见什么人？"忽地，蒋先明又听窗外之人发问，立时警惕起来："你如何得知？你一直在监视我？"

窗外人不答。蒋先明等了片刻，却只听见极轻的一声冷笑。

"难道，"蒋先明心中思绪百转，面露愕然，"那日在瓦子里识破那胡人的，是你？"

事实上，徐鹤雪从未亲眼在瓦子里看见过蒋先明，但此时，他却不动声色地将蒋先明的思绪引到此处，诱他交底。

"在瓦子里等着苗太尉上钩的人，也未必不识得你，蒋御史倒也不必事事亲力亲为。"

蒋先明将信将疑，试探般反问道："阁下将账册交给我之前，是否已先看过？"

"十五年的账，共五千三百六十万贯。"徐鹤雪淡声道。

蒋先明哑然，这数目是对的，所以当夜将账册交给他的真是此人？他沉吟片刻道："你既看过，想来也知道满裕钱庄。那日我也并非专程去瓦子里寻人，而是去满裕钱庄的途中正遇那掌柜朝瓦子里去，我想知道他是去见什么人，便也没多想，悄悄地跟去了。"

满裕钱庄的掌柜不常在京中，留在京中的人手也少有知道多少内情的，蒋先明原本是想去探探那才回京的掌柜的口风。

"此案尚不明朗，便不能堂而皇之地去钱庄打草惊蛇，但经阁下提醒，我如今只需要查出那尊马踏飞燕在哪儿，便至少能够知道杜琮上面的其中一人，有了这一人，要知道其他几人应该也不难了。"

杜琮的钱财流转都在满裕钱庄，但马踏飞燕此种珍贵之物，想必钱庄中人也并未接触过，故而便也不怕惊动了他们。蒋先明手握风闻奏事

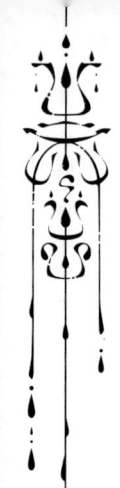

之权,如今尽可派上用场。

徐鹤雪不言,他的目的已经达到,转身欲走,却听房内传来蒋先明的声音:"敢问阁下,为何要将账册交予我?为何不送去光宁府?"

徐鹤雪闻声回头,灯盏的光影映于他死水般的眼睛,他默然审视窗纱内隐约不清的那道身影。

如今已是新岁,是正元二十年。正元四年,这间屋子的主人还是个二十余岁的年轻人,读圣贤书,立报国志,以文弱之躯远赴战事混乱的边城雍州任知州。在蒋先明之前,已有三名知州的人头被胡人高悬于城墙之上。而他入城为知州的第一件事,便是成全历经惨烈战事后死里逃生的边城百姓以极刑处置叛国罪臣的心愿。官家的敕令只言死罪,而蒋先明从民愿,监斩凌迟。

徐鹤雪其实并不知此人以前是什么模样,因为那时在刑台之上,他的双目已被胡人的金刀所伤,并不能视物。他只听见此人的声音,有力、愤慨。

"世人皆知,"徐鹤雪声音冷静,"你蒋御史最不愿辜负民意,他们视你为可达天听的喉舌。仅此而已。"

倪素在蒋府的房上受了冷风,回来便有些不适。炉上的茶水又翻沸了起来,帘子后传来几声女子的轻咳,徐鹤雪立时回过神,一手撑在桌案上,艰难地站起身,倒了一碗热茶,走到内室里去。

"我是不是睡了很久?"倪素的鼻音有点重,接过他递的茶水抿了一口,干涩的嗓子才好受些。

"不算久。"徐鹤雪摇头。他接了她递回的茶碗,将其放在一旁的凳子上。

倪素揉了揉眼皮,她始终注视着他,即便他很多时候都没什么神情,可她仍旧觉得昨夜与他砸雪团玩儿的那点开心,已经被他深重的心事消磨干净了。

"我睡着的时候,你坐在那里,在想什么?"她试图触碰他的心事。

徐鹤雪一顿,回过身,猝不及防地对上她的双眼。她一副病容,却趴在床沿，认真地关心起他。

昨夜回来后，徐鹤雪又想起了一些从前的事，想起老师素来板着一张脸，喜怒不形于色。可是，便是这样的老师，却在得知他进士及第的当夜，欣喜得难以安睡，更写下一首《子夜》，对他不吝赞许。

在那之前，徐鹤雪从不知老师心中原来如此看重他。徐鹤雪回以《竹心》，以证己心。那时，他是真的以为自己能与老师同朝，在老师的期许里做一个大齐的文官，做一个以竹为心的人。

记忆越是清晰，徐鹤雪就越是难挨。老师已经是孤零零的一个人了，他想让老师好好地活着，至少这后半生，再也不要因为任何事而颠沛流离，徒惹伤病。他绝不能让蒋先明将老师再牵涉到杜琮的这一桩事中。这条路，他要自己走。

面对这个姑娘关切的眼神，良久，徐鹤雪才低不可闻地道："想起一个故人。"

（未完待续）

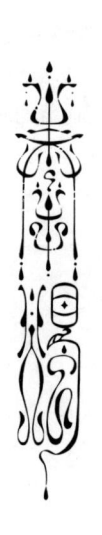

特约番外

藩女怨

岚儿，这是你妹妹。

窗外蝉鸣聒噪，但对学堂里不那么好学的小孩儿而言，最聒噪的还是坐在圈椅里摇头晃脑，满嘴"之乎者也"的老先生。

为什么蝉都叫累了，老先生还不知道累？一个胖乎乎的小孩儿撑着下巴，百无聊赖地打了一个哈欠。

"程耳。"

老先生忽然用戒尺敲了一下书案，胖小孩儿一个激灵，一下站起身来。只见老先生目光不善地看着他道："我方才讲的什么？你说。"

胖小孩儿哪里知道他讲的什么，他听蝉叫都比听老先生念书要认真得多。他急得额头发汗，赶紧偷偷戳了一下身边另一个小孩儿，嘴不敢大动，只小声地求助："倪青岚，快，救救我！"

倪青岚不过七八岁年纪，生得一副温润秀气的眉眼，任由胖小孩儿程耳如何戳他手臂，他自岿然不动。

"求你了……倪青岚！"

眼见老先生拿起戒尺站起身，程耳急得不行，脸都憋红了，几乎是在老先生要迈步过来的刹那，他面前忽然多了一本摊开的《论语》。

程耳眼睛一亮，立即瞥着书本念起来："子曰：'弟子入则孝，出则弟，谨而信……'"

"程耳！"

他还没念完，便听老先生一声暴喝。

别看这位老先生平日里走起路来颤颤巍巍的，忽然这么一嗓子实在吓人,程耳呆呆地看着老先生走过来,戒尺一扬:"手伸出来!"

程耳猛地看向身边的倪青岚,他端端正正地坐着,目不斜视。

今日的课业以程耳被打了十下手板结尾。老先生才出门,孩子们便哄闹起来,程耳吹着红红的掌心,抱怨道:"你不帮我就不帮嘛,为什么骗我?"

"我没骗你。"倪青岚一边收拾着自己的文房用具,一边道,"我也没听先生讲了什么。"

"你少来,"程耳根本不信他,"先生最看重你了,要不是你要继承你们家的家业,他一准让你参加科考去!"

"科考有什么好的。"倪青岚眉目之间有种超脱同龄人的沉稳。

"可以做大官啊。"程耳一屁股坐在书案上,"可惜我一听先生讲课就犯困,不然我将来定然要参加科考,做大官!我爹也就不用卖猪肉了。"

倪青岚收拾好东西放进箱子里:"我先走了。"

"哎,你这么早就回家?咱们玩儿去吧!"程耳站起来,抬头望了一眼在门外等他的几个小伙伴,"我知道一个地方,咱们……"

"我还要去医馆。"倪青岚简短回他一句,头也不回地走了。

程耳紧跟着倪青岚出门,与几个小伙伴站在一处,看他提着文房木盒走远,不由撇撇嘴:"他真没意思,每天都要来学堂读书,回去还要去他们家医馆学医,天天学来学去的,累死了……"

"他们家医馆生意好,我爹说他们家很有钱的!"一个小孩儿说。

"有钱又怎么样?"程耳双手叉腰,抬起下巴,"等将来咱们做了大官,一定将他抓过来,狠狠打他手板!"

不过晡时,日头还烈,倪青岚跑遍了县城,又辗转到了乡下村庄里,茅屋里住着的老妇出来一看,找她的竟是个孩子,心里立即犯了嘀咕,脸上也带了几分不耐:"这位哥儿快回家去吧,别拿我婆子戏耍。"

"我母亲身患隐症,时常疼痛难忍,还请您一定随我前去。"倪青岚俯身作揖。

他满头大汗,衣襟几乎被汗湿透了。他伸手翻遍全身,找出了些散钱,又在文房盒里拿出来一个钱袋子,全部递到那药婆手里。

药婆愣了一瞬,随即掂了掂手里的钱袋子,她向来不是一个跟钱过不去的人,胡乱收拾了一下,便也随他去了。

这一路到了县城里,天已近黄昏。药婆常在县城与乡下游走,倪家在雀县是极有名的,她恰巧也认得倪府所在,见这哥儿要将她往小门里带,忙拉住他,道:"这家开着那么大的医馆,你却找我老婆子来这里给人治病?"

"请您见谅,我父并不钻研妇科,而母亲羞于启齿,所以……"倪青岚抿唇。

药婆什么样的人没见过,只听这哥儿一番话便立即知道是怎么回事,面色缓和下来,叹气道:"这世道一贯荒唐,哪怕是你们这样的杏林之家也不能免俗。你放心,我不是那种乱使药的人,我一定治好你母亲。"

倪青岚道了声谢,领着她自小门进了倪府,避开家中仆人,偷偷去了母亲的院子中。这些天医馆忙,倪准此时还没有回来。

岑氏正要差人去找久未归家的倪青岚,却听钱妈妈说他回来了。岑氏因隐症而十分痛苦,一整天都靠在榻上,抬眼见倪青岚领回来个陌生的老妇,拧了一下眉:"岚儿,这是……"

"大娘子,您家哥儿有孝心,请了老身来给您瞧瞧。"

药婆这辈子是见过世面的,也很知道礼数,她俯身便作了一个揖。

岑氏一听,脸色陡变,一双凌厉的眼看向倪青岚,却见他"扑通"一下跪下去。

她一怔:"岚儿,你……"

倪青岚小小年纪,却没有这个年纪所应该有的张扬,他俯身磕头,道:"请母亲治病。"

岑氏不说话,他便说一声"请母亲治病",再磕一个头。如此反复多次,才七八岁的孩子,生生地磕红了整片额头,磕得岑氏这样一个历来性子冷的人眼眶都红了。

她一手绞紧了绣帕,紧抿起唇。

那药婆看不下去了:"大娘子,您这位哥儿纯孝,老身实在怜他,老身在十里八乡的也算有些声名，被我瞧过的妇人没一个说治不好的。您就看在哥儿这片孝心的分上，让老身给您瞧瞧吧！"

岑氏见倪青岚又俯身磕头，忍不住脱口道："别磕了！"

那个孩子抬起头来，额头红肿一片，已经有些破皮，岑氏眼睑湿润，心口起伏，缓了好一会儿，才闭了闭眼："我治。"

倪青岚闻言，眼中一瞬亮了起来。

"这就对了！"那药婆连忙将他扶起来，"哥儿快去外面吧，你母亲肯治，便有的治。"

"多谢您。"倪青岚抹了一把脸上的汗，转身跑出去。

庭中已经点上灯，钱妈妈将院子里所有的家仆都屏退了，一庭清幽、银白的月辉洒下廊檐，倪青岚走下台阶，擦了擦颈间的汗，抬起头仰望月亮。

药婆悄无声息地来，又悄无声息地去，钱妈妈照着方子偷偷去找药，倪青岚回到房中，岑氏在榻上，那双看向他的眼睛隐含温情。

她朝他招手："岚儿，来。"

倪青岚才走到床沿，岑氏便将他抱进怀中。

倪青岚在母亲的怀抱里看不到她的脸，半晌，才听见她道："一身臭汗，我平日里如何教你的？做人要洁净，无论是身，还是心。"

"药婆不住在城里，我跑去乡下找她来的。"倪青岚说道，"一会儿我就去洗。"

岑氏眼睛发酸，喉咙发紧，抱着儿子好久没松开："我的岚儿很好。"

倪青岚很少听母亲说这样的话，她是一个寡言的主母，对谁都是一样的，但这夜，年幼的倪青岚却好像有一瞬读懂了她身为一个女子的脆弱。

他忍不住想，明明倪家有那么大的医馆，明明父亲就是医者，为什么父亲却看不见母亲的难言之隐？

翌日，下起一场大雨，倪青岚顶着红肿的脑门在学堂里念了一日书，程耳那个小胖子带着他的小伙伴们围着他打转，笃定他是被他爹倪准揍了。

倪青岚充耳不闻，照例收拾好文房用具，出门撑伞，一路回到医

馆中，却不见父亲倪准，一位坐堂的医工道："听说府上小娘难产，主君已经回去了。"

倪准有一个妾，姓贺，穷苦人家出身，是倪准前些年义诊时救过的一位镖师硬塞过来的，说是家里丫头多，送来一个也算报恩。

这几年贺氏一直在西院，安分守己，岑氏也从未苛待过她，便是倪青岚，虽对那位贺小娘算不得多亲近，但也总归算是一家人。

倪青岚一路跑回府里，随手将文房木盒丢在回廊里，风雨斜吹入伞，沾湿他的衣裳。

他跑到西院当中，岑氏和钱妈妈等一众奴仆站在廊内。

倪青岚方才跑上阶去，那道门骤然一开，他看见父亲倪准一手的血，眉目颓然。

"郎君，她……"岑氏方才开口，便见倪准摇了摇头，她的话音倏尔止住。

"是我没保住她。"倪准眼睑微红，沁着些许泪意。

这时，一名女婢抱着一个正在啼哭的婴孩出来，岑氏立即走上前去接了过来，那女婢垂首道："是个女儿。"

大雨如倾，岑氏见自己的儿子正望着她怀中的孩子，便俯身将孩子抱到他跟前："岚儿，这是你妹妹，你小娘走了，往后你要好好照看妹妹。"

雨声轰然，倪青岚看着襁褓中的小小婴孩。她皮肤粉红粉红的，有些发皱，不算好看，还一直哭。

但他目不转睛地看着她。

"妹妹。"

他在心中默念了一声。

图书在版编目（CIP）数据

奉烛 / 山栀子著. -- 北京：中信出版社，2025.
4.（2025.5重印）-- ISBN 978-7-5217-7369-9

Ⅰ. I247.5

中国国家版本馆 CIP 数据核字第 2025FC5547 号

奉烛
著者：　　山栀子
出版发行：中信出版集团股份有限公司
　　　　　（北京市朝阳区东三环北路 27 号嘉铭中心　邮编　100020）
承印者：　嘉业印刷（天津）有限公司

开本：880mm×1230mm　1/32　　印张：9
字数：259 千字　　　　　　　　　插页：4
版次：2025 年 4 月第 1 版　　　　印次：2025 年 5 月第 2 次印刷
书号：ISBN 978-7-5217-7369-9
定价：48.00 元

版权所有·侵权必究
如有印刷、装订问题，本公司负责调换。
服务热线：400-600-8099
投稿邮箱：author@citicpub.com